Robin Felder

VERZERRTE GESICHTER

Der Autor:
Robin Felder lebt und arbeitet in München. Bislang sind von ihm erschienen: *Unsympath*, *Paranoia*, *The Godjob*, *Verzerrte Gesichter*.

Robin Felder

VERZERRTE GESICHTER

Roman

Trubel & Heller

Sämtliche handelnden Personen und Begebenheiten sind frei erfunden. Ähnlichkeiten mit lebenden oder toten Personen, existierenden Unternehmen sowie Ereignissen oder Schauplätzen wären rein zufällig und nicht beabsichtigt.

Erhältlich als Taschenbuch, E-Book und Hörbuch.
www.verzerrtegesichter.de

Korrektorat: Holger Metz
Umschlagkonzept: Robin Felder
Umschlaggestaltung: Michael Dorschner | kimi kido
Satz: Timo Leibig

ISBN 978-3-969-87031-0

Der Mensch kann tun, was er will,
aber er kann nicht wollen, was er will.
Arthur Schopenhauer

Wir sehen die Dinge nicht, wie sie sind.
Wir sehen sie so, wie wir sind.
Anaïs Nin

Bis jetzt hat er sich noch nicht blicken lassen. Aber der kommt schon noch.

Die S-Bahn donnert wenige Meter über mir vorbei, während ich vor der Fußgängerunterführung in dem kleinen Park stehe und warte. Der vom Tunnel verdichtete Schienenlärm lässt mich den Kopf einziehen. Ich spähe ins Halbdunkel, Plakatfetzen an der Mauer, am Boden Pfützen, die nie richtig trocknen. Auch nicht an einem Sommertag wie heute. Durch diesen Schacht dürfte Clemens in vier, fünf Minuten geradelt kommen, wenn er in der S-Bahn eben gesessen hat. Sein üblicher Nachhauseweg.

Ich drehe mich um und schlendere ein paar Meter durch die menschenleere Grünanlage. Vor mir eine weitläufige Wiese, durchbrochen von vereinzelten Bauminseln. Die Bäume sehen aus, als würden sie sich langweilen. Das ganze Gelände wirkt im sanften Abendlicht wie eine Spielzeugeisenbahn-Landschaft.

Am anderen Ende der Anlage taucht die Silhouette einer Frau mit Kinderwagen auf und hetzt von links nach rechts. Ist auch schon spät für Mutter mit Kleinkind. Wenn ich mich nicht täusche, hat sie wieder einen dicken Bauch. Ist gerade Mode: ein wenige Monate altes Baby haben und bereits schwanger mit dem nächsten sein.

Noch mehr Menschen gebären. Genau was die Welt braucht.

Die Frau verschwindet. Zwanzig vor zehn. Gleich geht die Sonne vollends unter. Aber immer noch so um die zwanzig Grad.

Ich habe plötzlich ein ungutes Gefühl, Clemens einfach abzufangen. Auch wenn ich ihn gestern nicht auf seiner Geburtstagsfeier überraschen konnte, wird ihm das hier ganz sicher etwas überzogen erscheinen.

Er spielte heute Abend ein Konzert in der Staatsoper. Verdi, Rigoletto. Clemens ist Geiger bei den Philharmonikern. Im Rahmen eines Kulturfestivals wurde heute bereits um sechs angefangen. Sonderaufführung – was weiß ich. Luxussubventionierte Branche. Klassik gibt mir nichts.

Im Gegensatz zu den meisten anderen Musikern, die geschuftet haben wie die Irren, um in ein Weltklasseorchester aufgenommen zu werden, war Clemens ein Naturtalent. Er ist jetzt, mit Ende zwanzig, schon weiter als die meisten Gleichaltrigen.

Ich zucke fahrig mit den Halsmuskeln. Nervöse Angewohnheit. Ich dachte, Clemens nimmt mindestens eine S-Bahn früher.

Da kommt er ja, was sagt man dazu? Ich sehe ihn auf der anderen Seite der Gleise beherzt in die Pedale seines Rads treten, den Geigenkasten auf den Rücken gespannt. Musisch hochbegabt und gleichzeitig sportlich, der Clemens. Manche haben einfach das komplette Paket abbekommen.

Ich trabe die paar abschüssigen Meter zurück zur Unterführung und bleibe, den Zugang versperrend, stehen. Clemens fährt gerade gegenüber in den Tunnel ein und dürfte mich nun als breitbeinigen Schattenumriss am ihm entgegengesetzten Ende postiert sehen. Bei der Geschwindigkeit, die er draufhat, muss er exakt jetzt bremsen, um mich nicht umzufahren.

Was er auch tut.

Leider läutet er dabei Sturm, auf so einer metallisch scheppernden Uraltklingel mit »Weg da!«-Ton. Bewirkt natürlich nichts, ich rühre mich keinen Millimeter vom Fleck.

Zwei Handbreit vor mir kommt sein Vorderreifen zum Halt. Clemens' Gesicht wirkt gereizt und zugleich überfordert, als könne er nicht fassen, wer da vor ihm steht und seine Route blockiert.

Ich strecke die Arme aus, Handflächen nach oben gerichtet, als würde ich zum Gebet aufrufen. Erhebet Euch, in etwa. Aber natürlich meine ich: Überraschung!

Ich lächle. Ist doch auch Wahnsinn. Wir hier.

Clemens stellt seinen linken Fuß auf den Betonboden, der Hosenaufschlag von einer Fahrradklammer zusammengehalten, beide Hände noch am Lenker, die Bremsen umkrallt, und sagt: »Was soll *das* denn?«

Er meint meine Skimaske.

* * *

Noch könnte ich abbrechen, falls notwendig. Hinter mir kommt niemand, hinter Clemens auch nicht, ich stehe ihm günstig positioniert gegenüber. Sieht machbar aus. Kann losgehen.

»Zur Seite, aber sofort«, schnauzt Clemens mich schroff an, als hätte er irgendein fundamental verankertes Mitspracherecht.

Komisch, ich wäre in so einer Situation niemals schroff. Diese ganzen vom Leben verhätschelten Wohlstandsmenschlein haben verlernt zu erkennen, wann es angebracht ist, demütig zu sein. Das würde ihm jetzt zwar auch nichts nützen, aber wahr ist es nichtsdestoweniger.

Für den Bruchteil einer Sekunde starre ich ihn an und versuche zumindest, dass es mich nicht juckt. Seine blitzenden Äuglein durchbohren mich. Männer mit runden Brillengläsern sehen alle aus wie SS-Offiziere. Noch fieser wirken nur Männer mit Stupsnasen.

Sowie alle Zwerge. Hüte dich vor kleinen Männern!

Mein Elektroschocker jagt Clemens fünfhunderttausend Volt in die Brust. Das Geräusch ähnelt einem Knistern wie Brutzeln zugleich. Er stürzt vom Rad, knallt schlotternd gegen die Wand der Unterführung. Schlagartig verschwindet das Forsche aus seinem Gesicht und ich sehe echte Panik in seinen Augen. Offenbar hat man ihn vor vielen Dingen im Leben gewarnt, aber nicht hiervor.

Ich lege gleich nach und versenge seinen Hals mit einer weiteren Stromladung, um sicherzugehen, dass er wirklich handlungsunfähig ist.

Zielorientiertes Arbeiten. Handgreiflichkeiten wären nämlich überhaupt nicht mein Ding.

Sein Körper zittert, wehrt sich gegen die Ohnmacht. Es sieht wie gespielt aus. Ich habe den Eindruck, als sollte ich klatschen, aber ich tue es nicht.

Ich packe ihn unter den Achseln und ziehe ihn den halben Meter aus dem Tunnel, wuchte ihn seitlich auf den Grashügel, der hoch zu den Gleisen führt. Zwischen Betonwand und Gestrüpp.

In null Komma nichts schieße ich ihm die dritte Elektroladung in den Körper, der Geruch seines Deos steigt mir in die Nase, ich sehe Schweiß in großen Tropfen in seinen Haarwurzeln stehen und schneide ihm mit einem Skalpell mühelos den kleinen Finger seiner linken Hand ab. Am untersten Gelenk. Womit ich einem jungen Mann, dem bis vor wenigen Sekunden eine vielverheißende Zukunft zu Füßen lag, die Lebensgeister austreibe.

Verluste gehören einfach zum Leben.

Mit der Emotionslosigkeit des wahren Getriebenen schaue ich erneut, ob jemand kommt, aber in diesem konservativen Vorort herrscht um diese Zeit tote Hose.

Der arme Clemens rührt sich nicht mehr. Ich weiß eigentlich nicht, warum mich das überrascht.

Kein Tropfen Blut weicht aus dem geröteten Knorpelstumpen an seiner Hand. Im Gegensatz zu dem abgetrennten Finger, aus dem es öligrot tropft und den ich zwischen meinem Daumen und Zeigefinger halte. Schön sieht das nicht aus.

Um der ganzen Sache ein Ende zu bereiten, lege ich den Stummel in eine Tüte, prüfe, ob Tüte, Schocker und Skalpell sicher in meinen Taschen verstaut sind, schlage Clemens sicherheitshalber mit der Faust fest ins Gesicht, je länger er bewusstlos bleibt, desto günstiger (für mich, für ihn, für alle), meine Schlagbewegung ähnelt der eines fünfjährigen Mädchens, ich habe einfach keine Übung, wuchte das Fahrrad hoch, wende es, radle in die Richtung davon, aus der Clemens kam, lasse die Unterführung schnell hinter mir, reiße mir die Maske vom Kopf und bleibe mit dem ganzen Ablauf vier Sekunden unter der Zeit meiner Probeberechnungen.

Adrenalin beschleunigt.

»Zur Seite, aber sofort!«, hat er allen Ernstes einen vermummten Mann angefaucht, der sich ihm in einem engen Tunnel gegenüberstellte? Knapp eins neunzig, schwarze Bomberjacke, Handschuhe. Man braucht das nicht zu vertiefen, aber Clemens ist nur ein weiteres großspuriges Arschloch in einem Heer aus großspurigen Arschlöchern. Auch wenn es hier schlussendlich überhaupt nicht um ihn geht, traf es doch den Richtigen.

Ich biege in eine Seitenstraße ein. Die ganzen gepflegten Einzel- und Doppelhäuser, die an mir vorbeifliegen, die liebevoll bepflanzten Vorgärten im Licht der allerletzten Sonnenstrahlen des Tages ... all das, zusammen mit meinem inneren Fluchtdruck, lässt mich fühlen, als radelte ich durch Gruselhausen.

Ein wahrer Fragenhagel prasselt durch meinen Kopf, als ich das Rad an einem Laternenpfahl abstelle und die restlichen fünfzig Meter auffällig unauffällig zu meinem Auto gehe. Habe ich nichts am Tatort zurückgelassen? Hat mich doch jemand beobachtet? Folgt mir wer?

Ich bin weiß Gott keine Person, die irgendetwas leichtzunehmen versteht.

Meine Planung ist akribisch. Auf Einzelheiten achten, keine ist zu gering. Regeln sind das A und O. Und gerade dann muss man aufpassen, dass man nicht verrückt oder schlampig wird.

Dies war mein achtzehnter Versuch, Clemens abzupassen! Siebzehnmal habe ich abgebrochen. Weil jemand kam, weil ich mich nicht in Form fühlte, weil dies, weil jenes. Stets hat irgendwas nicht hundertprozentig gepasst.

Man weiß doch immer von vornherein, ob man einen Fehler begeht. Die meisten können sich nur nicht daran hindern. Deshalb gilt es, sich nichts vorzumachen. Das halte ich bei allen Verstümmelungen so.

Aber meine wertvollste Erkenntnis lautet: Wenn dir letztlich egal ist, ob dein Unterfangen misslingt, so sinkt die Wahrscheinlichkeit eines Fehlschlags um die alles entscheidenden Prozentpunkte.

Während ich im Rückspiegel meine Frisur mustere, dröhnt »I Want It That Way« saulaut aus meinem Autoradio. Backstreet Boys. Der Sommerhit dieses Jahres. 1999. In das neue Jahrtausend wird Clemens weniger optimal starten. Sein altes Leben ist gelaufen. Violinvirtuose? In dieser Hinsicht ist nichts mehr zu machen.

Meine Jeans muss dringend gewaschen werden. Grasflecken.

Ich überrasche mich dabei, wie ich lächle.
Eine emotionale Ungenauigkeit.
Die Nacht wird langsam schwarz.
Gleich bin ich zu Hause. Kurz runterkommen. Finger runterspülen. Baden. Noch fernsehen vielleicht.
Und dann ab ins Bett.

* * *

Es gibt diesen tief verankerten Irrglauben in unserer Gesellschaft, Mord stelle die ultimative Bestrafung eines Menschen dar.
Literatur, Film, Mythen aller Art vermitteln seit jeher dieses Missverständnis vom Töten als höchster Form der Vergeltung.
Aber der Tod bedeutet nichts anderes als Nichtexistenz.
Der Tod stellt lediglich *den* Zustand wieder her, in dem das Lebewesen sich *vor* seiner Zeugung befand.
Was soll daran schuldabgeltend sein?
Worin findet sich da ein Aspekt von Strafe?
Die meisten Denkvorgänge des Menschen fußen auf falschen Prämissen.
Das Jenseits ist bestenfalls Gnade, niemals Sühne.
Mein allesverschlingendes Bedürfnis nach Rache kann folglich nur dadurch gestillt werden, jeden Moment im Leben dieser einen Person zur Hölle auf Erden werden zu lassen. Ihr Augenblick für Augenblick Unglück zu bescheren.
Kummer, Schmerz, nie enden wollendes Elend.
Eine Herausforderung, die das eigene Dasein nicht angenehmer macht, die jedoch alleinige Option bleibt, wenn man begriffen hat, wie das Leben wirklich läuft.
Und sobald du begriffen hast, wie das Leben wirklich läuft, ist dein Leben sowieso gelaufen.
Aber dann gehts auch erst richtig los.

* * *

Ich verachte meinen Sohn. Und ich kann nichts dagegen tun.

Die Füße auf dem Schreibtisch, sitze ich telefonierend im zurückgekippten Chefsessel in meinem lichtdurchfluteten Büro, Handy am rechten Ohr. Auf YouTube läuft nebenbei ein Katzenvideo, stummgeschaltet. Darin wälzt sich ein getigerter Kater genüsslich auf einer Couch.

Mein Sohn sagt: »Aber es sind Fe-ri-en«, und zieht das Wort unausstehlich in die Länge. Am liebsten würde ich einfach auflegen. Ich habe ohnehin gleich einen Kaufvertrag zu beurkunden. Stattdessen höre ich mich sagen: »Du kannst das Jahr auch sofort wiederholen, wenn du nicht bald ...«

»Oh Ma-a-nn, chill halt mal. Die meisten Dinge ergeben sich von selbst, wenn man sie nur lässt«, unterbricht Maximilian mich und tut jetzt so, als ob er den Mund voll hätte.

Er ist sechzehn, bereits eins achtundachtzig groß, schwer internetsüchtig, besitzt die Aufmerksamkeitsspanne einer Stubenfliege, redet daher wie ein TV-Moderator mit Professur in Philosophie und, ich kann es nicht anders sagen, ist ein hohler Idiot.

Auf meinem Bildschirm wechselt das Video automatisch zu einem Filmchen mit einer dreifarbigen Katze, die auf einem flachen Saugroboter sitzend durch eine Küche fährt. Lieb, aber Ähnliches hab ich schon zu oft gesehen. Ich klicke weiter.

»Dad?«, fragt Max in die entstandene Pause hinein. Er nennt mich ernsthaft *Dad*. Englisch. Was für eine Pseudoscheiße.

Ich wechsle den Telefonhörer von einem Ohr zum anderen und komme noch einmal meiner Pflicht als Erziehungsberechtigter nach, indem ich mir etwas Konstruktives aus dem Kreuz leiere, er wird ganz sicher sitzen bleiben, aber es interessiert mich nicht mehr.

»Kein Mensch wird dich später mal bewundern für all die Spiele, die du gespielt hast«, gebe ich zum Besten.

»Sagt wer?« Max betont die beiden Wörter wie *tatü* in *tatütata*.

Gelangweilt und dabei überheblich wirken, das hat er drauf. Ein Riesentalent. Leider sein einziges.

Zwei in einem Körbchen ineinandergekuschelte Katzen auf YouTube. »Geschwister | unzertrennlich!« steht in der Beschreibung.

Wir haben die Kontrolle über Max verloren, als er elf oder zwölf war, würde ich sagen. Da wurde er mit einem Schlag wie all die anderen Kids um ihn herum von einem dunklen digitalen Sog absorbiert, lethargisch vor Überreizung.

Natürlich weiß ich, dass bereits Sokrates vierhundert vor Christus die Jugend verloren gegeben hat. Aber das besänftigt mich kein bisschen. Ich habe das Gefühl, die nachrückende Generation ist *anders* anders als je zuvor. Beinah wie traumatisiert. Sie besitzt keinerlei Potenzial.

Waren Jugendliche bislang mitunter, von mir aus, subversiv, aufrührerisch, radikal oder reaktionär oder progressiv, extrem eigen, all so was, so sind Max und seine Kumpels nur eines – dumpf. Auf eine deckungsgleiche Art, dass einem angst und bange wird.

Es ist keine gewagte Hypothese: Der ganze gleichgeschaltete Haufen wird bald schon zuerst entmündigt und anschließend entrechtet werden. Das einzig Gute daran: Sie werden es nicht mal merken.

Wie durch einen akustischen Nebel höre ich Max noch monoton etwas zu Vernachlässigendes brabbeln, als meine Sekretärin hereinkommt. Ich hebe meine Füße vom Tisch, klicke YouTube weg und greife nach den Papieren, die sie mir in die Hand drückt. Der nächste Vorgang, mein 11-Uhr-Termin. Ich nicke ihr zu. Sie nickt zurück und macht sich auf, um die Truppe aus dem Wartezimmer zu holen.

»Dann wirst du eben Weltklassegamer, ohne Abitur. Oder Sanitärverkäufer in World of Warcraft. Ganz wie du meinst!«, sage ich so spöttisch wie möglich zu Max und lege auf. Dann wird mir klar, dass ich das nicht hätte tun sollen. Und dann denke ich mir, woher will ich wissen, ob das nicht genau richtig bei ihm ankommt.

»Danke, Frau Rütting-Illinger«, rufe ich Frau Rütting-Illinger hinterher. Fünf Silben, ein Doppelnachname. Fünf Silben, die sie mich zigmal am Tag auszusprechen nötigt, weil sie annimmt, es würde irgendein Schwein interessieren, wie ihr Mädchenname lautet. Ich weiß ja noch nicht mal, welcher von beiden das sein soll.

Halbherzig rücke ich meine Krawatte zurecht, schlage die Akte auf und merke, dass ich schon die ganze Zeit die Augen zusammenkneife. Die Sonne knallt jetzt richtig durch die sechs Fenster und lässt mein modern-schlichtes Büro im zweiten Stock überbelichtet erscheinen.

Die Notarkanzlei, die ich mir mit einem Kollegen teile, liegt direkt im Stadtzentrum, in einem herrschaftlichen Altbau schräg gegenüber dem Rathaus, Fußgängerzone, Bestlage. Die Miete ist ein perverser Witz. München ist bald London.

Notare Dr. Staiger & Dr. Nöten steht auf dem Messingschild unten an der Tür, mit amtlichem Notarwappen, so wie man sichs vorstellt. Ich als Erster.

»Herr Kofler, grüße Sie«, rufe ich allzu munter, als ich ihn mit den Klienten im Rücken eintreten sehe und aufstehe. Zack, Anknipsgrinsen. Wir klopfen einander professionell herzlich auf die Schultern und ich rieche, dass er gerade draußen geraucht hat. Sebastian Kofler ist selbstständiger Makler und einer meiner Stammkunden.

Absolute Grundregel: Wenn jemand aussieht wie ein Arschloch, ist er auch eins. Niemals uminterpretieren aus Gründen der Selbstbesänftigung. Killerfresse, aber zartes Gemüt? Das gibt es einfach nicht.

Er verkauft heute eine Achtundneunzig-Quadratmeter-Neubauwohnung an eine vierköpfige Familie, die gerade in Orgelpfeifenformation neben ihm Aufstellung nimmt. Ein Quartett aus Passfotogesichtern. In rascher Abfolge schüttle ich zuvorkommend deren Hände, die meisten kleben, nenne viermal meinen Nachnamen und zeige entlang des Besprechungstisches. Bitte Platz zu nehmen.

Frau Rütting-Illinger wuselt herum, legt Unterlagen auf dem Konferenztisch zurecht und stellt eine Kaffeekanne ab, neben dem Tablett mit unseren dünnen Tassen.

Ich sitze an der Stirnseite, links neben mir Beurkundungsprofi Kofler, ganz Maklerklischee im Sportjackett. Fehlt noch, dass er die Sonnenbrille, die in seinen Haaren steckt, aufzieht.

Rechts von mir der extra glatt rasierte Familienvater im karierten Kurzarmhemd, ziemlich aufgeregt, weil es um, mal nachsehen, einen Kaufpreis von immerhin sechshunderttausend Euro geht (dreißig Prozent finanziert) und es für ihn vermutlich so etwas wie die Erfüllung eines Lebensideals darstellt, seinen undankbaren Kindern etwas hinterlassen zu können, damit sie es mal besser haben als er.

Zwar zahlt er den Kaufbetrag allein und wird mit seiner Frau auch einziehen – als Eigentümer eintragen sollen wir die Wohnung jedoch auf seinen neben ihm sitzenden Sohn, einen grobschlächtigen Landproll Ende zwanzig, mit obligatorischem Schlangentattoo am Hals, sowie auf seine Tochter, zwei Jahre älter, mit reichlich Lipgloss, silbernem Nasenring und komplett tätowierten Unterarmen mit Fantasymotiven. Erwachsen und doch für immer neun.

Echt, ich kanns nicht mehr sehen. Seit ich zwanzig bin, läuft dieser Tattooscheiß. Jetzt bin ich sechsundvierzig. Warum kann ich mich einfach nicht daran gewöhnen?

Im kollektiven Irrglauben, sich zu individualisieren, sehen alle vollkommen identisch aus. Alter und Bildung haben nichts damit zu tun. Sogar mein Sohn überblickt, dass Tattoos nichts weiter bedeuten als Gefallsucht und Mitläuferschaft.

Die Vierte im Familienbund meiner Kundschaft, Mutter Annette Korbmeyer in veilchenfarbener Schlussverkaufbluse, ist derart nervös, dass ich den Eindruck habe, sie heult gleich los.

Ein biederes Schattengewächs zur Salzsäule erstarrt. Das echte Leben ist doch etwas anders als in ihren Erotikromanen.

Irgendwo in einem über uns liegenden Stockwerk arbeitet jemand mit einem Bohrhammer.

Kofler und ich betreiben noch etwas Small Talk (macht mich krank, hab ich mir über die Jahre aber draufgeschafft) und ich werde von einer tiefen Niedergeschlagenheit erfasst.

Wie tröstlich, dass sich dieses Gefühl vertraut anfühlt.

Legen wir los.

»So, wir sind heute hier, um einen ... Kaufvertrag ... für eine Wohnung in ... Harlaching zu beurkunden«, sage ich beim Durchblättern der Papiere. Ich spreche langsam, meine Worte scheinbar abwägend, um zu zeigen, wie offiziell das alles ist.

Den Kaufvertrag hingegen trage ich mit meiner Schnelllesetechnik vor, erzeuge ein überflüssiges, aber kalkuliertes Gefühl von Eile, und immer wieder gibt es von Papa ein paar Zwischenfragen zu Paragrafen, die vollkommen unbedenklich sind, wohingegen er kritische Abschnitte souverän durchwinkt.

Aber wer kann es ihm verübeln? Er ist angesichts der Tragweite einfach restlos überfordert.

Für mich bedeutet dieser Termin eine Routineabwicklung mit einer Kostennote von knapp sechstausend Euro. Für weniger als zwei Stunden Gesamtaufwand. Die Nachbearbeitung durch mein Büro eingerechnet, lass es drei sein. Patentanwälte können über solche Beträge freilich nur schmunzeln. Dass das Rechtsgeschäftssystem eine sich selbst aufrechterhaltende Farce ist? Jeder fähige Jurist weiß um die Verachtenswürdigkeit seiner Zunft. Genau daran erkennt man ja die guten.

Wir kommen zu den Schenkungsurkunden, da Herr Korbmeyer die Wohnung Sohn und Tochter zu gleichen Teilen überschreibt.

»Entschuldigung, was genau heißt das?«, schnaubt er skeptisch und unterbricht mein Vorlesegewitter, knapp bevor wir durch sind, ein hoffentlich letztes Mal. Einfühlsam blicke ich ihn an. Männer mit gefärbten Haaren! Ähnlich befremdlich wie Menschen in Funktionskleidung. Sein rechtes Bein beginnt unter dem Tisch zu wippen. Er meints nur gut.

Ich verstehe das schon. Er ist Mitte fünfzig. Seit ich in meinen Vierzigern bin, hat sich mein Nervenkostüm auch massiv verschlechtert. Ich bin nicht mehr so belastbar. Wenn ich nur daran denke, was ich heute noch vorhabe, beginnt mir mein Herz gleich unangenehm bis zum Hals zu klopfen. Kein Hauch vorausgreifender Freude. Nur sachliches Abwägen, den Übergriff makellos zu gestalten.

Große Pläne und dabei aus dem letzten Loch pfeifen. Willkommen in der verfickten zweiten Lebenshälfte.

Mit meiner besten Geduldssimulationsstimme erläutere ich Herrn Korbmeyer also auch noch jenen ihm unklaren Passus, wobei er verständig nickt, als hätte er jetzt nicht nur endgültig alles kapiert, sondern mit lupengenauem Scharfsinn und bewunderungswürdiger Skepsis auch die allerletzte Ungereimtheit im Dienste seiner Familie ausgeräumt.

Da täuscht er sich natürlich.

Den entscheidenden Aspekt bemerkt er nämlich erst gar nicht.

Dieses Schenkungskonstrukt wird den Beteiligten derart um die Ohren fliegen, dass es nur so kracht. Spätestens sobald der Senior samt Frau gestorben ist, werden sich seine missratenen Kinder bis aufs Blut ums Erbe und im Zuge dessen vor allem um die Wohnung streiten. Einer wird den anderen ausbezahlen müssen. Und das ist meistens schwer konfliktbehaftet.

Spätestens dann sehen wir uns wieder.

Die beiden baldigen Eigentümer, Sohn und Tochter, lugen übrigens die ganze Zeit auf ihre Smartphones. Ziehen Grimassen. Lippen stülpen, Wangen einsaugen, yeah. Dauert ihnen wohl schon zu lang, ihre Sechshunderttausend-Euro-Überschreibung. Oder sie posten unser Meeting live im Netz.

Die Unterschriftensetzung erfolgt zehn Minuten später. Mit Datum vom 12. Juni 2019.

Alle sind happy.
Herr Korbmeyer greift zur Belohnung nach einem Keks.
Seine Frau tätschelt sein und ihr eigenes Knie.
Das wird was werden. Wartet nur.
Intelligenz bedeutet in erster Linie Weitsicht.

* * *

Max ist ratlos vor Wut, erschöpft vom Schock. Gerade hatte er das übermannende Gefühl, als würde ihm eine zurückflutende Riesenwelle den Sand unter den Füßen wegschwemmen. Game over. Der Algorithmus war stärker, Max chancenlos, das System hat gewonnen.

Wie einer, der zu früh aus dem Bett steigt, rafft er sich aus seinem Racersessel auf. Computer runterfahren, *Yes* drücken. Seine Mutter hat ihn schon vor zehn Minuten gerufen, aber schneller gehts nun mal nicht. Er musste sich noch eben erholen. Um fünfundzwanzigtausend Punkte verbessert gegenüber gestern, und dann alles verloren. Kommt vor.

Max hat heute achteinhalb Stunden God of War gespielt. Seine Selbstkontroll-App hätte sowieso gleich Alarm geschlagen. Sie soll den Konsumumfang einschränken helfen. Von Dad aufgezwungen. Nützt: null. Sie erstellt eine Tagesstatistik, anhand derer sich das eigene Onlineverhalten ablesen lässt, was okay ist. Es gibt sogar virtuelle Belohnungen, wenn man es schafft, eine halbstündige Bildschirmpause einzulegen. Man könnte auch für bestimmte Zeitfenster alle seine Digitalgeräte deaktivieren lassen – unter anderem vom Kultusministerium empfohlen –, aber das kommt nicht infrage. Drehn jetzt alle durch?

Kann schon sein, dass Dad recht hat, wenn er meint, Max sei irgendwie abhängig. Das Telefonat mit seinem Vater heute Vormittag war trotzdem mal wieder überflüssig. Alle Jungs in seinem Freundeskreis zocken, oft den ganzen Tag. Das ist normal mit sechzehn. Ich werde nicht durchfallen, werde die Kurve schon noch kriegen, denkt sich Max, während er ein frisches T-Shirt überzieht. Ohne Abi wäre assi.

Max auf eine Privatschule zu schicken, damit ihm dort ein wenig unter die Arme gegriffen wird, steht außer Diskussion. Sein Vater hält die Mitschüler dort für schlechten Umgang. Dad verachtet Bonzenkinder.

Genauso wie Armenkinder.

»Jaha, komme!«, ruft Max seiner Mutter zum x-ten Mal zurück und galoppiert benommen aus seinem Zimmer, die breite Treppe hinunter, durch die Diele in die weitläufige Küche.

»Da bist du ja endlich«, sagt seine Mutter wolkig. Nach ihren Psychotherapiestunden ist sie immer milde gestimmt. Davor war sie im Kundaliniyoga. Gerade hat sie ein Blech Blaubeermuffins gebacken, das sie aus dem Ofen zieht. Ganz die gute Hausfrau, die sie nicht ist.

»Sorry. Hatte noch zu tun. Hat sich die Alte gemeldet?« Max nimmt sich ein Red Bull aus dem Kühlschrank, sein viertes heute. Er lehnt sich mit dem Hintern an die Kante der Kücheninsel und setzt die Dose an den Mund.

Mit der Alten meint er die Sekretärin seines Vaters. Sie bringt eine Menge Unruhe rein. Aber so sehr Max dadurch auch zwischen den Fronten steht – zwischen seiner unnahbaren Mutter und seinem staubtrockenen Vater, ihrer verkorksten Beziehung – und so wenig er gutheißen würde, wenn sich seine Eltern trennten: Falls stimmt, was die Rütting-Illinger über Dad mutmaßt, wäre das ein Zustand der Ungewissheit, den er seiner Mutter nicht zu ertragen zumuten kann. Es muss Klarheit her.

»Allerdings«, sagt Maximilians Mutter, greift mit der Küchenzange nach einem Aufbackmuffin und bugsiert ihn auf einen Teller. »Frau Rütting«, sie benutzt immer nur ihren ersten Namen, »hat vorhin angerufen. Sie glaubt mitbekommen zu haben, dass dein Vater sich heute wieder mit einer Frau verabredet haben könnte.«

Mum schneidet den Muffin entzwei, prüft, ob er richtig durch ist, und führt die eine Hälfte mit spitzen Fingern zum Mund. Max kommt es vor, als spiele seine Mutter gerade die Coole, mit diesem Nebenbeigetue und der gestelzten Ausdrucksweise. Die Rütting »glaubt mitbekommen zu haben«, dass sein Vater sich wieder mit irgendeiner Frau »verabredet haben könnte«. So redet Mum sonst nie. Es klingt wie ein Gegenpegeln zermürbender Anspannung.

Vor ein paar Monaten hatte die Rütting-Illinger seine Mutter aus heiterem Himmel zum ersten Mal angerufen, Max war mit ihr im Auto unterwegs gewesen und wurde Zeuge des Gesprächs.

Wohl aus weiblichem Solidarisierungsbedürfnis heraus berichtete die Rütting, wie sich in letzter Zeit Hinweise gehäuft hätten, dass Dad sich außerehelich betätigt. Und sie fühle sich verpflichtet, diese Verdachtsmomente seiner Mutter mitzuteilen, blabla. Als Loyalität getarnte Aufhetzerei halt.

Max' Mutter kaut und holt dabei durch den Mund stoßweise Luft, der Fertigmuffin ist heiß. Sie runzelt die Stirn, befindet ihn für gut und serviert Max das erste abgesegnete Stück im weißen Papierbackförmchen.

Eine Weile liegt es einfach nur da, auf dem Teller, der Teller in Max' Hand.

Mutter, Sohn. Beide schweigen.

Durch die bodentiefen Fenster sieht man in den Garten, und über dem Garten zieht ein Flugzeug einen Kondensstreifen hinter sich her. So hoch am Himmel, dass man den Lärm nur erahnen kann.

»Probier doch mal«, sagt seine Mutter, im Sinne von: »Aber dann fahr endlich los und mach, was wir besprochen haben.«

Max überlegt, den Blick ins Leere. Jetzt gilts also. Es fühlt sich absurd an. Ein moralisches Dilemma.

Max nimmt den Muffin, seine Finger sind kalt und feucht, weil er die ganze Zeit das Red Bull gehalten hat. Er führt das runde Küchlein zum Mund und trifft gleich mit dem ersten Biss eine heiße Blaubeere, die ihm im Mund platzt.

»Sollen wir's echt durchziehen?«, fragt Max mampfend und plakativ nach kühlender Luft saugend. Nun ist er es, der den Beiläufigen mimt.

Seine Mutter nickt entschlossen. Falls in ihrem Blick eine Spur von Zweifel mitschwingt, verbirgt sie sie gut.

»Mach's, Max, sonst ... jetzt können wir es einfach nicht mehr nicht machen. Sonst dreh ich noch durch.« Das ist sie längst. »So gegen sechs soll sich dein Vater mit der Frau treffen. Wenn du jetzt losfährst ...«

Max isst den Muffin nicht mehr zu Ende, greift noch mal zur Dose, nimmt einen großen Schluck und wappnet sich innerlich für die bevorstehende Mission. In dem Moment, in dem er die Dose zerdrückt, kommt Mephisto zur Katzenklappe hereingerollt und trippelt auf die Beine seiner Mutter zu, um sie dränelnd zu umschmiegen. Die übliche schamlose Choreografie zur Essenszeit. Der Typ ist pünktlich auf die Sekunde, denkt sich Max jedes Mal aufs Neue, keine Atomuhr könnte exakter sein.

Der Kater ist riesig und dermaßen dick, dass er aussieht wie ein Medizinball in einem orangen Pelzmantel. Dad hat ihn vor Ewigkeiten aus dem Tierheim geholt und ist so vernarrt in ihn, dass er ihm oft Fisch und Fleisch aus der Kaufhof-Feinkostabteilung mitbringt. Allerdings schmeckt Mephisto das Billigfutter vom Discounter deutlich besser.

Wieso der Kater so fett ist, kann sich niemand erklären. Sie wiegen die Futterportionen nach einem diätetischen Kalorienindex ab, die Essenszeiten werden streng eingehalten und am Stoffwechsel liegts auch nicht, das wurde ärztlich gecheckt. Außerdem streunt er ständig draußen rum, ist viel in Bewegung.

Vor ein paar Jahren musste Dad in Japan eine Katzenklappe für Übergrößen bestellen, nachdem Mephisto eines Tages nicht mehr durch die alte passte. Zunehmend mühsamer hatte er sich durch die ursprüngliche Öffnung zwängen müssen, wie ein elastischer Pfropfen. Und schließlich steckte er eines Tages komplett fest, schaute bedröppelt, konnte sich die Situation nicht erklären (als schiene ihm, die Klappe müsse geschrumpft sein) und musste sich schließlich rückwärts wieder rausploppen.

Lieferung der Sondergrößenklappe mit Chipkennung, Kantenabrundung und Wärmedämmung aus Tokio, samt Einbau durch einen ortsansässigen Glasereibetrieb: sechzehnhundert Euro.

Heiser vor Nervosität raunt Max seiner Mutter »Ach Scheiße, also dann los!« zu, streicht Mephisto zum Abschied über den Rücken, während der schon frisst und ihn ignoriert, holt alles Nötige aus seinem Zimmer und sitzt wenig später auf der dunkelblauen Vespa.

Als er aus der Auffahrt biegt, schaut er über seine Schulter zurück und sieht auf der Terrasse, ein paar Schritte vor dem Pool, seine Mutter stehen, die auf ihm bekannte Art ihr Kinn erhoben hält und damit beschäftigt scheint, einen unsichtbaren Gegenstand zu balancieren. Ein Leben in Kontemplation.

Nur der Gegenverkehr aus der Stadt heraus ist zäh. Einwärts kommt Max ungehindert durch. Das Dreibeinstativ der Radarkontrolle an der üblichen Stelle bremst er routiniert aus. Grünwald – München Stadtmitte: achtzehn Minuten.

* * *

Um halb fünf steht Max blickgeschützt in einer Ecke gegenüber der Notarkanzlei seines Vaters und wartet. Das GPS-Ortungssystem hat er letzte Woche bereits getestet. Es funktioniert erschütternd gut. Heute wird er an Dad zum ersten Mal den Ernstfall proben.

Gleich nachdem Frau Rütting die Fremdgeh-Indizien gepetzt hatte, war seine Mutter durch die Decke gegangen. Auf eine verzweifelte Art, die eher den desolaten Gesamtzustand ihrer Ehe offenbarte, als dass es die mutmaßlichen Eskapaden seines Vaters abgebildet hätte.

Mum sprach von Trennung, Scheidung, endlich, Vernichten, Bloßstellen und so weiter. Max wusste nicht, wie er das finden sollte. Meinte nur, dass man Belege bräuchte. Hörensagen reiche nicht. Wobei dieser Einwand weniger einer Anwandlung von Besonnenheit entsprang. Vielmehr wollte er die Ehe seiner Eltern nicht ruiniert und seinen Vater nicht schuldlos in die Pfanne gehauen sehen. Weil er mit Dad zwar auch so seine Probleme hat, der sich aber wenigstens mit beiden Beinen auf diesem Planeten befindet und nicht weit weg in anderen Galaxien, wie seine Mutter. Unterm Strich mag auch Dad pathologisch distanziert und verschlossen sein, aber Max hat den Eindruck, dass er nur deshalb so ist, weil ihn seine Intellektualität auf alles Alltägliche mit chronischer Langeweile reagieren lässt. Wenns ernst wird, funktioniert er als Elternteil zumindest. Ohne ihn, nur Max und Mum – nicht auszudenken, welche Verwerfungen das nach sich ziehen würde.

Hoffnungslos oldschool kam seiner Mum die Idee, einen Privatdetektiv zu beauftragen. Als ob man auch noch auf Telefonzellen, DVDs oder Festnetz zurückgreifen würde. Ein vom Aussterben bedrohter Job, Privatdetektiv.

Die Idee mit der Ortungs-App lag nah, grünes Licht seiner Mutter. Die Senderkomponente im Handy seines Vaters zu koppeln und zu aktivieren dauerte keine zwei Minuten. Merkt der nie.

16 Uhr 49. Früher als erwartet. Dad verlässt das Haus, in dem sich die Kanzlei befindet, Max folgt seinem dunkelblauen Anzugrücken in sicherem Abstand. Er ist aufgeregt. Das Ganze fühlt sich falsch an. Wer möchte seinen Vater schon dabei beobachten, wie er sich unbeobachtet verhält. Das ist zu intim, zu entwürdigend. Für beide Seiten.

Auf seinem Handydisplay sieht Max, auf den Meter genau, wohin sein Vater läuft. Der Gegencheck mit bloßem Auge bestätigt das. Er läuft die Fußgängerzone hinunter, bis zum Sendlinger-Tor-Platz, betritt dort ein Motel One. Oh nein! Max bleibt hinter einem Lieferwagen stehen, den Eingang im Blick.

Was soll er jetzt machen? Alle Frauen fotografieren, die hineingehen? Vielleicht ist die betreffende ja schon drinnen. Er beschließt, weiter zu warten.

Nach sieben Minuten kommt Dad ohne seine schicke Ledertasche wieder raus und marschiert über mehrere verwinkelte Straßen zu einem italienischen Restaurant und betritt es, ohne zu zögern.

Max hat Glück und Pech zugleich. Er könnte kotzen, als er seinen an einem Fensterplatz sitzenden Vater sich mit einer fremden alten Frau, die erst nach einer Ewigkeit erschienen ist, unterhalten sieht.

Wie sehr hatte Max gehofft, alles wäre nur ein Irrtum, eine Fehlinterpretation.

Er macht Fotos, die aber auf die Distanz und durch die Scheibe nichts taugen. Müssen sie ja auch nicht. Es reicht, wenn Max weiß, was Sache ist. Er ist ja eben kein angeheuerter Schnüffler, der den Ehebruchbeweis in Form von Bildern zusammentragen muss. Das Wissen allein ist schrecklich genug. Diesen Albtraum braucht seine Mutter nicht auch noch schwarz auf weiß vorgelegt zu bekommen. Wahrscheinlich sitzt sie gerade daheim, in sich gekippt, voller nervöser Unruhe. Max stellt sich vor, wie er ihr die Nachricht überbringen wird. Er spielt schon lange nicht mehr sich selbst, wenn er in ihrer Nähe ist.

Aber er wird dennoch nichts beschönigen.

Er starrt wieder rüber ins Restaurant. Gerne würde er hören, was sein Vater und die Hure reden. Vielleicht hätte er das Richtmikrofon gleich mitbestellen sollen, das es auf derselben Website wie die Ortungs-App gab. Dort wurden auch Minikameras mit Nachtsicht, Abhörgeräte und GPS-Fahrzeug-Tracker angeboten. Zu lächerlich niedrigen Preisen. Kann sich jeder leisten.

Die Welt ist verloren.

Mach doch endlich, dass die beiden zu labern aufhören. Max wird ungeduldig. Für einen Moment flammen seine

Kieferschmerzen auf. Die Geschichte mit seinem Kumpel Laurin gestern. Er hatte via Bildschirm mit ihm gewettet, dass er seine Faust ganz in seinen Mund bekommt, und sie dann ewig nicht mehr rausgekriegt.

Endlich. Er sieht, wie sein Vater zahlt.

Dad und die Olle schlendern anschließend in das verfickte Motel One und Max bleibt nichts anderes übrig, als geschlagene zweieinhalb Stunden zu warten. Wieder warten! Er müsste eigentlich nicht, er hat genug gesehen, möchte es jetzt aber genau wissen.

Die Warterei ist zermürbend. Gleichzeitig empfindet er es als angebrachte Selbstbestrafung, denn was er hier macht, ist abartig. Für einen Moment weiß er gar nicht, wessen Schuld größer ist: die seines Vaters oder seine. Max, der etwas aufdeckt, das ohne Aufdeckung gar nicht erst wahr geworden wäre.

Wieso hat sein Vater überhaupt noch Sex? Er ist 46. Ekliger Gedanke.

Die Sonne geht langsam unter. Max sucht sich in dem kleinen Park gegenüber dem Hotel eine Bank. Neben ihn setzt sich bald ein alter Mann mit Buckel und knittriger Bundfaltenhose, der mit sich selbst auf Arabisch debattiert. Nach einer Ewigkeit erst verzieht er sich.

Sichtlich zerzaust, Max glaubts ja nicht, verlässt die durchgevögelte Nutte um 22 Uhr 8 das Hotel. Ihm läuft ein Schauer des Ekels über den Rücken, während er abwägt, ob er heimfahren soll, jetzt reichts nämlich wirklich, entscheidet sich dann aber anders und möchte plötzlich nichts lieber wissen, als ob sein Vater hier schläft oder nach Hause fährt. Dad bleibt nämlich manchmal über Nacht weg, sagt, er sei im Büro geblieben, zu viel Arbeit, und habe dort auch übernachtet. Er hat Couch und Dusche in der Kanzlei.

Dass er nachts manchmal nicht heimkommt, ist zwischen ihm und Max' Mutter kein Thema. Die zwei haben sich längst so entfremdet, dass man keinerlei Anlass für rechtfertigende Auskünfte verspürt.

Dad kommt und kommt nicht!

Knapp bevor Max abbrechen will, trottet sein Vater aus dem Hotel. Max hätte ihn beinah nicht erkannt, weil er einen Trainingsanzug trägt. Vor lauter Überraschung versäumt Max es fast, sich hinter einem Strauch zu verstecken.

Dad geht dieselbe Strecke zu seinem Büro zurück, auf der er vor Stunden herkam. Max beschließt, ihm nicht mehr zu folgen und einen anderen Weg zur geparkten Vespa einzuschlagen und somit nicht Gefahr zu laufen, aufzufliegen. Als ihm plötzlich etwas Merkwürdiges auffällt. Das Ortungssystem auf seinem Smartphone zeigt keinerlei Bewegung an. Schaut Max aber die Straße hinunter, sieht er seinen Vater zügig Richtung Norden marschieren.

Der Peilsender regt sich dabei kein bisschen.

Falls Dad im Hotel ausgecheckt haben sollte, wäre es für seinen übergenauen Vater ungewöhnlich, sich nicht zu vergewissern, nichts auf dem Zimmer liegen gelassen zu haben. Schon gar nicht das iPhone.

Und dann auch noch dieser Trainingsanzug. Und die Ledertasche hat er auch nicht dabei. Dafür eine Tüte.

Irgendwas stimmt hier nicht.

Max beginnt die rechte Häuserzeile entlang zu joggen und holt seinen Vater in sicherem Abstand ein, sieht, wie er in die Tiefgarage unweit der Notarkanzlei geht und kurz darauf in seinem alten Mercedes CLK wieder rauskommt. Auch komisch, dass er nicht seinen Jaguar, sondern den betagten Benz genommen hat, von dem er sich zwar kurioserweise nicht trennen will, der in letzter Zeit aber nur noch in der Garage stand.

Genügend Sicherheitsabstand wahrend hängt sich Max mit dem Moped an Dads Auto.

Sein Vater ist normalerweise ein extremer Raser, fährt heute aber genau nach Tempolimit. Scheint entspannt zu sein.

Frisch gefickt.

Mein Gott.

Dad will definitiv nicht heim, überlegt Max, als der Wagen nach Osten weiterfährt, anstatt rechts abzubiegen.

Nach einer weiteren Ewigkeit kommt der CLK in einer Nebenstraße nahe dem Stadtrand zum Halt, parkt. Max bleibt fast das Herz stehen. Was tun?

Er hält ebenfalls an und schiebt die Vespa zwischen zwei parkende Pkw, linst ums Heck des VW-Busses vor ihm und sieht – nichts.

Sein Vater ist verschwunden. Der Wagen steht verlassen da.

Max kennt die Gegend, seine Tante wohnt zwei Straßen weiter.

Lauter gepflegte Einzelhäuser, Siebzigerjahrestil. Was soll er jetzt machen?

Aus einem Impuls heraus beschließt er, vorsichtig durch die Straßen zu schleichen, um nicht von seinem Vater ertappt zu werden, sondern vielmehr ihn zu ertappen. Eventuell findet er ihn ja wieder. Ist er hier, um zu joggen? Eine weitere Frau besuchen? Es wird immer kurioser.

Max' Weg führt ihn nach mehreren willkürlichen Abzweigungen am Haus seiner Tante vorbei. Neben einem Stromverteilerkasten, diagonal gegenüber ihrem Grundstück versetzt, bleibt er stehen. Evi Junckers, die Schwester seiner Mum. Sie ist eine Geschäftsfrau auf Selbstverwirklichungstrip, berufsbedingt viel unterwegs, agil, lebensfroh, das Gegenteil seiner Mutter.

Und dann passiert etwas, das kein Zufall sein kann, das spürt Max sofort.

Er sieht Tante Evi mit ihrem großen schwarzen Mercedes am anderen Ende der Einbahnstraße auftauchen. Ausgerechnet. Er erkennt ihr personalisiertes Kfz-Kennzeichen im kurzen Lichtmoment, als sie eine Straßenlaterne passiert. M-EJ 21 noch was.

Sie setzt den Blinker, das elektrische Garagentor schwenkt bereits automatisch auf, enorme Reichweite der Fernbedienung, diagnostiziert Max noch und traut seinen Augen nicht, sieht aber in der sich öffnenden Doppelgarage einen Schatten neben dem Regal rechts stehen. Ganz eindeutig. Es ist dunkel, es ist nur eine

Silhouette von vielen in der mit allerlei Kram verstellten Garage, aber es ist völlig klar, dass das sein Vater ist.

Wie angewurzelt steht Max da, denkt sich, das wird schon seinen Grund haben. Denkt sich, mein Vater bumst auch meine Tante, denkt sich, nein, das ist unmöglich, denkt sich, nicht eingreifen, sonst zerstöre ich noch irgendeine Überraschung, die ich gerade nicht voraussehen kann.

Keine Frage, er kriegt hier irgendwas nicht mit.

Und dann sieht er seine Tante den Mercedes vorsichtig in die Garage bugsieren, nach einiger Nestelei aus dem Wagen steigen, es ist immer noch dunkel in der Garage, sie will den Lichtschalter an der Wand anknipsen, aber sein Vater, der etwas über den Kopf gezogen hat, springt aus der Deckung, drückt ihr von hinten einen Gegenstand auf den Mund, zwingt sie nieder. Es dauert wenige Sekunden, bis Tante Evi auf dem Boden liegt. Dann betätigt Dad einen Knopf hinter dem Regal, das Garagentor senkt sich erhaben, und noch ehe es ganz schließt, erkennt Max, der unbeweglich und mit offenem Mund immer noch an derselben Stelle gegenüber dem Grundstück steht, dass sein Vater mit so etwas wie einem Hammer oder einer großen Zange wie wild auf die Beine seiner Tante eindrischt.

Ein-, zwei-, dreimal. Wie im Rausch. Dann schließt das Tor.

Gespenstische Ruhe.

Max kapiert gar nichts mehr.

* * *

Erledigt, erledigt, erledigt. Es ist halb fünf. Meine To-do-Liste sagt, das wärs für heute. Keine weiteren offiziellen Termine mehr. »E. J. einen einschneidenden Schicksalsschlag verabreichen« steht natürlich nicht auf der Liste.

Der Wohnungskauf von Familie Korbmeyer heute Vormittag ging postalisch bereits raus, die Vorsitzende der Landesnotarkammer habe ich ebenfalls zurückgerufen.

»Gutte Tag Herr Dokto Staiga«, unterbricht eine Stimme meine Gedanken. »Sauber machen ich jetz, könne jetz?« Unsere rumänische Putzfrau betritt unvermittelt mein Büro.

»Bin gleich weg, Frau Paladi«, antworte ich freundlich, während sie trotzdem meinen Mülleimer zu leeren beginnt.

»Bin wirklich gleich weg, nur fünf Minuten«, bitte ich erneut um Einhalt. Dem entgegnet sie etwas scheinbar Humorvolles, das ich nicht kapiere. Sie lebt erst seit dreißig Jahren in Deutschland, deswegen ist ihre Grammatik noch ein wenig wacklig.

Sie gackert über ihren eigenen Scherz und ich stimme wohlwollend mit ein, beinahe devot. Und während sie sich entschließt, mein Büro vorerst doch noch zu verlassen, steigert sie sich richtig rein und ihr Kichern wird zu einem prustenden Wiehern. Lebensfreude live. Ich sehe ihr bewundernd nach. Durch ihre niedere Einfalt ist sie derart unangreifbar, dass sie sich ein vollkommen freies Lachen leisten kann.

Ich ordne noch einige Unterlagen auf meinem Schreibtisch. Stoße ein paar lose Seiten auf Kante.

Das frisch geladene iPhone meldet keine kurzfristige Absage meines Treffens in einer Stunde mit einer gewissen Marion, die ich auf einer Sexdatingseite kennengelernt habe.

Wir haben uns letzte Woche zum ersten Beschnuppern auf einen Kaffee verabredet. Heute gehen wir was essen und dann aufs Hotelzimmer, das ich gebucht habe.

Casual Dating ist so viel entspannter und ehrlicher als klassische Partnerportale. Du musst keiner Frau vormachen, du würdest eine Beziehung suchen, Wärme, Nähe, was Dauerhaftes. Beide wissen, erst mal Sex haben und dann weitersehen – was bei mir bedeutet: zügig wieder Abschied nehmen.

Ich praktiziere diese Art der Affärenanbahnung seit Jahren. Inzwischen kriege ich schon beim dritten Mal Vögeln keinen mehr hoch, da ich derart abgebrüht bin, dass mich nur noch maximal die ersten beiden Male mit derselben Frau ausreichend stimulieren können.

Das Lustempfinden verkümmert, wenn du wieder und wieder neue Körper konsumierst. Du weißt gar nicht mehr, worauf du dich einstellen und wofür du überhaupt noch heiß werden sollst.

Es wird zum stupiden Abarbeiten eines selbst auferlegten Prinzips. Es geht nur noch um die *Idee* von Sex.

Vielleicht gings nie um was anderes.

Aufhören kann und will ich dennoch nicht. Was hat man denn sonst noch?

Zu einem nicht unerheblichen Teil habe ich nur deswegen Sex, weil mich dabei meine Schwermut und Denksucht in Frieden lassen.

Phasenweise verliere ich vor lauter Überfrachtung von neuen Frauen die Kontrolle und stecke ihn auch mal ohne Gummi rein.

Wie im Wahn fatalistischer Gleichmut.

Wird etwas zu viel, setzt zwangsläufig so was wie eine Tendenz zur Selbstzerstörung ein, schätze ich.

Bislang kam ich aber glimpflich davon. Zwei je fünftägige Antibiotikakuren. Zum einen wegen eines Pilzes mit einer obskuren Buchstaben-Zahlen-Kombination (wobei gegen Schmierinfektionen auch kein Kondom hilft), zum anderen wegen einer Nierenentzündung. Alles ruckzuck behoben.

Auch wenn es mental anstrengend ist, sich dem eigenen Leistungsdruck auszusetzen (wer ist schon mit einer fremden Frau in einem Hotelzimmer termingenau in Stimmung? »Klopfklopf, es ist 16 Uhr 30. Los gehts!«), bin ich froh über Onlinesexdating. Wie trostlos war es doch, als es das noch nicht gab. Steinzeit. Ins beklemmende Nachtleben eintauchen? Dunkel, laut, miefig, die Leute überdreht? Nichts für mich. Die Offensichtlichkeit deiner Absicht, wenn du dich einer Frau näherst, diese Durchschaubarkeit ist derart jämmerlich. Und du hast keine Ahnung, ob die Frau, die du ansprichst (könnt ich niemals!), sich nur mit einem ziellosen Flirt die Zeit vertreiben und ihren Marktwert testen will.

Bei Casualportalen kannst du mannigfach Blindakquise betreiben, investierst täglich zehn Minuten mit dem Versenden deines Standardanschreibens und bekommst, meiner Erfahrung nach, eineinhalb potenzielle Kandidatinnen pro Monat ins Bett. Zudem bin ich nicht wählerisch. Schönheit ist nur ein Trick der Natur, für die Einfachgestrickten. Aussehen sagt über körperliche Passgenauigkeit exakt gar nichts aus. Es lassen sich die erstaunlichsten Überraschungen erleben. Eine eher unattraktive Erscheinung: superkompatibel. Mittelansehnlich: gänzlich untalentiert oder auch deutlich über Durchschnitt. Sehr hübsch: total gehemmt. Oder ganz anders.

Und wirklich küssen kann sowieso nur jede Zehnte. Die anderen machen mit ihren Zungen Dinge, dass ich manchmal innehalten und fragen möchte: Was genau soll das sein? Wie soll ich darauf reagieren? Bist du eine tollwütige Klapperschlange? Oder ein offenmäuliger Fisch mit Zungenlähmung?

Eigendynamisches Ineinandergreifen ist rar.

Von Geruch, Haut, gegenseitigen Proportionen im Verhältnis zueinander ganz zu schweigen.

Vielleicht wirds langsam zu viel. Es gibt ihn einfach, den Augenblick, an dem man am Ende dessen angelangt ist, was einem widerfahren kann.

Unnötig eilig sammele ich meine Sachen zusammen, verlasse mein Büro und betrete das Vorzimmer. Durch das Panoramafenster sieht man direkt auf den Marienplatz, in ganzer Breite.

»Sind Sie gerade an der Akte Welss AG/Hermannsdorf dran?«, frage ich Frau Rütting-Illinger, die mit kerzengeradem Rücken vor ihrem Computer sitzt, der ja eigentlich meiner ist.

»Sieht so aus«, antwortet sie, ohne die leiseste Spur eines Lächelns. Frau Rütting-Illinger ist eine resolute Sechsundfünfzigjährige vom alten Schlag. Stets tiptop gekleidet, gewissenhaft, restlos verhärmt. Sie ist wirklich unentbehrlich für mich geworden und ich zahle ihr mehr, als ich müsste. Ein Akt, der selten wertgeschätzt wird, da Menschen Entgegenkommen allzu schnell als selbstverständlich abheften.

»Äh, ... schön«, murmele ich, mal wieder perplex über ihre ostdeutsche Muffigkeit. Ist Frau Rütting-Illinger auch bereits seit acht Jahren bei mir, so können wir beide mit Fug und Recht behaupten, dass wir uns emotional kein bisschen angenähert haben.

Ich sage: »Ich sehs mir dann morgen gleich in der Früh an. Die handschriftlichen Anmerkungen haben Sie berücksichtigt?« In gespielter Entspanntheit ziehe ich die Augenbrauen hoch, als wäre es nur eine Nebenbemerkung. In Wahrheit befinde ich mich immer in Habachtstellung. Notarskorrespondenz muss hundertprozentig korrekt sein, inhaltlich wie orthografisch.

»Ihre Anmerkungen habe ich natürlich aufgenommen. Der Vorgang ist sofort fertig. Sie könntens gleich noch durchschauen, aber wahrscheinlich haben Sie's sehr eilig, oder?« Frau Rütting-Illinger legt angewidert die Stirn in Falten. Sie hat immer eine Laune zum Davonlaufen, aber irgendwas ist neuerdings anders an ihrem Verhalten. So vorbehaltlich. Als käme das dicke Ende noch. Ich kann es nicht auf den Punkt bringen.

Aus dem Augenwinkel heraus sehe ich unsere Reinigungskraft Frau Paladi von den Toiletten kommend in mein Büro huschen. Ich hege den Verdacht, sie wischt unsere Arbeitsflächen mit demselben Lappen, mit dem sie auch den Sanitärbereich putzt. Das stärkt unser aller Immunsystem auf Dauer gründlicher als jede Vitamintablette.

»Ja, heute schaff ichs nicht mehr. Bis morgen, Frau Rütting-Illinger, tschüs«, sage ich und weg bin ich.

Kurze Zeit später betrete ich das vereinbarte Restaurant in der Nähe des Hotels, in dem ich auf dem Weg hierher bereits eingecheckt habe, um das Zimmer vorab zu begutachten. Ich kenne mich gern aus.

Ich suche mir einen diskreten Tisch im Lokal. Und warte.

Mein Date Marion, Supermarktmanagerin, erscheint erst kurz vor sechs, bewundernswert gelassen angesichts ihrer Verspätung.

»Hey Marion, schön, dass es klappt. Wie gehts dir?« Ihre Unpünktlichkeit hindert mich kein bisschen daran, noch liebenswürdiger zu sein.

»Hi Alex.« Sie gibt mir einen Kuss auf die Wange. Alex_MUC1 ist mein Profilname auf dem Portal. Ich werde einen Teufel tun und meine Identität preisgeben. Schon gar nicht meinen Beruf. Notar! Das Erahnen von Wohlstand öffnet in den Köpfen der meisten Menschen seltsame Türen. Das gereichte mir nur zum Nachteil.

Keine Ahnung, ob Marion nur so tut, als würde sie mir glauben, dass Alex mein echter Name ist und dass ich in der Versicherungsbranche tätig bin. Aber Dinge wie Verschleierung und Kalkül zieht sie als Vertreterin der Unterschicht wahrscheinlich gar nicht in Betracht.

»Bitte, nimm doch Platz.«

Mit Marion und ihren zu forschen Augen sitzt mir nun also eine weitere unbedeutende Person gegenüber, die meinem Leben für ein paar Stunden die Illusion von Sinnhaftigkeit vermitteln soll. Und eventuell kann ich mir ein paar Momente beim Sex vormachen, dass sie mich tatsächlich über einen längeren Zeitraum reizen könnte. Bis ich ihr übermorgen eine Nachricht schicke und ebenso plausibel wie höflich den Laufpass gebe. Weil mir »das mit dem unpersönlichen Onlinekontext letztlich zu fremd bleibt«. So ähnlich, individuell angepasst.

Inhaltlich lege ich das Schlussmachen bereits in der ersten Stunde des Kennenlernens fest, indem ich psychologisch eine zweite Ebene einziehe. Eine Mischung aus filterloser Offenheit und Selbstdegradierung.

Die Speisekarte in Händen schildert Marion mir ein fadenscheiniges Ereignis als Erklärung ihres Zuspätkommens. Irgendwie rührt mich ihr Bemühen. Natürlich nicht so sehr, wie es mich beleidigt.

Wir essen was, während sie mir, getriggert von meinen berührungsangstfreien Fragen, von sich erzählt. Im Grunde dasselbe wie bei unserem ersten Date. Ich stelle sie ins Scheinwerferlicht und sie deutet mein analytisches Nachhaken als explizites Interesse an ihr, hält mich für tiefsinnig und geistreich (natürlich nur, weil sie so gewöhnlich ist) und erhebt mich damit nicht unwesentlich zu ihrem heutigen Bettpartner.

Ab einem gewissen Punkt muss ich ihr nur noch konzentriert zuhören und mit dem Kopf nicken, zu ihren Statements kommentierend die Stirn runzeln und kann schon längst sicher sein, dass alles wie geplant läuft.

Die Ungeschliffenheit ihrer Lebensauffassungen, die dürftigen Gedankenschlüsse, die dauernden Themaverfehlungen. Dazu die schablonenhafte Gleichheit mit all den anderen Frauen, die ich über die Jahre abgearbeitet habe ... das fordert mir eine gewisse Kondition ab.

»Ich lache total gern« stand in ihrem Profiltext. Na klar, was sonst. Eine Hervorhebung als Bankrotterklärung.

Eigentlich höre ich nichts anderes als Floskeln.

Ich mustere sie immer wieder mal, wenn sie nicht schaut, um mich körperlich auf sie einzustellen. Vor Erstsex bin ich grundsätzlich nervös.

Marion ist etwa gleich alt wie ich. Ich schlafe selten mit Frauen, die mehr als sechs, sieben Jahre jünger sind als ich. Ich verstehe Männer nicht, die das tun. Zum einen ticken deutlich jüngere Frauen naturgemäß anders, und das macht es nahezu unmöglich, eine ausreichende geistige Connection herzustellen. Zum anderen ist für mich nicht entscheidend, ob die Frau körperlich frisch ist, sondern wie ich auf sie wirke. Ich könnte mich nicht locker machen, wenn ich mir denken müsste, die Achtundzwanzigjährige, mit der ich gerade zu tun habe, muss mich doch alt und fragwürdig finden. Männer, die diesen Aspekt der zweiflerischen Selbstbetrachtung nicht besitzen, kann ich nur beneiden.

Gleichzeitig halte ich sie für schlicht und unreflektiert, klar, das schon. Trotzdem haben sie's gut, sie sind dumm.

Ich versuche seit einigen Minuten, den Kellner zu erwischen, um zu zahlen. Marion erzählt gerade von ihren Hobbys Wandern und Motorradfahren. Langsam dauert es ein bisschen lange.

»Wollen wir?«, frage ich sie, nachdem ich bezahlt habe, ziehe die Lippen nach oben und sehe damit hoffentlich sehr, sehr distinguiert aus.

Ich habe wirklich überhaupt keine Schamschwelle mehr. Aber es muss einem auch mal was gleichgültig sein können.

Während wir zum Hotel schlendern, bete ich, wie immer, dass uns kein Bekannter sieht.

Keine Ahnung, die wievielte Partnerin Marion für mich ist.

Das Einzige, was mir den Kontakt mit einer Frau überhaupt noch ertragbar erscheinen lässt, ist Unverbindlichkeit, Unverfänglichkeit.

Wir schlafen miteinander. Sie ist so mittelokay, also für mich. Geruch passt nicht ganz, unsere Hautkompatibilität ist in Ordnung, ihre Mumu etwas zu charakterlos. Aber wie die meisten Frauen auf diesem Portal ist sie hingabefähig. Immerhin.

Es wird kein nächstes Mal geben.

Etwas nach zehn verlässt sie das Hotelzimmer ungeduscht. Krass. So was kommt manchmal vor. Anderer Menschentypus.

Ich dusche in Ruhe, habe noch Zeit. Erst gegen halb zwölf beginnt die eigentliche Mission dieses Abends.

Ich ziehe mir den mitgebrachten Trainingsanzug an, packe die Tüte. Lasse das Handy auf dem Nachttisch liegen, verlasse das Hotel um Viertel vor elf, laufe zurück zum Büro, noch zwei Häuser weiter zur Tiefgarage und steige in meinen Wagen.

Die Stunden mit Marion hallen kein bisschen nach. Ich bin total abgestumpft. Wofür mache ich das überhaupt?

Im Autoradio läuft »Let You Love Me«, Rita Ora. Geilster Song der letzten Monate. Als er endet, wechsle ich den Sender und lande auf einem Nachrichtenkanal, mitten in einem Beitrag, und höre einen Experten im Expertenton sagen: »... wobei der soziokulturelle Aspekt jeglicher Integration, der Respekt gegenüber sämtlichen Glaubensrichtungen ...« Wie der Blitz schalte ich aus. Es ist einfach *zu* blöd. Manche Themen regen einen immer wieder von Neuem auf. Es geht nicht darum, alle Religionen zu billigen. Es gilt, alle Religionen abzuschaffen. Alle! Eine wie die andere. *Das* wäre der nächste geistig evolutive Schritt. Ende mit Märchenstunde. Ende der Willkür. Kapiert keiner. Sind noch nicht so weit. Verwechseln Akzeptanz mit Rückschrittlichkeit.

Ich halte mich brav an die Geschwindigkeitsbeschränkung. Setze den Blinker, bin gleich da.

Seit der Zeugung meines Sohnes Max vor siebzehn Jahren hatte ich mit meiner Frau keinen Sex mehr. Ich will das nicht mehr. Ich kann das nicht mehr.

* * *

Nur mal angenommen, du möchtest ein Verbrechen begehen.

Wenn du alles zu Beachtende sorgsam einkalkulierst, bist du doch sicher, du kämst davon. Oder?

Also ich bin sicher.

Es geht schon damit los, dass ich ein derart unauffälliges, unbescholtenes Leben führe, weswegen ich mich für gewissermaßen unverfolgbar halte.

Auf dem Suchradar tauche ich erst gar nicht auf.

Meine Schnittmenge mit der Exekutive beschränkt sich auf eine nächtliche Polizeikontrolle vor einer Ewigkeit.

Null Promille. Höfliche Beamte. Gute Fahrt noch.

Nie bin ich kriminalstatistisch aktenkundig geworden. Woraus eine Unbedarftheit resultiert, die eine Voraussetzung meiner Entschlossenheit darstellt.

Ich plane akribisch jedes Detail meiner Taten.

Wie schon erwähnt, töte ich nicht. Tod ist keine Strafe.

Ich füge körperlichen Schaden von einer Drastik zu, die unausweichlich für ein lebenslanges psychisches Martyrium sorgt. Das physische bildet nur die Grundlage. Ein Werk von bleibendem Wert. Direkt wie indirekt.

Permanenter Schmerz, Behinderung, Stigmatisierung, seelische Erkrankung. Sonst lohnt sichs nicht.

Folgender Satz muss nach der Vollstreckung Anwendung finden, erst dann ist die Vorgabe *maximale Zerstörung* erbracht:

»Da hilft dir auch kein Anwalt mehr, du Stück Scheiße, weil dir auch kein Arzt mehr helfen kann.«

Und wenn man gut drauf ist, kann man nach Erledigung noch einen kleinen Scherz nachlegen, der das Opfer kurzfristig verwirrt:

»Tschüss ... bis morgen!«

Muss man aber nicht.

* * *

Evi wird mein letztes Opfer sein. Für die nächsten drei Jahre. Bis ich wieder genügend Kraft gesammelt habe.

Evi ist die deutlich ältere Schwester meiner Frau. Sie ist Mitte fünfzig, hat sich aber gut gehalten. Modebranche, selbstständig, viel unterwegs. Nimm eine Hektikerin, kombiniere sie mit einer überpflegten Strahlefrau und der Essenz eines mehrfachen Hörsturzes, dann hast du Evi Junckers. Sie ist eine von denen, die Sätze anfangen mit: »Hach, ich sags dir!«

Sie ist auch nicht sechsundfünfzig Jahre alt, sondern sechsundfünfzig Jahre *jung*. Sie kommt nicht aus München, sondern aus dem *schönen* München. Sie hat nicht zwei Kinder, sondern zwei *wundervolle* Kinder. Und sie ist auch nicht entsetzt über den Terroranschlag XY, sondern über den *schrecklichen* Terroranschlag XY. Nicht dass noch einer denkt, sie fände ihn genauso wundervoll wie ihre Kinder. Auf die sie natürlich *stolz* ist. Stolz! Das unsinnigste Gefühl von allen. Als könne man auch nur für irgendetwas etwas.

Immer wenn ich Evi auf Familienfesten treffe, geht sie mir entsetzlich auf die Nerven. Eine Plattitüdenmaschine ohne Pausenknopf. Wenn Evi »Für einen guten Zweck!« hört, kriegt sie sofort einen Spendendurchfall. Gönnerhaft und frömmlerisch, aber in der Steuererklärung bei den Bewirtungsbelegen tricksen.

Evi ist derart vorhersehbar, derart liberal-dümmlich, dass es einfach nicht möglich ist, mir ihre blöden Statements anzuhören, ohne ihr in ihre überspannte Verständnisfresse brüllen zu wollen. Ich gehe dann einfach und entziehe mich diesem permanenten Bemühen um Political Correctness, was nichts anderes heißt als: sich anpassen, sich fügen und mitwatscheln, weil es leichtfällt, eine Meinung zu haben, wenn man ungenügend informiert ist.

Es gibt da diese weit verbreitete Tendenz, nur noch die Menschen gut zu finden, die alles gut finden. Ich hingegen habe schon das Bedürfnis, meine eigene Meinung zu ändern, sobald mir einer recht gibt ...

Nach Absolvieren ihrer Pflichtehe mit einem erfolgreichen Unternehmer hat sie sich vor drei Jahren von Rolf scheiden lassen und führt nun ein durchalimentiertes Leben in Saus und Braus. Zum Dank hat sie ihm die beiden gemeinsamen Kinder durch üble Nachrede total entfremdet und findet nach wie vor, dass der Scheidungsgrund »Er hat einfach zu viel gearbeitet und war zu selten zu Hause« Rolf in einem richtig üblen Licht dastehen lässt. Ihr Traummann sollte also nicht nur für reichlich Kohle, sondern auch für durchgehendes Entertainment sorgen. Leute, denen langweilig sein kann, verstehe ich nicht. Mir ist nie langweilig. Ich hab doch mich. Sogar wenn ich nur gegen eine Wand starre, gehen mir Dinge durch den Kopf.

Doch Evis Blödheit spielt heute überhaupt keine Rolle. Deswegen bin ich nicht auf meinem Weg zu ihr, nachts um elf, nach meinem Hoteldate mit ... Marion. Ihr Name ist schon fast verblasst. (Das Einzige, woran ich mich bei ihr erinnere, ist, dass ich sie durch die Tür pinkeln hören konnte. So viele

Frauen zielen laut ins Klowasser statt auf die Keramik. Check ich nicht.)

Ich fahre unverändert vorschriftsmäßig schnell, siebzehn Minuten vergehen, und parke schließlich zwei Straßen vom Haus meiner Schwägerin entfernt. Dies hier ist mein vierter Versuch, ihr aufzulauern.

Evi kommt heute einmal mehr aus Mallorca zurück, verbindet dort regelmäßig Business mit Entspannung. Nimmt immer den spätesten Flieger, erledigt noch was in ihrem Büro und fährt dann heim.

Wenn gleich wieder etwas nicht passt, werde ich erneut abbrechen und es nächste Woche abermals versuchen. Da bin ich eisenhart. Perfektion ist optionslos. Alles scheitert, bis es klappt.

Ich greife nach meiner Tüte, sperre den Wagen ab, laufe rüber zu ihrem Grundstück, im Dunkeln sehen alle Häuser gleich aus, verschaffe mir über die rückwärtige Tür mit der Bonuskarte meines Stammcafés (der zehnte Kaffee ist gratis) Eintritt zu ihrer frei stehenden Doppelgarage, meine leichteste Übung, ist heute ja das vierte Mal, und warte neben dem Regal mit den Gartenwerkzeugen.

In der Garage riecht es nach Moder. Davon läuft mir immer die Nase. Selbst wenn ich sie zuhalte, kann ich den Schimmel riechen.

Ich warte noch acht Minuten, und das ist eine unendlich lange Zeit. Ich vibriere. Ich muss meine Mission zu Ende bringen, bevor alles versiegt.

Ich bin nicht so überheblich zu glauben, dass das alles einen Sinn macht. Natürlich nicht.

Ein Gefühlsmensch, der sich die Dinge schönträumt, war ich nie. Meine Welt war nie hell und strahlend. Aber seit ich die vierzig überschritten habe, gleicht das Leben einer neblig grauen Stadt nach einer atomaren Katastrophe.

Unerfreubarkeit, Hoffnungslosigkeit, Universalzweifel. Nicht mal das Zerstören eines Lebens erfüllt mich mehr mit Sinn. Mein

Hunger nach Vergeltung ist längst verblichen. Ein Schatten seines Ursprungs. Zum Selbstzweck verkommen.

Ich höre das Knacken der Automatik des Garagentors. Es öffnet sich. Evi und ihr brandneuer Mercedes, skandalöserweise kein E-Auto, sind nur noch wenige Meter entfernt, biegen in die breite Zufahrt, in seliger Unkenntnis der Gefahr, die in der Garage lauert.

Evi ruckelt mit der Hunderttausend-Euro-Limousine indiskutabel holprig in Parkposition. Ich luge vorsichtig hinter meinem Regalwall hervor.

Skimaske? Hab ich längst aufgesetzt. Jetzt läuft mir der Rotz in die Baumwolle, auch gut.

Unsere Modedesignerin nestelt in ihrer Handtasche auf dem Beifahrersitz herum, ahnt ja nicht, dass jemand auf sie wartet, also verzeihe ich ihr die Trödelei.

Evi hat zwei Kinder. Zwei, weil zwei Kinder haben ein Musthave ist. Steht so in der Vogue und der InStyle und überall.

Ich steigere mich schon rein. Gut. Kann jeden Energieschub brauchen.

Jetzt richtet sie sich ihre Haare im Rückspiegel! Wofür das denn? Sie kommt spätnachts heim und ist noch um ihre Erscheinung besorgt? Von ihrem Mann ist sie geschieden, lebt lediglich mit ihrer Tochter zusammen, und die ist heute nicht da. Total verblödet.

Endlich steigt Evi aus. Die Garage ist nur von der Innenbeleuchtung des Autos erhellt. Sie will zum Lichtschalter an der Wand, woran ich sie mit einem beherzten Sprung von der Seite hindere. Sie bückt sich instinktiv weg. Eine Idee zu spät. Ich packe sie mit aller Kraft, mir fällt auf, wie breit ihre Schultern sind, drücke ihr den Chloroformlappen vor Nase und Mund, während mein anderer Arm ihren Brustkorb umfasst und meine Knie die ihren von hinten einknicken lassen. Sie leistet noch Widerstand, doch ich bin der Stärkere. Das muss sie akzeptieren. Aber immer erst mal dagegenhalten. Das Menschlein. Menschen sind von sich eingenommen. Mit Gnade darf man ihnen nicht kommen.

Ihr schwinden die Sinne. Die Chemie wirkt. Sie stöhnt noch kurz. Für das ungeübte Ohr mag das vielleicht verzweifelt klingen, aber ich weiß, dass Opfer auch Erleichterung verspüren. Alles ist immer ein Teil von allem.

Ich betätige den Knopf zum Schließen des Garagentores.

Da liegt Evi Junckers. Am Boden. So schnell geht das.

Wieder und wieder schlage ich mit meinem Achtzehn-Euro-Hammer auf ihre Knie ein. Sieht leidenschaftlicher aus, als es ist.

Den Hammer habe ich vor zwei Jahren extra hierfür gekauft, die Einzelkomponenten für die Chloroformmixtur über einen Zeitraum von zweieinhalb Jahren besorgt. Ich und Spuren hinterlassen? Vergiss es.

Ich verlasse die Garage, wie ich sie betreten habe, und muss mir im Nachhinein eingestehen, dass ich Evi in meinem Übermut nicht noch die Vase auf die Stirn hätte knallen sollen.

Aber das lässt sich jetzt leider nicht mehr ändern.

Manchmal frage ich mich, ob ich übertreibe. So generell.

Doch damit ist dieses Kapitel in ihrem Leben abgeschlossen. Der sorglose Teil. Die glatte Phase. Man weiß erst, wie gut man es hatte, wenn der Körper nicht mehr funktioniert. Alles immer nur im Rückblick. Was für eine chronologische Fehlkonstruktion das Leben doch ist.

Keine was-weiß-ich Minuten später sitze ich in meinem Auto.

Ich fahre los, muss zurück ins Hotel. Meine ganzen Sachen liegen noch dort.

Der Motor surrt und die biochemischen Botenstoffe in meinem Blut arbeiten sich an mir ab.

Meine Gefühle, ein Scherbenhaufen.

Unter anderem bin ich verstört. Zumindest intellektuell. Das heißt, ich weiß, auf welche Weise normale Menschen unter solchen Umständen verstört wären. Aber das ist mit mir nicht vergleichbar. In meinem Innenleben ist alles anders als im Leben der

Leute, die ich kenne.

Kein Teil in mir verabscheut sich dafür, dass ich nicht einmal einen Hauch Mitgefühl für mein Opfer aufbringen kann.

Wie viel leichter wäre es doch, wäre ich wie alle anderen.

Oder wäre es leichter, wenn die anderen wie ich wären?

Ersteres, tippe ich.

Nicht vergessen: Geschwindigkeitsbegrenzung einhalten.

Kein Mensch ist wirklich einzigartig.

Ich lasse Musik laufen. Die meisten aktuellen Songs klingen, als hätten Roboter die abgehackten Melodiesplitter komponiert.

Trouble, trouble, trouble, so double, double, double.

I don't know, know, know, where to go, go, go.

Und plötzlich vergesse ich die Musik und alles um mich herum und fühle mich vollständig abgespalten von der Welt. So was habe ich manchmal. Eine Gedankendrift entkoppelt mich von den unmittelbaren Erlebnissen und mutiert zu einer universellen Befremdung. Gegenüber allem.

Wie auf einem Newstickerlaufband rattern angestaute Negativeindrücke durch mich hindurch: Wohlstandsverwahrlosung, Infantilisierung, Gesellschaftsspaltung, Onlineversklavung, Narzissmusepidemie. Jeder ist nur noch empört, entrüstet, fühlt sich wegen jedem Scheiß angegriffen, äußert sich. Wahrnehmung erlangt man nicht durch Leistung, sondern durch Schamlosigkeit. Asoziale Schichten mutieren zur Mehrheit, Entscheider ziehen die Daumenschrauben immer härter an. Ich verstehe gar nicht, wieso überhaupt noch jemand arbeitet.

Ab einem bestimmten zivilisatorischen Punkt ging alles bergab.

Bildung irrelevant ... Übergewicht breiteres Problem als Unterernährung ... Lehrer fürchten sich vor ihren Schülern ... Rettungskräfte durch Angriffe gefährdet ... Klingt wie ausgedacht. Das meiste ist nicht nur verändert, sondern das genaue Gegenteil von Früherem.

Wie etwa auch Notar Dr. Marc Staiger, der nicht mehr jung ist und irgendwie vorzeitig den Anschluss verpasst hat und Reptilienhaut kriegt, und einen Hängesack.

Sogar das verdammte Wetter befremdet mich. Nur noch Extreme.

Aber wenn ichs mir recht überlege, hat mich die Vergangenheit auch angekotzt.

Ich merke, dass ich mich mein ganzes verpfuschtes Leben lang eigentlich nie habe leiden können.

An der letzten Ampel endet das Geschwätz meiner Gedanken. Rot.

Wenn alles super wär, wärs auch scheiße.

Ich parke mal wieder nicht direkt vor meinem Ziel, sondern ums Eck, laufe rauf in mein Hotelzimmer, 310, in dem es noch ein bisschen nach Marion riecht, ziehe den schwarzen Trainingsanzug aus und meinen dunkelblauen Einreiher an, packe mein Zeug zusammen, checke an der Rezeption aus, die Check-out-Zeit ist wichtig, ich kriege bei diesem Check-out um halb zwei natürlich den »Ach! Bumsi-bumsi-Buchung!«-Blick des Angestellten, fuck off, und fahre heim, Richtung Grünwald.

Vier Straßenzüge bevor ich mein Haus erreiche, muss ich eine Vollbremsung hinlegen, als mir eine Katze vor den Wagen läuft.

Sie erstarrt direkt vor meinem Kühlergrill, schaut mich mit großen Augen entsetzt an und ... das ist ja meiner.

Ich bin vollkommen perplex, schalte den Motor ab, steige aus und wir stehen einander im Scheinwerferlicht gegenüber und starren uns an. Mephisto mustert mich noch verwunderter als ich ihn. Der verstörende Moment, in dem man jemanden einzuordnen versucht, den man sonst nur aus einer bestimmten Umgebung kennt und in einen neuen Kontext setzen muss.

Wir sind definitiv einen Kilometer von zu Hause entfernt.

»Was machst du denn hier?«, frage ich ihn und gehe in die Hocke. Er sagt nichts, kommt nur auf mich zu und drückt seinen Kopf gegen meinen Oberschenkel. Ich streichle ihn und er guckt dabei diabolisch wie immer.

Mephisto heißt so, weil seine beiden Augen ungewöhnlich schräg Richtung Nasenwurzel stehen, was den Eindruck vermittelt, er würde permanent was Teuflisches im Schilde führen.

»Ja, hast du so ein großes Revier?«, frage ich ihn sinnloserweise und sehe, wie ein älterer Mann aus dem Haus tritt, vor dem ich die Bremsung hingelegt habe. Er lächelt, winkt wie nebenbei, als wäre er beruhigt, dass mit Mephisto nichts passiert ist, was mich irgendwie für ihn einnimmt, ich winke zurück, er geht wieder rein. Schließt leise die Eingangstür. Jedes Zimmer in seinem Haus ist hell erleuchtet. Kann nachts wohl nicht schlafen. Senile Bettflucht vermutlich.

Und mit einem Mal weiß ich, dass Mephisto ein Doppelleben führt. Und dass das der Grund für sein Übergewicht ist. Der Wahnsinnige isst einfach bei dem älteren Herrn nachts noch mal eine ganze Hauptmahlzeit, mindestens. Deshalb sieht er aus wie eine rotweiße Riesenleuchtkugel.

Ich dachte, nur Hunde fressen über ihren Hunger.

In Babysprache fasele ich: »Ja führst du ein Doppelleben?«, und kraule Mephis Wangen.

Und einmal mehr weiß ich, wie gut wir zusammenpassen.

* * *

Der wichtigste Aspekt bei der Planung eines Racheakts ist Zeit.

Dumm wäre es, im Affekt zu handeln.

Immer noch ausreichend dumm wäre es, eine Verknüpfung zum auslösenden Moment der Tat deutbar zu machen. Beispielsweise eine Ableitbarkeit in Form von Symbolik ins Spiel zu bringen. Stichwort Ritualhandlung. Anders gesagt: Ich schneide einem Pianisten, der besser spielt als ich, doch nicht die Finger ab.

Nein. Ich schneid ihm den Schwanz ab.

Selbstverständlich ist das ein Scherz.

Ich dreh sonst noch durch.

Es geht bei der Bestrafungshandlung längst nicht mehr um den Grund für die Strafe. Sondern um die härtestmögliche Form an sich, unter Berücksichtigung eigener juristischer Unversehrtheit.

Bis zum Erstschlag Gras über die Sache wachsen zu lassen, gibt einem die Chance, alle Aspekte *richtig gründlich* zu überdenken. Und sich zu beruhigen. Man selbst ändert sich ja auch ständig.

Ich schlage im Schnitt alle drei Jahre zu. Und selbst dabei achte ich darauf, dass keine Muster erkennbar sind. Kein bestimmter Monat, kein bestimmter Ablauf, kein bestimmter Körperteil. Nix. Die Illusion von Willkür.

Aber nicht nur weil die Tatabstände zu groß und die verknüpfenden Indizien zu diffus sind, fand die Polizei bislang keinen Zusammenhang.

Die wirkliche Verbindung der Attentate wird meines Erachtens niemals aufgedeckt werden. Liegt in der Natur des Impulses. Das ist sozusagen der Gipfel der Perfidie.

Vergebung ist Wesenssache. Dieses Talent besitze ich nicht.

Für die Entscheidung, dem Monster Rache mein Leben zu widmen, zahle ich einen hohen Preis. Wie der Graf von Monte Christo.

Aber der hatte es besser, in gewisser Weise … er lebte in einer analogen Welt. Ohne Kameras und Gesichtserkennung. Weder DNA-Analyse noch Tracking.

Seit der Entdeckung von Penicillin wurde irgendwie nur noch Scheiße erfunden.

* * *

»Max, wach auf! Was ist denn passiert? Max!«

Max kommt langsam zu sich, spürt, wie seine Mutter über ihn gebeugt an seiner Schulter rüttelt. Benommen orientiert er sich.

Er liegt in seinem Bett, in Rückenlage, noch angezogen von gestern. Nachts um drei kam er heim, da lag seine Mutter auf der Couch im Wohnzimmer, sediert, in ihrem Tablettenschlaf. Sie hatte auf ihn gewartet, aber nicht mehr länger durchgehalten.

Er war froh, dass er nicht mit ihr sprechen musste. Zunächst galt es, die gerade erlebte Katastrophe für sich einzuordnen. Eine Strategie zu entwickeln.

Dad hat Tante Evi in ihrer Garage bewusstlos geprügelt! Und Max war heimlicher Zeuge geworden. Das konnte er seiner Mutter unmöglich mitteilen.

Sie setzt sich neben ihn auf die Bettkante.

»Wieso hast du gestern nicht angerufen?«, fragt sie, bemüht, nicht zu forsch zu klingen.

»Oh Mum ...« Der schlaftrunkene Max erinnert sich langsam an die Version, auf die er sich mit sich selbst geeinigt hat, bevor er in diesen zersetzenden Erschöpfungsschlummer geglitten ist. Die Geschichte, die er seiner Mutter vorsetzen will.

»Es war gar nichts«, brabbelt er, noch immer in Rückenlage, und stemmt sich auf seine Ellbogen. »Ich stand gestern ewig vor Dads Büro und habe gewartet, dass er rauskommt. Und dann ist mir mein Handy abgeraucht, weil die Überwachungs-App rumgesponnen hat«, Max reibt sich die Augen und unterdrückt ein Übersprungsgähnen. »Ich konnte dich nicht anrufen, es tut mir echt leid. Und als ich heimkam, hast du schon geschlafen. Es war nichts.«

»Dein Vater ist die ganze Zeit im Büro gewesen?« Die Hilflosigkeit seiner Mutter wirkt überwältigend. Sie wurde schon mit einem Nervenzusammenbruch geboren. Der Ausdruck *Pulverfass* trifft es ziemlich genau.

»Bis um halb zwei, so was, ungefähr«, antwortet Max. »Als er die Kanzlei verlassen hat, bin ich ihm nicht mehr gefolgt. Um die Uhrzeit war ja klar, dass er nicht mehr zu einer Frau ..., oder, du weißt schon«, macht Max auf beschwichtigend.

Seine Mutter betrachtet ihn stumm, mit einem Gesichtsausdruck, der von Ungläubigkeit und Demütigung zeugt. Eine theatralische Flucht nach innen.

»Wann ist er denn heimgekommen?«, fragt Max ernsthaft interessiert.

»So gegen zwei«, Mum, leidensbegabt.

»Siehste. Ist er also direkt nach der Arbeit nach Hause. Hat sich die Rütting-Illinger getäuscht. Oder sie hat sich mit dem Tag vertan«, sagt Max bestimmter als beabsichtigt.

»Du darfst mich nicht anlügen, das verstehst du doch, oder?«

Max wartet ein paar Takte zu lang, bevor er antwortet:

»Gestern war nichts bei Dad, Mum. Wieso schaust du, als würdest du mir nicht glauben?« Er bemüht sich, Mums Zweifel an der Echtheit seiner Schilderung unechten Missmut entgegenzusetzen, jetzt, wo er so viel anderes aufzuarbeiten hat. Sein Vater ist ein Gewaltverbecher, und Max ist der Einzige, der das weiß.

Seinen Vater umgab von jeher etwas Unberührbares. Sein Verhalten schien immer künstlich, wie mühsam antrainiert. Durchaus wahrscheinlich, dass ihn seine geistige Überkapazität zu jenem sonderlichen Wesen macht. *The Brain* haben sie ihn an der Uni genannt, hat Mum erzählt. Und jetzt ist The Brain plötzlich The Gangsta. Das kann doch nicht wahr sein.

»Aber wieso bist du erst so viel später heimgekommen, wo du doch weißt, dass ich auf deinen Bericht warte?«, bohrt seine Mutter immer weiter und schiebt sich ihr Haar hinter die Ohren. »Du hättest doch anrufen ...«

»Echt, mein Handy hat total gesponnen.« Lockeres Was-will-man-machen-Schulterzucken. Hat er doch schon zweimal gesagt. »Ich hab mich danach noch mit Laurin getroffen, wir sind noch rumgehangen«, sagt Max und wählt seine Worte mit Bedacht, damit ihm nicht noch was Falsches rausrutscht. Das Gute an seinen Eltern ist, seit zwei Jahren kann er ausbleiben, solange er will. Zumindest in den Ferien, wie jetzt. Der Vorteil entrückter Eltern.

Die Kiefer seiner Mutter malmen zweimal im Kreis. Max entdeckt zwei Pusteln auf ihrer Stirn. Er mustert ihr Augenweiß. Ihre Gesichtsoperationen.

»Okay«, sagt sie und steht auf, aber er kann sehen, dass es noch immer in ihr arbeitet. Sie lächelt und zieht ihren Pulli zurecht. Schüttelt den Kopf, als wolle sie um jeden Preis Verständnis für Max' Beharrlichkeit demonstrieren, ohne dass es ihr wirklich gelänge. Seine Mum und ihre tausend Facetten, jede davon eine Tragödie. Ihre Spleens, ihre Phasen. Osteopathie. Acrylmalerei. Astrologie. Mum, die Löwefrau. Heilfasten. Heilpraktiker im Dutzend verschleißen. Asiatische Heilkunst. Rein gar nichts ist heil. Traumdeutung. Achtsamkeit. Buddhismus. Seine Mutter. Letztlich im Leben zu nichts Rechtem zu gebrauchen.

Vielleicht denkt sie, Max deckt seinen Vater, um eine Scheidung zu verhindern. Wenn es das nur wäre.

Sie geht zur Zimmertür, bleibt unter dem Rahmen stehen und dreht sich zu Max um. Aber als sie ihn ansieht, weiß sie, dass sie ihn nicht kennt. Eine Erkenntnis, die Max entschlüsselt. Er kann sich die Lügerei selbst nicht verzeihen, doch er will seinen Vater jetzt noch nicht belasten. Er will ihn auch nicht schützen. Der Sachverhalt teilt sich in zwei Aspekte: Dads Fremdgehen und Dads anschließende Straftat. Und mit dieser verzahnten Geschichte ausgerechnet gegenüber seiner Mutter rauszurücken – das wäre einfach der falsche Ansatz.

Sie verlässt das Zimmer, ohne die Tür hinter sich zu schließen. Ende einer unwirklichen Unterhaltung.

Max fühlt, dass er Fieber hat. Eine pelzige Zunge. Die hohe Belastung sich überschlagender Gedanken. Das Überlegen laugt ihn völlig aus. Wie viel Uhr ist es eigentlich? Halb acht.

Er schält sich schwergängig aus dem Bett. Ohne sich umzuziehen hatte er sich draufgelegt, um nachzudenken, und war dann eingeschlafen.

Unten, in der Küche, hört er seinen Vater. Soll er mit den verknitterten Straßenklamotten von gestern runtergehen? Oder sich umziehen? Drauf geschissen. Er will mit Dad sprechen, bevor er in die Arbeit abhaut.

»Guten Morgen Max«, sagt sein Vater, als er ihn kommen sieht.

»Hey«, raunt Max und ist schlagartig befangen. Er bleibt vor dem Kühlschrank stehen und beobachtet seinen Vater, den Psychopathen, wie der sich routiniert Milch über sein Müsli gießt, als wäre nichts geschehen.

»Extra zerknautschte Übernachtungs-Universalkleidung von Day and Night Homeless People Clothing Incorporated?«, fragt Dad unverbindlich, während er ihn mustert und die Flocken unterrührt. »Gabs das im Angebot?«

Max rollt unmerklich die Augen. War klar, dass Dad auf seine unnachahmliche Art darauf anspielen würde. »Bin eingepennt. Geh gleich duschen. Egal.«

»Aha! Und? Hast du noch ein bisschen über unser Gespräch gestern nachgedacht? Magst du den Nachhilfekurs vielleicht doch noch belegen? Eineinhalb Wochen blieben ...«, fängt sein Dad schon wieder damit an. Sein Dad, über dessen Motivation, Tante Evi brutal niederzustrecken, Max nur Mutmaßungen anstellen kann.

»Ich hab gerade echt andere Probleme, Dad!«, unterbricht er ihn rüde, als wäre das bereits eine glasklare Andeutung, dass er weiß, was sein Vater getan hat. Er solle lieber etwas vorsichtig sein.

Doch sein moralisch total insolventer Vater sagt: »Andere Probleme? Beeindruckend! Also wenn du wirklich durchfällst, dann hat das natürlich auch gute Seiten, das stimmt schon. Du kannst dich dann um deinen Instagram-Account in Vollzeit kümmern.«

Max starrt seinen Vater nur an, randvoll von Dingen, die er ihm sagen will. Die beiden befinden sich auf unterschiedlichen Verständigungsebenen.

»Mach doch mal Pause, Dad, bitte!«

Sein Vater ist bereits fertig fürs Büro angekleidet. Maßanzug, heute dunkelblau. Gestern dunkelblau, morgen dunkelblau. Er hat endlos viele davon. Exklusiver Herrenschneider in der Innenstadt. Akkurater kann Kleidung nicht sitzen.

Eine Lektion: Niemand weiß, was in jemandes Innerstem vor sich geht.

Max ist das erst kürzlich klargeworden, nachdem er eine Doku auf Netflix darüber gesehen hatte: Sein Vater bewegt sich ganz klar im autistischen Spektrum. Dad war sein Leben lang überall Jahrgangsbester. Bei allen Abschlüssen, an allen Elite-Unis, die er besucht hatte. Mühelos und konkurrenzlos. Staatsexamen, notarielle Fachprüfung, Assessorat, er glitt förmlich durch seine Bestellung zum Notar.

Er kann sich merken, was er möchte. Oder nicht möchte. Und das ist das Problem.

Max war Dads Gedächtnis schon als Kind aufgefallen und er glaubte lange, wenn er selbst erwachsen wäre, würde sich das bei ihm auch einstellen. Ganz normal.

Mum erzählte mal, dass Dad sich während eines Flugs nach Portugal die Basics der Sprache draufschaffte und nach drei Tagen fließend portugiesisch mit den Ortsansässigen sprach. Zu dem Zeitpunkt konnte er bereits sechs andere Fremdsprachen.

Die enorme Bildung seines Vaters, gepaart mit einer Verschrobenheit, die ihresgleichen sucht, führte zu einer väterlichen Prägung von einiger Abseitigkeit. Beruflich über die Maßen eingespannt, bestand das Erziehungskonzept seines Vaters aus dem Einflechten leistungsorientierter Maximen wie »Wenn du nichts erreichen willst, dann irrst du bloß umher«, eindringlichen misanthropischen Warnungen, »Traue niemandem, hinterfrage alles«, und Entscheidungshilfen bei Sandkastenkonflikten vom Schlage »Wenn du dich selbst ausreichend kennst, kennst du alle Menschen. Handle entsprechend", als wäre es das einzig Vermittelnswerte. Was sollte ein unter Zehnjähriger damit anfangen?

Der rastlose Kopf seines Vaters zitierte in hoher Frequenz Passagen großer Philosophen, ebenso wie er in den unangebrachtesten Situationen hemdsärmlige Tipps zum Besten gab: »Drücke niemals Müll in einer Tonne nach. Scharfe Gegenstände lauern ... Egal wie viele es tun, trag als Mann keine Shorts. Die

Wirkung einer kurzen Hose macht dich zum Dorfdebilen ... Dusche auswärts nur mit Schlappen und trockne dir danach die Füße auch zwischen den Zehen gründlich ab. Fußpilz ist was für andere ... Hände aus den Hosentaschen beim Treppensteigen, damit du dich auffangen kannst, falls du stolperst ... Es ist bedeutungslos, wenn du jemanden damit vor den Kopf stößt, Max, halt dich daran: Niemals schwer heben!« Ratter-ratter-ratter. Immer Output, nahtlos, unaufhörlich.

Hochsprache, Schriftsprache, Derbheit in munterem Wechsel. Oder während der Phase, in der Max auf Deutschrap abfuhr, stellte sich sein Vater auf Spotify Playlisten zusammen, hörte sich die Alben von Kollegah, Capital Bra und Konsorten durch und schoss beim Abendessen eins zu eins komplette Texte jener Künstler raus, die von Getto, Bitches, Missgeburten und Ins-Gesicht-Schießen handelten. Perfekt in Flow und Diktion.

Dieser Wissensdurst über alle Genres und Grenzen hinaus, als wäre das Weltwissen eine einzige Gaswolke, die es zu inhalieren gilt, wirkte auf den heranwachsenden Max nach einer Zeit fast wie eine geistige Behinderung.

Es war absurd, es war auch manchmal witzig, meistens jedoch anstrengend, dieses Durcheinander – dieses Interesse an allem, diese Meinung zu allem – und seine bizarren Folgen.

Und da war noch die Sache mit der Polemik. Max erinnert sich, dass sein Vater vor allem früher eine Art Kommentierungszwang hatte, der einem Überdruckventil gleichkam. Es musste raus. Ob er beim gemeinsamen Fernsehen eine zufällig eingeblendete Zuschauerin einer Talkshow abstrafte: »Oh, sieh an, sie trägt keinen BH! Die Glückliche. Ihre Brüste hängen von allein.« Oder zu einer Übertragung der Paralympics anmerkte: »Wow, ein Haufen Einbeiniger, die Marathon laufen. Die Welt hält den Atem an. Vielleicht übertragen sie bald auch Diskussionsrunden von Taubstummen, damit wir uns noch öfter in Mitgefühlssimulationen suhlen können.« Oder ob er während einer US-Fernsehserie beobachtete: »Schau mal: Die

Schlaumeier nehmen ihre Getränke direkt aus dem Kühlschrank. Daher kommt dieser typische chronische Bronchialhusten, den die alle da draußen haben.«

Drei Beispiele von zwanzig – an einem einzigen Abend.

Für ein Kind, wie Max es damals war, verstörend.

Und Dads Freunde! Wenn man die so nennen kann. Natürlich ist ihm keiner seiner Freunde intellektuell gewachsen. Weswegen viele von ihnen in die Kategorie Sonderlich-bis-seltsam tendieren, was für Dad aber nicht weiter ins Gewicht fällt, da aus seiner Sicht der Unterschied zwischen Schwachköpfen und Normalos minimal ist.

Über die Jahre wuchs in Max die bittere Erkenntnis heran, dass die Fremdheit zwischen ihm und seinem Vater noch größer als befürchtet war. Was hatte er überhaupt mit ihm gemeinsam? Außer der Nase. Griechisch-römisch. Na ja.

Ob seiner Natur entspringend oder aus der Notwendigkeit heraus, die aseptisch-entzündete Elternkonstellation gegenzugewichten, entwickelte Max sich über die Jahre zu einem in sich gekehrten, konfliktvermeidenden Teenager, dessen Charakter jedoch auch Bruchlinien sichtbar werden ließ, die sich in sperrigen Wutanfällen abzeichneten. Einer Exaltiertheit, zu der sich seine Eltern niemals hätten hinreißen lassen.

Schon gar nicht sein Vater. Contenance bewahren war alles.

So lernte Max Polemik zu hassen. Uneigentliches Sprechen blieb ihm fremd, und mehr noch war er erst vor einiger Zeit alt genug geworden, diese Technik überhaupt zu begreifen. Nämlich »Brillant!« zu sagen, wenn man doch »Beschissen!« meint.

Dennoch konnte er mit der Zeit auch die positiven Seiten seines Vaters klarer verorten, und vielleicht imponierte ihm am meisten, dass er Max' Mum geheiratet hatte. Und sie damals wohl auch sehr geliebt haben musste. Wenige Männer hätten die Eier gehabt, eine derart beeinträchtigte Person wie Max' Mutter zur Frau zu nehmen. Aber ein Überflieger wie Dad sah vielleicht ganz andere, tiefer liegende Dinge in ihr. Dinge, die ein durchschnittlicher Typ nie wahrgenommen hätte.

Dass diese Ehe in eine emotionale Sackgasse mündete, ist ein anderes Thema.

Als sein Vater die Müslischüssel in die Spüle und eines der Küchenfenster auf Kipp stellt, kehrt Max aus seinen Erinnerungen zurück. Seine nackten Fußsohlen werden kalt.

»Ich hau ab ins Büro, Max«, sagt sein Vater. »Mach dir keine Sorgen. Wenn das mit dem Erreichen des Jahresziels nicht klappt und du durchfällst: Irgendwie gehts immer weiter. Ich bin gestern auf dem Weg zum Mittagessen wieder bei einem Mobilfunkshop vorbeigekommen. Da darf alles arbeiten, was auf der Sonderschule abgelehnt wurde. Die hab'n bestimmt 'nen Job für dich. Kopf hoch. Bis heut Abend, Max.«

Perplex steht Max fiebrig in der Küche und sieht seinem davoneilenden Vater nach. Vielleicht meint er es wirklich nur gut und es ist seine bescheuerte-behinderte-verkackte Art, Druck zu erzeugen, damit ich mehr lerne und mir selbst nicht ins Bein schieße, überlegt Max.

Sarkasmus als Fürsorge.

Aber dass Dad so derart entspannt sein und einfach so munter drauflossticheln kann, nachdem er Tante Evi vor wenigen Stunden eiskalt verunstaltet hat ... nicht zu fassen.

Durch ein Fenster sieht Max, dass sein Vater den Jaguar in die Arbeit nimmt. Das heißt, dass er heute vermutlich niemanden niederzumetzeln gedenkt.

Klar, Dad ist gestern mit dem alten Mercedes gefahren, weil der kein Navi und kein rückverfolgbares Trackingsystem an Bord hat. Dasselbe mit dem Handy, das er auf dem Hotelzimmer hatte liegen lassen.

Langsam schlurft Max zurück in sein Zimmer, durch die Diele und den Salon, über schimmernde Holzfußböden, hoch in den ersten Stock. Er wird seinen Vater heute nicht zur Rede stellen. Er braucht noch Zeit zu entscheiden, was zu tun ist. Die Konfrontation erstmal aufschieben. Sich am besten vorerst an ein Credo seines Vaters halten: Die größte Kunst liegt in der Unterlassung von Handlungen.

Es wird jedoch, für wen auch immer, tragisch enden. Darüber macht sich Max keine Illusionen. Und mit einem Mal fühlt er sich völlig losgelöst von der Situation, als hätte er die vergangenen Stunden in einer Actionserie gesehen ... Gestern, kurz vor Mitternacht, Max steht gegenüber dem Haus seiner Tante. Neben einem Stromkasten auf dem ein Aufkleber mit Stinkefinger prangt, im Dunkel der Nacht. Er hat gerade gesehen, wie seine Tante in ihre Garage fährt, in der sein vermummter Vater ihr auflauert. Das Garagentor schließt sich, währenddessen Max noch die ersten Hiebe auf Evi mitverfolgen kann.

Wie er seinen Vater beobachtet, als der die Garage nach nicht mal zwei Minuten verlässt und sich gemessenen Schrittes entfernt. Cool wie Sau, im Gegensatz zu Max, der sich erschreckt in die Hocke fallen lässt und hinter einem parkenden Toyota Deckung sucht.

Wie Max das dringende Gefühl beschleicht, er müsse nach seiner Tante sehen und ihr helfen.

Wie er über die Straße sprintet, die innere Klinke des Gartentors aufdreht und zur seitlichen Eingangstür der Garage eilt, wiederholt an ihr rüttelt, sie leicht anhebt und aufzieht, die Garage betritt und das Licht einschaltet. Seine Tante Evi auf dem Boden. Unter ihren Hosenbeinen kann man die Konturen der zertrümmerten Knie sehen. Sie hat eine klaffende Wunde an der Stirn. Sie hat die Augen geschlossen, sie bewegt sich nicht mehr, stöhnt aber leise.

Und dann die Planänderung. Panik. Was hätte er denn machen sollen? Erste Hilfe? Hilfe holen? Dann wäre sein Vater fällig gewesen. Das war ihm schlagartig klar geworden.

Max knipst das Licht in der Garage wieder aus, schließt die Tür von außen.

Er läuft so schnell wie noch nie in seinem Leben.

Evi wirds schon überstehen. Die Lage wird sich klären. Was, wenn ich nicht zufällig dagewesen wäre? Dann wäre das Leben doch auch weitergegangen. Evi wird wieder. Die findet schon jemand.

Das Hauptcharakteristikum der Jugend ist die Hoffnung.

Max springt auf seine Vespa und fährt noch drei Stunden konfus in der Stadt herum, bevor er heimkommt und sich voll bekleidet auf sein Bett legt und die Maschine im Kopf auf Hochtouren zu arbeiten beginnt.

Bis jetzt. Der Tag danach.

Inzwischen ist es nicht mehr Vormittag, sondern Abend.

Die angekündigten Niederschläge haben noch nicht eingesetzt.

Max konnte den ganzen Tag sein Zimmer nicht verlassen. Handlungsunfähig. Nur denken. Denken. Denk nach. Er hat jeden Aspekt abgewogen, hat jeden Stein mehrmals umgedreht, wieder und wieder.

Was aus Dad wird, wenn seine Tat auffliegt.

Was aus Mum wird, wenn Dad ...

Was aus Max selbst wird, wenn man seine Familie zu Aussätzigen stempelt. Brandmarkt.

Wie es wohl Tante Evi geht?

Max hat alles, wirklich alles durchgespielt. Stundenlang. Aber wieso das eigentlich nicht?

Wieso *das* nicht?

Max' Mutter erhält um kurz nach 19 Uhr einen Anruf ihres Neffen Kilian, der ihr mitteilt, dass ihre Schwester Evi in der Nacht auf heute einem Gewaltverbrechen zum Opfer gefallen und den Folgen der dabei erlittenen Kopfverletzung noch am Tatort erlegen ist.

Um 19 Uhr 12 wird Max Staiger im Haus seiner Eltern in Grünwald von vier Polizeibeamten verhaftet.

Er trägt noch immer die verknitterte Kleidung vom Vortag.

* * *

Sechstausenddreihundertfünf. In Ziffern: 6305.

Exakt so viele Male habe ich meine Eingangstür bereits aufgesperrt, seit ich das Haus vor sechzehn Jahren gekauft habe.

Gerade kommt einmal mehr hinzu. 6306. Die Mitzählerei kann ich nicht abstellen. Ist nicht mein einziger Tick.

»Wieso bist du nicht ans Handy gegangen?« Meine Frau stürmt mir aus dem Wohnzimmer entgegen, kaum dass ich in der Garderobe stehend die Haustür hinter mir zudrücke. Sie brüllt: »Wieso hast du nicht abgehoben?« Ihr vertrautes Parfüm steigt mir in die Nase, wir sehen einander für einen flüchtigen Moment an. Liebe ist nicht zwangsläufig eine gegenseitige Angelegenheit.

»Was ist denn so dringend?«, lautet meine Frage, die auch meine Begrüßung ist. Als Lottes Name vor ein paar Minuten auf meinem iPhone aufleuchtete, bin ich nicht rangegangen. Mir war klar, dass ich sowieso gleich daheim ankommen würde. Zudem lief ein guter Song im Autoradio.

»Sie haben Max verhaftet. Gerade eben. Du musst sofort Volker anrufen. Sofort. Hörst du!?«, donnert sie hysterisch weiter.

»Sie haben Max verhaftet?« Mein Bewegungsablauf kommt ins Stocken, mein Jackett hängt mir schulterabwärts quer über den Rücken. »Hat Netflix Anzeige erstattet, weil er zehn Tage am Stück Filme gestreamt hat?«, frage ich noch, um Lottes Polterei Einhalt zu gebieten. Ich schaue ihr ins verzerrte Gesicht. Es wird immer unerträglicher.

»Evi ist tot. Du musst Max da rausholen, aus der Haft. Ruf. Jetzt. Volker an. Sofort. Sofort!«, drängt sie. »Die wollen Max was anhängen. Die sagen, er hätte was damit zu tun!«

Evi, Max, Volker. So viele Namen und ich kapiere nicht, und kapiere doch.

Wie in Zeitlupe streife ich das Jackett ab und hänge es auf den Bügel. Ich versuche Zeit rauszuholen. Zeit zum Nachdenken.

»Jetzt mal der Reihe nach. Evi ist tot?«

»Kilian hat angerufen, Evi wurde gestern Abend ermordet ... ich weiß noch nichts Näheres. Ist jetzt auch egal. Marc! Die

Polizei hat, gleich nachdem Kilian angerufen hat, Max abgeholt und gemeint, er stehe unter dringendem Verdacht, Evi ... Evis Mörder zu sein. Marc! Bitte, ich drehe durch. Die haben seinen Laptop mitgenommen und ... Marc! Bitte! Ruf jetzt Volker an! Ihr müsst Max da rausholen.« Lotte kann sich kaum noch auf den Beinen halten. Ich höre ihr zu, während ich den Blick in den Fußboden bohre. Zusammenhänge formen sich. Etwas in mir ist zum Zerreißen gespannt.

»Wo ist Evi umgebracht worden?«, eruiere ich die Lage. »Oder anders: Wo ist das passiert, was mit Evi und Max passiert sein soll?« Ich muss höllisch aufpassen, was ich sage. Bloß keine versehentliche Enthüllung meines Täterwissens. Aber dass Evi an meinen Schlägen gestorben ist, überrascht mich doch ein wenig. Ich muss gestern rasender gewesen sein, als ich es selbst wahrnahm. Vielleicht ist es das, was man die Spirale zunehmender Verrohung nennt.

»Ich habe keine Ahnung, Marc. Ist doch auch egal. Mir haben die Beamten nichts Näheres gesagt. Wenn du nicht gleich Volker anrufst, tu ichs.«

Volker, Volker! Volker Steinberg ist Strafverteidiger, ein Freund und ehemaliger Studienkollege von mir. Er ist herausragend gut. Wen der schon alles vertreten hat!

Ich murmele »Jaja«, mehr zu mir selbst. Ist mir Max gestern gefolgt? Ich wüsste keine andere Erklärung, wieso er gestern ausgerechnet bei seiner Tante Evi hätte sein sollen, und mehr noch, mich möglicherweise beobachtet haben könnte. Das macht doch alles überhaupt keinen Sinn.

»Eins noch!«

»Was!«, zischt Lotte mich an.

»Wo war Max denn gestern Abend? Hat er was gesagt? Hast du eine Ahnung?«

Lotte schweigt und sagt dann: »Nein. Nein, hab ich nicht. Zu hause war er auf jeden Fall nicht. Ich weiß nicht, wo er war.«

»Hat er während der Verhaftung noch irgendwas zu dir

gesagt?« Ich sehe meine Frau an, als ob sie nicht verrückt sei. Sie scheint sich nicht mal zu wundern, dass wir, trotz Mordfalls, von keinen Polizeibeamten verhört werden, dass keine Presse vor der Tür steht, dass nur Max abgeholt wurde und fertig. Maximale Diskretion.

»Nein, verdammt noch mal«, motzt sie. »Mach jetzt!«

»Okay.« Eine bleierne Müdigkeit überkommt mich, wie manchmal, wenn ich zu viel Kaffee getrunken habe. Es gibt so viele Unbekannte in dieser Gleichung:

Evi/Tod : x = (Max + ich) – y

Max muss etwas über mich wissen, auch wenn ich keine Ahnung habe, was. Was immer das ist, es wird eine Kettenreaktion auslösen. Er und ich, wir sind offensichtlich zu zweit in diesem Verwirrspiel.

Das hier ist eine der Wegmarkierungen, mit denen früher oder später zu rechnen war. Sollte das mit meinen Verstümmelungen ewig so weitergehen?

Irgendwas ist schiefgelaufen.

Wir stehen immer noch in der Garderobe. Ich registriere, dass Lotte etwas gesagt hat.

»Entschuldige – wie bitte?«

»Na los! Volker muss sofort zu Max fahren!«

Ohne sie anzusehen, nicke ich ihr zu und gehe wieder zu der Haustür raus, durch die ich vor nicht mal drei Minuten reingekommen bin. Zücke mein Handy, verpasse die Stufe des Türpodests, mein Fuß tritt ins Leere, ich falle, knalle in voller Länge mit dem rechten Ellbogen auf die Pflastersteine der Garageneinfahrt, schütze dabei instinktiv das Handy vor Bruch und stehe gleich wieder auf. Ich mache mir nicht mal die Mühe zu schauen, ob Lotte diesen erbärmlichen Sturz gesehen hat.

Ich sage nicht, dass mir das früher nicht passiert wäre. Aber ich bin mir sicher, es sah jämmerlich aus. Ich bin ein alternder Depp. Das macht den Unterschied.

Ich scrolle nach Volker Steinberg. Drücke das Symbol neben

seinem Namen. Und während des Anwählvorgangs höre ich die Vögel in unserem Garten zwitschern, eine abendliche Sommerbrise lässt die Blätter rascheln. Lotte beobachtet mich, ungeduldig in der Tür stehend. Welche Haarfarbe hatte sie eigentlich früher?

Hoffentlich geht Volker ran. Das alles sieht wahrlich nicht gut aus.

Aber wo etwas verloren geht, wird auch etwas gewonnen.

Max muss in der Untersuchungshaft die Klappe halten.

»Max darf keine Aussage machen. Erst mal verweigern, hörst du?«, sage ich wenig später eindringlich, dezidiert und mit vorgerecktem Unterkiefer zu Volker.

Volker, Marlboro im Mund, verkrumpelter Zweitausend-Euro-Anzug in Ockergelb, rotbraune Ledertasche unterm Arm, raunt: »Alles klar!«

Nachdem ich ihn vorhin telefonisch auf dem Golfplatz erreicht habe, sind wir beide gleich losgefahren, stehen jetzt im Innenhof des Hauptpolizeipräsidiums München. Ich war noch nie hier, ich verstehe nicht, wieso ich noch nie hier war.

»Und die Beamten haben bei der Verhaftung nicht noch etwas gesagt, was uns weiterhelfen könnte?«, sagt Volker über meine Schulter hinweg zu Lotte, die aufgelöst hinter mir steht. Mir kommt es vor, als zielten Volkers Augen ins Leere. Als wäre Lotte zu abstoßend für einen direkten Blick.

»Nein. Nichts«, sagt sie tonlos und bietet keine weitere Hilfe an.

»Und haben sich die Pappnasen bei Max' Verhaftung gut benommen? War irgendwas eventuell regelwidrig, Lotte?«, hakt er nach und bringt sich schon mal in Rage. Warm-up für seinen Auftritt, gleich im Präsidium. Er ist Strafrechtler und damit einer der ganz Kranken unter den Juristen. Aber Volker ist noch mal eine andere Nummer. Er hat bereits an der Uni Wutausbrüche fingiert, um seine Reputation aufzubauen.

»Na gut.« Er wirft den halb gerauchten Stummel achtlos

knapp neben einen Gulli. Volker sieht inzwischen aus wie eine Schachtel Zigaretten. Ein Gesicht, das man sich gut merken kann. Er ist so alt wie ich, hat aber gerade eine dreißigjährige Standardblondine geheiratet und ist jüngst Vater eines Jungen geworden. Es ist so armselig. Er wird mit Anfang fünfzig vor dem Kindergarten stehen und auf seinen Sohn warten. Andere Eltern werden ihn aus Versehen *Opa* nennen.

Volker ist in seinem Job so derart erfolgreich, dass viele ihn für ein Genie halten, und er ist gescheit genug, ihnen nicht zu glauben. Aber er ist zu blöd zu begreifen, dass man mit Mitte vierzig nicht auf eine Goldgräberin mit nettem Hintern reinfällt, ihr ohne Präservativ in die Vagina ejakuliert und dann auf Neuanfang in den besten Mannesjahren macht.

Wie kann dieser Widerspruch sein? Gebildet und talentiert, aber nicht klug.

»Dann wollen wir mal. Marc, ich brauch hier noch deine Unterschrift. Das Übliche. Meine Anwaltsvollmacht, und noch der Wisch, weil Max minderjährig ist«, sagt Volker, der ehemalige Junge vom Land. Viel ist von seinem westfälischen Dialekt nicht mehr übrig. Er wird die Sache schon in den Griff bekommen. Er ist gut. Wenn jemand in etwas wirklich, wirklich kompetent ist, dann bin ich nicht neiderfüllt, sondern voller Respekt.

Ich unterzeichne die Papiere auf Volkers Tasche, die er mir wie einen Bauchladen hinhält. Gekritzel und Gekrakel. Die Wirkung einer guten Handschrift ist nicht zu unterschätzen. Meine sieht leider aus wie die eines Geistesgestörten.

Lotte und ich, und unser vorläufiges Kontaktverbot zu unserem Sohn, sehen Volker nach, wie er im Gebäude verschwindet.

Jetzt ist es an mir, die Grundlage für eine Klärung und somit für Max' Haftentlassung zu schaffen. Wir stecken beide da drin.

Habe ich mehr Angst um Max oder um mich?

Eines ist klar, mein Rachefeldzug ist beendet. Ein Vierteljahrhundert am Schlusspunkt. Mein Bedürfnis nach Sühne ist auch längst zu etwas anderem geworden.

Wenn ich nur wüsste, zu was.

Das Leben dauert zu lang.

Zu lang für Eindeutigkeiten.

Lotte und ich verlassen den Innenhof des Präsidiums, wir treten auf die Straße. Schräg gegenüber dem Gebäude sehe ich Volkers Porsche-SUV superschlampig geparkt. Eingeschlagene Vorderreifen, quer in der Lücke postiert, locker zwei Plätze vereinnahmend. Kein Parkschein. Schwer zu verstehen, wieso man mit Protzautos immer gleich auch das Bedürfnis erwirbt, negativ aufzufallen. Schwarzer Lack, glitzernde Felgen, höhergelegt. Sieh her, ein Cayenne. Es gibt nichts Langweiligeres als Autos.

»Fahrn wir heim?«, frage ich Lotte. Wir fahren heim.

»Dir ist nichts mehr eingefallen, was du mir noch zu Max und gestern Abend zu sagen hättest, oder?«, bohre ich zum garantiert letzten Mal nach, während Lotte und ich aus der heimischen Garage trotten. Ich muss es einfach wissen. Die Fahrt nach Hause über haben wir durchgehend geschwiegen.

Ich versuche, sie anzusehen, als wollte ich ihr entgegenkommen. Sie schüttelt den Kopf voller Abscheu, über mich, mein Unwissen, die Situation.

»Hast du schon mal gefragt.« Sie verschwindet im Haus.

Ich hingegen bleibe mitten in der Auffahrt stehen. Regen ist großartig, macht alles sauber.

Lotte wird sich gleich eine Ladung Tabletten einwerfen. Zweifellos könnte sie sich, als Evis Schwester, stattdessen auch um deren Kinder kümmern, Kilian und Kiara. Vor allem, da Evis Exmann und Vater der beiden, Rolf, nach der irren Scheidungsschlacht den Kontakt zu ihnen fast vollständig verloren hat. Aber Lotte überlässt das alles lieber ihrer jüngeren Schwester Lissy. Lotte und ihre Weltflucht.

Inzwischen erreichte mich auch eine Nachricht der für mich zuständigen polizeilichen Sonderermittler. Meine Frau und ich sollen morgen beide um neun wieder im Präsidium sein, um verhört zu werden. In meinem Fall, und dem meiner Frau, wird eine Sondereinheit die Einvernahme führen, nicht das übliche Personal aus der städtischen Ermittlerresterampe. Aufgrund meiner notariellen Zusatztätigkeit auf Regierungsebene genieße ich eine besondere Art der Immunität. ICX nennt man das. Immunity Code X. Ist nichts Besonderes, haben viele Freelancer, die gelegentlich bei bestimmten Veranstaltungen rechtsberatend hinzugezogen werden. Der ICX-Status beinhaltet diverse Sperrvermerke. Daher erfolgte auch keine Meldung an Reporter und Medien. Vorerst. Früher oder später tut sich aber meist ein Leck auf.

Volker ruft an. Ich, immer noch im Regen, in der Auffahrt. Er noch im Polizeipräsidium.

»Marc, ich bins. Ging alles relativ schnell und easy. Du hast einen tollen Sohn. Smarter Bursche. Aber ...«

»Mmh.«

»Aber ...«

»Hast du ihm die absolute Notwendigkeit zu schweigen erläutert?«, ist alles, was mich im Moment interessiert.

»Ich habe mit Max vereinbart, dass wir uns bis morgen in keiner Weise zu dem Fall äußern werden. Ich warte da also auf dein Go. Aber es gibt noch etwas anderes, das ...«

»Was hat er sonst noch gesagt? Wovon habt ihr gesprochen? Geht es ihm einigermaßen?«

»Ich habe ihm erklärt, wie sich die Untersuchungshaft gestaltet und wie wir vorzugehen gedenken. Er wirkte ruhig, würde ich sagen. Aber es gibt da noch ...«

»Wart ihr ungestört? Konntet ihr darüber sprechen, was denn nun gestern wirklich los war?«

»Nun ja, vorbehaltlich, würde ich sagen. Ich habe ihm mitgeteilt, dass er mich bitte nur über Wahrheiten in Kenntnis setzen möge, wenn du verstehst. Die Polizei hat seine Fingerabdrücke gefunden und kann den Verlauf seiner Route zum Tatzeitpunkt über seine Handydaten ausreichend genau nachverfolgen. Lügen wäre also weniger optimal ... aber jetzt lass mich mal ...«

»Ja, ja, ja. Und was hat er …«

»Max meint, er wäre gestern nur so rumgefahren – aber es gibt da einen Haken.«

»Ja was denn?«

»Die beiden leitenden Ermittler haben mir mitgeteilt, dass Max dich mit einer Überwachungssoftware per Handy beschattet hat!«

Mein Atem setzt aus. Dazu fällt mir nichts ein.

»Bleib ruhig, Marc.«

Das kann ja wohl nicht sein. Ich zwinge mich zu einem Lachen.

»Ich *bin* ruhig. Ich verstehe nur gerade nicht …« Fieberhaft setze ich die Schnipsel zusammen, die mich aus der Schusslinie nehmen könnten. Eigentlich müsste ich safe sein, was meine Begegnung mit Evi in ihrer Garage betrifft. Mein Handy lag ja im Hotel, in weiser Umsicht. Ich habe den Mercedes benutzt, weil er kein GPS hat, alle Eventualitäten in Erwägung ziehend. Nur darauf, dass mein eigener Sohn mir folgen könnte, wäre ich in tausend Jahren nicht gekommen.

Volker nimmt den Faden wieder auf: »Die Ermittler haben dich und dein gesamtes Umfeld gerade in der Untersuchung. Aber ganz offensichtlich fanden sie bislang nichts Auffälliges. Gibt es denn etwas, das *du* mir sagen möchtest? Was hast *du* gestern Abend gemacht?«

Ohne zu zögern, schildere ich Volker mein Sexdate mit Marion Nachnamen-kenn-ich-nicht (ihr Portalpseudonym: Summerbreeze-Fantasy, sehr stark), schildere ihm den Verlauf des ganzen Abends (Evis Verstümmelung lasse ich aus) und wann ich danach nach Hause gefahren bin. Überrascht ist Volker kein bisschen. In der Phase zwischen seiner Scheidung und seiner nächsten Hochzeit mit der aktuellen Blutsaugerin erzählte er mir regelmäßig von seinen Viagrasessions mit Prostituierten und After-Work-Party-Aufrissen und dass ein Junggeselle auch mal Spaß haben müsse, Ausgleich zur Schufterei brauche und so weiter. Immer was im Blut, immer was im Bett. Es war kaum

älfte ist wahr. Aber was macht das t, dass ich seine Attraktivität, die er ubt, nachvollziehen kann.

ines Alibi!«, knarzt er jovial.

was mit deiner Schwägerin passiert ist? Wie sie ge vi Junckers war, glaube ich, ihr Name?«

»Genau. Nein, das interessiert mich nur bedingt. Lotte hat mir das Nötigste erzählt. Ich denke, ich möchte weitgehend unbefangen in die morgige Befragung gehen. Ich habe meine Gründe.«

Jetzt schweigt Volker. Er weiß von meinem ICX. Antwortet verzögert: »In Ordnung. Hm. Das reime ich mir mal zusammen.«

Ich höre, wie er das Präsidium verlässt, weil es plötzlich nicht mehr so hallt und ich ihn besser verstehen kann.

»Ich denke, du wirst morgen auf der Wache sowieso den neuesten Stand erfahren. Macht euch um Max keine zu großen Sorgen. Ich glaube wirklich, er ist gewieft, und es geht ihm den Umständen entsprechend okay.«

»Alles klar. Danke, Volker«, sage ich und drücke aufs Tempo. Ich möchte auflegen und verdauen, was er mir gerade gesagt hat: Mein Sohn hat mich ausspioniert. Und Volker nennt ihn *gewieft*. Ich begreife immer weniger.

»Kein Problem. Wir sehen uns morgen?«, fragt Volker und steckt sich eine an.

»Wir sehen uns morgen«, bestätige ich. »Am besten etwas vor neun, damit wir pünktlich bei den Arschlöchern aufschlagen.«

»Sowieso ... oh Scheiße!«

»Was?«

»Die Wichser haben mich abgeschleppt ... ich glaubs ja nicht.«

»Nee, ich auch nicht. Ein Wunder. Das ist dir sicher noch nie passiert! Und dann auch noch direkt vor dem Polizeipräsidium!

Pack mir die Kosten fürs Abschleppen und Auslösen auf deine Wucherrechnung drauf. Ich lad dich auf einmal Wildparken ein. Gute Nacht, Volker. Danke noch mal.«

»Sehr witzig. Tschau Marc, bis morgen.«

Er legt vor mir auf.

Ganz allmählich wird mir bewusst, was zu tun ist.

Klar, ich könnte sofort ins Polizeipräsidium zurückfahren und gestehen. Die Wahrheit sagen. Max wäre umgehend auf freiem Fuß. Die Prinzipien meines bisherigen Werkes haben mit sofortiger Wirkung ohnehin keine Gültigkeit mehr. Aber mit der Wahrheit ist das so eine Sache.

Evis Tod war ein Unfall. Mein erster Mord. Verunstalten wurde zu töten, versehentlich. Shit happens.

Und mein Sohn verfolgt mich per App. Ich bin immer noch fassungslos. Über fünfundzwanzig Jahre entstelle ich Menschen – und komme davon. Und dann das!

Wieso nur? Und hat Lotte womöglich was damit zu tun? Am Ende passieren einem die Dinge, über die man immer gelacht hat.

Aber jetzt, wo wir das Schlamassel haben, strebe ich nach einer Lösung, die mich intellektuell nicht beleidigt.

Wenn Max nur den Mund hält. Wenn er nur nicht mit den Verhörheinis spricht, sie ihn heute Nacht nicht weichkochen. Der einzige Unsicherheitsfaktor.

Hätte die Polizei mich auch nur annähernd auf dem Schirm, wäre ich längst eingewandert, trotz Immunität. Da hat Volker recht.

Ich muss jetzt schnell sein.

Es müssen zwei weitere Menschen sterben, um das Kapitel ein für alle Mal abzuschließen.

Und das werden sie.

Vollkommen durchnässt sperre ich die Haustür auf. 6307.

* * *

Die drei Coca-Cola-Zero-Flaschen, die auf dem Holztisch mitten im Verhörraum des Polizeipräsidiums München stehen, sind an der unteren Hälfte noch mit Kondenswasser beschlagen. Die beiden Polizeibeamten haben sich Max' Getränkewahl angeschlossen. Keine Gläser.

Die Tür fällt zu, er spürt den Luftzug auf seinem Gesicht.

Da wären sie. Max und der eigenartige Typ sowie die Frau, und sonst niemand. Wie zur Hölle bin ich in diese Situation geraten, fragt sich Max, als er in dem kahlen Raum umhersieht. Ein großes Milchglasfenster mit zwei Flügeln. Gitter davor.

Nicht mal dreißig Fahrtminuten von daheim, wo man ihn vor einer Dreiviertelstunde in einen Streifenwagen verfrachtet hat, ist es wie in einer anderen Welt. Noch nie zuvor hatte er so viel Angst. Vorhin hat er sich sogar ein klein wenig in die Hose gemacht. Er dachte bislang nicht, dass das wirklich möglich ist.

Es ist heiß hier drinnen. Er riecht Essen. Es folgt ein Moment, in dem er sich der Stille bewusst wird, so wie man sich eines neuen Geräusches bewusst wird. Der befremdliche Mann ihm rechts gegenüber ist einer von denen ohne ein einziges Haar am Körper. Alopecia universalis. Die fehlenden Augenbrauen hat er mit einem braunen Farbstrich hauchdünn nachgezogen. Trotzdem wirkt er wie weichgezeichnet. Obwohl der Marsmann schlank ist, lässt ihn der Gendeffekt aufgeschwemmt aussehen. Und alterslos. Unter seiner Jacke mit niedrigem Kragen trägt er ein oranges Shirt. Orange Kleidung wählt nur ein ganz besonderer Schlag Leute.

»So, Max. Getränke sind da, greif zu. Hoffe, du sitzt gut. Wir können starten. Ich bin sicher, wir werden gut miteinander auskommen«, beginnt er mit überaus geduldiger Stimme. Was furchteinflößend ist.

»Ich heiße Simon, Oberkommissar Simon. Du kannst aber Jörg sagen.« Jörg Simon, zwei Vornamen als Komplettpaket. Max empfindet es als plump kalkuliert, sofort den Vornamen angeboten zu bekommen.

»Und das ist Milena Novak, ebenfalls Oberkommissarin«, stellt der Marsianer die sehnige Frau mit den zusammengebundenen Haaren vor. Ihr kantiges Gesicht vollzieht die Balance zwischen Maskulinität und Verruchtheit, betont durch Augen, die ins Glupschige, samt Lippen, die ins Wulstige tendieren.

Ungeachtet ihres Lebensstils wirken solche Frauen ab mittlerem Alter automatisch verlebt. Max schätzt sie auf Ende dreißig. Uralt also. Oder fünfzig? Er hat keine Ahnung.

»Du stehst auf dünnem Eis!«, sagt Novak schwer zuordenbar, jedenfalls ein gefühlloser Auftakt. »Dürfen wir überhaupt Du sagen?«

Jetzt auch noch Spott!

Max versichert verunsichert: »Selbstverständlich, danke.« Danke? Er muss sich seiner Rolle erst klar werden und versucht, sich selbst zu sehen, wie die beiden ihn sehen. Bestimmt halten sie ihn für einen Grünwaldschnösel. Verwöhnt, privilegiert, snobby. Wenn die wüssten, was für ein erbärmliches Taschengeld er bekommt. Juristensohn ist er auch noch. Aber was kann man für seine Herkunft? Dad hat ihm oft gesagt, benimm dich vornehm, das hilft einem, bei allem durchzukommen. Das könnte in dieser Situation der falsche Rat sein. Er weiß es nicht genau. Wäre es günstiger, einer von den Jungs zu sein, die reden, als kämen sie vom Balkan? Auch nicht.

Und jetzt?

Er hat solche Angst.

»Okay, cool, Max.« Der Marsianer lächelt mit schmieriger Scheinheiligkeit, er spielt einfach nicht gut. »Dann sag uns doch bitte, wieso hast du deine Tante umgebracht?«

Schlagartig kämpft Max mit den Tränen. Wie konnte alles nur so schrecklich schieflaufen? Die Bilder von Dad in Aktion in Tante Evis Garage blitzen auf. Der Marsianer zieht die Augenbrauen hoch, rechtschaffen aufgebracht, im Namen des Guten. Max soll erkennen, dass er hier den Kürzeren zieht.

Es entsteht eine Pause. Marsmann lässt sein Kinn nach oben schnappen, eine stumme Nachfrage.

Mehr schlecht als recht erlangt Max seine Fassung wieder und ermahnt sich, verschwiegen zu bleiben. Durch Zurückhaltung gibt er hier seinem Vater Rückendeckung, und der wiederum wird die Angelegenheit schon bald klären. Max verlässt sich auf ihn, weil er sich doch immer auf ihn verlassen konnte. Wie letztes Jahr, als Max zusammen mit einem Kumpel von einer Polizeistreife mit Marihuana erwischt wurde. Eine völlig willkürliche Leibesvisitation am Starnberger See, bei der die zwei Zivilfahnder ein Tütchen in der Hosentasche seines Freundes fanden, trotzdem waren sie beide dran. Dad hatte das ratzfatz geklärt, Max kann sich bis heute nicht erklären, wie das vonstattenging. Anschließend erklärte Dad, dass ihm diese ganze Drogenkiste egal wäre. Da er sich nie dafür interessiert habe, wisse er, dass durchgehende Nüchternheit auch nicht zwingend erstrebenswert sei ... »Entweder man hats in sich oder nicht.« Das war sein ganzer Kommentar. Er meinte es nicht ironisch, aber auch nicht das Gegenteil.

Es ist wirklich unmöglich, ihn einzuschätzen.

Er hatte nicht mal Mum was von der Sache erzählt.

Max wurde von dem Zeug überdies kotzübel.

Diese Grasgeschichte und ein paar andere Erinnerungssplitter geben Max Auftrieb. Seinen Vater nicht hinzuhängen, sondern das Schweigen durchzuhalten, verleiht Max das Gefühl, im Dienst einer übergeordneten Sache zu stehen. Das macht es leichter. Ja, das tut es. Das macht es leichter, jemand zu werden, der größer ist als man selbst.

Milena Novak bringt Max, der kein Wort sagt, mit einem durchdringenden Schnalzen zum Schweigen. Er starrt sie an.

»Ah. Du bist noch bei Bewusstsein«, stichelt sie. Auf Max wirkt das alles aufgesetzt, diese Fernsehkrimirüdheit, die's doch in echt gar nicht gibt. Kein Mensch verhält sich so, dachte er bislang. Doch plötzlich verschwimmt alles zu einer Variation des Ewiggleichen. Als bestünde die Welt nur noch aus Bildern, die man bereits zigmal in Filmen konsumiert hat, und die Wirklichkeit sei lediglich ein Abklatsch der Fiktion.

Dann wird er sich eben benehmen, wie man sich auf fiktionalen Ebenen benimmt. Ist zumindest ein Konzept.

»Ich möchte bitte dazu nichts sagen. Und würde gern auf einen Anwalt warten, bitte.« Mein Gott, Max bemerkt, wie er gerade spricht. Genau wie sein Vater. Dad hat Höflichkeits-Tourette. Ein Drittel seines Vokabulars besteht aus *Danke*, *Bitte*, *Verzeihung*. Sogar wenn Dad angerempelt wird, sagt er zuerst mal sofort *Entschuldigung*. Max' Mutter hat den Begriff vor Jahren während eines Streits geprägt: Höflichkeits-Tourette. Das hat sie seinem Vater unterstellt, wegen irgendeiner Bagatelle, irgendwas während eines Supermarkteinkaufs. Später wurde es dann zu einem Running Gag. Jetzt erfährt Max am eigenen Leib, was es mit dieser Höflichkeitshaltung auf sich hat. Es bedeutet nichts anderes als *Fuck off*. So wie für Max selbst gerade. Dad hält sich damit die Menschen fern und stellt sich über sie. Über die Menschen, die er so hasst.

Und vielleicht bringt er diese Menschen auch um!

»Oh. Aha, einen Anwalt will der Herr. Hast du dir das von den Krimis da draußen abgeschaut?«, sagt der Marsianer und liegt damit genau richtig. Als hätte er gerade eben Max' Gedanken gelesen. »Du wirst dich warm anziehen müssen, mein Lieber, das sag ich dir. Die Beweislage ist mehr als eindeutig.« Der erigierte Zeigefinger des Marsianers wedelt durch die Luft.

»Wir haben deine Fingerabdrücke. Kommt erschwerend hinzu, dass sich ein Zeuge gemeldet hat, der dich vor Ort gesehen hat«, fügt Frau Novak hinzu, völlig unpassend das Kinn auf die Faust gestützt, als spielten sie verschiedene Variationen von Körpersprache durch und machten einen Wettbewerb daraus, was Max so alles mit sich machen lässt. Er kann schwer einschätzen, ob sie sich einem erwachseneren Verdächtigen gegenüber genau so benehmen würden.

»Fingerabdrücke« hat der Marsianer gesagt. Klar. Es ist zum Haare raufen: Erst vor wenigen Wochen hat Max seinen ersten Personalausweis bekommen und war bei der Beantragung auf dem Kreisverwaltungsreferat ganz erpicht darauf gewesen, seine Zeigefingerkuppen scannen zu lassen. Warum nur? Er hätte nicht müssen, die Abgabe war freiwillig.

Die Anschuldigungstiraden der beiden Beamten gehen noch ein wenig so weiter, und je ruhiger Max tut, desto aufgebrachter reagiert vor allem der Marsianer.

Es wird höchste Zeit, mit einem Anwalt zu reden. Lange hält Max nicht mehr durch. Ständiges Kopfschütteln, Nein, ich möchte dazu nichts sagen. Ein einziges Laienschauspiel.

Ist es überhaupt zulässig, einen Sechzehnjährigen in Abwesenheit seiner Eltern zu verhören?

Nach einer gewissen Zeit wird deutlich, dass Simon und Novak nicht mehr wissen, was sie sagen sollen, was gut passt, da Max nicht mehr weiß, wie er seine Aussageverweigerungen noch variieren könnte. Vor der Tür nimmt er Gesprächsfetzen wahr.

»Hier drinnen?«, sagt jemand, dann geht die Tür auf. Ein Beamter gestikuliert Volker Steinberg herein. Max ist schlagartig erleichtert. Die Stirnglatze, das Raubtiergesicht und die Stimme eines Rauchers. Er kennt Volker Steinberg, Dads Studienfreund.

»Was halten Sie davon, alles, was mein Mandant, Herr Max Staiger, Ihnen im Rahmen dieser Verhörfarce bislang auch gesagt haben mag, sofort als gegenstandslos zu betrachten? Können wir uns darauf einigen? Guten Abend die Herrschaften, Steinberg.« Er hält zuerst Novak und dann Marsmann die Hand hin, knallt seine Aktentasche auf den Tisch, ruft dem Beamten, der an der Tür steht, zu, er möge noch einen vierten Stuhl bringen. Kein Bitte. Kein Höflichkeits-Tourette. Dann umarmt er Max, indem er sich halbherzig zu ihm runterbeugt, während Max aufsteht. Sie treffen sich auf halbem Weg und ihre Oberkörper verfehlen einander beinah. Eine holzige Geste, die Steinberg souverän mit den Worten »Hey Max, na wie gehts? Grüße von deinen Eltern.

Wir kriegen das schon geklärt« überdeckt. Die Umarmung sollte wohl eine Signalwirkung entfalten. Max muss erst seine Kehle freihüsteln, überlegen, ob er Volker oder Herr Steinberg sagen soll, und wird von dem Beamten abgelenkt, der den vierten Stuhl bringt.

Steinberg setzt sich, zieht seine Vertretungsvollmacht aus der Aktentasche, legt sie kommentarlos in die Mitte des Tisches und macht klar, dass er sich erst mit seinem Mandanten besprechen möchte und in wenigen Minuten bereit wäre, mit dem Verhör fortzufahren.

»Bitte sehr, tun Sie das. Wir sind in fünf Minuten zurück.« Novaks Tonfall lässt keinen Zweifel daran, dass ihr Steinbergs Auftritt nicht gefällt. Sie und Simon verlassen den Raum.

Sobald die Tür ins Schloss gefallen ist, navigiert Steinberg Max mit präzisen Fragen zum bisherigen Verhör und über abgezirkelte Eckpunkte der Anschuldigungen durch eine Lagesondierung.

»Sehr gut, Max, dass du die Aussage verweigert hast. Sehr, sehr tapfer. Da habe ich schon ganz andere Männer einknicken sehen. Wir vertagen gleich mal alles auf morgen, wenn die Herrschaften zurückkommen. Ich prüfe die Beweislage der Ermittler. Dein Vater kündigte einen Strategieplan an und ich kläre das sobald als möglich mit ihm ab. Anschließend handeln wir entsprechend. Voraussichtlich morgen Vormittag. Okay?«

»Ja«, haucht Max, erleichtert, aber nicht befreit.

»Willst du mir noch etwas zu deiner Sicht der Dinge sagen? Zum Beispiel, wie die Polizei ausgerechnet auf dich als mutmaßlichen Mörder von Evi Junckers kommen konnte?«

»Ich war ja da«, platzt es aus Max heraus, wie erlöst, sich endlich jemandem mitteilen zu können. Er schildert die Version der Geschichte, die er sich die letzten vierundzwanzig Stunden zusammengezimmert hat. Das Wichtigste sind die Auslassungen, es ist wie ein Laufen auf rohen Eiern – bloß Dad nicht verraten.

Max' aktuelles Kondensat der Ereignisse beinhaltet, dass er gestern einen Unbekannten dabei beobachtete, wie der auf Tante

Evi in ihrer Garage einschlug. Und dass er nur helfen wollte und nach ihr sah, nachdem sich der Unbekannte (den er beim besten Willen nicht identifizieren konnte) aus dem Staub gemacht hatte, und dann ... dann kommt der Haken an der Geschichte, das letzte Bild in dem Märchenbuch, basierend auf wahren Begebenheiten: Max, der sich auf und davon macht. Warum war er weggelaufen, statt Polizei und Ambulanz zu verständigen?

Steinberg hört aufmerksam zu. Er spürt, dass etwas ganz und gar nicht stimmt. Es scheint ihm nichts auszumachen. Er stellt fest: »Du hast dich also einfach vom Ort des Geschehens entfernt! Na gut.« Woraufhin er übergangslos fragt: »Wieso aber warst du überhaupt vor Ort?«

Max sieht betreten und verzweifelt zur Seite.

»Max?«

»Ja.«

»Bist du unschuldig? Antworte nicht, wenn es nicht der Wahrheit entspricht. Das wäre auch kein Problem.«

Erst nach ein paar Sekunden glaubt Max, eine überzeugende und überzeugte Intonation gefunden zu haben: »Unschuldig. Total.«

»In deiner Akte steht auch, du hättest deinen Vater mit einer Überwachungs-App ausspioniert!« Steinberg kratzt sich mit dem Zeigefinger an seinem zurückweichenden Haaransatz.

»Ja. Das war aber etwas anderes ...«

»Etwas anderes! Interessante Formulierung. Na gut.«

Es wird immer schlimmer. So viel Verwirrungen wie in einer Verwechslungskomödie, wenns nicht so tragisch wäre. Wie kann es sein, dass plötzlich nichts mehr Sinn ergibt?

Max wird alles zuviel.

Novak und Simon kommen, ohne anzuklopfen, herein und es folgt ihr widerwillig gnädiges Einverständnis zu einer Vertagung des Verhörs auf morgen Vormittag. Dr. Steinberg schüttelt verkniffen den Kopf, was in etwa »Versteht sich doch von selbst« bedeuten will. Max verbleibt in Untersuchungshaft, muss jetzt noch das Gesprächsprotokoll unterzeichnen, in dem steht, dass nichts in ihm steht, und als er vor seiner Unterschrift zunächst das Datum daruntersetzt, trägt er, vor lauter Nervosität, aus Versehen sein Geburtsdatum ein. Und belässt es dabei.

Alle vier stehen gleichzeitig auf. Die drei Colaflaschen bleiben unangetastet zurück, aber geöffnet. Die Verschlüsse liegen einsam daneben.

Auf dem Weg nach draußen gibt Steinberg Max einen kleinen weißen Plastikstreifen und flüstert: »Beruhigungsmittel, schläft man wie ein Toter von, kann ich nur empfehlen.« Rosige Aussichten.

Ein Uniformierter greift Max' Arm, legt ihm Handschellen an, und für die Länge des Flurs gehen alle fünf schweigend nebeneinander bis zum Treppenhaus. Max' Gang ist unsicher, weil er ihn nicht mit Vorsatz souverän wirken lassen möchte.

Novak und Simon verabschieden sich und beider Gesichter sind plötzlich von einer Neutralität, die so gar nicht zu den vorangegangenen Minuten passt.

Nach einer Aufmunterung, die Max kaum wahrnimmt, verabschiedet sich Volker Steinberg, erkennt einen Kollegen, der eilig vorbeiläuft, grüßt zurück, sagt zu Max: »Kennst' ihn, oder? Is so 'n Fernsehanwalt. Wichtigtuer in von Mutti rausgelegtem Anzug, haha.« Er sagt: »Bis morgen, schlaf gut, Max, mach dich lock... nimm die Tablette. Unbezahlbarer Tipp.«

Ermattet schaut Max ihm hinterher. Was im Leben lässt manche Leute so werden, dass alles für sie zum Witz wird?

Nachdem er zwei Stockwerke tiefer in eine Einzelzelle geführt wird, erhält er ein transparentes Necessaire mit Körperpflegeutensilien.

Stundenlang liegt er nach dem Zähneputzen einfach auf der harten Matratze und lauscht auf die Geräusche vor der Zellentür. Ein neuer Aspekt schiebt sich in seine Gedanken. Schuld. Selbstanklage. Wieso hat er Tante Evi nicht geholfen?

Wieso ist er abgehauen?

Jeder ist sich sicher zu wissen, wie er sich in Extremsituationen verhalten würde. Bei einem Autounfall sofort zu Hilfe eilen. Menschen aus einem brennenden Haus retten. Ertrinkende aus tosendem Wasser ziehen.

Nie, dachte auch Max, würde er sich vor so etwas drücken.

Hat er aber. Er hat nichts unternommen, Evi zu helfen. Hat sich einfach davongemacht. Er kann nicht mehr nachvollziehen, was ihm in dem Moment durch den Kopf ging.

Max weiß auch nicht, woher diese plötzliche innere Verbundenheit zu seinem Vater kommt, die sich ihm mit aller Macht aufdrängt. Sein Vater ist doch schuld daran, dass er jetzt hier hockt. Weggesperrt.

Wieso hat Dad das gemacht?

Um Mitternacht schlägt der nahe gelegene Kirchturm zwölfmal. Irres Gebimmel. Dürfte im Mittelalter einschüchternd gewirkt haben. Tut es jetzt auch. Max glaubt nicht, dass er auch nur ein Auge zumachen kann, und eine Stunde später weiß er, dass er sich nicht irrt.

Die Tablette schmeckt bitter, obwohl sie sich kaum im Mund befindet, bevor Max sie, unter den Wasserhahn gebeugt, runterspült.

Als er am nächsten Morgen gerädert erwacht, übergibt er sich. Er wartet darauf, was als Nächstes passiert. Er nimmt das spartanische Frühstück häppchenweise zu sich, der Magen hält es aus. Er wartet weiter. Er denkt nach. Ein Beamter sieht nach ihm. Dem Kirchturmläuten nach ist es acht, dann neun. In eineinhalb Stunden soll das Verhör weitergehen. Es schlägt halb zehn. Seine Nase juckt, aber er wird nicht krank werden. Um 9 Uhr 32 betritt Dr. Volker Steinberg seine Zelle, Zu-früh-ammorgen-Gesicht. Mit ihm hat Max nicht gerechnet, nicht hier, nicht jetzt. Steinberg sagt, ohne Begrüßung: »Deine Cousine und dein Cousin«, er schaut auf einen Notizzettel, »Kiara und Kilian, die Kinder deiner Tante Evi«, er schaut Max an, ob er verstanden hat, um wen es sich handelt. Max nickt, vor seiner Pritsche stehend.

»Die beiden wurden heute Nacht im Haus deiner Tante ... hingerichtet, würde ich sagen. Dem vorläufigen Protokoll nach. In dem Haus, in dem sie sich befanden, dem Haus deiner Tante, wurde anschließend ein Brand gelegt. Das Feuer konnte rechtzeitig gelöscht werden, sodass die Leichen nicht nennenswert verkohlten ... und daher dürfen wir erfreulicherweise bereits jetzt als festgestellt betrachten, dass die beiden auf die exakt selbe Weise wie deine Tante umgebracht wurden.«

Eine Nachricht wie ein Meteoriteneinschlag.

Max dachte, das Äußerste, das ein Mensch zu ertragen imstande ist, sei bereits eingetreten. Jetzt weiß er es besser.

Er fühlt überhaupt nichts, ist nur perplex.

»Das ist eine gute Nachricht, Max«, sagt Steinberg nach einer Weile. »Also von dem Aspekt des Trauerfalls natürlich abgesehen ...«

Max ahnt, er wird bald wissen, was das alles bedeutet.

»Die Ermittlungen richten sich jetzt gegen den Ex-Ehemann deiner Tante, den Vater der beiden Getöteten, äh, Kilian und Kiara Junckers«, erläutert Steinberg. »Und wenn du über Nacht nicht mal eben ausgebrochen bist, lässt sich für dich kaum ein besseres Alibi besorgen. Wir haben jeden Grund, optimistisch zu sein, Max.«

Max findet es selbst verstörend, dass er so gar keine Reaktion zeigt. Was hat Dr. Steinberg gemeint? *Wir haben jeden Grund, optimistisch zu sein?* Genau.

Genau.

Max denkt nur eins: Weil Dad wieder zugeschlagen hat.

* * *

Brutal, wenn du um 4 Uhr nachts aus dem Tiefschlaf gerissen wirst. Erst vor einer knappen Stunde war Milena Novak endlich so weit, ihrer Erschöpfung nachzugeben und einzudösen. Gerädert geht sie nach dem vierten Läuten ans Handy, das wie immer viel zu nah an ihrem Kopf auf dem Nachttisch lag.

»Ja?«, brummt sie ins Smartphone und sagt dann länger nichts.

Der Mann neben ihr streckt sich, die dünne Bettdecke raschelt, seine Wirbelsäule gibt ein leichtes Knackgeräusch von sich. Er ahnt, gleich bekommt er denselben Anruf.

Mit Hörer am Ohr setzt sich Milena Novak auf. Der sonore Redefluss des Diensthabenden der Einsatzzentrale dröhnt durch den Handylautsprecher bis zu dem Mann neben ihr, ohne verständlich zu sein. Dem Tonfall nach handelt es sich um eine Aufzählung.

»In Ordnung. Ich ruf Jörg gleich selbst an, musst du nicht machen«, steuert Milena Novak bei, legt auf und dreht sich Jörg Simon zu.

»Die beiden Kinder von Evi Junckers wurden in ihrem Haus ermordet aufgefunden. Der gelegte Brand konnte früh gelöscht werden, die Feuerwehr ist noch vor Ort«, fasst sie knapp zusammen. »Wir müssen los.«

Jörg schüttelt mit gerunzelter Stirn den Kopf, sieht zum zweiten Mal auf die roten Leuchtziffern des Radioweckers, als traute er ihnen nicht ganz über den Weg. »Das wirft alles über den Haufen.«

»Würd ich auch sagen.« Milena Novak knipst die Nachttischlampe an, die ihr Schlafzimmer kaum nennenswert erhellt. Das Streulicht der Straßenlaterne vor ihrem Fenster, das durch die Jalousien schimmert, ist beinah genauso stark.

Jörg Simon springt als Erster aus dem Bett.

Milena Novak sieht ihm nach, wie er zum Bad läuft, denkt sich, er hat einen Pinguinpo, und fragt sich, wie es nur so weit kommen konnte, dass sie sich auf eine Affäre mit ihm einließ. Jörg ist noch verheiratet, hat sogar eine fünfjährige Tochter, und er ist überhaupt nicht Milenas Typ. Sie steht auf raue, bärtige Männer und Jörg wirkt eher weichlich und hat kein einziges Haar am Körper. Dieser Komplettaarverlust, zusammen mit der rosigen Haut, wird langsam problematisch, da sie genau das mit abnehmender Anziehungskraft zunehmend schwieriger zu ertragen findet.

Welcher Idiot behauptet, das Äußere sei nachrangig?

Außerdem, mit einem Kollegen was anzufangen – wie hirnrissig. Vielleicht liegt es daran, dass Milena Leben und Arbeit nicht wirklich voneinander trennt.

Irgendwie hat Jörg sie in die ganze Sache reingelabert, mit seinem herben Getue, der aufgesetzten Kehlkopfstimme, den Geschichten von der anstrengenden Ehe mit Sylvia, und mit Anekdoten aus seiner harten Kindheit im Internat, als verspotteter Junge mit unvermittelt auftretender Alopecia.

Und jetzt schläft er um die dreimal pro Woche bei ihr. Sex haben sie nur noch jedes zweite Mal miteinander. So schnell hat das noch in keiner von Milenas bisherigen Beziehungen nachgelassen. Und wenn sie dann danach zusammen im Bett liegen, redet der Fernseher oder sein Laptop meistens mehr als sie beide.

Milena möchte gar nicht wissen, wie er das nächtliche Fernbleiben seiner Frau erklärt. Würde Milena fragen, würde Jörg lügen, also lässt sie es.

Sie sucht ihre Klamotten zusammen, wirft sie vorbereitend auf einen Haufen und hört Jörg im Bad Geräusche machen. Dass sie das nervt, sagt alles.

Beide duschen rasch nacheinander und nehmen jeweils ihren eigenen Wagen, damit gegenüber den Kollegen keine Offensichtlichkeit entsteht.

Wäre der Verkehr nur immer so wie jetzt, sinniert Milena, als sie durch die nächtlichen Straßen zum Tatort rasen. Jörg vorneweg. Schon die Rücklichter seines Wagens lassen sie gerade an allem zweifeln.

Um nicht endgültig durchzudrehen muss man aufhören, auf etwas Besseres zu hoffen. Anders funktioniert es nicht.

»Wie gehts?«, fragt der Einsatzleiter mit dem Salz-und-Pfeffer-Bart, als er Novak und Simon kommen sieht.

»Geht so«, antwortet Jörg Simon und bleibt vor der Haustür

der Familie Junckers stehen. Überall wuseln Leute von der Spurensicherung herum, Beamte in Uniform riegeln das Grundstück ab.

»Die Feuerwehr ist gerade fertig geworden, hat jetzt das ganze Gebäude freigegeben. Es wurde in mehreren Zimmern Feuer gelegt, so wie's momentan aussieht. Ich war schon oben, in dem Zimmer der Tochter, wo alles passiert ist. Ihr werdets ja gleich sehen. Das Haus gehört der Frau, die gestern in der Garage da«, der Einsatzleiter zeigt mit seinem anstrengenden Gesicht nach links, auf das Doppelgaragenhäuschen, »getötet wurde.«

»Wissen wir«, kürzt Jörg ab, während er einem aus dem Haus kommenden Beamten den Weg frei macht.

»Ach stimmt, das war ja ebenfalls euer Fall«, wiegelt Kliemann gespielt überrascht ab. »Hab euch gar nicht erkannt, so schlafzerknautscht.«

»Allerdings«, stöhnt Novak künstlich belustigt. Manchmal muss man Typen wie Norbert Kliemann mit der erwarteten Reaktion entgegenkommen. Wie kann man um diese Uhrzeit nur so verdammt gut drauf sein?

»Gratulation dazu übrigens!«

»Zu dem Fall? Wieso?«, fragt sie brav nach und lässt sich von einer Frau vom Sicherungsteam einen Becher Kaffee reichen.

»Na, weil er ganz schön publicityträchtig ist. Ihr habt hier alles, was zählt, um es mal wieder vor eine Linse zu schaffen. Blut, Gewalt und Gedärma – fehlt nur noch das Sperma. Altes nepalesisches Sprichwort.« In welcher Welt ist das witzig? Kliemann und sein unerschöpfliches Repertoire an kryptischen Scherzen verursacht Milena Schaudern, an welchem Tatort sie ihn auch antrifft.

»Mal abwarten«, presst Jörg Simon harsch hervor, mit der Geduld längst am Ende.

»Na ja«, sagt Kliemann, »schaut mal da!«

Novak und Simon drehen sich zum Gartenzaun und sehen entlang der Straße bereits zwei Übertragungswagen anrollen.

Milena denkt als Erstes, wie merkwürdig eigentlich, dass nach Evi Junckers gestrigem Tod kaum Presse auftauchte und sich bei Max' Festnahme überhaupt kein Reporter blicken ließ. Natürlich weiß sie von der Immunität seines Vaters, Dr. Staiger, und deren Auswirkungen, aber es ist, als hätte sie gerade diesen Sachverhalt für einen kurzen Moment vergessen, bevor sie sich die Frage stellte.

Sie und Jörg Simon nippen gleichzeitig am Kaffee, aber er ist beiden zu schlecht.

»Ihr könnt gleich hoch, die Spurensicherung dürfte in ein paar Minuten fertig sein«, sprudelt es aus Kliemann heraus. »Aber schon mal vorweg: So wie sichs darstellt, hat jemand die beiden Jugendlichen heute Nacht auf nahezu identische Art wie ihre Mutter gestern zugerichtet, wenn mich mein erster Eindruck nicht täuscht. Das Mädchen, Kiara, hat hier zusammen mit ihrer Mutter gewohnt, wohingegen ihr Bruder Kilian gestern aus Hamburg, wo er studierte, angereist ist, um seiner Schwester beizustehen. Tödliches Timing.«

Milena Novak schaut Jörg an, aber sein Blick ist nicht auf sie fokussiert. Sie kann erkennen, dass er intensiv überlegt.

»Was sich euch gleich offenbaren wird«, fügt der Einsatzleiter unerwartet heftig hinzu, »ist nicht so richtig superschön, wenn ihr versteht, was ich meine. Es muss zu einem Aufeinandertreffen gekommen sein. Der Täter wurde wohl überrascht, als er gerade mit Kiara in ihrem Zimmer beschäftigt war. Anscheinend kam Kilian mittendrin hinzu ... und was daraufhin passierte, schwer zu sagen. Aber dem Jungen wurde mit ungehemmter Gewalt der Schädel eingeschlagen. Also wir sprechen hier von durchaus *sehr* hoher krimineller Energie. Aber wem sag ich das! Werdet ihr ja gleich selbst bestaunen dürfen.«

»Und was hat es mit dem Feuer auf sich?«, fragt Simon.

»Irrer Zufall. Der Spaziergänger, der hier auch gestern schon mit seinem Hund nachts entlangging und auf den flüchtenden Jungen aufmerksam wurde, den ihr verhaftet habt, hat vorhin auch gleich die ersten Flammen züngeln sehen. Unglaublich, oder? Der alte Herr konnte es selbst kaum fassen, dass sich an zwei Abenden hintereinander, noch dazu auf demselben Grundstück, derart viel rührt ... ich glaube, so was macht einen schlaflosen Pensionär richtig happy ... wie auch immer: Ich denke nicht, dass er was mit der Sache zu tun hat. Ihr werdet ihn ja später auch noch mal verhören. Auf jeden Fall hat uns der Herr gleich alarmiert und ein paar Minuten später waren die Feuerwehrler vor Ort. Rekordverdächtige sieben Minuten. Kiaras Zimmer ist verrußt, aber wir können den Tathergang noch ziemlich gut rekonstruieren.« Kliemann ist die Ruhe selbst und gleichzeitig beschwingt. Milena Novak bewundert das irgendwie. Außerdem sind seine Ausführungen eins a. Aufgrund seiner verlotterten Haare und der dicken Leuchtnase hatte sie ihn früher in Verdacht, schwerer Alkoholiker zu sein. Wunder wäre es keins. Ein weit verbreitetes Phänomen unter Milenas Kollegen. Der schönste Mann im Spirituosenfachgeschäft, so hatten sie Norbert Kliemann genannt. Nicht zuletzt, weil er trotz allem eine verwitterte Attraktivität ausstrahlt. In Milenas momentaner Gefühlsverfassung zöge sie ihn Jörg als Mann sogar vor. Ein irgendwie perverses Kompensationsbedürfnis.

Mit jemandem zusammen zu sein, der deinem äußeren Anziehungsmuster radikal widerspricht, raubt dir die Orientierung. Milena hat überhaupt kein Gefühl mehr dafür, wie sie auf Männer wirkt, was für eine Sorte Mann sie anzieht, wen *sie* gut findet, wie sie ihr Spiegelbild findet.

»Können wir jetzt rein?«, fragt sie Kliemann und schielt zu ihrem Kollegen und Noch-Liebhaber Jörg hinüber, um zu sehen, ob er genauso friert wie sie. Offensichtlich nicht. Es ist kurz vor 5 Uhr morgens, die Sonne geht langsam auf, es herrschen mild-sommerliche neunzehn Grad, und Milena muss zugeben, dass sie ziemlich angeschlagen ist.

»Mein Gott«, stöhnt Jörg Simon, als er und Milena Novak Kiaras Zimmer im ersten Stock des Einfamilienhauses betreten. »Was für eine Sauerei.«

Milena steht vor ihm im Türrahmen und weiß nicht, was sie sagen soll. Der ganze Raum ist von einer tiefschwarzen Rußschicht bedeckt, als wäre er mit sämiger Farbe dunkel-fleckig gestrichen worden. Auf der Scheibe des geöffneten Fensters kommt der schwarze Rußfilm einer Doppelverglasung gleich.

Mitten im Raum, umrahmt von Orientierungsmarkern und den Utensilien der Spurensicherung, liegt der einundzwanzigjährige Kilian Junckers auf dem Boden mit einer kreuzförmigen Wunde, die sich vom Gesicht über den Hinterkopf zieht und aussieht, als hätte nicht viel gefehlt und der Schädelknochen wäre gespalten worden. Den dunkel angelaufenen Kopf unnatürlich ins Genick geknickt, die glasigen Augen aufgerissen, aus den Höhlen quellend, den Mund halb geöffnet, steht der Hals hervor, riesiger Adamsapfel, und die Gliedmaßen seines leblosen Körpers liegen abgespreizt da, als hätte er sich kurz vor seinem Ableben noch geschüttelt und wäre dann wie eine hingeworfene Handpuppe erstarrt.

Nur zwei Meter weiter, auf dem Bett in der Zimmerecke, liegt seine Schwester Kiara. Bei ihr dürfte der Tod schnell eingetreten sein. Sie schimmert bläulich, wirkt, als würde sie schlafen. Abgesehen davon, dass ebenfalls ihr Kopf, vielmehr ihre Stirn zertrümmert wurde.

Die offenen Schädelplatten beider wirken wie Wulstperücken. Erst auf den zweiten Blick vermittelt sich, dass beiden Opfern auch die Kniescheiben gebrochen worden sein müssen. Blutfleckige, ausgebeulte Hosenbeine.

Was für ein Szenario. Zwei junge Menschen. Noch dazu Geschwister. Niedergemetzelt. Keine vierundzwanzig Stunden nach Verlust ihrer Mutter. Kommt noch der Rußüberzug hinzu, der sich über das ganze Zimmer erstreckt. Ein Umstand, der dem Schauplatz etwas zusätzlich bizarr Schauriges verleiht.

Einzelne Löschschauminseln bedecken den Boden wie Pilzbewuchs.

Nichts wird diese Erinnerung jemals auslöschen, denkt Milena entsetzt. Und fast im gleichen Moment fällt ihr auf, dass das Mädchen komplett geschminkt ist, als hätte sie vor dem Schlafengehen vergessen, sich abzuschminken. Was die Rußablagerungen irgendwie neutralisiert haben muss. Ihr Gesicht sieht aus wie Photoshop-retuschiert, was auch die Kopfwunde wie einen Special Effect wirken lässt.

»Weißt du, was mir als Erstes zu diesem Gemetzel einfällt?«, murmelt Jörg Simon, angespannt wie immer. Milena schweigt, ein Signal an ihn, weiterzusprechen.

»Dasselbe wie dir, vermute ich«, fährt er fort. »Das alles hier hat etwas zu bedeuten. Entweder ist es eine theaterreife Inszenierung, um Max Staiger zu entlasten. Oder wir haben mit Max definitiv den Falschen erwischt.«

»Oder beides! Ich – ich check gleich mal, ob Max noch in Untersuchungshaft ist«, entgegnet Milena unschlüssig.

»Das kannste dir sparen. Klar ist der Kleine noch in seiner Zelle. Ausgebüchst ist der nicht. Aber hier ist doch was oberfaul. Beiden Opfern wurden die Knie gebrochen, beiden der Kopf versehrt. Und das am Tag, nachdem Evi Junckers genau dasselbe widerfahren ist.«

Milena kann es sich auch nicht erklären.

Vergleichbares vergleichen heißt nicht gleichsetzen. Alte Regel. Scheiße, es gibt viel zu tun.

Sie und Jörg begutachten die nächste Viertelstunde die Details im Zimmer, stellen fest, dass keine Tatwerkzeuge auffindbar sind, dass die Handys der beiden Opfer offenbar fehlen; sie werden über die Brandursache in Kenntnis gesetzt, Benzinspuren im ganzen Haus, Erdgeschoss und erster Stock, keine Brandsätze, wie von Kliemann angedeutet, und sehen sich anschließend im kompletten Gebäude um. Im Wohnzimmer finden sie, unter zahllosen Familienfotos unterschiedlicher Lebensphasen mit unterschiedlichen Abstufungen von Glück, ein Hochzeitsbild, das Evi Junckers mit ihrem damaligen Mann Rolf zeigt.

Rolf Junckers, ein Gesicht, das man leicht verwechseln kann. Auf dem Foto fünfundzwanzig Jahre jünger. Milena und Jörg hatten ihn nach Evis gestriger Ermordung sofort auf dem Schirm möglicher Täter. Die Scheidungsschlacht zwischen ihm und seiner Ex hatte genügend Motive geliefert, ihn in den Kreis der dringend Verdächtigen aufzunehmen.

Es ging bei diesem ewig dauernden Rosenkrieg um viel Geld, um Sorgerecht, um üble Nachrede, um Aufwiegeln der Kinder gegen den Vater, abstruse Unterstellungen, sexuelle Affären der Ehefrau. Aber dann kam Max Staiger ins Bild und sie versteiften sich auf ihn. Wegen der Fingerabdrücke und der Handydaten. Eigentlich eindeutig.

Trotzdem. War das womöglich ein Fehler?

Egal aus welchen Gründen, es *war* ein Fehler, bedenkt man, dass die Morde an Kilian und Kiara durch seine Aus-dem-Verkehr-Nahme jedenfalls nicht verhindert wurden.

Eher motiviert.

Milena nimmt das Hochzeitsfoto in die Hand. Es zeigt ein strahlendes junges Paar, Mitte der Neunziger. Evi und Rolf Junckers, das Leben noch vor sich. Milena denkt sich, alle Welt tut so, als sähen Frauen in Hochzeitskleidern umwerfend aus. Ah!, Oh!, begeistertes Staunen beim Anblick der Braut! Das findet Milena nicht. Im Gegenteil.

Die Spurensicherung wird ihnen ihren Bericht in Kürze vorlegen. Bis dahin werden Milena und Jörg sich erst mal um Rolf Junckers' Vernehmung kümmern müssen.

Dass das vorerst Aktionismus ist, der lediglich auf windigen Annahmen und kein bisschen auf handfesten Belegen basiert – geschenkt.

Und was sollen sie mit Max Staiger machen, der, parallel zu dessen Eltern, heute Vormittag erneut verhört werden soll?

Milena und Jörg müssen sich eingestehen, sie befinden sich wieder am Anfang. Sie tappen im Dunkeln.

Eine Überdosis Wahrheit.

Und dann lauern draußen auch noch die Geier von der Presse.

»Stimmt was nicht?«, fragt Jörg, der Milena beim intensiven Betrachten des Hochzeitsfotos beobachtet.

»Gibst du an Kliemann raus, dass Rolf Junckers umgehend verhaftet und gleich zu uns ins Präsidium überstellt wird?«, sagt sie lustlos. Das ist der Plan? Ein kräftiger Sommerschauer klatscht wie Beifall gegen die Fenster. Jörg nickt ermattet. Jörg und sein ständig gefährdetes Selbstvertrauen. Er wirkt auf sie ratlos und schlagartig ausgehöhlt.

In seiner Orientierungslosigkeit fühlt sie die ihre.

* * *

Jeder, der keinen Panzerriegel an seiner Eingangstür montiert hat, ist verrückt. Der kann sie gleich offen stehen lassen.

Vor ein paar Jahren brach mir beim Aufsperren der Haustür der Schlüsselbart im Schloss ab. Keine Chance, ins Haus zu kommen. Es war nach 20 Uhr und ich rief den nächstgelegenen Schlüsseldienst an. Kaum zehn Minuten später erschien ein schnurrbärtiger Kneipenbruder, wir setzten noch mal den Preis von Angesicht zu Angesicht fest, unverschämter Zuschlag hier, Fantasieaufschlag da, inklusive Leidenspauschale, er stellte sich an die Tür, fragte unnötigerweise »Die da?«, ich bejahte, er verdeckte mit seinem Rücken bewusst meine Sicht und – ungelogen – keine halbe Sekunde später schwang die schwere Eichentür nach innen auf.

Ich war sprachlos. Und rundete sein horrendes Honorar auf.

Drei Tage danach ließ ich eine Sicherheitstechnikfirma einen Panzerriegel bei uns einbauen.

Check YouTube-Lehrvideos. Eine handelsübliche Tür zu knacken ist kinderleicht. Genau wie die von meiner Schwägerin Evi Junckers, Gott hab sie selig.

Vorsichtig husche ich in ihren Vorraum und schließe die wirkungslose Haustür supersachte hinter mir. Ewig habe ich draußen gewartet, bis Evis Schwester Lissy, die auch die jüngste Schwester meiner Frau ist, endlich abhaute. Erst um Viertel nach eins hat sie Kiara und Kilian allein gelassen. Zu unser aller Vorteil ist sie heimgefahren, sonst müsste ich jetzt drei Menschen töten.

Ich kann von Glück reden, dass nicht noch mehr Verwandte aufgetaucht sind, um Evis Kindern beim Trauern beizustehen.

Die Junckers sind eine weitverzweigte Familie.

Kilian kam extra aus Hamburg eingeflogen und nächtigt heute in seinem alten Kinderzimmer.

Nachdem Lissy verschwunden war, haben Kilian und Kiara noch lange in der Küche gesessen. Wahrscheinlich Gedanken an ihre Mutter ausgetauscht, geredet, das Unbegreifliche in Worte zu fassen versucht. Über den Mörder ihrer Mutter gemutmaßt, also über meinen Sohn Max, oder ihren Vater Rolf ... gut möglich.

Irgendwann gingen die Lichter in der Küche aus und in ihren Zimmern an, bei Kilian wurde es als Erstes dunkel. Und vor einer halben Stunde hat auch Kiara das Licht gelöscht.

Wenn ihnen das Schicksal gewogen ist, schlafen beide nun tief und fest. Wenn nicht, kriegen sie ihr eigenes Ableben eben mit. Kann man nichts machen.

Während ich bei ausreichend heller Dunkelheit Stufe für Stufe die Treppe in den ersten Stock schleiche, merke ich, dass meine Hände zittern. Der schlimmste Feind ist das eigene Nervensystem. Dabei habe ich trotz Kürze der Vorbereitungszeit (ging naturgemäß nicht anders) alles optimal durchdacht.

Natürlich habe ich in fünfundzwanzig Jahren mögliche Notfallszenarien durchgespielt und entsprechende Vorbereitungen getroffen. Vorausgreifende Strategien, spezifische Techniken, Equipmentbereitstellung. Jetzt braucht es nur noch Unbeirrbarkeit und erbarmungsloses Geschick. Zwei meiner stärksten Eigenschaften.

Beinahe stolpere ich über die letzte Treppenstufe. Das fehlte noch. Nervenbündel, sag ich doch.

Zeit fürs Finale.

Kiaras Zimmertür öffnet traumhaft leise, kein Knarzen, nichts.

Ich tipple mit katzenhaften Minischritten zu ihrem Bett am anderen Ende des viel zu großen Zimmers und kann nur froh sein, dass mich niemand filmt. Dabei käme ich nicht gut weg.

Wie gewünscht schläft Kiara tatsächlich, was ich ihrem Atem entnehme. Mama tot, aber das Leben geht weiter. Nicht mehr sehr viel weiter, zugegeben, aber das auch vor allem aus ihrer Perspektive betrachtet, muss man dazusagen.

Über sie gebeugt halte ich inne. Sie schläft auf dem Rücken.

Das sieht friedlich aus. Aber auch schon nach Sargposition.

Nenne es Sentimentalität, nenne es familiäre Verbundenheit, einen Moment lang überwiegt tiefer Kummer meinen Ehrgeiz, meine heutige Aufgabe erfolgreich zu vollenden.

Ich bin ja ihr Onkel, was sich sehr seltsam anfühlt, da ich nicht in solchen Kategorien denke. Ich ziehe geistige Ideen jeder menschlichen Beziehung vor und verfüge von daher über keine natürliche Sozialperspektive. (Keine große Selbstanalyseleistung.) Aber jetzt gerade fährt mir der Gedanke ziemlich tief rein, dieses neunzehnjährige Mädchen, aufgrund eines blöden Vorfalls zwischen ihrer Mutter und mir, hinrichten zu müssen, obwohl sie angesichts ihrer Position innerhalb der Ahnenlinie, unter normalen Umständen, nicht mehr in meinem ursprünglichen Racheplan vorgekommen wäre.

Einzig um Max des Mordverdachts reinzuwaschen, bin ich hier. Kiara: ein unnötiger Tod.

Armes Ding.

Drei Sekunden später ist sie betäubt.

Drei Sekunden darauf ihre beiden Knie gebrochen, mit fünf Hieben. Sie bäumt sich nicht auf, meine Chloroformmixtur macht mich zum sanften Sensenmann. Autodidaktischer Alchemist, der ich bin. Leise sind wir auch noch. Und immerhin zehn Sekunden nach Abschluß dieser Pflichtprozedur heble ich Kiara mit einem gezielten Stahlhammer- und Bolzenschlag die Stirn so weit auf, wie sich das mit einer einzelnen Bewegung bewerkstelligen lässt.

Und genau währenddessen –
verfickte Scheiße
Scheiße
Scheiße –
genau als ich ihre Schädelplatte zertrümmern möchte, sagt Kilian zu meinem Rücken »Hey! Was machen Sie da?«

Wobei das Erste, was mir dazu einfällt, die Frage ist, ob ich an seiner Stelle einen Einbrecher siezen würde.

Evi hat bei der Erziehung doch nicht alles falsch gemacht. Oder alles falsch gemacht. Ich beschließe, mir das später zu beantworten.

Kilian schaltet das Licht an. Ist das heldenhaft oder hilflos? Ich starre ihm entgegen. Nicht zum ersten Mal überlege ich, ob schwarze Haare und blaue Augen in Kombination genetisch überhaupt möglich sind. Krumple mir meine Maske vom Kinn auf die Stirn: das Beste, was mir einfällt. Ich gebe mich zu erkennen.

Dieser Überraschungseffekt könnte mir die Vorteile Zeit und Verwirrung gewähren. Ob Kilian nun eben weiß, von wem er ins Jenseits befördert werden wird, egal, sterben muss er sowieso. Und wenn er es nicht tut, also sterben, bin ich geliefert, so oder so. Weil ich dann meinen Sohn auslösen muss, indem ich der Polizei die Wahrheit über Evi Junckers' Mörder (mich) gestehe. Wofür mich Lebenslänglich erwartet.

Kilian, der original sein Handy in der rechten Hand hält!, sagt vollkommen außerirdisch dümmlich: »Onkel Marc? Aber was ...?« Er kommt ins Stammeln, schaut, als hätte er einen Schlaganfall ausgelöst von zerebraler Einfalt. Ich übertreibe nicht. Es ist derart schlimm.

Die Bedrohlichkeit der Lage, sie dringt nicht recht zu ihm vor. Oder ist er high?

Wahrscheinlich ist er high.

Ich bete zu dem Gott, an den wirklich nur Idioten glauben, dass er high ist.

Lieber gehe ich in den Knast, als mit der Gewissheit in Freiheit zu leben, dass man so beschränkt sein kann.

Mann in dunklem Zimmer, tiefnachts, Hammer in der Hand: *Gefahr in Verzug!* Ich dachte, das wäre Allgemeinwissen.

Kilian, ein Grünschnabel, der bislang noch nicht von der Realität erschüttert wurde. Für Experimente freigegeben. Also sage ich besorgt: »Hi Kilian. Deiner Schwester geht es sehr schlecht, bitte ruf einen Krankenwagen.« Das ist wahrhaft ein Schmierenschauspiel. Klar muss ich lachen. Innerlich. Ich bin echt wahnsinnig. Jetzt merk ichs schon selbst.

Ich spezifiziere mit semiaufgeregter Stimme: »Sie hat Lissy angerufen, und die wiederum ...« Wow. Eine Assoziationskette. Im Eifer des Gefechts fällt mir doch tatsächlich nichts Besseres ein. Aber zu schweigen wäre noch schlimmer.

Und Kilian macht *einen Schritt auf mich zu. Vertraut mir. Das kann doch nicht sein.* Keiner checkt mehr Ironie, wenn nicht ein Smiley hinter dem Satz steht.

Was für ein Schwachkopf.

Onkel Marc, sein seriöser Onkel Marc, der ihn immer mit lachhaft teuren Geschenken zum Geburtstag überrascht hat.

Jaja, das, was andere Menschen in einem zu sehen glauben!

Dann versuche ich noch Folgendes: Ich zeige über seine Schulter zur Tür und rufe: »Max, komm rein, schau, da ist Kilian«, woraufhin Kilian sich umdreht, um nach Max zu sehen, und ich schlage Kilian mit grimmiger, unbändiger Wucht von hinten seinen verdammten Schädel ein, ohne die Härte des Hiebs in der eigenen Hand zu fühlen. Ich bebe. Wut in ihrer archaischsten Form. Immer lässt erst der Irrwitz die Größe einer Dringlichkeit erahnen. Kilian, du warst noch gar nicht an der Reihe! Erst wollte ich Kiaras Leben beenden. Ich war doch leise. Wieso bist du bloß reingekommen? Ich bin wirklich angefressen.

Wattebäuschchen Kilian stößt einen eigenartig unterdrückten Laut aus, als er von mir getroffen wird, und zieht seinen durchlöcherten Kopf instinktiv ein, fällt aber bereits zu Boden. Er ist sehr schmerzempfindlich. Mit Kräften, die ich mir nicht recht erklären kann, bäumt er sich noch einmal auf, versucht, sich wieder hochzustemmen, aber so fangen wir gar nicht erst an. Mein zweiter Schlag, dem ersten nah verwandt in Kraft und Winkel, dürfte ihn getötet haben. Ich halte ihm trotzdem noch ein bisschen Nase und Mund zu. Blut läuft zwischen seinen Lippen hindurch, aber nicht viel.

Da liegt er, wie seine Schwester, ebenfalls auf dem Rücken, auch in Sargposition. Einundzwanzig Jahre alt, und seine letzten Worte galten mir.

All die Hoffnungen, *seine* Hoffnungen. Das Übliche, und doch so wertvoll. Bachelorstudiengang, Berufspläne, Hobbymodelfreundin, Reisen, Party, Statussymbole, Instagram-Account mit total vielen tollen Fotos, die neidisch machen sollen. Kilian! Einer wie alle. Hat sich bestimmt für was Besonderes gehalten. Wie wir alle.

Ist jeder etwas Besonderes, streiche »Besonderes«.

Wenn man jung ist, ahnt man nicht, dass alles umsonst gewesen sein wird.

Draußen in der zunehmenden Düsternis braut sich ein Sommergewitter zusammen. Das zweite heute Abend. Ach, Regen ist einfach gut. Wäscht und verwischt.

Ich schalte das Zimmerlicht aus, stelle die Dunkelheit wieder her und gewöhne mich zehn Sekunden lang daran. Ich bin derart aufgeregt, dass ich den Rest der Nacht nicht werde schlafen können.

So. Jetzt noch mal Kiaras Tod sicherstellen, sie also ebenfalls mit zweitem Kopfschlag versehen, Mund und Nase zuhalten. Anschließend noch Kilians Knie brechen, zur nachvollziehbaren Stringenz für die Ermittler. Spuren weitestmöglich beseitigen, Benzin verteilen, Feuer legen. Und dann hätten wirs eigentlich.

* * *

Meine Frau sitzt neben mir im Jaguar. Der Verkehr ist ein Skandal. Stadteinwärts um die Zeit, Hölle. Eigentlich habe ich gar nichts gegen den Verkehr, ich habe nur was gegen die Menschen.

Es ist unvermeidlich, dass meine Frau »Also, was ist nun eure Strategie, Max aus der Untersuchungshaft rauszuholen?« fragt. Als ob Volker und ich seit gestern Abend gemeinsam stundenlang die Köpfe zusammengesteckt und einen Wunderplan entwickelt hätten.

»Ich weiß es noch nicht«, lüge ich und hupe den Arsch neben mir beinahe an, weil er mich seitlich fast streift. Fahrer, die zum Abbiegen ausscheren, als würden sie ausholen, haben sehr vieles nicht kapiert.

Natürlich habe ich kein Auge zugemacht, nachdem ich vorhin von Kiaras und Kilians Hinrichtung heimkam. Gefrühstückt hab ich auch nicht. Es ist jetzt kurz nach acht in der Früh und wir fahren zur Vernehmung ins Polizeipräsidium, wo auch unser Freund und Max' Verteidiger Volker Steinberg auf uns wartet.

»Lass uns jetzt erst mal mit Volker beraten, Lotte. Dann sehen wir weiter«, labere ich, als wären wir gemeinsam in Alternativlosigkeit gefangen und dem Geschehen ausgeliefert.

Noch eine Unwahrheit also, meine tausendste vielleicht in unserer siebzehnjährigen Ehe. Es gibt Lügen, die Menschen konsistenter miteinander verheiraten als alle Hochzeitsversprechen. Und unser Bund besteht nur aus Lügen.

Ich höre ein verächtliches Pf-Geräusch von Lotte, sie sagt: »Du bist doch sonst immer so schlau. Du hast gestern gesagt, du kämst heute mit einer Strategie an«, bei *Strategie* streckt und krümmt sie zweimal beide Zeige- und Mittelfinger, »wie wir Max da schleunigst rauskriegen. Ich dachte, du hättest ...« Ich schalte auf Durchzug, lasse ihre Worte zu diffusen Geräuschen werden. Also *ich* weiß, was passieren wird, meine unerträgliche Frau wird staunen.

Ohne Scheiß, Anführungsstriche mit den Fingern formen ist das Letzte.

»Frau Rütting-Illinger«, rufe ich einen Kilometer später über die Autofreisprechanlage meiner Sekretärin zu und bin froh, dabei zu hören, dass meine Stimme nicht allzu brüchig klingt. »Ich hab Ihnen gestern Abend schon eine Nachricht geschickt, wollte jetzt telefonisch noch mal sichergehen: Ich komme heute etwas später ins Büro, wir müssen bitte alle Termine bis 12 Uhr 30 auf irgendwann verlegen. Wenn ich das richtig im Kopf habe«, habe ich natürlich, »dann kann Dr. Nöten zumindest meine Verbriefung um elf übernehmen.«

»Das ist jetzt aber wirklich knapp, die Leute vom 9-Uhr-Termin kommen ja gleich, die kriege ich nicht noch vorab informiert«, blafft sie zurück.

»Haben Sie meine Mail gestern Abend nicht erhalten?«

»Ich hab noch nicht nachgeschaut, ich komme gerade erst ...«

»Sehen Sie, kein Problem! Meine Umdisponierung war nicht früher abzusehen. Wir haben beide unser Bestes gegeben, Frau Rütting-Illinger. Könnte ich verschieben, was mir heute dazwischengekommen ist, würde ich es tun«, erläutere ich ihr viel zu ausführlich, denn ich will mich nicht mit ihr streiten müssen. Jetzt aber aus: »Entschuldigen Sie sich bei den Herrschaften, sagen Sie, ich sei unabkömmlich und untröstlich, ein Notfall, machen Sie einen neuen Termin aus. Und wissen Sie was, kündigen Sie an, dass wir eine Entschädigung finden werden. Sollen sie gleich heute auf meine Kosten ins Tantris Mittagessen gehen.«

Mir geht eine Terminabsage wirklich gegen den Strich. Ich würde auch mit vierzig Fieber nichts absagen. Das hier ist eine unvermeidliche Ausnahme.

Am anderen Ende der Leitung herrscht Stille.

»Frau Rütting-Illinger?«

»Ja?«

»Alles klar bei Ihnen?«

»Was?«

»Alles klar so weit?« Das Gespräch wirkt wie Satire.

»Ja.« Sie legt auf.

Niemals jemals werde ich mich an ihre Ruppigkeit gewöhnen. Aber diese Mentalität hast du als FDJ-Mädchen in der DDR wahrscheinlich gebraucht. Apropos Stasi, Max' Ortungs-App habe ich auf meinem Handy gefunden und deinstalliert, wobei ich mich frage, ob man heutzutage überhaupt noch irgendetwas vollständig löschen kann.

Meine Frau sitzt während des Telefonats mit der Rütting-Illinger wie erstarrt da und hört bemüht unbeteiligt zu, als müsse sie sich was verkneifen. Ich kenn sie doch, meine Lotte. Wer hätte dich wohl geheiratet, wenn nicht ich!

Im Parkhaus gibt es auf dem untersten Deck natürlich keine Lücke, ist ja klar. Erst im vierten Stock finde ich was, ewig weit vom Aufzug weg.

Polizeihauptpräsidium, da wären wir wieder. Erst war ich ein Leben lang nicht hier und jetzt gleich zweimal innerhalb von zwölf Stunden. Volker Steinberg wartet auf uns vor dem Eingang.

»Hast du deinen Cayenne schon von der Verwahrstelle abholen können?«, frage ich ihn gleich als Erstes. Sich für andere interessieren. Was soll ich machen. Es wird erwartet.

(Beinah hätte ich aus Versehen »verfickten Cayenne« gesagt.)

»Gestern noch erledigt. Dreihundertachtzig Euro, die Verbrecher. Bei Porsches hauen die eine Extragebühr drauf«, Volker schnippt seine Kippe auf den Asphalt. Tritt sie nicht aus, lässt sie verglimmen, macht man gerade so. Draußen ist überall Raucherbereich.

»Aufschneiderkarosse ist gleich Aufpreis. Es bleibt dabei, ich übernehme das«, erinnere ich ihn ernst an mein Versprechen von gestern.

Komisch, mir war es von jeher viel wichtiger, wohlhabend zu werden, als für wohlhabend zu gelten. Porschefahrern merkt man immer an, dass ihr Gefährt so was wie ein verwirklichter Jugendtraum sein muss. Nicht: »Kind geblieben«, nein, »Idiot geblieben«.

Volker schüttelt mein Angebot als vollkommen indiskutabel weg und sagt zu meiner Frau: »Hey Lotte, na? Einigermaßen geschlafen?« Er umarmt sie flüchtig, Lotte zieht eine Schnute, sagt was Nettes, ihre Außenwirkung ist wirklich geschliffen, keiner würde ahnen, wie sie hinter verschlossenen Türen ist, und wir drei marschieren ins Gebäude.

»Da ist die Kommissarin von gestern, die Max verhört hat«, klärt uns Volker auf, als wir im dritten Stock aus dem Lift steigen und sie über den Gang huschen sehen.

»Frau Novak, guten Morgen. Moment kurz, bitte«, ruft Volker ihr durch den Flur zu, bevor sie in einem Zimmer verschwindet. Keine Ahnung, ob sie ihn wirklich nicht gehört hat, aber da ist sie bei Volker am Richtigen.

Schnellen Schrittes läuft er zu der Tür, durch die sie entschlüpft ist, klopft beiläufig, während er schon die Klinke drückt, und nach kurzem Hin und Her kommt diese Frau Novak raus. Lotte und ich haben aufgeschlossen und stehen brav neben Volker. Frau Novak macht auf mich den Eindruck einer schwer zu greifenden Person: herb, verlebter wirkend, als sie vermutlich ist, Ende dreißig, bisschen Mannweib, bisschen Altlolita. Trotz übervoller Lippen verbitterter Mund, Medusaaugen, fast schon Basedow. Nicht unsensibel, durchaus wach, aber definitiv keine Freundin der schönen Künste. Etwas an ihr ist mir nicht geheuer.

Sie trägt eine zu große, braune Männerlederjacke. Sieht scheiße aus, steht ihr aber.

Mit erstaunlich fraulicher Stimme sagt sie, und schaut Lotte und mich dabei abwechselnd an: »Sie sind Max' Eltern?«

Wir nicken, geben keine Hand.

»Hören Sie: Ich kann gerade nicht allzu viel dazu sagen, aber heute Nacht wurden die Kinder Ihrer Schwester, Frau Staiger, beziehungsweise Ihre Nichte und Ihr Neffe, Herr Staiger, auf ähnliche Weise wie Frau Evi Junckers ermordet. Frappierend ähnlich.« Sie setzt ab. Ganz schön komprimierter Vortrag.

Lotte und Volker sind sprachlos, überrascht, verwirrt.

Ich mache auf sprachlos, überrascht, verwirrt.

Frau Novak lässt die übliche Pietätspause verstreichen und schaut solidarisch betroffen. Ziemlich überzeugend sogar. Doch ich bin selbst dermaßen scheinheilig, dass ich die Scheinheiligkeit aller anderen dechiffriere. Manchmal vielleicht sogar zu viel Heuchelei hineininterpretiere. Eventuell besteht zwischen Echtheit und Kalkül gar kein Unterschied.

Volker fordert Frau Novak auf weiterzusprechen und sie schildert hastig ein paar Details vom Ort des grauenvollen Geschehens und den mutmaßlichen Ablauf und ich stimme stumm mit dem meisten überein. Nahtlos entschuldigt sie sich, sie müsse mit dem Verhör eines Verdächtigen fortfahren (Rolf Junckers, nehme ich an, der Rolfi), Max' und unsere Vernehmung müssten verschoben werden, und wie es nun mit Max weitergehe entscheide sich in den nächsten Stunden.

Lottes Tablettenspiegel scheint heute *richtig* ideal eingepegelt zu sein, denn sie benimmt sich tapfer und hält sich sehr gut: »Wann können wir unseren Sohn denn sehen?«, fragt sie Frau Novak. »Weil, das heißt doch, dass Sie einen anderen Verdächtigen geschnappt haben, oder? Damit wäre auch klar, dass Max nicht der Täter ...«

»Wir wissen wirklich noch nichts Genaues. Im Moment müssen wir die neue Sachlage abklopfen. Wie es mit ihrem Sohn weitergeht, kann ich noch nicht sagen. Frau Staiger, tut mir leid, ich muss wieder rein.« Und dann ist die Oberkommissarin weg. Leider kann ich nicht in das Zimmer lugen, in das sie verschwindet, ob wirklich Rolf, Evis Exmann, dort drinnen sitzt.

»Marc, ich würde jetzt zu Max gehen und ihm die News mitteilen«, reißt mich Volker aus meinen Gedanken. »Ist ja erst mal nicht schlecht, dass es eventuell einen anderen Verdächtigen gibt. Kaum zu glauben. Das Leben schreibt die kuriosesten Wendungen. Nur: Was sollen wir denn bezüglich seiner Aussage machen? Da brauchen wir definitiv was, egal wer sich als Täter herausstellen wird.«

»Wir machen jetzt Folgendes«, sage ich zu Volker, meine Frau neben mir hört mit gesenkten Augen zu. Volker lauscht gänzlich ungerührt. Ich skizziere in drei Sätzen, was Max als Aussage zu Protokoll geben soll. Wort für Wort. Woraufhin Volker durch die Zähne pfeift und kopfschüttelnd entgegnet: »Marc, das ist ganz sicher nicht die Wahrheit. Und ich habe keine Ahnung, ob wir damit durchkommen. Puh ... oh Mann!«

Präziser hätte ich es auch nicht formulieren können.

Ich sage: »Das ist nicht – was? *Die Wahrheit?*«, und lache höhnisch, und das kommt von Herzen. Selten genug.

Die Antwort scheint ihm zu genügen. Er nickt und blinzelt dabei einmal langsam mit den Augen. Wir haben keine Wahl.

»Genau so soll Max es sagen, Volker. Genau so. Geh es mit ihm ein paarmal durch, macht ein paar Testdurchläufe. Okay?«, frage ich und klatsche leise in die Hände, zum Zeichen der absoluten Notwendigkeit sofortigen Handelns. Abschied. Los gehts.

Die Wahrheit? Dass ich nicht lache.

Für mich bedeutet Wahrheit nur eines: Wenn etwas funktioniert.

* * *

Nahezu jeder Denkvorgang des Menschen, der einer logischen Schlussfolgerung bedarf, ist fehlgeleitet.

Das, was der Durchschnitt für Wahrheit hält, ist größtenteils ein kollektives Missverständnis von Wahrheit. Ein Hilfskonstrukt, auf das man sich konsensuell geeinigt hat, losgelöst von Folgerichtigkeit und Vernunftorientierung. Ein Gebilde aus Mehrheitsdenken und Schwarmverhalten.

Religion, Geschichte, Politik, Ethik, Liebe, Geselllschaft.

Zur Erlangung einer vermeintlich selbstinduzierten Haltung bedient sich der Mensch automatisch kulturell oktroyierter Denkmuster. Die wenigsten kommen über die Grenzen dieser Beschränktheit hinaus. Dafür sind sie zu gewöhnlich.

Konsumsklaven, Stimmvieh, Nachplapperer.

Leichtgläubige, Unbelehrbare, Vergessliche.

Bildung und Wissen haben mit originärer Meinungsfindung nur bedingt zu tun.

Es geht um ein Wissenwollen über die unmittelbaren Erfordernisse hinaus.

Es geht um Abstraktionsfähigkeit, innere Freiheit und Befindlichkeitsgrenzen.

Wahrheit muss man nämlich auch aushalten können!

Das muss man lernen. Und ein bisschen in sich haben.

Diese Eigenschaft gereicht einem nicht zum Vorteil. Sie befeuert beständig die innere Unruhe. Man muss aufpassen, nicht aufzufallen. Man ist anders, und das ist nie gut.

Fast nichts ist, wie es zu sein scheint.

Wahrheit! Eine inkonsistente Währung. Abhängig von Zeit, Ort, Umfeld, Wesensbeschaffenheit, Lebensphase. Strömungen, die das Bild verfärben und variabel machen. Wahrheit unterliegt kontextueller Wandelbarkeit.

Das Gegenteil von Wahrheit ist nicht Lüge.

Sondern Verzerrung.

Leute geben emotionalen Impulsen allzu leicht nach.

Nicht die Wahrheit zählt, sondern die am wenigsten verkomplizierende Antwort.

Wirklichkeit versus Wahrheit.

Für die Leute da draußen ist wichtig, dass sich etwas richtig *anhört*. Nicht, dass es richtig ***ist***. Wer denkt schon selbst?

Im Umkehrschluss bedeutet das: *Ist etwas plausibel klingend formuliert, glaubt der Mensch jeden Scheiß. (Siehe: Die Applausnutten in TV-Talkshows.)*

Er glaubt ebenfalls jeden Scheiß, stimmen nur genügend Menschen darin überein. (Siehe: Ein *Mensch spürt Gott ganz deutlich – Nervenheilanstalt.* Eine Million *Menschen spüren Gott ganz deutlich – Weltreligion.)*

Die meisten Menschen sind von einer Unbedarftheit, die mir schleierhaft ist.

Doch irgendwie stört das keinen.

Kommt hinzu: Leute, die den letzten Scheiß glauben, glauben meistens auch am liebsten ***nur*** den letzten Scheiß. Vernünftigen Dingen gegenüber verhalten sie sich bemerkenswert renitent.

Differenzierende Mahner und Warner gelten der modernen Gemeinschaft als Angstschürer und Aufwiegler. Nicht als Hilfesteller. Zu unbequem ist es, gegen den Strich zu denken.

Inhalte, Hintergründe und Analytik spielen keine Rolle. Allein die ewige Bewegung auf der Oberfläche zählt.

Intellektualität ist nicht gern gesehen, das ist vorbei. Ebenso Pragmatismus. Ebenso unliebsame Prognosen. Daher gilt: Den gewöhnlichen Menschen nicht um seine Meinung fragen. Ihn auf keinen Fall vor eine Wahl stellen. Verschone mich mit des Volkes Stimme. Kannste vergessen. Sie ist wertlos. Der Durchschnitt muss vor sich selbst beschützt werden.

Dich quälen mangelnde Logik und defizitäres Verständnis von der Welt kein bisschen? Erschüttern dich nicht bis ins Mark? So hast du noch nie darüber nachgedacht?

Die Normierung dessen, was man zu empfinden hat. Menschendarsteller.

Wenn das Radio sagt: *Es ist schön draußen, geh raus,* dann gehst du raus. Ob du das willst oder nicht. Weil du das wollen zu müssen glaubst. Du lässt es dir unterschieben. Stimmts?

Sommer ist gut. Winter ist bäh. Urlaub ist toll. Arbeit ist blöd. Beziehung ist super. Alleinsein ist übergangsweise. Abrichtung, Dressur.

Rufe in einer vollen Konzerthalle den zehntausend Leuten zu: »Ihr seid alle Arschlöcher.« Nur zehn werden sagen: »Ja, stimmt!« Und das sind die einzigen, die mich interessieren. Die anderen, die Empörten, die Ratlosen – die kannste alle vergessen.

Wer sich nicht für unzureichend hält, ist für mich vernachlässigbar.

Du bist aller Wahrscheinlichkeit nach zu schwach, dir selbst gegenüber gnadenlos ehrlich zu sein. Zu analysieren. Fühlst dich vermutlich sogar angegriffen (eigentlich ertappt). Auch darin bist du deckungsgleich mit der Mehrheit.

Deine Träume sind nur Kopien. Nicht deine eigenen.

Du folgst dem Strom. Gehorchst, watschelst mit. Das tun die meisten, also beruhig dich. Ist sowieso besser. Ist gesünder. Macht weniger unglücklich.

Du hast gewonnen.

Denn am Ende gewinnt der mit den meisten sorglosen Tagen.

Oder ist das letztlich auch egal?

* * *

Drei Tage später wird die Untersuchungshaft ausgesetzt, Max Staiger kommt auf freien Fuß. An der Seite seines Anwalts verlässt er spätvormittags das Polizeipräsidium. Die sengende Sonne brutzelt beiden auf den Kopf, sobald sie aus dem Schatten des Torbogens der Zufahrt treten. Höflicherweise wartet Dr. Steinberg noch mit Max vor dem Gebäude, was Max sehr peinlich ist. Seine Mutter könnte zumindest bei einem solchen Anlass pünktlich sein.

Als sie eintrifft nimmt sie ihn in die Arme, makellos gekleidet in ihrer neuen Bluse-Hose-Kombination. Max riecht, sie hat UV-Schutz aufgetragen.

Volker Steinberg verabschiedet sich mit aufmunternden Worten, während Max' Mutter irgendwie teilnahmslos wirkt, ohne ihren Schwung, den sie in Anwesenheit Außenstehender meistens aufzubringen imstande ist. Ansonsten aber ist das nichts Neues. Stimmungsschwankungen sind ihre einzige Konstante.

Anstatt heimzufahren, wie das sicherlich in anderen Familien gehandhabt würde, schlägt seine Mutter vor, in ihr derzeit favorisiertes Restaurant essen zu gehen. Dort soll Max ihr alles erzählen. »Du musst mir alles erzählen, Schatz!« Als käme er gerade aus dem Urlaub.

Max' Eltern sind große Essengeher und Gastronomiefans. Was immer sich in ihrem Familienleben Erwähnenswertes ereignet, man macht sich immer sofort in ein Café oder Restaurant auf, um dort dem Erlebten die gemeinsame Aufarbeitung folgen zu lassen. Als wäre es in den eigenen vier Wänden zu eng und zu intim. Als liefe man Gefahr, sich daheim emotional zu nah zu kommen.

Seine Mum fährt los, durch die Straßen der Innenstadt. »Glaube es oder auch nicht, dein Vater hat keine Zeit, dich hier mit mir abzuholen. Er hat Termine, muss arbeiten«, sagt sie, urplötzlich aufgekratzt und vorwurfsvoll. Max weiß mit ihrer Entrüstung, die heftiger auszufallen scheint als die Freude über seine Freilassung, nichts anzufangen. Ähnlich wie in den letzten drei Tagen, in denen er phasenweise nah dran war, sich aufzugeben, kippt er in eine Lethargie, die ihn wieder einmal feststellen lässt, dass auch die Abwesenheit von Gefühlen ein Gefühl ist. Nur ein weiterer Beleg, dass sein Leben sich unwiederbringlich geändert hat.

In der Menükarte des stylisch-kühlen Lieblingslokals seiner Mutter haben alle Gerichte humoristisch angehauchte Namen. Und astronomische Preise. Max erzählt von den nicht enden wollenden Stunden im Zellentrakt des Hauptpräsidiums, den Verhören und schließlich der Haftaussetzung durch den Richter. Das ganze Gespräch über zupft seine Mutter mit spitzen Fingern imaginäre Fusseln vom Arm ihrer Bluse; wie immer, wenn sie nervös ist. Oder desinteressiert.

Hat sich ihre mütterliche Besorgnis derart schlagartig verflüchtigt? Wenigstens jetzt könnte sie sich doch zusammenreißen.

Immerhin, so macht er sich klar, deckt Mum offensichtlich die empörende Lüge, die sein Vater als Alibi für Max ausgeklügelt hat, ohne Bedenken oder Vorbehalte. Und womöglich ist es vorwiegend genau diese Skrupellosigkeit, die seine Eltern eint.

Es scheint ihr nichts auszumachen, dass Dad damit das Leben eines unbeteiligten Menschen ruiniert, um seinen Sohn aus der Schusslinie zu ziehen. Was zumindest seine Mutter glaubt. Max aber weiß, dass sein Vater sich damit nur selbst in Sicherheit bringt. Von dem Gewicht der Lüge, das auf Max' Schultern lastet, und dem Wissen, dass extra für ihn ein paar Menschen um die Ecke gebracht wurden, ganz zu schweigen.

Und noch ist das Urteil nicht gesprochen. Auch wenn die Polizei vermutet, den wahren Täter gefunden zu haben, und auch wenn Max vorerst entlassen wurde, ist die Geschichte deshalb noch lange nicht gut ausgegangen. Das ist lediglich der heutige Stand der Dinge.

Was auf jeden Fall bleiben wird, ist die Gewissheit, jegliches Vertrauen in den eigenen Vater verloren zu haben.

Seine Mutter mag keine Gurken, also fischt sie sie aus ihrem Salat und legt sie auf Max' Teller. Sie unterbricht Max' Schilderungen ein paarmal, um nachzufragen, und jedes Mal denkt er sich, das habe ich doch gerade gesagt. Gern würde er mit ihr näher auf wesentliche Punkte seiner Aussage eingehen, die sie zu einem gewissen Teil ja mittragen muss, aber ihr Gehabe bringt ihn irgendwann dazu zu kapitulieren. Ist sie der Belastung der Fakten nicht gewachsen oder einfach ignorant? Max kann es kaum erwarten, heute Abend endlich seinen Vater zu sehen. Den Mörder. Es gibt vieles zu besprechen. Grotesk, dass er nicht da ist. Was könnte dringlicher sein?

»Wollen wir zahlen und heimfahren, Mum?«, fragt Max, während er sein Glas zwischen den Handflächen hin und her rollt und beobachtet, wie vor dem Restaurantfenster, auf der anderen Straßenseite, eine dicke Frau aus ihrem Wagen steigt, ihre Schlüssel fallen lässt und es kaum schafft, sie aufzuheben. Was er interessanter findet, als der Selbstsucht seiner Mutter beizuwohnen, die an Selbstvergessenheit gerade kontinuierlich zulegt. Wohl weils einfacher ist.

Sie stimmt zu, ruft: »Zahlen!«, und zu allem Überfluss ist der Chef des Hauses, der seine Mutter gut zu kennen scheint und sich neben seinen kassierenden Kellner stellt, in Redelaune und labert mit französischem Akzent unausgesetzt davon, welche prominenten Gäste regelmäßig vorbeischauen und wie schwer die städtischen Behörden es einem Edelgastronomen wie ihm machen. Eine junge Frau hinter der Getränketheke ruft nach ihm, Telefon, und er hebt dramatisch die Arme, als steckte er bis zu den Knöcheln in Arbeit und es wäre so aussichtslos, dass er es besser gleich bleiben ließe. Dann geht er doch und nimmt den Anruf entgegen.

Mum ist durch diese Ablenkung endgültig abgedriftet, stellt Max fest, während sie zur Parkgarage laufen. Der für ihn vorgesehene Tagesanteil an Aufmerksamkeit ist aufgebraucht. Grotesk, Klappe, die zweite.

Im Auto spürt er, wie sie auf der Suche nach einer überbrückenden Bemerkung innerlich verkrampft. Er öffnet das Beifahrerfenster einen Spalt. Was für eine dysfunktionale Mutter-Sohn-Beziehung! Er fährt die Fensterscheibe ganz herunter und seiner Mutter fällt doch noch etwas ein und sie sagt: »Du Max, es zieht mir.«

Das dazu.

»Fahr mich jetzt sofort in Dads Büro«, insistiert Max mit neuer Schärfe in der Stimme. Wortlos steuert seine Mutter den Wagen ins Zentrum und lässt Max so nah als möglich vor dem Notariat raus.

Zu Fuß wäre er schneller gewesen.

»Hi Frau Rütting-Illinger, kann ich mal kurz zu meinem Vater rein?«

»Oh hallo Max, geht leider gerade nicht, sind Leute drin«, antwortet die Sekretärin seines Vaters nett und etwas Unausgesprochenes schwingt darin mit, als sie ihn fragt, ob seine Mutter auch da sei, was Max verneint. Sie bietet ihm etwas zu Trinken an, er lehnt dankend ab und verschwindet im Wartebereich. Über eine halbe Stunde dauert es, bis sein Vater mit drei geschäftlich gekleideten Herren aus seinem Büro kommt und Max sofort entdeckt, ihm unmerklich zuzwinkert und die Männer rasch verabschiedet.

»Sehr gut, dass du jetzt schon vorbeikommst, Max. Hat Mama dich gebracht?«

Mama! Er sagt immer *Mama*, wenn er vor Max auf sie zu sprechen kommt. Irre. Max nickt.

»Ich hab leider nicht viel Zeit, in zehn Minuten kommen die Nächsten. Komm rein, komm rein«, sagt sein Vater, legt seinen Arm fast auf Max' Schulter, der Arm bleibt jedoch ein paar Zentimeter über der Schulter in der Luft hängen. Dad berührt Menschen nicht. Außer wenn er sie abmurkst, offensichtlich. Er instruiert schnell Frau Rütting-Illinger und hastet Max ins Zimmer hinterher.

»Wieso hast du Tante Evi umgebracht?«, ist die erste Frage, die Max seinem Vater stellt, als der die Tür seines Büros hinter sich geschlossen hat.

Dad bleibt abrupt stehen, die strahlend weiße Tür im Rücken. Max lässt sich in den schwarzen Ledersessel plumpsen, lehnt sich zurück.

Einundzwanzig, zweiundzwanzig, dreiundzwanzig. Vier Sekunden ungefähr dauert die entstehende Pause. Max kann sich nicht erinnern, wann sie sich das letzte Mal so lang direkt in die Augen gesehen haben.

»Wieso hast du mich mit einer Ortungs-App verfolgt?«, kommt die Gegenfrage seines Vaters, irgendwie schon jovial, aber ohne den üblichen Unterton seiner galligen Sprüche. Schlagartig kommt es Max vor, als befänden sie sich auf Augenhöhe. Ein vergängliches Gefühl, das ist ihm klar. Aber trotzdem so was wie ein vorläufiger Showdown.

»Du zuerst«, sagt Max.

»Evis Tod war ein Unfall. Ich war zu heftig.«

»Du warst zu heftig? Wolltest du sie nur ein bisschen verdreschen, oder wie?«

»Ganz genau.«

»Was?«

»Ich wollte ihr lediglich die Knie brechen und – ja – sehr treffend formuliert, Max, genau: sie ein bisschen verdreschen.«

»Bist du bescheuert?«

»Wie bitte?«

»Verarschst du mich?«

»Es ist, wie ichs sage. Und jetzt: Wieso hast du mich verfolgt? Wir könnten uns die ganze Chose hier sparen, wenn du mir nicht nachgefahren wärest.«

»Bin ich jetzt schuld?«

»Ich etwa? Wenn du nicht in diese verfluchte Garage gelaufen wärest, um deiner Tante letztlich *nicht* zu helfen, aber Spuren zu hinterlassen, hätte ich Kiara und Kilian nicht umbringen müssen.« Mit voller Wucht fährt Max diese Offenbarung ins Mark, auch weil Dad alles Nobeltun vergisst.

»Du warst es tatsächlich. Es ist also genau so, wie ich gedacht habe!«

»Genau so!«, sagt sein Vater. Der Inbegriff von Nüchternheit.

»Aber Papa, wieso hast du das gemacht ... das alles?«

»Ich bin noch nicht sicher, ob ich dir das jemals sagen werde. Es spielt keine Rolle für dich.«

Eine Ausschlussbekundung für die Ewigkeit? Max poltert: »Hör auf mit dem Scheiß. Hör echt auf, das ist ...«

»Es ist besser so, ich sage das nicht umsonst. Dass du bei der Polizei lügen musstest, dass du in alles reingezogen wurdest, tut mir so leid, ich kann es nicht in Worte fassen. Aber erstens kommst du aus der Sache ganz sicher unbeschadet raus, und zweitens mache ich es wieder gut, und drittens rettest du dadurch uns alle, mich eingeschlossen.«

»Vor allem dich, oder?«

»Nein, du würdest bei einem Geständnis selbst ziemlich unangenehm mit reingezogen«, äußert Dad kategorisch.

»Erpresst du mich?«

»So meine ich das nicht. Ich würde dich nie mit reinziehen, sogar wenn du mich verrätst. Es ist nur so, dass du Gefahr liefest, als teilschuldig betrachtet zu werden.«

»Versteh ich nicht.«

»Doch, tust du.«

»Und wenn ich dennoch auspacke? Wenn du mir nicht sofort sagst, wieso du das Ganze gemacht hast, gestehe ich der Polizei die Wahrheit, dass du der Mörder bist, und zwar nicht nur von Evi, sondern auch von Kilian und Kiara. Also sags mir!«

»Nein. Du weißt, nein heißt bei mir nein.«

»Dann packe ich aus und häng dich hin.«

»Glaub ich dir nicht«, entgegnet sein Vater ruhig.

Max muss diese Antwort verdauen, erwidert: »Angenommen, ich würde! Was wäre, wenn sie dich einbuchten?«

»Dann würde ich Selbstmord begehen.«

Sein Vater sagt das so selbstverständlich, dass Max auf der Stelle verstummt. Es ist vollkommen eindeutig, dass es sich um eine vorgeordnete Strategie im Falle eines Falles handelt. Er kennt seinen Vater, diese Bemerkung hat keinen doppelten Boden.

»Aber mein Testament ist gemacht und ich kann dir versichern, du bekommst alles. Das bleibt unbenommen«, spinnt sein Vater den Faden weiter. »Tu also, was du willst. Nur, überleg dir auch, was für dich aus einer solchen Maßnahme resultiert. Du magst im November siebzehn werden, und wenn ich tot bin, kannst du das locker verkraften. Der Punkt ist nur, dass du dir eventuelle Vorwürfe machen könntest, mitverantworlich für meinen Tod und dessen Konsequenzen zu sein. Auch das fände ich nicht so schlimm, aber aus eigener Erfahrung weiß ich, dass man sich selbst am schwierigsten verzeihen kann, auch wenn der Handlungsgrund noch so plausibel und moralisch vertretbar gewesen sein mag – was dein Geständnis, infolge dessen ich mich umbrächte, ja definitiv wäre. Allerdings arbeitet das Gehirn bei solchen Fragen losgelöst vom Verstand, überwiegend emotional. Und so ein Päckchen Schuld solltest du dir nicht aufbürden. Nur ein Tipp. Aber noch viel einschneidender wäre das Stigma, das dir, und euch, lebenslang anhaften würde. Nämlich, dass dein Vater ein verurteilter dreifacher Mörder ist und, das Ganze unterstreichend, danach auch noch zum Selbstmörder wurde. Und in diesem ganzen Durcheinander spielt überdies sein Sohn eine nicht untergeordnete Rolle. Nämlich du! Unter anderem mit einer dubiosen Verfolgung seines Vaters, nämlich mir, unterlassener Hilfeleistung gegenüber seiner Tante, nämlich Evi, und, na ja, den Rest kennst du ja. Du warst ja dabei. It's up to you.«

Max versucht fieberhaft zu analysieren, einzuordnen. Aber seine Sinne reichen bei Weitem nicht aus. Man sieht Dad an, dass er alles ernst meint. Nach und nach wird Max klar: Sein Vater ist ein führerloser Zug, den man nicht aufhalten kann.

»Ich ...«, stammelt Max und wird unterbrochen.

»Ich auch. Hör zu, ich hab jetzt leider einen Termin. Lass uns später weiterreden. Dann verrätst du mir, wieso ich von dir gestalkt wurde, ja?«

»Ich ...«

»Okay, versteh schon. Später! Soll dir Frau Rütting-Illinger ein Taxi rufen? Dir ist vorhin übrigens aus Versehen *Papa* rausgerutscht. Huch! Hast du's gemerkt? Ich hoffe, du schämst dich jetzt nicht dafür, weils dir zu schwul klingt ... ist *wirklich* ungewohnt. Taxi?«

Sein Vater hält inne. Er wartet offenbar auf seine Zustimmung. Ob wegen des Taxis oder wegen des Geständisses, Max weiß es nicht. Das war ihre Aussprache? Das solls gewesen sein, nach diesen Tagen des Irrsinns?

Die Stille, die herrscht, ist mit Worten nicht zu beschreiben.

Dr. Marc Staiger öffnet die Bürotür, Max schält sich wie benommen aus dem Sessel, sein Dad fixiert ihn und tippt sich an die Stirn. Damit bekräftigt er offensichtlich, dass Max jetzt nicht im Wahn und in seinem Bedürfnis nach Wahrheit etwas Unbedachtes tun soll. In Anbetracht der Umstände eine beinah besänftigende Geste. Doch im Treppenhaus kann Max die Tränen nicht mehr zurückhalten, so unermesslich einsam fühlt er sich. Das Gespräch ist genau so verlaufen, wie er es sich niemals hätte ausmalen können.

* * *

»Rolf Junckers ist ein verängstigter, eingeschüchterter älterer Herr. Der hat doch seine Ex und seine Kinder nicht umgebracht. Nie und nimmer«, sagt Jörg Simon gleich nach Beendigung des Verhörs zu Milena Novak, zurück in ihrem überhitzten Büro im obersten Stockwerk des schlecht isolierten Präsidiums. Jörg kauert auf seinem Drehstuhl und bewegt die Sitzfläche in kurzen Stößen von links nach rechts.

»Mhm, glaub ich auch nicht, egal wie sehr ihn seine Exfrau fertiggemacht hat«, murmelt Milena Novak vom Schreibtisch ihm gegenüber aus und weckt ihren PC aus dem Ruhezustand.

»Hast du gesehen, wie er sich bewegt? Der hat Bandscheibe, ’nen steifen Rücken, steif wie ’n Brett. Niemals könnte dieser verkalkte Körper so zuschlagen, dass ein Treffer zum Tod führt. Der würde sich dabei alles ausrenken«, rekapituliert Jörg seine Eindrücke ermattet, Hände in den Schoß gelegt. »Und wie stark er unter Schock steht! Den nimmt das echt mit. Mag schon sein, dass er monatlich immer noch zigtausend Euro Unterhalt an die wilde Evelin abdrücken musste, obwohl er ihr schon eineinhalb Millionen ausbezahlt hat, und dass das schwer zu schlucken ist.

Mag sein, dass sie ihm die Kinder abspenstig gemacht hat, als wäre er die Verkörperung des Antichristen. Aber gleich alle drei umbringen? Auch wenn er für beide Tatnächte kein verifizierbares Alibi vorweisen kann, ich meine, ein Mann Mitte sechzig sitzt abends eben daheim auf der Couch und sieht fern. Es ist nicht so, dass das so schwer zu glauben wäre. Da hat sein Anwalt schon recht.«

Wie nebenbei antwortet Milena: »Ja. Ja. Der wars nicht. Max Staiger hat uns angelogen, von wegen, er hätte ihn auf frischer Tat ertappt. Hier!«, Milena scrollt mit ihrer Maus, überfliegt stumm Max Staigers Verhörprotokoll und liest dann laut, als sie die gewünschte Stelle findet: »*Während ich auf der gegenüberliegenden Straßenseite des Hauses meiner Tante Evelin Junckers auf die Rückkunft ihrer Tochter Kiara wartete, sah ich meinen Onkel Rolf Junckers auf einmal in der sich öffnenden Garage auftauchen. Er wartete dort offensichtlich auf seine Exfrau, meine Tante Evi Junckers, die mit ihrem Wagen gerade eintraf.* Und so weiter ... und dann kommt die ganze Beschreibung, wie der Alte seine Ex zugerichtet haben soll und wie Max ihr zu Hilfe eilte, nachdem Rolf Junckers geflüchtet war ...« Milena lässt einen Moment verstreichen, durch die aufgerissenen Fenster hört man die in der Dachrinne sitzenden Tauben unablässig scharren und gurren. Ein längst verinnerlichtes Grundgeräusch.

»Und dass unser Maxilein eine kurze Liebelei mit Kiara, seiner Cousine bitte schön, gehabt haben soll, glaube ich erst recht nicht. Kiara ist auch noch drei Jahre älter. Für die war Max doch noch ein Baby. Ne Neunzehnjährige und ein Sechzehnjähriger, das ist in dem Alter ein Riesenunterschied. Der hat uns einen Bären aufgebunden«, bekräftigt Jörg ihre übereinstimmenden Zweifel mit einem weiteren Argument, wie um sich selbst auf die richtige Spur zu setzen. »Als ob er mitten in der Nacht vor Kiaras Haus warten würde, um sich mit ihr zu versöhnen, nachdem sie kurz zuvor Schluss mit ihm gemacht haben soll. Ich bitte dich! WhatsApps gibts keine, SMSs, Mails oder Facebook-PMs, nicht mal ein paar windige Instagram-Likes auf ihrer Seite existieren«, zählt er auf.

Milena macht Jörgs raue Kehle fast wahnsinnig, sie sagt: »Nur leider können wir Max augrund solcher Unterlassungen keine direkte Lüge nachweisen.«

»So sieht's erst mal aus.«

»Und in Kiaras Freundeskreis weiß auch niemand was von ihrer Liaison mit Max.«

»Obwohl Max ja gesagt hat, sie hätten es geheim gehalten, weil sie verwandt waren.«

»Was für eine praktische Ausrede.«

»Eine derartige Verarsche, was der da mit uns macht.«

Doch Milena denkt sich, man weiß ja nie. Sie müssen über vieles nachdenken. Womit zwei Stunden vergehen, bis sie ihr Mittagessen ordern, zwei Pappschachteln von einem Radkurier geliefert bekommen und den Reis mit allerlei Grünzeug und Tofu in sich reinschaufeln. Ihr Versuch, sich währenddessen über etwas Beiläufiges zu unterhalten, scheitert, und Milena beschleichen wieder diese nagenden Vorbehalte, die ihr Verhältnis mit Jörg betreffen. Sie beobachtet ihn beim Essen, seine ausladenden Bewegungen, die sich immer ihrer eigenen Wirkungsabsicht bewusst zu sein scheinen. Sie betrachtet seine wimpernlosen Augen. Wieso hält sie ihn beinah nicht mehr aus? Wieso erträgt sie so urplötzlich seine physische Anwesenheit kaum mehr? Die Kurve des Beziehungsverlaufs gestaltet sich mit jedem Partner anders, aber mit Jörg ist es einfach nur seltsam.

Er hat ihr seine Schwächen offenbart, und dafür hasst sie ihn jetzt. Und dafür, dass das so ist, hasst sie auch sich selbst. Weil es sich schäbig anfühlt. Sie hat nicht darum gebeten, so zu empfinden.

Vielleicht ist der Mensch süchtig nach Unglück.

Gerade als Milena und Jörg ihre leeren Pappkartons mit der schnörkeligen Aufschrift des chinesischen Restaurants in den gemeinsamen Mülleimer pfeffern, damit der Essensrestegeruch von dort aus den Raum weiter vollstinken kann, kommt ihr junger Kollege Ralf auf seine x-beinige Art hereingehetzt und sagt triumphierend: »Anschnallen, festhalten, es gibt Neues. In Evelin Junckers' Küche wurde ein Gartenhandschuh gefunden. Und jetzt Achtung: Dessen linkes Gegenstück haben wir in der Garage von unserem Herrn Rolf Junckers entdeckt. Zusammen mit zwei Spiritusflaschen, deren Inhalt gerade mit dem Brandbeschleuniger abgeglichen wird, der in Evelin Junckers' Haus zur Feuerlegung verwendet wurde.« Ohne Pause sprudelt er weiter: »Fall so gut wie gelöst, würde ich sagen. Oder zumindest nah dran, wenn sich das alles so auflöst, wie's gerade aussieht. DNA-Analyse läuft.« Ralfs Wangen glühen, was seinem Gesicht einen Ausdruck von Dümmlichkeit verleiht. Eigenmächtig nimmt er, der Kommissaranwärter, gegenüber seinen beiden Vorgesetzten gerade die Schlussfolgerung aus der brandneuen Datenlage vorweg. Als ob er sich so etwas rausnehmen dürfte. Milenas und Jörgs indifferente Blicke haften an seiner erhitzten Mimik, erwartungsvoll schaut Ralf die zwei abwechselnd an und es entsteht ein Schweigen, das beinahe peinlich ist. Ralf ist zwar etwas zurückgeblieben, aber ein guter Kerl. Beides gewährt ihm einen gewissen Kulanzschutz.

»Echt jetzt?«, sagt Milena saftlos, sie wird Ralf nicht rügen. »Gartenhandschuh?«

»Das ist ja lächerlich. Sind wir hier bei O. J. Simpson? Einen Handschuh bei der Tat verloren, ach herrje. Das ist zu viel des Guten. Da muss ich den Bericht der SpuSi gar nicht abwarten. Zu simpel, zu offensichtlich, wie von einem Kindergartenkind inszeniert«, schleudert Jörg heraus, wobei ihm ein Aufstoßer entkommt, den er zu überspielen versucht, indem er Ralf mit einem Hochziehen der Stirn tadelnd ansieht, wie um ihm die Entgleisung in die Schuhe zu schieben. »Wir sollten uns sofort dranmachen, diesen Schwindel aufzudecken, anstatt Zeit mit dem armen alten Mann als Schuldigem zu verplempern. Dieser Handschuhhokuspokus ist fast ein Entlastungsbeweis zu *seinen* Gunsten.«

Kann man so sehen, sagt sich Milena in Gedanken. *Allerdings dürfen wir nicht gleichzeitig aus Voreingenommenheit um jeden Preis versuchen, Rolf Junckers' Unschuld zu beweisen.* Sie schenkt längst keiner Wahrnehmung mehr glauben, nicht mal ihrer eigenen. Und dann bekommt sie einen Schluckauf. Das chinesische Zeug war scharf wie die Hölle.

Auch eine Woche später haben die Ermittlungen der inzwischen achtköpfigen Sonderkommission zu keinen nennenswerten Neuerkenntnissen geführt. Die vollständige Auswertung der digitalen Daten sowie die Durchleuchtung des familiären Umfelds ergaben keine Anhaltspunkte, welche die mutmaßliche Täterschaft Rolf Junckers' widerlegten. Der Öffentlichkeitsdruck lässt durch das schwächer werdende Interesse der Presse bereits deutlich nach. Die Vergesslichkeit der Gesellschaft ist enorm.

Auf Grundlage von Max Staigers Aussage sowie des Fundes eines Gartenhandschuhs am Tatort befindet sich Rolf Junckers weiter in Untersuchungshaft. Die Übereinstimmung des bei der Brandlegung verwendeten Brennspiritusgemisches mit dem Restinhalt der beiden Flaschen, die in Rolf Junckers' Gartenschuppen sichergestellt wurden (wie auch der komplementäre Handschuh), stellt ein drittes Indiz dar.

Sogar der Haftrichter wies darauf hin, dass ihm die beiden Funde »etwas arg offensichtlich« erschienen und auf eine Finte hinweisen könnten. Er betonte jedoch ebenfalls, dass diese Annahme natürlich auch kein Ausschlusskriterium der Schuld des Verdächtigten darstelle.

Der ursprüngliche Hauptverdächtige Max Staiger hingegen wurde vor vier Tagen aus der Untersuchungshaft entlassen, sehr zu Milenas Widerstreben.

Das Wetter ist hellblau. Ununterbrochen schön.

In der mickrigen Kaffeeküche ihrer Abteilung wäscht Milena ihre Tasse aus, späht mit nassen Händen in ihr Zweierbüro und sagt zu Jörg: »Ich fahr dann jetzt«, womit sie das Begräbnis von Evi Junckers und ihren beiden Kindern meint. Vielleicht bringt es ja was, sich von der versammelten Familie und deren Nahestehenden einen Eindruck zu verschaffen.

»Sei mir nicht böse, aber ich habe darauf echt absolut keinen Bock. Ich weiß nicht, ob das was bringt. Schaffst du allein, oder?«, lehnt Jörg seine Teilnahme nach wie vor ab. Milena kann sich diese seit Tagen zunehmende Destruktivität kaum erklären. Fragen zwecklos.

Auf dem Parkplatz des Präsidiums hört sie drei Minuten später Jörgs Stimme nach ihr rufen, er komme doch mit, sie sollen seinen Wagen nehmen.

Während der Fahrt zur Friedhofskapelle reden beide kaum ein Wort, was zu einer neuen Angewohnheit zu werden droht. Gegenseitige Ausweichtaktiken. Ob es mit dem Fall zu tun hat oder mit Milenas unbewusst gesendeten Signalen oder ob etwa Jörg sich sogar umorientiert – was auch zwischen ihnen vorgeht, sie muss sofort aufhören, sich darüber Gedanken zu machen. Es überlagert alles und das hält kein Mensch aus. In den nächsten Tagen macht sie Schluss mit ihm.

Als sie über das ruckelige Pflaster des Friedhofparkplatzes zuckeln, stellen sie fest, wie stark belegt er bereits ist. Autokennzeichen von überallher. Scheint eine große Andacht zu werden oder es finden mehrere sich überschneidende Trauerfeiern statt.

»Sind wir spät dran?«

»Eigentlich nicht.« Ohne auf eine neue Information zu hoffen, prüft Milena noch mal ihre Notizen. »In zwanzig Minuten gehts erst los.«

Ziemlich weit vom Eingang entfernt stellen sie Jörgs BMW ab und laufen unnötig hastig Richtung Friedhofskapelle. Sie passieren das aufgeschwenkte Mauertor, den wie auf scheinbar allen Friedhöfen unordentlich wirkenden Eingangsbereich, das Pförtnerhäuschen, das sicherlich noch nie benötigt wurde, die überquellende Kompostabfallbox daneben sowie eine morsche

Holztafel mit laminiertem Anordnungsplan der Gräber und Wege.

Nach ein paar Metern überholen sie einen humpelnden Mann Mitte vierzig mit schiefem Rücken und entgegen der Rückgratverkrümmung gerecktem Kopf, der mit Frau und einem kleinen Mädchen vermutlich dieselbe Veranstaltung anpeilt. Alle drei sind auffallend feierlich gekleidet.

»Wir kommen ganz schön leger daher für eine Beerdigung, kann das sein?«, sagt Milena so dahin, denn sie ist sich plötzlich wirklich unsicher.

Jörg sieht an sich herunter und sagt dünnhäutig: »Oh bitte, wen interessiert denn so was? Ich wette, der Pfarrer trägt Turnschuhe. Außerdem sind wir nur Zaungäste.«

»Schon klar«, antwortet Milena und, wie um sich Jörgs Überreaktion zu vergewissern, riskiert einen Seitenblick, der auf dem unterm T-Shirt-Ärmel hervorlugenden Drittel seines Tattoos hängen bleibt. Milena findet Tattoos maskulin, ästhetisch, fast zwingend. Bloß hat Jörg sich ein Fleischwundenmotiv auf den Oberarm stechen lassen, in Rot-Blau-Schwarz. Was soll man dazu noch sagen?

Aus einem sie hinterrücks heimsuchenden Anfall von Betrübtheit fragt sie sich, weshalb die wirklich interessanten Männer sie nie ansprechen.

Begleitet vom lauten Knirschen der Kieselsteine unter ihren Sohlen holen sie und Jörg die nächste in schwarz gekleidete Familie ein, diesmal eine mit drei Kindern. Vom auffällig steifen Gang des Mannes angezogen, fällt Milenas Blick auf dessen schnurgerade herabhängende Arme, die wie Abrissbirnen entlang seines Oberkörpers baumeln, da er beide Hände zu Fäusten geballt hat. Wahrnehmend, wie Milena und Jörg sich von hinten nähern, umgreift er die Schulter seiner Frau und zieht sie behutsam an sich, damit sie unbehelligt überholt werden können. Milena bemerkt die sich dabei spreizende linke Hand des Mannes, an welcher der kleine Finger fehlt. Sie stutzt. Auch weil ihr das wohl nicht aufgefallen wäre, hätte der Typ seine Fäuste zuvor nicht so auffallend zusammengezogen. Jetzt springt sie die Vierfingrigkeit förmlich an.

Als sie und Jörg links an den fünf Familienmitgliedern vorbeiziehen, schweigen die, Eltern wie Kinder.

Vor der halbwegs idyllischen Kapelle wartet bereits eine Traube von Menschen, weitere Personen strömen über die einstrahlenden Gehwege herbei. Milena und Jörg halten Abstand, stellen sich neben die beiden schattenspendenden Ahornbäume am Rand des Vorplatzes und mustern die Trauergesellschaft aus sicherer Entfernung. Nur nicht angesprochen werden, nur nicht auffallen. Kriminalpolizei anwesend! Braucht kein Mensch.

Viele haben Blumen oder kleine Trauergebinde mitgebracht, und ein paar verstreut herumlungernde Männer tragen Kameras um den Hals. Die Aasgeier von der Presse sind also auch da. Milenas Verhältnis zu Medien besteht ausnahmslos aus Misstrauen und Abscheu.

Jörg zieht alle paar Sekunden die Nase hoch. Geburtsstunde einer neuen Marotte? Milena kann nicht mehr.

Endlich gibt ein ältlicher Angestellter in schwarz-grauer Uniform und Schirmmütze mit städtischem Wappen Bescheid, man möge langsam und ruhig eintreten, die Zeremonie werde gleich beginnen. Feierlich langsam öffnet er beide Türflügel und zwei Rollstuhlfahrer werden als Erstes in die Kapelle geschoben. Ihnen folgt bedächtig der Pulk aus Teilnehmern.

Bis zum Schluss überlegt Milena hin und her. Erst als der letzte Wartende die Kapelle zu betreten ansetzt, entscheidet sie sich, ebenfalls reinzugehen. Letzte der Letzten, Hinterste der Hinteren. Nicht unähnlich ihrer Praktik beim Flugzeugboarding.

Gerade kneift Milena Jörg in die Seite, um ihn zum Aufbruch zu bewegen, als sie Max Staiger mit seinen Eltern auf den letzten Drücker entlanggehastet kommen sieht. Die drei entdecken Milena und Jörg, man nickt einander zu, Max hebt verlegen eine Hand zum Gruß und verlangsamt kurz seinen Gang, während seine Mutter und sein Vater, der Notar mit dem Psychopathengesicht, keine weiteren Anstalten machen und unvermindert zügig zur Kapelle ziehen. In den vergangenen Tagen haben Milena und Jörg auch Max' Eltern je zweimal vernommen, jeder kennt jeden.

Die Trauerfeier geht los. Milena und Jörg stehen in dem rappelvollen Kirchenschiff, das von innen bedeutend geräumiger ist, als es von außen den Anschein hatte, ganz hinten, gleich neben der Tür. Beide halten die Hände linkisch ineinandergefaltet vor ihre Körpermitte.

Die Kombination aus Bleiglasfenstern und gedimmten Deckenstrahlern taucht den Raum in geisterhaftes Licht. Wenn man zwischen den Silhouetten der Anwesenden hindurch auf die Stufenkante des Altars schaut, erhascht man einen Blick auf mehrere große Staffeleien, an denen Schwarz-Weiß-Porträtbilder der drei toten Hauptpersonen angebracht sind. Schwarz-Weiß wertet einfach auf.

Milenas Blick schweift über die Trauergemeinde. Hier nagt keiner am Hungertuch. In den vorderen Reihen sitzen die engsten Verwandten, in den dahinterliegenden Reihen abgestuft die entfernteren Angehörigen. Auch eine Menge sehr junger Leute ist anwesend. Kilians und Kiaras Freunde. Aufgedonnert und aufgedreht. Zugleich rührend und zum Kotzen.

Ein schmerzhaftes Ziehen im unteren Rücken signalisiert Milena, dass sie wieder zu lange am Schreibtisch gesessen hat.

Die Rede des indischen Pfarrers im waschmaschinenfesten Talar ist unterirdisch beliebig, noch dazu mit einem Akzent zum Sichwinden, beinah *Versteckte Kamera*. Milena fragt sich, ob er gerade eine neue Sprache erfindet. »Evelin, und ihra beide geliebtes Kindter Kilijenn und Kidschara, die viele zu fruh von unse gegangen seiä, aahm, and now ...«, lallt er mit bewundernswertem Selbstvertrauen und macht beim Sprechen Handbewegungen, als streue er die Worte im Saal aus. Es muss eine Gabe sein, sich einreden zu können, diese Phrasendrescherei wäre tiefgängig und indivdualisiert.

Aber solche Gesegneten gibts. Zuhauf. Es fließen eine Menge Tränen. Vielleicht hat der Job Milena bereits zu abgebrüht werden lassen, aber manchmal, wenn die Wortentgleisungen des Pfarrers zu krude werden, unterdrücken sie und Jörg ein Kichern. Endlich wieder etwas Verbindendes.

Nach einigen Gottesdienstritualen und vereinzelten Gesangseinlagen aus dem Gebetbuch, bei denen sich Milena wundert, woher der Großteil der Anwesenden die Melodien kennt, folgt eine Trauerrede von Evelins jüngster Schwester Lissy. Lissy, die dunkel gefärbte Temperamentsbombe mit dem gelähmten Arm, den sie unter einem weiten Pullover routiniert zu verdecken versucht, tippelt vor zum Lesepult, wirft ihr Haar mit einer einstudierten Geste zurück und legt sich ihre DIN-A4-Seiten zurecht. Letzte Woche haben Milena und Jörg sie ebenfalls einvernommen, ergebnislos. Sie hatte etwas unerträglich Anmaßendes an sich.

Räuspernd beginnt Lissy Schubert ihre Ansprache. Und während man an ihrem übersteigerten Mitteilungsdrang schnell erkennt, dass sie eigentlich eher über sich selbst als über ihre drei verstorbenen Verwandten redet, fällt Milena plötzlich etwas auf und sie fragt sich, wieso erst jetzt.

Nur aus einem Pflichtgefühl heraus wollte sie die Beisetzung besuchen, um alles erdenklich Mögliche getan zu haben. Wenn sie ehrlich ist, hatte sie keinerlei Offenbarungen erwartet. Doch schlagartig wird ihr der hohe Anteil körperlich beeinträchtigter Personen in den ersten Reihen bewusst. Mindestens sieben nahe Verwandte sind massiv angeschlagen.

Milenas Gesicht verrät einen plötzlichen Aufruhr, den zu verbergen ihr nicht möglich ist. Ganz eindeutig, der ganze Raum gleicht einem Versehrtenlager.

Ein Mann mit deformiertem, gekrümmtem Rücken, einer mit nur neun Fingern, zwei Rollstuhlfahrer, die Schwester mit dem Hängearm, der Opa ohne Ohr ... und als im Anschluss an Lissy nun deren mittlere Schwester Lotte, Max Staigers Mutter, das Rednerpult neben dem Altar betritt und übernervös ansetzt, auch etwas zu sagen, ist Milena mit einem Mal wie erschlagen.

Sie starrt Lotte Staiger und ihr von einem Säureangriff bizarr verätztes, fratzenhaftes Gesicht an und weiß, sie hat endlich Fährte aufgenommen.

* * *

»Another One Bites the Dust« pumpt im August 1980 aus allen Lautsprechern des Landes. Ich bin acht Jahre alt, und hin und weg. Queen ist die größte Band der Welt und ich ihr glühendster Verehrer. Trotz ihrer globalen Millionenumsätze habe ich das Gefühl, dass nur ich allein das wahre Ausmaß ihrer Bedeutung begreife.

Ich fühle mich nicht recht auf dem Damm. Seit Wochen plagt mich eine heftige Sommergrippe. Morgens mal mit nassem Haar rausgegangen, als es eher kühl war, aber das kann es wohl kaum gewesen sein. Sommererkältungen, das sind die schlimmsten. Sagt meine Mutter.

Statt dass sich Besserung einstellte, wurde ich nach einiger Zeit immer schlapper und müder, bis schließlich meine Lymphknoten anschwollen. Auch das ging nicht mehr weg. Ein Arzt diagnostizierte Eisenmangel, verschrieb Tabletten und ließ die blauen Flecken an meinen Beinen erst mal unerklärt, genauso wie mein deutlich abnehmendes Gewicht. Das würde schon werden.

Eines Morgens im September erwachte ich mit einem Ruhepuls wie nach einem Dauerlauf und bemerkte meine gewölbte Bauchdecke, die von einer enorm vergrößerten Milz herrührte, wie sich wenige Stunden später herausstellen sollte. Die Blutwerte wurden mit größter Eile ausgewertet und abends war ich auf dem Weg in die Notaufnahme.

Chronische lymphatische Leukämie. Ein Doktor in seinen

späten Fünfzigern überbrachte mir und meinen Eltern die endgültig gesicherte Diagnose, auf die Art, in der Männer jenes Alters das damals taten. Eitel streng, kurz angebunden, mit diesem Nimbus des Großherrschaftlichen. Ich verachte bis heute Männer, die vor 1940 geboren wurden. Nicht der geringste Anflug von Selbsthinterfragung, Hybris in ihrer reinsten Form.

Mannsein allein genügte bis dahin, um sich von Natur aus für überlegen und unanfechtbar zu halten. Wies man dann noch eine akademische oder feuilletonistisch unterfütterte Reputation auf, krochen einem blindlings alle in den Hintern. Thomas Mann, Günter Grass, Helmut Schmidt, Dirigenten, die *Maestro* genannt wurden, Burgschauspieler mit Betonung auf *Burg*, Mediziner, die man mit *Herr Doktor* ansprach. Weiße Schals, Pfeife im Mundwinkel, »Ach, wissen Sie«-Rhetorik. Diesen ganzen Wichtigtuern wurde eine künstliche Signifikanz beigemessen, die durch nichts gerechtfertigt war, außer dem Bedürfnis nach Obrigkeitshörigkeit und Duckmäusertum. Was sie ihren Größenwahn nur noch mehr und mehr kultivieren ließ.

Diese alten Arschlöcher.

Mit ihren buschigen Wildwuchsaugenbrauen.

Letztlich nichts dahinter.

Verallgemeinerung hin oder her, ich meine das große Ganze.

CLL? Blutkrebs? Die graue Eminenz hatte gesprochen. Professor Daust. Wir ließen seine Worte sacken. Mein Vater sprachlos, meine Mutter sofort in Kampfbereitschaft. Und ich, ich hörte mein Herz an die Rippen pochen wie an hartes Metall.

Auf seltsame Weise fühlte ich mich gewappnet für die Schlacht.

Was blieb mir auch anderes übrig!

Im Wesentlichen war das der Zeitpunkt, an dem meine Kindheitserinnerungen beginnen.

Der pompöse Schwachkopf von Arzt sagte wortwörtlich: »Ich wünschte, alles, was jetzt auf dich zukommt, wäre so einfach wie dieses Gespräch. Die Strahlentherapie ist nicht ohne, mein Junge.«

Was?

Die Art, wie er dabei seinen Kuli im Mundwinkel hielt, hatte etwas Streitlustiges.

Wenn ich so darüber nachdenke, könnte ich ihm eigentlich irgendein Körperteil abtrennen, falls er noch lebt. Was eher unwahrscheinlich ist. Ich prüfe das mal.

Die Krebsbehandlung war die Hölle und dauerte ewig. Ich sprang nicht gut darauf an. Nicht endende Übelkeit, Fieber, alles schmeckte nach Erde. Ich wünschte ich wäre nicht hier, und ich wünschte, ich wäre nicht ich.

Damals wurde automatisch auch der Kopf einfach-mal-drauflos-mitbestrahlt, was zu Gedächtnisstörungen und allerlei anderem führen konnte. Ich will gar nicht groß darüber reden, aber in den Siebzigern und Achtzigern bestand eine Fünfzig-fünfzig-Chance, Leukämie zu heilen. Allerdings war die Prozedur im Vergleich zu heute hart und langwierig und man trug Langzeitschäden wie Nierenschwäche, Herzinfarktrisiko oder eine erhöhte Schlaganfallwahrscheinlichkeit davon.

Mittendrin, in der Zeit, als ich kein Haar mehr auf dem Kopf hatte und aussah wie ein abgemagertes Stück Wachs mit dunklen Augenringen, wofür man sich nicht zu schämen braucht, schenkten mir meine Eltern einen Kater, der auf sieben geschätzt wurde und Frankie hieß. Da er aber definitiv kein Unsympath war, tauften wir ihn auf Thommy um. Die Namensänderung war kein Problem für ihn. Er hörte auf beide Namen nicht.

Meine Eltern erzählten, sie hätten sich im Tierheim für ihn entschieden, weil auch er durch eine Blutkrebserkrankung gegangen und vollkommen geheilt worden war. Erstunken und erlogen. Wie ich erst viel später erfuhr, hatten sich meine Eltern Thommys Biografie ausgedacht, um mir einen personifizierten Vertreter berechtigter Hoffnung zur Seite zu stellen.

Es spielte so oder so keine Rolle. Ich war begeistert von Thommy, der ein sehr forscher, zärtlicher Kater war und meine Hilfsbedürftigkeit irgendwie wahrzunehmen schien – vielleicht roch er die Chemikalien, die ich ausdünstete, vielleicht die Krankheitserreger selbst, vielleicht spürte er auch nur meine Ausgelaugtheit, oder er konnte mich auf seine umsorgende Art dominieren, weil ich ein Kind war und er den erwachsenen Kümmerer spielen wollte. Wenn ich mich zu Hause befand, ließ er mich nicht mehr aus den Augen. Egal wohin ich mich setzte, er kam zu mir und legte sich daneben oder auf meinen Schoß und hielt Wache. Es war wirklich auffällig, dass er der Meinung war, einen Fulltime-Job als mein Beistand zu haben. Gut möglich, dass er vor lauter Trauma glaubte, er müsse sich übermäßig bei uns einschmeicheln, damit er nur ja nicht wieder zurück ins Heim gebracht wurde.

Nachts schlief er in meinem Bett, wovon die Ärzte vehement abrieten, da die Gefahr einer Infektion durch irgendwelche Erreger infolge meines nahezu außer Kraft gesetzten Immunsystems zu groß war.

Bis zu Thommys Tod schlief ich nie mehr allein.

Nach schier endlosen Monaten besserten sich meine Werte und schließlich entschied sich Professor Daust, der alte Trottel, hochherrschaftlich kurz und knapp zu verkünden, ich sei geheilt: »Ist doch schön, oder?« Er schien über etwas anderes nachzudenken.

Der Albtraum war vorbei, erst mal, mein Regenerationsvermögen war gut. Meine Eltern waren fertiger als ich. Die Schule ging weiter. Das Leben ansonsten auch.

Vier Jahre zogen ins Land.

Wir wohnten in einem großen Mietshaus südwestlich von München. Vorletztes Stockwerk von dreizehn. Tolle Aussicht außen, grüne Couch, Perserteppich, Schrankwand innen. Ford Granada in einmaligem Gelbgold in der Tiefgarage. Nicht zu glauben und schon nicht mehr wahr.

Im Herbst 1984 kam es zu einem Vorfall, der alles veränderte.

Was jetzt geschieht, ist furchtbar.

Unsere Nachbarn rechterhand waren eine fünfköpfige

Familie, bestehend aus den üblichen beiden Eltern und drei Töchtern. Wie bei allen Ehepaaren, die charakterlich nicht ganz sauber sind, war der Altersabstand ihrer Kinder lächerlich groß. Zwischen der ältesten und der mittleren Tochter betrug er zwölf Jahre. Und zwischen der mittleren und jüngsten Tocher noch mal sechs Jahre. Dreiundzwanzig, elf, fünf: Die drei Nachbarsgören aus der Hölle. Ständig bekam man kreischige Schreierei und zickige Eifersuchtsdramen mit. War nicht weiter schlimm, aber wir hätten keine Vermisstenanzeige aufgegeben, wären sie eines Tages spurlos verschwunden. Das Umgangsschema der Mädchen untereinander empfand ich als unappetitlich intrigant und beinahe sexualisiert, als ginge es bereits um das Ausstechen einer Rivalin während des Balzkampfs. Es war immer Ernstfall.

Ich konnte meinen Bruder auch nicht leiden und mir wäre lieber gewesen, ich wäre ein Einzelkind geworden. Aber zwischen meinem Bruder und mir bestand im Vergleich zu den drei verzogenen Grazien eine unverrückbare Basis, die nichts mit abgrundtiefer Ruchlosigkeit, sondern lediglich mit solider Genervtheit zu tun hatte. Nichtsdestotrotz gilt natürlich: Willst du ein Kind unglücklich machen, schenk ihm ein Geschwisterchen.

Am Vormittag jenes 9. Oktober 84 war mein zwölfjähriges Ich mit meiner Mutter allein zu Hause und beschäftigte sich auf dem Balkon mit irgendetwas. Die Balkone sämtlicher Wohnungen eines jeden Stockwerks waren durch Sichtschutzwände getrennt, jedoch zog sich die Brüstung durchgängig um das ganze Haus. Wollte man auf den Balkon des Nachbarn schauen, musste man sich nur ein wenig vorlehnen und konnte, an der Sichtschutzwand vorbei, über die Brüstung hinweg, auf dessen Parzelle gucken. Der Brüstungssims war sehr breit, vielleicht sechzig Zentimeter, was Thommy täglich nutzte, um relaxt an den Nachbarswohnungen vorbeizuspazieren und die Aussicht vom zwölften Stock von verschiedenen Perspektiven aus zu genießen. Er war überall gern gesehener Gast und oft hörten wir Bewohner weiter entfernter Wohnungen ihn freudig begrüßen.

Als er sich an diesem Tag auf seinen Rundgang entlang des Brüstungssimses machte, blieb er auf halber Strecke zwischen den beiden Sichtwänden unserer direkten Nachbarn stehen und nahm Charlotte wahr, die mittlere, elfjährige Tochter der Drei-Töchter-Familie Mehring.

Charlotte, von allen nur Charly genannt, war eines dieser auffallend engelhaft-hübsch aussehenden Mädchen mit dunklen Knopfaugen und schönem braunen Haar. Eines dieser puppenhaften Geschöpfe, das von jedem verhätschelt und mit Komplimenten in Grund und Boden verwöhnt wird.

Während Thommy auf Höhe der Mehrings flanierte, stand ich auf unserem Balkon und beobachtete ihn, wie so oft. Als er Charlotte mit seiner katzenhaft typischen Überraschtheit entdeckte (Empörung, Entspannung, Freude), beugte ich mich zur Stirnseite der Trennwand, um jetzt selbst zu erkennen, dass es sich um Charly handelte, auf die Thommy reagierte.

In T-Shirt und Unterhose, wie ich eben dastand, wurde ich als Nächstes Zeuge, wie Charly völlig unvermittelt vorpreschte, den überrumpelten Thommy in die Seite stieß und ihn mit kräftigem Schub über die Brüstungskante drückte. Ein schleifendes Geräusch wie Kreidequietschen auf einer Tafel. Charly führte ihren Stoß mit rigoroser Wucht und Entschlossenheit aus, denn ich sah noch, wie Thommys Körper sich intuitiv gegen den Impuls sträubte, sich festzukrallen, und die Schubbewegung auszubalancieren versuchte. Doch es ging zu schnell, zu nachdrücklich. Vielleicht hatte er zuerst noch damit gerechnet, dass es ein Spiel sei.

Er hatte keine Chance und stürzte zwölf Stockwerke tief auf den gepflasterten Bürgersteig.

Charly schaute distinguiert drein, als hätte sie gerade Ordnung gemacht, um ein bisschen Abwechslung reinzubringen, warf mir einen ausdruckslosen Blick zu, ohne im Geringsten überrascht zu tun, sie hatte mich längst bemerkt, und ließ doch noch ein Lächeln aufblitzen, bevor sie zügigen Schrittes in der Wohnung verschwand.

Mein Schrecken war namenlos. Mir war, als würde ein Messer in mich gestoßen. Meine Hände zitterten und das Hämmern in meinen Schläfen wurde heftiger vor Grauen und Erschütterung, während ich mich sofort über die Brüstung beugte und steil nach unten sah. Da lag er, regungslos.

Auf wackligen Beinen rannte ich entgeistert durch die Wohnung, schrie meiner Mutter etwas zu, lief hinaus auf den Gang, holte den Aufzug, registrierte, dass sich die lahme Ente im Erdgeschoss befand, und entschied mich deshalb für die Treppe, wobei ich einmal vor Hetze schwer stürzte und mir den Ellbogen stauchte.

Unten angekommen wusste ich einen Moment lang nicht, ob ich links oder andersrum ums Haus laufen musste, um zur richtigen Stelle zu gelangen. Und dann stand ich vor Thommy und ließ mich auf die Knie fallen. Er lag auf seinem Bauch, sein Körper zusammengestaucht. Seine Augen starrten mich unbeweglich an, ungläubig und mit einem solchen Audruck von Schrecken, wie er einem niemals im Leben entgegenfahren darf.

Seine rosa Zungenspitze ragte heraus. Er hechelte leicht, als könne er dadurch ein Problem beheben.

Katzen haben sieben Leben! Im Englischen sogar neun.

Katzen können aus höchsten Höhen fallen und landen doch immer auf ihren Pfoten.

Doch fünfunddreißig Meter waren zu viel für Thommys Körper. Das kann kein Rückgrat, kein Stellreflex ausgleichen.

Seine Wirbelsäule war mehrfach gebrochen und an den Beinen und Pfoten war nichts mehr so, wie es sein sollte. Der Kiefer vollständig zerfetzt. Nur seine Schwanzspitze zitterte noch hin und her.

In der nächsten Sekunde begriff ich bereits mit erneutem Entsetzen, dass das das Ende war. Meine Augen kreisten wirr umher. Wie als würde ich an mir selbst irrewerden. Was immer ich Thommy noch Aufmunterndes zugeflüstert haben mag, wir glaubten beide nicht mehr daran.

Unser Griesgram von Hausmeister (geboren in den 1930ern) hatte auf der angrenzenden Wiese ein Blumenbeet angelegt, das von Ziersteinbrocken eingerahmt war. Ich lief die paar Schritte hinüber und griff mir einen der scharfkantigen Steine.

Ich bin sicher, Thommy wusste, was kommt.

Ein erstickter Schrei. Ich schlug ihm den Schädel ein. Fünf-, sechs-, zehnmal, wie von Sinnen.

Das war das Einzige, was ich noch für ihn tun konnte.

Schnell machen! Die Katastrophe beenden. Die Gnade der Erlösung – sonst hatte ich nichts mehr zu bieten.

Und dann war alles vorbei.

Meine Mutter kam angelaufen und musste noch meine letzten Hiebe mitbekommen haben, da sie mich zunächst ansah wie einen Abartigen. Sie wusste nicht, wie recht sie hatte. Sie täuschte sich nur in der Natur meiner Mutation.

Thommy zu töten war nicht das Anzeichen meiner Abartigkeit. Thommys Tod war deren Startpunkt.

»Wieso hast du das gemacht? Wir hätten Thommy zum Tierarzt fahren sollen ... vielleicht hätte er ihn retten können.«

Ich sagte nichts. Sie würde es schon noch kapieren, wenn erst etwas Zeit verstrichen war.

Bis heute gilt: Ich tat Thommy nur das an, was ich auch auf mich angewendet wissen will. Ich erleide eine Verwundung in einem Ausmaß, dass ich nach optimaler Genesung bestenfalls ein verdammter Krüppel bin? Oh, wie kostbar das Leben doch ist, um das keiner je gebeten hat? Bullshit!

Bring mich um. Verschwende keine weitere Sekunde.

Thommys Verletzungen waren einfach zu schwerwiegend gewesen.

Meine Mutter gab mit ihrem hypothetischen Rettungsplan nur einem Reflex naiver Hoffnung nach.

»Was ist denn überhaupt passiert?«, fragte sie mit einer Kopfbewegung zu den oberen Stockwerken des Hauses.

Ich ließ mich zunächst von meiner Bitterkeit hinreißen und erklärte ihr bebend, unterbrochen von tiefen Schluchzern, was Charlotte getan hatte, wurde, nachdem ich fertig war, seltsam sachlich und aktionistisch, zog mein T-Shirt aus, wickelte Thommys Körper darin ein, brachte, lediglich in weißer Unterhose gekleidet, den blutverschmierten Stein an seine Stelle am Blumenbeet zurück, ein Vorgang, den ich mir bis heute nicht erklären kann, und trug Thommy in die Wohnung.

Ich weiß ums Verrecken nicht mehr, in welches Zimmer ich Thommy gelegt habe und wie lange es dauerte, bis wir ihn im Garten meiner Großeltern bei Hagelwetter verbuddelten.

Aber noch war dieser Schreckenstag von Charlys Gräueltat nicht vorbei.

Ich wurde ruhiger und ruhiger, als wir in der Wohnung ankamen. Gegen meinen Willen wurde ich beinahe leutselig, spürte eine Leichtigkeit über mich kommen, die an Übermut grenzte.

Zunächst begriff ich kaum mehr, als dass ich das gesicherte Umfeld, in dem ich bis dato gehaust hatte, mit einem Schlag verlassen und ein neues Terrain betreten hatte. Ein tiefer Abgrund hatte sich vor mir aufgetan, in den mich hineinzustürzen mir auf makabere Weise verlockend erschien.

Eine Verschiebung. Ich hatte ein Ziel.

Thommy! Niemand wird ihm ein Denkmal errichten.

Niemand außer mir.

Ich. Der zwölfjährige Blödmann, der noch immer Herzrhythmusstörungen, Magenbeschwerden und Schlaflosigkeit von den Nachwirkungen der Chemo zu beklagen hatte und das Gefühl nicht loswurde, er, samt seiner nichts weiter als lästigen Hochbegabung, was immer das sein soll, sei von einem anderen Planeten, weil ihm alle Menschen so irrsinnig anders erschienen, als er sich fühlte.

Ich machte mir nichts vor, es ging um Charly.

Ich würde sie mir vorknöpfen. Wie sollte man sonst inneren Frieden finden?

Wie ein Rausch überfiel mich dieser Gedanke.

Nach einer Besinnungsphase läutete meine Mutter bei Mehrings. Frau Mehring, Charlys Mutter, öffnete, und meine Mutter schilderte ihr, was vorgefallen war. Ich war nicht dabei.

Frau Mehring war überrascht, bat um etwas Zeit, sich mit Charly auseinanderzusetzen, sie würde sich gleich melden.

Um 14 Uhr klingelte es. Ich öffnete. Da standen Frau Mehring mit ihren ovalen Lippen und Charly und ihre entzückenden kleinen Ohren unter dem dichten braunen Haar, Engelsgesicht und alles.

Den Begriff *Fotze* verwendete man 1984 noch nicht.

»Du Ärmster, es tut Charly und mir sehr leid, was mit Thommy passiert ist.« Frau Mehring lächelte mich so verständisvoll an, dass es demütigend war. Meine Mutter kam jetzt auch zur Tür und stellte sich neben mich.

»Aber«, fuhr Frau Mehring fort, wobei sie meiner Mutter zunickte, jedoch mich adressierte, »aber Charly meint, es sei ein wenig anders gewesen, als du es deiner Mutter erzählt hast, weißt du!«

Verwirrt sah ich Charly an, die mit einem bedauernden Blick eine Missverständnisimitation hinlegte, dass ich das Gefühl hatte, sie würde mir schnippisch »Reg dich ab« ins Gesicht plärren. Ich musste auf jedes Wort, auf jede Schwingung achten, um zu kapieren, was hier gerade vor sich ging.

»Kann es denn sein, dass du dich vielleicht ... verguckt hast?«, fragte mich Frau Mehring zögernd, damit wir wussten, dass sie alles andere für vollkommen ausgeschlossen hielt.

Meiner Mutter wurde das schlagartig zu merkwürdig und sie erwiderte: »Wie meinen Sie das, *verguckt*?«

Mit zweifellos vorbereiteter Freundlichkeit sagte Frau Mehring: »Charly meint, eure Katze hätte auf dem Sims gespielt und hätte dann das Gleichgewicht verloren. Leider konnte Charly sie nicht mehr greifen und festhalten ... es war also ... es war ganz, ganz sicher anders, als du das deiner Mama erzählt hast, mein Lieber.«

Mir kam es vor, als spräche Frau Mehring in einer fremden Sprache. Und dann noch dieses herablassende »mein Lieber«. Ich starrte sie an, konnte die Mitesser auf ihren Nasenflügeln erkennen. Sie fuhr fort: »Stell dir mal vor, Charly und die Katze – den Balkon runterschmeißen! Also ... das ist doch wirklich nicht ... das ist doch, entschuldige, das ist doch ausgeschlossen.« So reden Leute immer, wenn sie lügen, dass sich die Balken biegen. Nichts ist so, wie sie sagen. Und wenn du das weißt, weißt du genau, wie es ist.

Frau Mehring legte mir die Hand auf die Schulter. Herrgott, ich hasse es berührt zu werden. Mit dieser miesen Geste legte sie den Wendepunkt des Gesprächs fest, denn plötzlich war klar, das würde es an Erklärung gewesen sein. Sie hatte genug von dem Thema, es stand ihr ins Gesicht geschrieben.

»Es tut uns wirklich sehr leid mit dem Tier.« Der Satz klang wie »Jetzt ist das Tier eben kaputt, kauft euch doch ein neues.«

Charly nickte beipflichtend, als sei meine Version der Geschichte wirklich absurd und auch ihr täte es unendlich leid um Thommy. Sie konnte ihren Körper aber nicht daran hindern, beiläufig mit den Schultern zu zucken, als wäre das doch alles im Großen und Ganzen eine Lappalie.

Was um Himmels willen stimmte nicht mit denen?

»Okay«, hörte ich mich bestätigen, und das war der erste Schritt in den Wahnsinn. Meine Mutter stupste mich fragend an, wir schauten uns in die Augen. Ich lächelte wie geistesgestört. So war das nicht geplant.

Meine Mutter wollte noch etwas sagen, denn die Situation wurde offensichtlich diffus und was hier ablief, war hinten und vorn nicht stimmig.

Aber ich kam ihr zuvor und sagte zu den Mehrings: »Okay, tschüss«, und machte damit den zweiten Schritt in den Wahnsinn. Drehte mich um und ging zurück in die Wohnung. Ich konnte Charlys und ihrer Mutter Anblick nicht mehr ertragen.

»Was war denn das eben? Was ist denn los?«, fragte meine

Mutter, als wir beide daraufhin orientierungslos im Wohnzimmer standen.

Ein Krampf saß mir in der Kehle. Ich schüttelte den Kopf, wollte nicht reden. Und würde es auch niemals tun. Nie wieder sprach ich mit jemandem über den Vorfall. Es sollte ganz mein Eigentum bleiben, jedes weitere Wort hätte die Erhabenheit meiner Eingebung entweiht.

Rache statt eines Lebens. Freilich ahnte ich zu dem Zeitpunkt nicht, dass dies das Fazit sein würde.

»Sag doch, was ist los?« Ihre Stimme wurde plötzlich ärgerlich vor Ungeduld.

Noch immer gelang es mir nicht, irgendwas Neutralisierendes zu erwidern. Ich gab mich, als stünde ich unter Schock, und vielleicht tat ich das auch. Und vielleicht tue ich das noch immer.

Ich machte mich vom Schultergriff meiner Mutter los und schlurfte auf den Balkon, an die Stelle, an der ich vor einer Stunde gestanden hatte. Beugte mich vor, wie ich es vor einer Stunde getan hatte. Blickte zu Mehrings rüber, wie ich es vor einer Stunde getan hatte. Und erschrak.

Da stand Charlotte. Genau wie vorhin. Als würde sie auf mich warten. Als würden wir einander anziehen.

Sie grinste von einem verdammten Ohr zum anderen und hörte nicht damit auf, auch nachdem ich nicht damit aufhörte, sie anzustarren. Grinsen. Immer von einem verdammten Ohr zum anderen.

* * *

Junihitze. Max masturbiert stehend in seinem Zimmer, weil er nicht zu scharf sein will, wenn er sich gleich mit Anna trifft und aller Voraussicht nach mit ihr schlafen wird. Für Max wäre es das erste Mal, für Anna vermutlich eher nicht.

Allzu lang ist es noch nicht her, dass Max das Onanieren für sich entdeckt hat. Da waren die Jungs aus seiner Klasse deutlich früher dran, was man so hört.

Er beendet das Ganze, wirft die beiden Küchenrollenstreifen in die Toilette, pinkelt die Harnröhre von Spermaresten frei, drückt die Spülung und macht sich fertig. Duschen, Deo, Haare stylen, anziehen, einsprühen, ready? Sein Spiegelbild nickt.

Die Pfingstferien sind vorbei, die Schule hat vergangene Woche wieder begonnen. Max' Entlassung aus der Untersuchungshaft liegt jetzt zehn Tage zurück, die Ermittlungen dauern an, die Dreierbeerdigung fand vorvorgestern statt, und Volker Steinberg bereitet Max' Verteidigung vor. Eine einzige albtraumhafte Unwirklichkeit. Inmitten einer solchen Ausnahmesituation das Grübeln abzustellen ist nahezu unmöglich. Vergisst er mal für einen Moment sein Elend, schüttet schon der kleinste Erinnerungsfetzen sofort einen Liter Eiswasser über seine Atempause.

Dieser Schwebezustand wird noch einige Zeit andauern, das ist ihm klar. Aber irgendwie muss man das Leben auch während dieser Zeit rumbringen.

Ausgerechnet die Nervosität vor der Premiere mit Anna lenkt ihn von den überkonzentrierten Gedanken ab, die um Dads Morde kreisen. Weshalb es Max gerade, zur Abwechslung, akzeptabel geht. Er freut sich auf das Date genauso, wie es ihn belastet. Dass sich Angst und Neugierde derart ähnlich anfühlen können, ist ihm neu.

Sengendes Sonnenlicht fällt vom Himmel herab, als er in der Garageneinfahrt auf seine Vespa steigt. Ohne den siedend heißen Sitz zu berücksichtigen, schwingt er ein Bein über die Maschine, setzt sich auf das schwarze Kunstleder und es fühlt sich an, als würde es mit seinen dünnen Shorts und gleich darauf mit seinen Pobacken verschmelzen. Eigentlich müsste es zischen.

Äußerlich unbeeindruckt zieht er seine Sonnenbrille auf, die aus einem Glas besteht, und aus dem Nichts ist er derart außer Puste, dass ihm das Herz sogar in der rechten Brust schlägt, überwältigt von dem Wissen, nie wieder gutmachen zu können, dass er seine noch atmende Tante Evi am Tatort zurückgelassen hat, nur um nicht Gefahr zu laufen, ihren Peiniger verpfeifen zu müssen – seinen Vater. Kommen noch die sich anschließenden Verwicklungen mit Dad hinzu, der, um Max und sich selbst jeglichen Verdachts reinzuwaschen, eiskalt und dreist Evis Kinder Kilian und Kiara dran glauben ließ. Wodurch Onkel Rolf ins Visier der Kriminaler rückte. Max ist seit all dem nicht mehr derselbe, daran gibt es nichts zu rütteln.

Niemand hat meine Sorgen.

Auch für Selbstmitleid gibt es noch jede Menge Restreserven.

Runterkommen, durchatmen, was steht an?

Kondome in der linken, Viagra in der rechten Hosentasche, fährt Max phlegmatisch los. Zu Anna sind es zehn Minuten. Er wird es in fünfzehn schaffen. Das erste Mal Sex. Diese Form von Lampenfieber wirkt entschleunigend.

Es ist Max ein Rätsel, wie Männer früher mit dem Thema Frauen umgegangen sind. Es gab keine Annäherungsmöglichkeiten übers Internet und zur beruhigenden Absicherung ihrer Performance stand ihnen nicht mal Viagra zur Verfügung. Dramatisch. Vorsintflutlich. Beinah roh und primitiv.

Gleichzeitig mussten sie sich natürlich auch nicht mit den Körpern gedopter Fitness-YouTuber messen und orientierten sich auch nicht an Fetischpraktiken von Pornodarstellern.

Die Hälfte von Max' Kumpels konsumiert täglich mehrmals Pornos. Die andere, wie er selbst, tendiert zum Zocken. Zusätzlich zum Pornokonsum. Einziges Problem dabei: Max merkt selbst, wie seine Reizschwelle steigt. Er schaut immer abartigeres Zeug. Geschieht automatisch, aber das kriegt er geregelt.

Was hat man früher, ohne Computer und Smartphone, in seinem Jugendzimmer eigentlich gemacht?

Es ist Samstagnachmittag, und während Max immer noch betont langsam den rechten Straßenrand entlangschippert und von zahllosen Autos überholt wird, kann er sich einfach nicht auf Anna einstellen. Er verbildlicht sich ihren Körper. Nichts.

Zum Verrücktwerden. Er fährt gleich noch langsamer, zwei Radfahrer überholen ihn. Es ist fast lächerlich.

Als er letzten Montag, dem ersten Schultag nach den Ferien, ins Klassenzimmer kam, wusste er nicht, was ihn erwarten würde. Aber offenbar hatte an der gesamten Schule keiner mitbekommen, wie tief er in den Mordfall Junckers verwickelt war. Zwar wurde medial umfassend von den Morden an Evi, Kilian und Kiara berichtet und natürlich wussten Max' Mitschüler, dass es sich bei den Opfern um seine Verwandten handelte, doch von seiner Rolle als Verdächtigem und später als Zeuge des ersten Mordes hatte niemand Kenntnis genommen. Es wurde von einem »beteiligten Beobachter« berichtet, Max' Name aber außen vor gelassen. Mal hieß er in einem Bericht Leon F., in einem anderen einfach nur »der sechzehnjährige S.«.

Diese Anonymisierung enthob ihn der Anstrengung, jemandem etwas vorlügen zu müssen oder blöden Reaktionen zu begegnen.

Wenigstens etwas, in seiner verwandelten Welt der ständigen Bedrohung.

Was Max die vergangenen eineinhalb Wochen jedoch am meisten überrascht hatte, war die erdrutschartige Wendung des Verhältnisses zu seinem Vater.

Noch am Abend des Tages, an dem Max aus der Untersuchungshaft entlassen worden war, um anschließend mit Dad jenes bizarre Gespräch in dessen Kanzlei zu führen, in dem der ihm nicht nur – mir nichts, dir nichts – alle drei Morde gestanden hatte, sondern auch wie selbstverständlich verkündete, Selbstmord zu begehen, wenn Max ihn bei der Polizei verraten sollte, waren sie, auf den Vorschlag seines Vaters hin, gemeinsam Essen gegangen. In dieses Dreisternerestaurant im Bayerischen Hof. Ein Auswärtstreffen mal wieder, natürlich. Nur nicht in den eigenen vier Wänden.

Und dort begegneten Vater und Sohn einander wie noch nie zuvor. Dad präsentierte sich auf eine völlig untypische Art: entspannt und offen, aufrichtig interessiert, ganz ohne Sarkasmus, keine Fragen, die als erzieherische Beschuldigungen gemeint waren, irgendwie gleichrangig, ohne sich gönnerhaft anzubiedern. Als hätte sein Vater einen Sinneswandel durchlaufen und zöge endlich, nach sechzehneinhalb Jahren, in Betracht, dass sein Sohn seine Sprache versteht.

Dieser völlig veränderte, Max gegenübersitzende Mann, schon ohne Krawatte und mit zwei geöffneten Hemdkragenknöpfen, verstörte ihn über alle Maßen, und Max erstaunte sich schließlich selbst, als er ungefragt, wie ferngesteuert, auf diese eine ausstehende Antwort, die er seinem Vater noch schuldig war, zu sprechen kam. *Weshalb er Dad, am Tag des Evi-Massakers, überhaupt mit der Überwachungs-App gefolgt war.* Max wollte es hier und jetzt erklären, damit das abgehakt wäre, falls Dads Wandlung vornehmlich dem Abnötigen dieser Antwort geschuldet sein sollte. Was eine zersetzende Enttäuschung dargestellt hätte.

Max berichtete, wie Dads Sekretärin, Frau Rütting-Illinger, Mum angerufen und von ihrem Verdacht erzählt hatte, Dad würde allem Anschein nach verschiedene Affären am Laufen halten. Woraufhin Mum auf ihre ureigene Weise in die Luft gegangen war und Max bat, entsprechende Nachforschungen anzustellen. Und ausgerechnet, *ausgerechnet* an jenem schrecklichen Abend von Tante Evis grausamem Ende startete Max die Observierung seines Vaters, was wiederum genau zu der Misere führte, in der sie beide nun steckten.

Aber ich habe Mum nichts von der Frau, mit der du im Hotel warst, erzählt.

Ausatmer.

Das war die Geschichte, Dad. Jetzt du!

Sein Vater reagierte mit amüsiertem Kopfschütteln, sagte leise: »Sieh an, sieh an, unsere gute Frau Rütting-Illinger, die

Hobbyspürnase«, und schnitt mit Messer und Gabel etwas auf seinem Teller klein. In Zeitlupe.

Angesichts der Umstände war Max nicht sicher, ob diese Bemerkung Frau Rütting-Illingers Todesurteil bedeutete. Aber das war natürlich nur ein listiger Gedanke. Inzwischen wirft jede Beobachtung neue Unsicherheiten auf.

Statt es dabei zu belassen, sagte sein Vater: »Du hast ja gesehen, wie ich an dem Tag, an dem du mich verfolgt hast, mit dieser Frau ins Hotel gegangen bin, richtig?«

Max nickte.

»Möchtest du wissen, was es damit auf sich hat?«

Max nickte erneut, vor Verblüffung die Unterlippe ein wenig in den Mund gezogen, und dann legte sein Vater los. Dass Max neun Monate jünger war als das letzte Mal, dass sein Vater mit seiner Mutter intim geworden war. Dass Dad primär aus Ablenkungsbedürfnis wahllos Frauen von Casual-Sex-Portalen daten würde, »Von Lust längst losgelöst.« (Hä?) Und völlig ohne Netz und doppelten Boden erläuterte er, mit wie vielen er über die letzten fünfzehn Jahre ungefähr geschlafen habe (eine erschütternde Zahl), auf welche Weise er diese Affären handhabe (dass er, bis aufs Körperliche, nichts mit ihnen zu tun haben wolle) und wie diese Treffen eine »dringend benötigte Auszeit von der Gefangenschaft im eigenen Kopf« darstellten. Wortwörtlich. Promiskuität als Selbstzweck. Immer geistig anwesend zu sein sei wie eine Seuche. »Es gibt Menschen, die leben. Und es gibt Menschen, die denken übers Leben nach.«

Über so etwas hatte Max noch nie nachgedacht.

Max fand, er erfuhr Dinge, die ein erwachsener Mann wie sein Vater normalerweise allerhöchstens einem wirklich engen und vor allem gleichaltrigen Freund anvertrauen würde. Aber nicht dem eigenen Sohn.

Entertainerqualitäten beweisend gab Dad zur Auflockerung einige Datingerlebnisse zum Besten, schmückte sie aus und gewährte Einblicke, die ebenso amüsant wie grotesk waren, nicht ohne mit Max anschließend auch noch ausgiebig die Lage ihrer gemeinsamen juristischen Turbulenzen zu diskutieren.

Natürlich ahnte Max, dass seinem Vater bewusst war, dass er ihn mit seiner schonungslosen Offenheit überforderte. Dad war nicht so naiv, seinen Sohn derart zu überschätzen. Dass Dad seine Schilderungen aber ganz ohne Rechtfertigungen und Erklärungen von sich gab, machte Max deutlich, dass er seinen Sohn auch nicht unterschätzte.

»Diese Spätesserei ist einfach nichts mehr für mich«, schloss sein Vater ihr intimes Gespräch wie einen flüssigen Austausch von Selbstverständlichkeiten ab. Max hatte keine Ahnung, ob er hier gerade einer ausschweifenden Beichte oder einer Wehklage beigewohnt hatte. Oder einem Coaching. Um 9 Uhr abends, an Tisch fünf eines Dreisternerestaurants.

Ein Paradigmenwechsel. Ein Wendepunkt. Dad, der schwierige Mensch, offenbarte ein Gesicht, das Max bis dahin nicht erahnen konnte, dessen Existenz er sogar kategorisch ausgeschlossen hätte. Das Bemühen um eine Annäherung.

Doch in seiner ständigen Alarmbereitschaft fragte Max sich, ob Dad womöglich so kumpelhaft-komplizenhaft mitteilsam war, um sich Max gewogen zu machen. Ob er strategisch vorging und sich lediglich der Loyalität seines Sohnes versichern wollte. Aber etwas in Max sträubte sich gegen diese Erwägung.

Seine frisch entdeckte Intuition sagte ihm, dass es sich um etwas anderes handelte. Eventuell hatte Max durch seine Verschwiegenheit in der Untersuchungshaft Dad bewiesen, eine verantwortungsvolle Persönlichkeit zu sein. Max hatte sozusagen den Test, des Respekts seines Vaters würdig zu sein, bestanden. Eine Reifeprüfung, die niemand anvisiert hatte. Ein Initiationsritus, den keiner in dieser Drastik hätte planen können. Vielleicht hatte sein Vater, in seiner abgekapselten, metaphysischen Welt, seinen Sohn bis dahin für eine Amöbe gehalten.

Diese Erklärung hörte sich für Max plausibel an. Und wenn sie es nicht war, scheiß drauf. Max brauchte dringend einen

Verbündeten. Und wenn es der eigene Vater sein sollte, der nun irgendwie ein *neuer* Vater war: umso besser. Mochte der Anlass ihrer Annäherung auch gerade jenes blutige Massaker sein, das genau dieser perverse, völlig abgedrehte Vater selbst zu verantworten hatte – was solls, es war sowieso zu spät für Auswege. Sie hatten endlich etwas gemeinsam. Es fühlte sich ... ja, großartig an.

Immer noch mit nicht mehr als 20 km/h biegt Max mit seiner Vespa in die Straße ein, in der Anna wohnt. Im Garten des Nachbarhauses hat der Besitzer Sträucher zu Tierfiguren gestutzt. Ein Hingucker. Entweder ist er mit seinen Kunstwerken der König in der Siedlung oder er gilt als total verblödet.

Max stellt die Vespa in der Mitte der holprigen Einfahrt von Annas Grundstück ab. Die Bodenplatten ragen kreuz und quer empor, sind teilweise gebrochen von den dicken Wurzeln des Ahornbaums links vom Garagentor, die sich durch das Erdreich gebohrt haben und in der Umgebung verästeln.

Eine wie immer spröde Anna öffnet Max die Tür und meint ihre sehr alten Eltern, als sie auf ihrem Zimmer angekommen »Bis um sechs sind sie sicher weg« zu ihm sagt. Ihre greisen Eltern, die keine Ahnung haben, wer ihre Tochter eigentlich ist.

Max sagt: »Aha.« Sie setzen sich auf Annas tiefe Ikea-Riesencouch, einander zugewandt, aber einen halben Meter auseinander. An der gezierten Art, wie sie ihm ein Glas Rotwein entgegenstreckt, merkt er sofort, dass heute wirklich etwas anders ist. Bloß was? Max weiß nicht mal jetzt so recht, wie er sein Verhältnis zu Anna bezeichnen sollte. Halbfreundin? Es ist alles so unklar zwischen ihnen.

Er schaut ein bisschen im Zimmer umher. Man kann immer noch erkennen, dass sie bis zur achten Klasse Manga-Fan war.

Das soll er jetzt sein, der große Tag seiner Entjungferung?

Kennengelernt hat er Anna in der Schule, sie ist eine Jahrgangsstufe über ihm. Sie kamen wegen eines Kunstprojekts ins Gespräch. Anna trug ein betontes Lächeln auf den Lippen, das jeden verachtete, sie wirkte ziemlich herrisch und war auf seltsame Weise hübsch. Ein Mopp aus glänzendem mittelblonden Haar, graue Augen, gelangweilter Eindruck, das T-Shirt spannte sich um ihre Brüste, darunter trug sie nichts. Max weiß noch, dass er sich damals überlegte, ob er sie sich abends beim Wichsen vorstellen sollte.

Was er nicht tat, weil das selten mit Menschen funktioniert, mit denen man auf mehr zielt.

Auf jeden Fall war Anna optisch okay. Es war ihm aber auch egal. Weil er noch auf keinerlei Erfahrung verweisen konnte, hätte er sich als Einstieg auf fast jedes weibliche Wesen eingelassen, wenn es auch nur das geringste Anzeichen von Interesse an ihm gezeigt hätte. Niklas aus seiner Klasse schläft massenweise mit hässlichen Mädchen.

Über einen Zeitraum von drei Monaten hatten Max und Anna sich immer wieder verabredet. Ihr Verhältnis blieb dabei richtungslos. Mal vertraut, mal befremdend und holzig, nie wirklich auch nur andeutungsweise erotisch. Spröde Verabredungen, die definitiv keine Dates waren.

Irgendwann schien es aber höchste Zeit fürs Körperliche. Aus Max' Sicht. Er brauchte keine schwesterliche Freundin, mit der er nicht genug gemeinsam hatte, um das hier ohne den geringsten Fortschritt noch beliebig lang weiterzuführen. Doch jedes Mal fragte sich Max, wenn sie sich mal etwas länger in die Augen sahen, ob Anna ihn so anblickte, weil sie ihn attraktiv oder weil sie ihn abstoßend fand, und ihn sich womöglich sogar schönschaute.

Ohne dass Max sagen könnte wieso, hatten sie beim letzten Mal plötzlich angefangen, sich zu küssen, etwas zu fummeln, ein Auf und Ab, mal näher, dann wieder distanziert, und dabei eine unausgesprochene Vereinbarung getroffen, heute weiter gehen zu wollen.

Max würde darauf wetten, dass das bei anderen nicht so holprig abläuft. Die Erfahrungsschilderungen seiner Kumpel hören sich an wie Flachlegeratgeber.

Er sieht Anna an, sie redet irgendwas, nüchtern, in die Luft starrend, irgendwas von einem Hund, den sie sich zulegen möchte, damit sie Content für ihre Insta-Storys hat. Plötzlich wechselt sie das Thema und zieht über eine gewisse Leonie her und tut so, als würde sie sich auf den Teppich übergeben. Max wappnet sich. Anna ist nicht zu durchschauen. Für den schmalen Spiegel an ihrem Schrank hält sie regelmäßig den Kopf etwas seitlich und ihre Schultern gerade. Sie ist eindeutig jemand, der sich zwanghaft im Spiegel kontrolliert. Es ist auch keine Hilfe, dass sie alle paar Minuten nach ihrem Smartphone greift.

Wagemutig küsst Max sie überfallartig und Anna wirkt plötzlich nicht nur bereitwillig bei der Sache, sondern vielmehr erleichtert.

Ganz schön dichter Straßenverkehr, kein Helm, keine rote Ampel, Vollgas. Es ist eine ungekannte Euphorie, mit der Max um halb sechs nach Hause rast und sich bemüht, dabei möglichst wenige andere Straßenverkehrsteilnehmer zu töten. Er riecht Annas Spucke in seinem Gesicht. In einer ziemlich kniffligen Verrenkung kramt er während des Fahrens Feuerzeug und eine Zigarette hervor, zündet sie schielend an und raucht sie, obwohl ihn keiner sieht. Sechs Minuten und er ist daheim.

Er rollt die gepflasterte Einfahrt entlang, bis neben das Mülltonnenhäuschen. Seine Eltern sind zu Hause, alle drei Wagen stehen in der geöffneten Garage. Er dachte, zumindest seine Mum wäre heute Abend weg, auf einer Jenseitsséance.

Eine Wolke schiebt sich vor die Sonne. An der Hitze ändert das rein gar nichts.

Max kann sich bereits jetzt, eine halbe Stunde später, die Zeit mit Anna nicht mehr vergegenwärtigen. Der Ablauf, die Eindrücke – wie hinter einem Schleier. Lediglich ein vages Gefühl von Erinnerung. Am konkretesten vielleicht noch Annas verschieden große Augen, wenn er auf ihr lag und sie ihn leer anblickte, oder entrückt. Keine Ahnung. Und seine eigene Überdrehtheit, die sich von Aufregung in Erleichterung wandelte. Aber sonst: verpixelte, gestauchte Zeit, die er als bahnbrechend zu deuten bereit ist, mehr nicht.

Die Tablette hat er ganz vergessen. War nicht nötig. Stand wie eine Eins, wohlgemerkt nach einer kurzen Phase des Stockens, während der er sich des überraschend anders gearteten Verlaufs seiner Erregungskurve bewusst wurde, als er das vom Handbetrieb vor dem Laptop kennt. Einige Momente lang kam er sich vor wie in Folie eingewickelt.

Anna war im Bett ganz und gar nicht dominant oder forsch, wie sie immer tut, im Gegenteil. Trotz Kondoms hat Max sich aus ihr rausgezogen, zwei Sekunden bevor er kam. Sicher ist sicher. Seine Zeugungsangst übersteigt noch seine Ansteckungsangst. War kein Problem. Er hatte sich im Griff. Dieser ganze Mist, über den Max sich ewig den Kopf zerbrochen hatte, Punkt für Punkt, einen hochkriegen, durchhalten, wie wo was, nichts war von Belang. Die Intuition hatte automatisch eingesetzt. Keine Befürchtung hatte sich bewahrheitet. All die bombastischen Sorgen umsonst. Vielleicht wird das ja auch mit dem Ergebnis der Mordermittlungen so sein.

Probleme gibt es immer nur mit Einschlägen von Kometen, die man nicht kommen sieht? Funktioniert das? Je mehr Sorgen ich mir mache, desto geringer das Eintreffen der Befürchtungen?

Nur keine innere Ruhe zulassen!

Sein Vater hat recht. Denken ist eine Krankheit.

* * *

»Lies!«

Schwungvoll wirft Milena Novak ihr Dossier auf Jörg Simons Schreibtisch.

»Kein *Guten Morgen, Herzallerliebster*?«, reagiert Jörg ernst und sieht sie an. Immer wenn er auf diese düstere Art witzig zu sein versucht, ist das ein schlechtes Omen. Seit Tagen geht das so.

»Lies einfach. Ist der Hammer ... glaube ich.«

»Extra ausgedruckt, oho.« Jörg greift nach dem Dokument, setzt an, es durchzufächern, es sind aber lediglich drei Blätter, geheftet zwischen zwei Klarsichtdeckel.

»Damit hast du dich also die ganzen letzten Tage beschäftigt? Da bin ich mal gespannt.«

»Ich wollte keine Welle machen, bevor ich was Handfestes vorweisen kann. Ich wusste nicht, ob ich total plemplem bin. Bitte lies jetzt mal.« Milenas Augen tun weh. So ein Druck auf der Innenseite von zu viel Starren auf den Bildschirm.

»Okay.« Jörg Simon beginnt die ersten Zeilen zu studieren.

»Nee, laut.«

»Laut? Also laut, bitte schön. Momentchen noch.« Seelenruhig steht Jörg auf, geht zu dem Minikühlschrank, den er letztes Jahr während der Hitzewelle in ihr gemeinsames Büro gestellt hat. Mit »Sondergenehmigung für externe Elektrogeräte« ihres Vorgesetzten, des Hauptkommissars Katschbacher, eines Trinkers vom Fach, der selbst einen Kühlschrank bei sich stehen hat. Softdrinks vorn, Hochprozentiges verdeckt dahinter. Weiß jeder. Katschbacher bildet sich ein, nicht zu wissen, dass es jeder weiß.

Jörg nimmt sich eine Flasche Apfelschorle, schraubt sie auf und wandert zu seinem Stuhl zurück. Milena beobachtet ihn, in vollem Bewusstsein, dass es sich hier um Provokation handelt. Was er auch kaschieren mag, er ist durchschaut.

Nach dem ersten Schluck direkt aus der Flasche sagt er: »Jetzt bin ich bereit«, lehnt sich zurück, nimmt das Schriftstück in die linke Hand und hält mit der rechten die Flasche mit zwei Fingern am Hals umschlungen, damit seine Handfläche nicht den Inhalt wärmt.

»Also«, leitet er ein, räuspert sich, liest die Überschrift: »*Chronik der Familie Mehring*. Klingt wie *Die Schicksalsjahre der Kaiserin Ling Lung von China!*«

»Jetzt mach weiter«, keift Milena. Das Maß ist voll. Jörg ist einfach nicht klar, dass ihm dieses Zeitschinden überhaupt nicht steht.

»Tschuldigung. *Evi Junckers, Jahrgang 1962, wird am 12. Juni 2019, im Alter von 57 Jahren, ermordet. Einen Tag darauf ihre beiden Kinder Kilian (21) und Kiara (19)*, na ja, das wissen wir ja jetzt schon zur Genüge ...«

»Ah, komm, gib her.« Milena reißt ihm die Unterlagen aus der Hand. »Hör zu: 2019 müssen also Evelin, Kilian und Kiara sterben. Evelin Junckers ist eine geborene Mehring. Ihre jüngere Schwester ist Charlotte Staiger, genannt Lotte. Lotte ist die Mutter unseres ursprünglichen Tatverdächtigen Max. Lotte Staiger ist zudem die Ehefrau von Dr. Marc Staiger, dem Notar, du weißt schon!«

»Der Vater von Max, schon klar. Unser Notar mit der ICX-Code-Immunität.«

»Genau. So, jetzt pass auf! Ich mache nun einen Zeitsprung, zurück ins Jahr 1994. Genauer gesagt zum 2. Dezember 94. Meiner Meinung nach der Tag, an dem alles begann.

Genau diese unsere Charlotte, beziehungsweise *Lotte* Staiger, damals hieß sie noch Mehring, wird mit einundzwanzig Jahren Opfer einer Schwefelsäureattacke, wobei ihr Gesicht gravierend entstellt wird. Der Täter ist bis heute nicht gefasst. Es gab nicht mal einen Ansatzpunkt. Warte nur, jetzt gehts erst los: Keine zwei Jahre später wird Lottes sechs Jahre jüngere Schwester Lissy, Lissy Mehring, abends, in einem Parkhaus, von einer vermummten Person mit einem wuchtigen, scharfen Gegenstand an Schulter und Oberarm derart schwer verletzt, dass der Arm bis heute gelähmt ist. Es ging alles so schnell, dass auch hier keine relevante Täterbeschreibung vorliegt. Kameraüberwachung gabs damals in dem Gebäude noch nicht. Die Einzelheiten dieser beiden sowie der folgenden Ereignisse entnimmst du später den in Klammern gesetzten Anmerkungen, ja?«

»Sehr wohl.«

»Ach, halt die Klappe. Weiter gehts: Am 8. August 1999, also rund drei Jahre später, wird einem Cousin von Charlotte und Lissy Mehring in einer S-Bahn-Unterführung ein Finger der linken Hand abgetrennt. Ebenfalls von einem nicht zu identifizierenden Mann, entsprechend ebenfalls nie aufgeklärt.«

»Lass mich raten: Das war nicht das letzte Vorkommnis dieser Couleur?« Jörg macht Schielaugen. Aus seiner vertrackten Antihaltung ist noch immer nicht die Luft raus. Diesmal lässt Milena Novak sich ihren Unmut nicht anmerken: »Im April 2002, gut zweieinhalb Jahre später, wird die Mutter der drei Mädels Evi, Lissy und Lotte Mehring, nämlich Constanze Mehring ...«

»... fällig für den Rollstuhl ...«

»Genau, wir sind ihr ja auf der Trauerfeier begegnet. Aber nun kommts, pass auf: Constanze Mehring, ich nenne sie der Einfachheit halber mal Mama Mehring, vor lauter Namen ... Mama Mehring also hat keine Anzeige erstattet. Ferner hat sie auch keine Angaben zum Geschehen gemacht. Wir wissen nicht, was ihr genau widerfahren ist. Sie wurde an jenem Tattag, dem 29. April 2002, von einer Ambulanz ins Krankenhaus Bogenhausen eingeliefert, es wurde eine Diagnose erstellt und das wars. Obgleich die Staatsanwaltschaft natürlich ein Verfahren angestrebt hat, schwieg Mama Mehring und hält sich bis heute bedeckt.« Milena atmet durch, spricht weiter: »Das Verfahren wurde eingestellt. Sie sitzt lebenslang im Rollstuhl. Und schweigt! Wie übrigens auch alle anderen von mir zu diesem Unfall Befragten in ihrem Umfeld. Keiner will sich dazu äußern. Was sagst du nun?«

»Durchaus krass.« Diesmal veranstaltet Jörg keine Kaspereien, er ist schlagartig sachlich.

Milena reckt beide Zeigefinger, schüttelt einmal ihren Kopf und macht weiter: »Der Vater von Mama Mehring, also der Großvater der drei Mehring-Töchter, darf seit dem 5. Januar 2005 auf ein Ohr verzichten. Keine brauchbare Tathergangs- oder Täterbeschreibung auch hier. Und warum?«

»Weil Opa Mehring keine Angaben macht und auch keine Anzeige erstattete!«

»Genau richtig. Dann: Juni 2007, der Ehemann der jüngsten Mehring-Tochter Lissy, Sven Schubert, Architekt, damals einunddreißig, wird auf einer Baustelle Opfer eines Unfalls und entgeht nur knapp einer Querschnittlähmung. Wenn du dich erinnerst, er ist uns auf dem Weg über den Friedhof begegnet, als wir zur Aussegnungshalle gelaufen sind. Der, der humpelte. Hatte einen ganz schlimm deformierten Rücken, so einen windschiefen Gang.«

»Ich erinner mich.«

»Dieser Vorfall wurde als Betriebs- und Baustellenunfall klassifiziert. Infolge meiner Nachforschungen habe ich an dem Wahrheitsgehalt dieser Geschichte jedoch meine Zweifel.«

»Ja«, dehnt Jörg das Wort zu einer erwartungsvollen Kurve, stellt seine Apfelschorle auf dem Schreibtisch ab und setzt sich aufrecht, den Mund leicht geöffnet.

»Warte«, Milena ist in der Zeile verrutscht, sucht mit ihrem Zeigefinger, findet und schließt an:

»Der Vater der Mehring-Sisters kommt auch noch dran, und zwar am 19. Februar 2010. Ich will dich nicht mit zu vielen Einzelheiten langweilen, aber er sitzt mittlerweile ebenfalls im Rollstuhl.«

»Ach stimmt, der zweite Rolli in der Kirche war ... der Herr Papa. Ja wow.«

»Angeblich ein Treppensturz im eigenen Haus. Aber auch bei diesem Unfall gibt es erhebliche Ungereimtheiten. Die Vermutung liegt nahe, dass etwas vertuscht werden sollte. Unnötig zu erwähnen, dass ...«

»... auch hier keine offizielle Anzeige erfolgte!«

»Wer hätts gedacht. Im November 2012 dann, also zweieinhalb Jahre später, erwischts einen Onkel mütterlicherseits, den Vater von Clemens, dem mit dem abgeschnittenen Finger, und dann ...«

»Moment, Moment, was hat dieser Onkel abbekommen?«

»Er ist jetzt blind! Die Story ist ganz besonders skurril. Später mehr. Es ist auf jeden Fall dasselbe Spiel.«

»Au Backe, blind! Ich stelle mir gerade eine Familienfeier der Mehrings vor, in einem großen Wohnzimmer. Das sähe ja dann aus wie im Aufenthaltsraum eines Sanatoriums. Und wenn sie sich dann noch von ihren Schicksalen erzählen ... Ob die Filmrechte dafür schon vergeben sind?«

Milena muss widerwillig lächeln. Letzten Endes sind sie unbeeindruckbar geworden, nicht mal mehr beeindruckwillig. Jörg flüstert tonlos: »Sorry. Mach weiter.«

»Na ja, auf der Trauerfeier waren sie ja alle beisammen. Dort ist mir das mit der Häufung an Behinderungen auch erst aufgefallen.«

»Stimmt, nur hat es sich da irgendwie verlaufen, weil so viele andere Leute anwesend waren. Egal, vergiss es. Was kommt als Nächstes?«

»Lissys erster Sohn ist am 30. Dezember vor knapp vier Jahren fällig. Da ist dem Täter was ganz Originelles eingefallen. Der Junge wurde stranguliert. Beim nächtlichen Joggen lief er in eine über den Weg gespannte Nylonschnur, die sich exakt auf Halshöhe befand. Der Junge, Pascal heißt er, lief mit voller Geschwindigkeit rein, wurde umgerissen, und der Täter sprang aus dem Gebüsch und würgte ihn mit einem Riemen bis zur Bewusstlosigkeit. Kehlkopf kaputt, Luftröhre gerissen, Pascal röchelt seitdem etwas und hat Atemprobleme. Fachmännisch dauerhaft zerstört. Auch eine Knorpeltransplantation konnte den Schaden nicht entscheidend beheben, der Hals ist nicht mehr rückstandslos verheilt.«

»Leck mich am Arsch, das ist echt abgefahren. Da bist du ja auf was gestoßen.« Jörg wirkt auf einmal undurchschaubar. Milena ist sich nicht sicher, ob er gleich wieder einen Querschläger vom Stapel lässt. Sie weiß, er würde den Fall gern abschließen und hat sich längst auf Rolf Junckers als Dreifachmörder eingeschossen.

»Es geht noch weiter, bin gleich fertig«, sagt sie ruhig, als versuchte sie, mit ihrem penibIen Eifer eventuellen Gegenargumenten vorzugreifen. »Am 5. März, zwei Jahre später, 2017, wird Pascals Bruder, ein weiterer Neffe der Mehring-Schwestern, ein Fuß zertrümmert. Den Hergang spar ich uns jetzt auch, kannst du ebenfalls nachlesen ... und dann kommt auch schon der 12. Juni vor zweieinhalb Wochen, also unser aktueller Fall Evi-Kilian-Kiara. Fall Nummer dreizehn.«

»Mmh«, macht Jörg, nickt anerkennend mit dem Kopf. Ein knappes Lob für ihre Recherche, mehr nicht. »Nicht geschimpft ist gelobt«, hat Milenas Opa immer gesagt. Kommt ihr nur gerade so.

Die Atmosphäre im Raum ist für Milena unangenehmer als für Jörg. Tagelang hat sie Mitglieder der Familie Mehring und deren Umfeld befragt, die Mauer des Schweigens zu durchbrechen versucht, Zeitungsartikel zu den Fällen gesammelt, Untersuchungsakten durchforstet. Sie steckt derart in der Materie, dass sie über Jörgs fragwürdige Resonanz maßlos enttäuscht ist. Und im selben Gedankengang, in dem sie sich untersagt, ihm um die Ohren zu hauen, wie sehr ihr seine Launenhaftigkeit (und nicht nur die) gegen den Strich geht, reift in ihr die Überzeugung, heute noch endlich endgültig mit ihm Schluss zu machen, heute noch, und es nicht mehr aufzuschieben. Nichts mehr von wegen: Unausgesprochen, weil unaussprechbar.

»Die Quintessenz lautet also«, sagt sie trocken, »wir haben dreizehn Ereignisse von körperlichen Übergriffen. In *einer* Familie. Über einen Zeitraum von fünfundzwanzig Jahren, jeweils im Abstand von zwei, maximal drei Jahren. Lediglich die ersten drei Angriffe wurden polizeilich erfasst.

Ob in den offiziellen oder den verheimlichten Fällen, nie ließ sich der Täter ausfindig machen ... Natürlich wissen wir daher nicht mal, ob es immer derselbe Täter war. Und dennoch ist die Sache, so gesamt betrachtet, doch eindeutig, oder? Es gibt ein Muster, wenn auch das grobstmögliche: der Familienkontext der Opfer, die Tatabstände und die Tatkonsequenzen.

Folglich ist ganz klar: Um unseren aktuellen Fall zu lösen, müssen wir nach der Person suchen, die auch diese früheren Verbrechen zu verantworten hat. Es ist, wie gesagt, ziemlich wahrscheinlich, dass es sich um ein und dieselbe Person handelt. Demnach wäre Rolf Junckers ziemlich sicher *nicht* der Mörder seiner Exfrau und seiner beiden Kinder. Trotz der beiden Handschuhe, trotz des Spiritusgemisches, trotz Max Staigers belastender Aussage. Das *muss* alles inszeniert sein, meinen wir doch auch von Anfang an.

Da draußen läuft ein Serientäter herum, der es auf die komplette Familie abgesehen hat. Langfristig und nachhaltig, wenn du so willst.«

»Du glaubst, es gibt einen Typen, der seit einem Vierteljahrhundert die Familie fertigmacht?«, murmelt Jörg und gibt vor, kurz nachzudenken.

Milena, die gerade eine Ernüchterungswelle wegstecken muss, sagt cool: »Käme etwas so Einschneidendes, wie jemandem ein Gesicht zu verätzen, in einer Familie einmal vor: Zufall, Willkür, Pech. Kommt so eine Megakörperverletzung zweimal vor, wie das mit Lotte Mehrings Schwester und ihrem gelähmten Arm der Fall war: Dann wirft das zumindest eine Frage auf. Aber ab dem dritten Mal, würde ich sagen, beantwortet sich deine Frage von selbst. Und wir habens hier mit *dreizehn* Vorkommnissen zu tun, Jörg.« Dass Milena Jörg beim Namen nennt, sollte ihm eine Warnung sein. Das macht sie sonst nie.

»Aber das alles über eine Spanne von fünfundzwanzig Jahren? Fünf-und-zwanzig! Wer macht denn sowas?«, sagt er.

»Tja.«

Jörg lacht und macht mit der Hand eine So-lala-Bewegung: »Für so was braucht dieser Jemand aber einen *richtig* guten Grund.«

»Du hältst diese Anhäufung an Unfällen also für Zufall?«

»Das hab ich nicht gesagt, aber ... ich weiß halt nicht, ob die These von einem Langzeitbesessenen, der sein Leben dem, äh, *Unwohlergehen* der Familie Mehring widmet, automatisch die Schlussfolgerung deiner Forschungsergebnisse ist, ehrlich gesagt«, sagt Jörg zäh und streckt gnädig seine Hand aus. Milena reicht ihm ihre Papiere. Er überfliegt die Seiten. Sie hat keine Ahnung, ob er sich nur breitschlagen lassen will, sich ihrer Theorie anzuschließen. Was für ein Kampf, was für ein Krampf. Wofür diskutiert Milena hier? Die Sache Mehring ist glasklar.

Außerdem braucht sie Jörgs Zustimmung nicht. Er ist einfach nur der Erste, dem sie davon erzählt, weil er ihr nächster Kollege ist. Mit dem Ergebnis ihrer Ermittlungen sitzt sie in fünf Minuten bei ihrem Vorgesetzten, wenn sie will, und der wird sofort Alarm schlagen und die Staatsanwaltschaft von diesem neuen, unerwarteten Ermittlungsstand unterrichten.

Wobei die Staatsanwaltschaft vielleicht auch eher Interesse an einem zügigen Abschluss des Verfahrens hat, wer weiß.

Alle gehen nur den bequemsten Weg. Feierabendgesellschaft.

»Eine Frage liegt mir schon die ganze Zeit auf der Zunge«, meldet sich Jörg. Unterkühlt sieht Milena ihn an.

»Ist denn da früher noch keiner drauf gekommen, auf diese Verkettung von Vorfällen?«, sagt er widerspenstig. »Das hast du doch bestimmt auch recherchiert. Ich meine, du bist doch sicher nicht die Erste, der das auffällt, oder?«

Gibt es nicht genügend unerklärliche Versäumnisse in der Menschheitsgeschichte? »Mir ist niemand bekannt, der sich der Sache bislang ausreichend intensiv angenommen hätte«, sagt Milena, bemüht unbeeindruckt. »Alle Ansätze sind im Sande verlaufen. Ich habe das Gefühl, dass die Familie Mehring Fall für Fall eine Menge Hebel in Bewegung gesetzt hat, nichts an die Oberfläche schwappen zu lassen. Die halten dicht. Es gibt ein paar Belege dafür, von denen ich dir gern auf der Autofahrt erzähle. Ich hab in einer Stunde einen Termin mit Lotte Staiger, wir treffen uns in einem Café in Grünwald. Mit dem Säureattentat auf sie hat 1994 ja alles begonnen. Daher glaube ich, sie könnte einige interessante Dinge zu erzählen haben. Sie hat ein paar Andeutungen bei meiner Befragung gemacht und es sieht so aus, als ob sie durchaus offen ist, ein bisschen Licht ins Dunkel zu bringen. Mal sehen. Kommst du mit?«

Breitbeinig, wie Jörg in seinem Sitz fläzt, wäre jetzt eine gute Gelegenheit, ihm in die Eier zu treten.

»Kommst du mit? Ja oder nein!«

Wie auf Absprache klingelt Jörgs Telefon. Er nickt Milena zu und nimmt ab. Natürlich könnte das Telefonat warten, aber er will sein Gesicht wahren.

* * *

Strafe muss sein. Und bestraft werden *muss* meine Sekretärin.

Ich sitze in meinem sonnendurchfluteten Büro und sehe Frau Rütting-Illinger dabei zu, wie sie sich meinem Schreibtisch nähert und mir die Unterlagen des nächsten Termins auf die gläserne Arbeitsfläche knallt. Rechtzeitig klicke ich das YouTube-Video »Kater Rickys hypnotischer Blick« weg.

»Das wär die Testamentssache«, schnaubt sie gewohnt abweisend und es schwingt noch etwas anderes mit. Oder vielleicht fehlt auch etwas.

»Danke«, sage ich der Form halber. Sorgfältiger als nötig fächert sie die Aktenstöße für mich auf. Überinterpretiere ich ihr Verhalten, jetzt, nachdem Max mich in Kenntnis gesetzt hat? Ist sie sich bewusst, dass es *ihr* Anruf bei meiner Frau war, der die folgenschwere Kettenreaktion auslöste?

Lotte wäre gar nicht auf die Idee gekommen, Max auf mich anzusetzen, um mir ein ominöses Fremdgehen nachzuweisen, hätte die Rütting-Illinger sie nicht in vorauseilendem Gehorsam aufgewiegelt. Nur wegen dieses Nachspionierens wurde Max Zeuge meiner Garagenepisode mit Evi, wodurch er ins Fadenkreuz der Polizei geriet und in Untersuchungshaft kam. Woraufhin ich schließlich Kilian und Kiara töten musste, um den Verdacht von Max abzuwenden. Ein einziges Ineinandergeifen.

In meinem Büro ist es derart hell, ich bräuchte eigentlich eine Sonnenbrille. Das wär was. Ich kneife dauernd die Augen zusammen. Hat mich die Sonne früher auch so geblendet?

»Hier ist der aktuelle Stand. Die Auflistung des Barvermögens, da die Wertpapiere. Und hier habe ich die Immobilien, gesondert nach den ...«

Während Frau Rütting-Illinger mir die sich selbst erklärenden Ausdrucke erklärt und in den Papieren nestelt, schaue ich sie schicksalsschwanger an, als wollte ihr meine innere Stimme meine ganze Missbilligung einimpfen.

Weißt du, was du angerichtet hast? Ohne dass es dich einen feuchten Dreck angeht, glaubtest du, dich in mein Privatleben einmischen zu müssen. Und dabei hieltst du dich auch noch für tugendhaft.

Sich grundlos auf der richtigen Seite wähnen! Keine Ahnung, aber eine Meinung haben! Hauptsache das Maul aufmachen! Das ist die ewig aktuelle Mode.

Hättest du dich bloß um deinen eigenen Mist gekümmert, müsste ich dich jetzt nicht abstrafen.

Und büßen wirst du. Aber wie?

Da überleg ich mir was Schönes.

Was Subtiles. Was Nachhaltiges.

Ist mein Spezialgebiet.

Ich muss jedoch gleichzeitig berücksichtigen, dass Frau Notarfachangestellte und Notardenunziantin Rütting-Illinger eine beinahe unersetzbare Kraft hier im Büro darstellt. Kompetent, fleißig, gewissenhaft, alte Schule.

Es gibt nämlich ein gigantisches Problem. Die nachfolgende Arbeitnehmergeneration kannst du komplett in die Tonne treten. Noch bevor man ihre Kompetenz zu erkunden beginnt, fragen potenzielle Auszubildende beim Bewerbungsgespräch wie selbstverständlich als Erstes nach Anzahl der Urlaubstage, etwaigen Zusatzvergütungen und pipapo und lassen dich unaufgefordert wissen, dass ihnen Freizeitgestaltung das Allerwichtigste ist und Arbeit lediglich notwendiges Übel.

Sie sind von ihrem Drang nach Feiern und Chillen und Shoppen derart durchdrungen, dass sie es nicht mal für nötig halten, zumindest eingangs, ansatzweise Motivation zu *heucheln.*

Keine Opferbereitschaft, null Frustrationstoleranz, kein Spaß an Leistung. »Der Tag geht dahin, das Leben flieht davon, und doch freut sich der Narr auf den Feiertag.« Irgendein altes Sprichwort.

Letzten Monat habe ich eine neue Schreibkraft Anfang zwanzig eingestellt. Rebecca Koldicz. Trotz Fachschulabschluss wie ein zurückgebliebener Analphabet mit Zickzackscheitel, Pipikackahose und Masken-Make-up. Handysüchtig, genervt, schlampig, überschminkt, überfordert. War aber noch die beste unter den Nieten im Angebot.

Vergangenes Jahr hatten wir kurz eine Jessica hier. Aus Solingen. Kam am vierten Tag einfach nicht mehr.

Als wir die Stelle erneut ausschrieben, erschien als Erstes ein scheues Kopftuchmädchen, Maisha, doch die brauchte unbedingt einen Gebetsraum. Für dreimal täglich. Aber ich kann unmöglich anbauen.

Jetzt erfreuen wir uns also an Schminkwunder Rebecca Koldicz als Neuzugang. Von den ausufernden Rauchpausen und deren Arbeitszeitdezimierung will ich gar nicht anfangen. Vermutlich lässt Rebecca sich sowieso bald schwängern und ich darf ihr während ihrer Abwesenheit das Leben finanzieren, nachdem sie satte drei Monate halbherzig bei mir gearbeitet hat, bevor sie sich entschied, Mutter zu werden. Weil sie nachts um drei irgendeinen Clubaufriss im Gebüsch ungeschützt in sich kommen ließ. »Es war gerade so schön romantisch.« Lebe den Moment! Dümmste Maxime aller Zeiten. Unmöglichkeit per se.

Rebecca ist bereits jetzt gedanklich im Feierabend, ist ja schon 11 Uhr vormittags. Die Zukunft wird geil. Dann sind alle so wie Rebecca.

Und ich zum Glück tot.

Hoffentlich erlebe ich wenigstens noch die Roboterisierung der Welt. Ich halt Menschen kaum mehr aus.

Nie geboren worden zu sein, na klar, das wärs!

Unter Berücksichtigung dieses derzeitigen Defizits an fähigem Mitarbeiternachwuchs werde ich mir also eine Maßregelung für Frau Rütting-Illinger ausdenken, mit der ich mir nicht auch noch selbst schade. Ungeschehen kann ich ihre Verfehlung sowieso nicht mehr machen.

Die zwei Fensterflügel hinter meinem Schreibtischsessel sind geöffnet, ohne dass ich mich erinnern könnte, sie heute schon berührt zu haben. Ich habe das Gefühl, dass die Luft draußen noch wärmer ist als die drinnen. Während ich mir einen weiteren Hemdknopf öffne, sehe ich mir die anstehende Testamentsbeurkundung an. Marina Otte, achtundsechzig, Nachkommin einer bekannten Familiendynastie, Großhandel, Industrie, Immobilien. Eine meiner Stammkundinnen. Alle paar Jahre ändert sie ihren Letzten Willen und nimmt einschneidende Aktualisierungen vor.

Immer wieder gern.

Sie führt auf ihre alten Tage ihre erste lesbische Beziehung und will jetzt ihre Geliebte begünstigen. Es wird mich zwei Stunden kosten, alles zu ordnen und vorzuformulieren. Erbrechtliche Regelungen, die nicht eingetragene Lebenspartner betreffen, sind ziemlich komplex und unterliegen einer großen Vielfalt an Gestaltungsmöglichkeiten. Das muss Hand und Fuß haben. Von daher ist es schon ratsam, dass Frau Otte das professionell anfertigen lässt.

Ihr Gesamtvermögen kenne ich aus den bisherigen Testamentsversionen beinah auswendig. Obszön, wie reich einige Leute sind. Meine Kostennote wird anteilig rund dreißigtausend Euro betragen. Genauso lächerlich. Ist dabei noch ein entgegenkommender Treuepreis.

Ihre junge Zuneigungssimulantin soll über vier Millionen in verschiedenen Aktiendepots und Cash sowie Villen in Wien und auf Mallorca erhalten. Viel zu viel. Verliebte alternde Reiche haben einfach kein Gefühl für Verhältnismäßigkeit und kein Gespür gegenüber dem Kalkül ihrer Affären. Männer wie Frauen, dasselbe in Grün. Es würde doch reichen, wenn Frau Otte ihrer neuen Partnerin nur *vormacht*, sie sei in ihrem Letzten Willen begünstigt. Aber nein, große Gefühle, späte Hormonwallungen. Haarsträubende Spendabilität, wegen ein bisschen Zuwendung. Und dabei die eigenen Kinder beschneiden.

Aber: Geht mich nichts an. Machen wir so.

Frau Rütting-Illinger sitzt bereits wieder auf ihrem Platz im Sekretariat, ich sehe sie von meinem Tisch aus, quer durchs ganze Notariat. Sie hat meine Bürotür natürlich wieder mal nicht hinter sich zugemacht und versucht, mich dadurch zu provozieren. Leider gelingt es. Nee, die ist sich keiner Schuld bewusst. Seelenruhig reibt sie sich die Hände mit einer Creme ein. Fettfinger untertags! Pfui Teufel. Schmiere auf der Tastatur.

Wie geplant bin ich mit der Hälfte der Vorbereitungsarbeit für meinen Termin mit Marina Otte eine Stunde später durch, als mich meine Unruhe zu einer Unterbrechung zwingt. Ständig geht mir die Frage durch den Kopf: Woher wusste die Rütting-Illinger, dass ich mich an jenem Abend, an dem Max mir folgte, mit einer Frau verabredet hatte?

Auch von früheren Dates muss die Rütting zumindest schon eine Ahnung gehabt haben. Schließlich hat sie meine Frau bereits Wochen vor jenem Abend informiert.

In meinen Computer kommt meine Sekretärin nicht rein, ins Handy ebenfalls nicht. Außerdem bin ich gewissenhaft im umgehenden Löschen. Handschriftliche Notizen fertige ich auch keine an. Es gibt nur eine einzige Erklärung dafür, wie sie mir auf die Schliche kam: Die Rütting-Illinger treibt sich ebenfalls auf meinem Datingportal rum. Es gibt dort zahllose Frauen, die kein Bild von sich reinstellen und die ich auf gut Glück anschreibe. Vielleicht war sie eine davon.

Spekulieren bringt nichts, ich muss es nachprüfen.

Ich logge mich ein, öffne mein Profil und gehe die Liste der bilderlosen Frauen durch, die ich akquiriert habe. Es sind zwar ganz schön viele, denn ich arbeite passende Neuanmeldungen regelmäßig ab, doch alles in allem ist das Angebot an weiblichen Mitgliedern auch wieder nicht so groß, wie einem der Seitenbetreiber weismachen möchte. Ganz zu schweigen von Karteileichen, Verrückten und Passiven.

Mein einziges Suchkriterium ist der Entfernungsradius, fünfundsiebzig Kilometer. Der Rest ist mir zunächst egal. Optische oder sonstige Ansprüche zu stellen wäre lächerlich. Erst soll mal Bewegung ins Spiel kommen, dann sieht man weiter. Man muss die Person immer in natura sehen. Der ganze Idealvorstellungsquatsch (Haarfarbe, Körpergröße, Hobbys) ist was für pseudoanspruchsvolle Wunschdenker, die entweder eigentlich Angst vor dem Ernstfall haben oder sich derart auf ein Theoriebild versteifen, dass sie den Rest ihres Lebens nur onanieren werden, weil es ihnen nicht um Sex, sondern um eng gesteckte Projektionsfantasien geht.

Ich scrolle also die Liste der von mir kontaktierten Frauen, die nicht geantwortet haben, von unten nach oben durch, früheste zuerst, und schaue, welche Profile aussehen, als könnte die Rütting-Illinger dahinterstecken.

Wie die meisten Mitglieder hat sie sich vermutlich vier bis fünf Jahre jünger gemacht. Und ihre Körpergröße um drei Zentimeter gestreckt und so weiter.

Die Eckdaten *meines* Profils stimmen hundertprozentig. Mein Foto ist immer aktuell und nicht nachbearbeitet. Ich will keinen geschönten Profilauftritt präsentieren, ich will, dass das persönliche Kennenlernen zielführend verläuft und mein Gegenüber dabei eher positiv überrascht ist. Was mir meine Dates so erzählen, optimieren die meisten ihre Profile. Eitel, komplexbehaftet und kurzsichtig, wie die Menschheit ist. Muss ja in die Hose gehen.

Am Ende meiner Recherche habe ich sechs Frauen beisammen, deren Eckdaten auf die Rütting-Illinger passen könnten und die ich alle vor drei bis fünf Monaten angeschrieben habe. Ich notiere mir ihre Pseudonyme. Anschließend logge ich mich aus und gehe erneut auf die Startseite von Secret. Dort erstelle ich ein neues Profil, mache mich vier Jahre älter (50), zwei Zentimeter kleiner (1,86), andere Haarfarbe, Akademiker et cetera. Alle Eigenschaften entsprechen querschnittlich den Suchkriterien der sechs Frauen. Traummann. Zu gut, um wahr zu sein.

Danach stelle ich das Bild eines wirklich prächtigen Fünfzigjährigen ein (Typ: Best-Ager-Model für Hugo Boss), das ich mir innerhalb einer Minute von der Google-Bildersuche runtergeladen habe. Smarter Typ. Er, alias ich, schreibt an die eben notierten Frauen:

Hallo So-und-so (eine nennt sich ernsthaft Schneeglöckchen),
unsere Profile passen gut zueinander. Vielleicht hast Du ja Lust, Dich zu melden.
Würde mich freuen.
Viele Grüße,
Tom

Tom, der Standardname aller Mainstreamfrauenromane. Und dann logge ich mich aus. Mehr kann ich nicht tun. Jetzt warte ich, bis sich eine der sechs meldet.

Am nächsten Morgen haben vier bereits geantwortet. Eine sagt überraschend ab, ich sei »nicht ihr Typ«, aber »Alles Gute«. Wow. (Die Typenfrage anzuführen ist viel zu persönlich. Wer das tut, rühmt sich meist, »einfach nur ehrlich« zu sein. Es handelt sich aber nicht um Ehrlichkeit, sondern um Dominanzgebahren.) Die anderen drei Frauen, die geantwortet haben, zeigen Interesse, in einen Dialog einzusteigen. Kein Wunder, so wie ich auf dem geklauten Foto aussehe. Also schreibe ich allen dreien in exakt dem Ton zurück, den sie von mir hören wollen. Ein Klacks, denn *was* sie von mir hören wollen, ist ihrer eigenen Art zu schreiben implizit, simpel gestrickt, wie sie sind. Es ist dennoch energieraubend, dieses Gewäsch zu formulieren. Sie sind alle derart schlicht, dass ich mich stets überwinden muss. Aber ich habe Routine.

Im Laufe des Tages trudeln die ersten Antworten ein. Die haben einfach zu viel Zeit neben der Arbeit. Bingo! Ich kann es kaum fassen, aber bei einer bin ich mir so gut wie sicher, dass es unsere charmante Frau Rütting-Illinger ist.

Sie schreibt orthografisch einwandfrei, und eine ganze Menge in ihrem Tonfall, so wie in den Andeutungen ihr Leben betreffend, verrät mir, dass sie es förmlich sein *muss*. Also konzentriere ich mich voll auf sie. (Ihr Portalname lautet »munich_romance«. Haha! So eine lauschige Pseudonymwahl der Frau, die sich schon mit einem Lächeln schwertut.)

Was mich freilich umgehend ankotzt ist der Umstand, dass sie sich offensichtlich während der Arbeitszeit auf Secret rumtreibt und Nachrichten beantwortet. Ich meine, sie sitzt keine zehn Meter von mir entfernt im Vorzimmer. Na warte! Jetzt hab ich dich!

Ich schreibe ihr was Passgenaues zurück und eine Stunde später erhalte ich Rückmeldung. Sie ist wirklich nett, was ich mir gar nicht erklären kann. Ich gehe in die Offensive, indem ich ihr zwei weitere Dialogschritte später meine Telefonnummer anbiete (meine Zweitnummer, die ich nur dafür nutze), weil ich »gern ihre Stimme hören würde, damit wir uns beide ein besseres Bild voneinander machen können«. Ja, so ist das.

Ich schlage 19 Uhr vor, sie meint, 19 Uhr 30 wäre ihr lieber, da wäre sie auf dem Heimweg und könne am besten telefonieren. Verstehe. Örtlich zwischen Arbeitsplatz und Ehemann ...

Ich schreibe: »Prima, halb acht also. Ich freue mich.« Meistgenutzte Standardfloskel der Erde.

Es ist jetzt knapp 16 Uhr. Ich gehe rüber in Lars' Büro, das am anderen Ende unserer dreihundert Quadratmeter großen Räumlichkeiten liegt. Mit Dr. Lars Nöten teile ich mir das Notariat. Wir machen bei allen Fixkosten halbe-halbe und vertreten einander terminlich, wenn nötig.

Er ist ein Mann mit ungünstiger Glatze, aber gemeißelter Kinnpartie, dessen fachliche Vervollkommnungsgier in all den

Jahren ebensowenig nachgelassen hat wie seine Habgier. Der ideale Geschäftspartner. Kürzlich hat er sich einen lächerlich teuren Maserati zugelegt. Aus Angst vor Vandalismus fährt er jetzt meistens mit der S-Bahn zur Arbeit.

Wir kommen gut miteinander aus, wie ich generell mit Männern gut auskomme. Neid, Missgunst und Profilierungsbedürfnis gehen mir völlig ab. Dafür bin ich viel zu egozentrisch. Zudem weiß ich, man darf sich nie zu nahe stehen, sonst ist's vorbei. Nur die ausgewogene Distanz gewährleistet das richtige Gefühl von Nähe.

Lars und ich gehen meistens gemeinsam Mittagessen. Oft auch noch Kaffee und was Süßes um halb vier, bei einer kurzen Besprechung. Unser Tagesablauf ist in Mahlzeiten gegliedert.

Seine Bürotür steht offen, ich klopfe sanft an den Rahmen.

Gerade unterstreicht er etwas mit einem neongelben Marker in seinen Unterlagen, schaut auf und sagt: »Na du?« Wenn einer schon »Na du« sagt. Das ist das Einzige, was mich an ihm wahnsinnig macht. Ach ja, das und natürlich seine Technik, zum Öffnen einer Glastür mit der Handfläche direkt auf die Scheibe zu langen. Diese Unbekümmertheit muss man erst mal besitzen.

Ich gehe einen vagen Schritt nach vorn, mache dünne Lippen und starre ihn an. Er trägt eine für diese Hitze unheimlich gut gebundene Krawatte. Ich habe für mich beschlossen, dass Krawatten out sind. Genau wie »Gesundheit« nach jemandes Niesen zu sagen. Oder bei der Altersangabe rumzudrucksen.

Beherzt frage ich: »Gehen wir nachher zu Fisch Witte?«

Terminbedingt mussten wir heute beide das Mittagessen ausfallen lassen.

»Gute Idee. Machen wir. Halb sieben?«, schlägt Lars vor. »Ginge auch sieben? Treuhandvertrag«, sage ich als Erklärung.

»Logisch, kein Problem. Hab schon Hunger!«, wispert er in einem Ton, als vertraute er mir etwas an. Und wie jedes verdammte Mal wird mein Blick von dem riesigen abstrakten Wandgemälde angezogen, das hinter seinem Rücken hängt. Eine sauteure Reproduktion, bei der nicht klar ist, ob der Erschaffer ein Mensch oder eine explodierte Dose Gemüseeintopf war.

Ich bin bereits im Begriff, sein Zimmer wieder zu verlassen und rufe: »Ich auch. Hört das denn nie auf?«

»Nie«, sagt er humorvoll ernst, und seltsamerweise genau dabei wird mir schlagartig niederschmetternd klar, dass ich einen Riesenfehler begangen habe, weshalb ich mich am liebsten sofort aus dem Fenster stürzen würde.

Aber noch ist es nicht so weit. Die Stunden vergehen. Ich habe gut zu tun.

Um Punkt sieben hole ich Lars an seiner Bürotür ab. Wie so oft sind wir die letzten in der Kanzlei. Wir traben über den Marienplatz zum Viktualienmarkt und setzen uns bei Fisch Witte an den Platz, den ich vorhin noch von Frau Rütting-Illinger reservieren ließ. Natürlich bestelle ich meinen doppelten Thunfisch (bin Sättigungsesser), Lars nimmt was anderes (Austern, mutig), gemeinsam ordern wir eine Flasche Wasser und eine Flasche Schampus, weil er den so gern mag, und als der Hauptgang um fünf nach halb acht serviert wird, klingelt mein Telefon über meine Zweitnummer. Unterdrückt. Tsss.

Ich hebe ab und sage total happy und flirty und yippieh: »Ja, hi!« Penetrante Heiterkeit, Offenheit, Entgegenkommen. Love.

Am anderen Ende höre ich eine mir bekannte Stimme genau dasselbe entgegnen. Sie ist es! Tatsächlich!

Ich weiß gleich gar nicht, ob ich froh sein soll, dass mein Verdacht sich bestätigt und der Fall gelöst ist.

»Toll, dass wir uns sprechen«, sabble ich einladend zur Rütting-Illinger, ganz in meiner Rolle als sanfter Romanceboy. Wann sie wohl meine Stimme identifiziert? Nehme ich etwa schon ein tonloses Stutzen wahr? Mit falschem Lächeln auf den Lippen sage ich: »Der Tom ist gerade nicht da, Frau Rütting-Illinger, und ich sitze hier mit Dr. Nöten beim Abendessen. Wollen wir unser Gespräch auf morgen verschieben?«, und zwinkere Lars zu, der bei »Tom ist gerade nicht da« ratlos aufgemerkt hat, während er mit einem Handzeichen den Versuch des Kellners abwehrte, uns nachzuschenken. Macht er selbst.

Irritiertes Schweigen kommt mir auch aus dem iPhone entgegen. Ich kann sie fieberhaft denken hören. Nummer verwechselt? Falsch gedrückt? Universum kollabiert?

»Wollen wir das so machen, Frau Rütting-Illinger?«, hake ich freudig nach, als überstiege ihr Anruf nach wie vor alle Erwartungen. Ich will es aber auch nicht übertreiben.

»Äh, ja …«, stammelt sie teilnahmslos und verzweifelt nach einer Erklärung suchend, wieso nicht ihr potenzieller Flirt, Freund, Fick, was auch immer, dran ist.

Von dieser unergründlichen Verschlingung wird sie sich nie erholen. Auch immer fürchten, ihr Mann könnte Wind von ihren Eskapaden bekommen. Ich werde es ihr gegenüber zu keiner Zeit zur Sprache bringen!

Ich lege auf. Schüttle mit geschlossenen Augen den Kopf in Richtung Lars, um ihm zu signalisieren: »Frage nicht!«, er schaut drein, als sähe er Farbe beim Trocknen zu, und ich wende meinen Blick zum Fenster, das auf die Südseite des sich langsam leerenden Viktualienmarkts zeigt, was schöner klingt, als es ist.

Jetzt weiß ich es also gesichert. Die Rütting-Illinger, die immer schon so ein widerlich pastorales Mitgefühl meiner gehandicapten Frau gegenüber an den Tag gelegt hat, so eine überhebliche Überfürsorglichkeit, die einfache Menschen gern zur Schau stellen, um sich selbst ihr eigenes Gutherzigsein zu beweisen, dadurch aber eigentlich nur ihre Überlegenheit zelebrieren, die Rütting-Illinger also hat bei Lotte Alarm geschlagen, nachdem sie durch meine damalige Kontaktanfrage auf der Datingseite auf mein Profil gestoßen ist. Muss ja auch eine ganz schöne Überraschung sein, das Bild des eigenen Chefs dort erscheinen zu sehen.

Bestimmt aber hat sie meiner Frau nicht erzählt, dass sie auf genau *dem* Portal auch selbst unterwegs ist. Welch doppelmoralische Einmischung. Eine Frömmlerin wie sie wird das nie begreifen.

Egal. Sie ist ja nur ein normaler Mensch. *Ich* habe einen Fehler begangen. *Das* ist das Tragische.

Und was für ein Fehler das war! Ich bin doch so klug und umsichtig. So kontrolliert und abwägend. Aber nein. *Eine* Schwäche, *ein* kleines Abweichen vom Pfad selbstauferlegter Prinzipien, und schon kommt es zu einem fatalen Dominoeffekt.

Nie hätte ich gedacht, dass sich meine sexuellen Aktivitäten auch nur im Entferntesten mit meinen Vergeltungsschlägen kreuzen könnten.

Was für ein Irrglaube. Was für ein entscheidender *Fehler.*

Es ist nicht mein erster.

Ich habe kein gutes Verhältnis zu Fehlern. Ich kann mir nichts verzeihen. Aus berechtigtem Grund. Denn der allererste entscheidende Fehler meines Lebens war für alles, was dann folgte, verantwortlich.

Für all die Rache, den Hass, die Vergeltung. Die Behinderten und die Toten.

Ich war zwölf.

* * *

Mit zwölf war ich noch ein Kind. Andere Jungs in dem Alter waren bereits viel weiter, ich aber hatte meine Playmobilstadt noch in meinem Zimmer aufgebaut. Zum Glück war ich immer relativ groß, denn meinem Gesicht nach sah ich eher wie acht aus. Und das kann unter Mitschülern ungemütlich werden.

Vier Jahre war meine Chemotherapie bereits her, der Krebs war in der Zwischenzeit nicht zurückgekommen. Und vier Monate lag es zurück, dass die wirre Nachbarstochter Charly unseren Kater von der Brüstung des Balkons im dreizehnten Stock in die Tiefe gestoßen hatte, als meinem Vater ein Jobangebot in Frankfurt unterbreitet wurde, das zu lukrativ war, um es abzulehnen.

An unseren Umzug im Winter 1984 erinnere ich mich als einen

belastenden Tag, wenngleich der Aufbruchstimmung auch etwas Verheißungsvolles innewohnte. Allein die Kapitel Leukämie und Thommys Sturz in die Tiefe geografisch hinter mir zu lassen war gar nicht so schlecht, redete ich mir ein.

Natürlich sind örtliche Veränderungen fürn Arsch. Du hast immer denselben Kopf auf, egal wo du dich befindest.

Der Kontrast zwischen München und Frankfurt kam mir enorm vor. Was für ein Drecksloch Frankfurt doch war. Und der hessische Dialekt erst, kaum auszuhalten. Bis ich merkte, dass sich die Menschen eigentlich viel freundlicher und offener zeigten als in München. Was mir klarmachte, dass aus deren Sicht eher ich das befremdliche Objekt sein musste und nicht umgekehrt. Eine dieser jugendlichen Ersterkenntnisse, mehr nicht.

Auf Drängen meines älteren Bruders plante meine Familie im Frühjahr 1985, den immer berühmter werdenden Europa-Park in Rust zu besuchen. Mich hatten Fahrgeschäfte, Achterbahnen, Jahrmarktatmosphäre und das ganze Brimborium nie sonderlich interessiert, aber was sollte es. Fahren wir eben für zwei Übernachtungen in diesen albernen Freizeitpark.

Die zwei Wochen bis zu unserem Reiseantritt verflogen so schnell, wie Zeit verfliegt, wenn man zwölf ist. Ziemlich langsam. Jetzt verfliegt sie viel schneller.

Am Tag vor der Abreise fuhr ich mit meinem abgenutzten BMX-Rad auf eine kleine Spritztour, wie ich das fast täglich tat.

Ich rollte durch unsere Reihenhaussiedlung, die sich in einem Vorort befand, der sich als deutlich rauer herausstellte, als meine Eltern erwartet hatten, ignorierte die rauchenden und Breakdance übenden Nachbarsdödel auf dem Spielplatz, nicht zuletzt weil sie mich ignorierten, grüßte in der Bahnhofstraße den ortsbekannten Sonderling Mister Mike, einen vernachlässigt gekleideten, freundlichen Typ, von dem niemand wusste, wo er eigentlich wohnte, cruiste entspannt weiter, erntete von dem Gassi gehenden Horst Lubikov, dem Schularschloch und Schmalspurdealer, einen blöden Spruch und hoffte, er würde seinen Bullterrier nicht auf mich hetzen. Arschlöcher haben immer Bullterrier.

Was war Frankfurt am Main doch prolliger als München an der Isar. Vielleicht kam es aber auch aufs Viertel an.

Schließlich trat ich kräftig in die Pedale, und nach wenigen Minuten gelangte ich auf eine breite Sandpiste, die als Bolzplatz diente und den Verlauf der Stadtgrenze markierte. Genau dahinter begann die Natur, zunächst in Form eines riesigen Erdbeerfelds für Selbstpflücker, das in jener zweiten Maiwoche noch brachlag. Völlig gaga, dass jemand Erdbeeren selbst ernten möchte, anstatt sie im Supermarkt, ohne unverhältnismäßige Krummbuckelei, zu erstehen. Man muss wohl einfach aus Prinzip knauserig sein. Was in gewissen Kreisen natürlich eine Auszeichnung ist.

Ich fuhr weiter, erreichte die kleine Brücke, die über das mickrige Rinnsal von Bach führte, der sich hier entlangschlängelte, blieb kurz stehen, beugte mich über das Geländer und spuckte hinunter ins braune Wasser, um die Spucke fallen zu sehen, aber viel gabs da nicht zu sehen, und radelte schließlich mit Vollgas zum Schuttberg, der neben der Schnellstraße lag und uns Bikern als Hindernisparcours diente.

Ich powerte mich richtig aus, fuhr auf und ab, machte Sprünge über Huckel und Kuhlen, duellierte mich mit ein paar anderen, probierte ein paar Kunststückchen, wofür mir aber das entscheidende Quäntchen Talent fehlte, drehte noch ein paar Runden, bis meine Oberschenkel müde wurden, und beschloss gegen vier, nach Hause zu fahren. Letzte Abfahrt.

Ich stürzte mich die steilste Erdrinne des Hügels hinunter, legte an Geschwindigkeit zu, trat in die Pedale, so stark ich konnte, und peste den Hügel volle Kanne abwärts.

Unten angekommen machte ich eine scharfe Linkskurve, bog um eine Bauminsel, und in dem Moment, in dem ich die Straße erreichte, raste dort, etwa auf gleicher Höhe, eine Frau entlang, wohl genauso eilig wie ich – sie allerdings in einem Ford Fiesta.

Es war unmöglich, rechtzeitig zu bremsen. Ich wich noch aus, sie auch, aber es waren gerade unsere beiden Ausweichmanöver, die uns am linken Straßenrand zielsicher zusammenkrachen ließen. Wir trafen frontal aufeinander. Ich flog in hohem Bogen vom Sattel, wurde kurzzeitig zu einer menschlichen Wolke am sommerlich blauen Postkartenhimmel, schlenkerte und fuchtelte mit den Armen wie wild, während mein Rad ins Gebüsch kreiselte. Es erschien mir wie eine Ewigkeit, ehe ich auf den Asphalt der Straße knallte und dabei sofort wusste, dass mein linker Arm am Gelenk gebrochen war.

Mein Aufprall war so erschütternd hart, dass meine Haut und mein Zahnfleisch sich immer noch daran erinnern. Ein Wunder, dass die restlichen Knochen heil blieben.

Ich hatte zunächst keine Schmerzen und versuchte sofort aufzustehen. Den folgenden Ablauf erlebte ich wie im Nebel.

Die schockierte Frau, mit der ich kollidiert war, brachte mich ins Krankenhaus, wo mein komplizierter Handgelenkbruch gerichtet und eingegipst wurde.

Ich erinnere mich nicht sehr gut an die Frau, außer dass sie amphibisch vorstehende Augen hatte und ziemlich klein war. Ansonsten könnte ich nicht mal mehr ihre Haarfarbe benennen. Aber sie wartete, in vorausschauender Haftpflichtfürsorge, die ganze Zeit auf mich und brachte mich anschließend sogar nach Hause, kam aber nicht mit rein, um mit meinen Eltern zu sprechen. Rückblickend betrachtet eine eigenartige Unfallabwicklung.

Keine Zeugen, keine Polizei, ich weiß auch gar nicht mehr, was das Krankenhaus für Daten von mir aufnahm. Ich erinnere mich nur noch, dass man meine Eltern telefonisch mehrfach nicht erreicht hatte. Und was aus meinem Rad wurde, keine Ahnung.

Auf jeden Fall betraten mein eingegipster Arm, mein Schock und mein blasses Ich die Wohnung und hofften auf ein bisschen Anteilnahme. Meine Eltern waren inzwischen zu Hause und fielen aus allen Wolken, während mein Bruder in helle Aufregung darüber geriet, dass unsere morgige Freizeitparkreise gefährdet sein könnte, da ich zum Gelenkbruch auch eine Gehirnerschütterung und diverse Prellungen davongetragen und laut Klinikumattest eine Woche Bettruhe verordnet bekommen hatte.

Mein Bruder war schon ein verrohter Egomane. Wobei das wahrscheinlich härter klingt, als ich es meine.

Ich an seiner Stelle hätte noch viel ichbezogener reagiert.

Nun folgte mein Fehler. Der größte Fehler meines Lebens.

Das kriegt man nicht größer und folgenreicher hin.

Ich war schon immer gern allein. Und damals, mit zwölfdreiviertel, bot ich meinen Eltern und meinem Bruder an, zu Hause zu bleiben und mich ohne sie auszukurieren, um keine Verschiebung der Reise zu verursachen. Ritterlich würde ich auf meine Teilnahme verzichten (auf die ich sowieso null Bock hatte).

Eigentlich bot ich das nicht an – ich *bat* darum. Ich war bis dahin noch nie allein daheim gewesen.

Natürlich kam das zunächst für meine Mutter nicht infrage. Gipsarm, Prellungen, leichte Gehirnerschütterung. Doch ich blieb hartnäckig, riss mich derart zusammen, dass der unbedingte Eindruck entstand, ich hätte mir nur einen Fingernagel eingerissen. Meine Eltern widersprachen kategorisch. Aber ich setzte mich durch.

Früh am nächsten Morgen machten sie sich auf, während sie mir strikte Anleitungen eintrichterten, mich so und so zu verhalten. Ich hatte Schmerzen und war nach wie vor von der Gehirnerschütterung beeinträchtigt, was ich immer noch erfolgreich zu verbergen fertigbrachte, da ich mich so sehr darauf freute, das Haus ganz für mich zu haben.

Winkewinke. Fort waren sie.

Da stand ich. Zum ersten Mal allein daheim zu sein war sehr, sehr, sehr schön. Eine aufregende Erfahrung. Auch wenn ich nur vor der Glotze hing oder las oder Musik hörte. Es war Wochenende. Mein Wochenende. Zumindest der Samstag.

Am späten Vormittag des nächsten Tages klingelten zwei

uniformierte Polizeibeamte an der Wohnungstür und ich glaubte, sie kämen, weil ich zu laut Musik gehört hatte oder so. Gleich mal schlechtes Gewissen, trotz Unwahrscheinlichkeit.

Aber stattdessen wirkten die beiden, als würden sie gegen schwere Beklemmungen ankämpfen, und das war mir nicht ganz geheuer.

Der eine fragte mich nach meinem Namen und ob noch jemand in der Wohnung sei. Ich verneinte, machte deutliche Anzeichen, sie auf keinen Fall reinzulassen, vielleicht waren das Betrüger, und er sagte, er habe mir eine traurige Nachricht zu überbringen und klang, als meinte er das ernst. So ganz konnte ich ihm nicht folgen.

Sie drängten sich irgendwie doch durch die Haustür und ich meine, sie teilten mir noch im Gang mit, dass meine Familie bei einem schweren Zugunglück bei Karlsruhe ums Leben gekommen sei, zusammen mit einhundertsiebzehn anderen Personen, und übergaben das Wort an eine Frau vom Jugendamt, die hinter ihnen zum Vorschein kam.

Sie stellte sich mir vor und fügte ihren Aufgabenbereich sofort hinzu, so als stellte er ihr wesentlichstes Merkmal dar.

Meine Familie war tot?

Ich stand in mich zusammengefallen da. Ein Urinstinkt warnte mich davor, hysterisch zu reagieren, und ich überlegte einen Augenblick sogar, ob die drei finden könnten, dass ich die Nachricht etwas zu ruhig aufnehme.

Ich solle nur das Nötigste zusammenpacken, sagte die Jugendamtfrau, nachdem die drei das Wohnzimmer betreten hatten und sich rücksichtsvoll, aber analytisch umsahen.

Wäre ich doch bloß mit meiner Familie gefahren. Hätte ich sie doch bloß nicht angestiftet, ohne mich aufzubrechen, schoss es mir wieder und wieder durch den Kopf, während ich wahllos Kleidung in eine Sporttasche warf.

Die Geräusche und Stimmen um mich herum kamen und gingen, ich hörte sie und dann wieder nicht, je nachdem wie tief ich in meinen Gedanken versank. Und ohne dass ich in jenem Moment die volle Tragweite ermessen konnte wurde mir bewusst, dass mein Leben plötzlich von einer ganz anderen Wirklichkeit zeugte. Dass das Leben etwas für mich entschieden hatte.

Die Frau vom Amt nahm meinen Schlüssel und verschiedene Papiere an sich. Wir verließen das Haus. Mein gebrochener Arm musste immer noch wehtun, mein gehirnerschütterter Schädel auch. Aber das spürte ich längst nicht mehr.

Halb wahnsinnig vor Angst saß ich im Büro des Jugendamts und ließ das psychologische Erste-Hilfe-Programm zweier Beamtinnen über mich ergehen. Eine davon war die Frau, die mich abgeholt hatte und jetzt den stillen Part spielte. Die andere stellte mir sanft Fragen und legte beim Zuhören ständig den Kopf schief, als wäre ich ein mitleiderregendes Plüschtier.

»Und dir fallen keine Verwandten ein, die wir anrufen könnten?«, fragte sie leise und rückte näher an mich heran.

Heiser vor Entsetzen brachte ich kein Wort hervor, zuckte nur mit den Schultern. Meine Omas und Opas waren bereits verstorben und mir waren keine sonstigen Verwandten bekannt.

Meine Eltern waren beide Einzelkinder, mein Vater zudem sehr früh Vollwaise geworden. Und zu ein paar Menschen, die mit uns verwandt gewesen sein könnten, an die ich mich aber nur ungenau erinnerte, hatten meine Eltern jeglichen Kontakt abgeblockt. Bei uns trug sich ganz grundsätzlich besuchsmäßig nie viel zu. Ganz früher war das anders gewesen, da war mehr bei uns los. Aber da war ich noch sehr klein.

Ich begriff, dass es gar nicht gut um mich stand. Körperlich befand ich mich zudem in einer lausigen Verfassung. Ich bewegte den Gipsverband meines gebrochenen Arms, der sich anfühlte, als wäre er eingeschlafen.

Nach einer Stunde, oder früher, oder später, entschuldigten sich die Beamtinnen und gingen in das Zimmer nebenan, wo sie sich mit einem Kollegen besprachen. Ich bekam mit, wie eine der Frauen »Was machen wir denn jetzt mit dem Jungen?« fragte.

Woher ich die Kühnheit auch nahm, ich rief: »Der Junge kann Sie hören!« Daraufhin kamen sie wieder rein und wir mussten alle lachen. So ein hilfloses Verlegenheitslachen. Trotzdem nahm ich an, dass sie letztlich schon wissen würden, was zu tun sei.

Der krausköpfige Mann aus dem Nebenzimmer kam auch rein, stemmte einen Arm in die Hüfte und sprudelte aufklärerisch hervor, dass es sich bei dem Unfall, in den meine Familie verwickelt worden war, um ein Jahrhundertzugunglück handelte, über das weltweit berichtet wurde. Als ob die Größenordnung einen Zusammenhang zur Unausweichlichkeit der Katastrophe darstellte und mich das trösten sollte.

Durch eine falsch gestellte Weiche sei der Schnellzug mit hoher Geschwindigkeit auf einen Güterzug geprallt und entgleist. Zahlreiche der zerborstenen Waggons stürzten eine Schlucht neben der Gleistrasse herab.

Der krausköpfige Mann schilderte mir das Geschehen derart plastisch, als würde er sich daran ergötzen und als wäre er dabei gewesen. Jeder präsentiert Gehörtes oder Gelesenes immer gleich im Augenzeugentonfall. Lächerlich. Wie benommen sah ich alles bildlich vor mir. Und ich weiß noch, dass ich mir bei seiner Beschreibung der Bergung vorkam, als wäre das nur ein böser, spektakulärer Traum. Als hätte ich hier nichts verloren.

Das ist auch der Punkt, an dem meine Erinnerung weitestgehend aussetzt. Durchlöchert und nur bruchstückhaft kann ich die nächsten fünf, sechs Tage rekonstruieren.

Es stellte sich heraus, dass man wirklich nicht recht wusste, was mit mir anzufangen sei. Aufgrund meiner Verwandtschaftslosigkeit war ich so was wie ein Sonderfall.

Notgedrungen wurde ich vorerst in einem Frauenhaus untergebracht, in dem man mir ein Zimmer zuwies, das ich mit einem etwas älteren, rothaarigen Quadratschädel teilte, der dauernd gereizt war und mit dem ich einfach nicht warm wurde. Wenn man es hinbekam, seine herablassende Art zu ignorieren und etwas Nettes von sich zu geben, strafte er einen mit der distanzierten Patzigkeit ab, die man nur in der Pubertät hinbekommt. Aussichtslos. Seine Mutter hatte einen Selbstmordversuch unternommen und jetzt wartete er auf ihre Genesung und darauf, ob ihr das Sorgerecht aberkannt werden würde oder nicht.

Er hatte es auch nicht leicht, aber das war noch kein Grund, so zu stinken. Sein penetranter Schweißgeruch verstopfte nachts meine Nebenhöhlen. Da half auch kein Lüften.

Unser Zimmer war derart eng und von unserem Zeug vollgestopft, dass man nur seitlich gehen konnte. Daher hielt ich mich oft in den Gemeinschaftsräumen auf, auch wenn man sich dort wie in der übelsten Notunterkunft für abartige Problemfälle vorkam.

Die seelisch zerstörten, geprügelten, drogensüchtigen Frauen, die hier hausten, waren größtenteils von einer Rohheit und Brachialität, wie ich es mir nie hätte vorstellen können. Die Verstockten und Verschreckten hatten es letztlich genau so in sich wie die Konfliktgeilen. Im Ernstfall waren beinah alle von einer heimtückischen Bedrohlichkeit, wie man sie unter Männern sicher nicht vorfindet. Oder zumindest anders.

Es ging im ganzen Gebäude drunter und drüber, eine unschöne Situation folgte der nächsten. Ständig bekam jemand was in den falschen Hals. Einmal wurde ich Zeuge, wie eine wild gewordene Junkiebraut auf eine ältere Aggrotussi eindrosch, dass einem Hören und Sehen verging. Bisswunden, Prellungen, Haarbüschel. Wegen einer geklauten Zahnbürste. Wegen eines schiefen Blicks. Wegen Du-hast-mir-gar-nichts-zu-sagen.

Und die Nassräume und Toiletten, die waren dermaßen schmutzig, dass man es nicht glauben würde. Was mir klarmachte, dass vor allem Frauen richtige Ferkel sind.

Es war ein grimmiger, düsterer Ort, der von meinem Zuhause aus gesehen am anderen Ende der Stadt lag, was mir nichts weniger als das andere Ende der Welt vorkam.

Zum ersten Mal wurde mir klar, dass ich jetzt wusste, was Erinnerung ist.

Jede Nacht überkam mich die nackte Verzweiflung, wenn ich im Bett lag, das Gesicht zur Wand. Obwohl gefangen in dieser trostlosen Übergangsunterbringung, hatte ich den Eindruck, auf einer Schiene dahinzurasen, die völlig surreal war, die sich wie die übertriebene Abschrift eines fremden Lebens anfühlte.

Mein rothaariger Zimmergenosse schien sein Schicksal besser wegzustecken. Zweimal riss er mich aus meinem Halbschlaf, indem er mir einen Kugelschreiber in ein Nasenloch einzuführen versuchte. Sein Kuli und sein Schweißgeruch weckten mich zu gleichen Teilen.

Zweimal ließ ich ihn gewähren und machte gute Miene zum bösen Spiel. Ich war nicht kampferprobt, hatte mich mit meinem Bruder nie geprügelt, aber ich merkte schnell, dass ich ziemlich unangenehm werden konnte, wenn man mich triezte, und bei seinem dritten Versuch sprang ich auf und schlug ihm ins Gesicht. Einarmig. Nicht wie im Film, sondern wie in der Realität, eben dass es wehtut. Das hatte er nicht erwartet, *er* wollte doch der böse Bube sein. Initiatoren wundern sich immer über Gegenwehr. Perplex stand er da, hielt sich das Gesicht und prüfte, ob Blut lief. Und anstatt sich zu verteidigen, fing er wie ein Baby an zu heulen. Er, der jedem gegenüber diese übertriebene Verachtung an den Tag legte und nur darauf aus schien, einen zu kränken, schrie förmlich nach Zuneigung und Vergebung. Also war alles nur Show gewesen. Er war genauso fertig wie ich. Aber eben ein Wichser.

Frau Prohaska, meine Sachbearbeiterin mit der fleckigen Haut, teilte mir regelmäßig mit, man würde »wirklich toujours« nach meinen nächsten Verwandten fahnden, sei momentan aber »noch nicht fündig geworden«. Es gestalte sich »ein bisschen kompliziert«.

Ich nahm trotzdem immer noch an, für Fälle wie meinen gäbe es eine Direktive und man könnte nach irgendeinem Schema F agieren. Dass ich in einem Waisenhaus landen könnte, kam mir merkwürdigerweise erst nach etwa einer Woche in den Sinn.

Hatte sich dieser Gedanke aber dann mal in meinem Kopf eingenistet, war ich entsetzt und konnte an nichts anderes mehr denken.

Ich siechte die folgenden Tage dahin und mein rotschopfiger Zimmergenosse bekam indessen mitgeteilt, dass seine Mutter in die Psychiatrische verlegt und er vorerst zu einem Bruder seines Vaters nach Frankreich geflogen werde. Seinen Vater hatte er seit Ewigkeiten nicht mehr gesehen, der lehnte sowieso jeglichen Kontakt ab, und besagten Onkel kannte er gar nicht. Diese Horrornachricht hinderte Rotköpfchen aber nicht daran, in meiner Abwesenheit mein Kopfkissen mit seinem Deospray einzusprühen (wieso hatte er es nie für seinen Körper verwendet?) und es unbenutzbar zu machen. Diese Art Humor ist mir schleierhaft. Ich war zwar jünger, aber auch größer als er, und er hatte inzwischen doch schon ein paar von mir kassiert. Weshalb schaute er dann wie ein verwundertes Unschuldslamm, als ich ihm seinen Kassettenrekorder vor den Augen zerschredderte? Wenn du mit Vergeltung nicht klarkommst, liefere keinen Grund dafür. Warum weiß nicht jeder, dass das so ist?

Es war schön, etwas zu sehen, das noch erbärmlicher war, als ich mich fühlte.

Nach einer weiteren Woche besuchte mich meine Sachbearbeiterin persönlich. »Hallo, wie gehts?« Ihr Gesichtsausdruck beunruhigte mich. Wir setzten uns an einen Pressspantisch im Aufenthaltsraum. Um uns herum ging es derart wild und laut zu, dass wir völlig diskret sprechen konnten.

Nach ein paar Erkundigungen, ob hier alles akzeptabel für mich laufe und ob ich was bräuchte, was ich verneinte, meinte Frau Prohaska, es sehe »nun ja, nicht so direkt gut aus«. Man habe bislang keine maßgebliche Verwandtschaft ausfindig machen können, recherchiere aber noch.

Mir lief ein kalter Schauer über den Rücken. Keine Verwandten! Ob wahr oder eine geschönte Version, um mich zu schonen: Ich war ein Verstoßener und ganz allein. Also ab ins Heim?

Ich setzte ein Gesicht künstlicher Ruhe auf, während mich schwerste Mutlosigkeit überfiel. Frau Prohaska langte über den Tisch und umkapselte meine Hand. Sie beteuerte: »Aber das wird schon«, und es klang, als sei sie vom genauen Gegenteil überzeugt.

* * *

Max sträubt sich noch. Nicht gegens Aufstehen, sondern dagegen, seinen Zustand zu akzeptieren.

Es ist früh am Morgen, er liegt in seinem Bett und hat Fieber, aber nicht so stark, dass es das Hauptmerkmal seiner Verfassung darstellen würde. Seit er wach ist, plagt ihn ein fremdartiges Unwohlbefinden. Keine Grippe, keine Übelkeit, keine Benommenheit, und doch von allem ein bisschen.

Er dreht sich auf der Matratze um, bewegt die großen Zehen im Rhythmus seines Herzschlags, bringt sich in Bauchlage und macht dabei komische Geräusche mit dem Mund, wie ein Kind, das seinen Energieüberschuss abbauen muss. Aber damit ist er auch bereits vollkommen erschöpft.

Wenn du etwas gar nicht einordnen kannst, wirst du unruhig.

Vorsichtig schält sich Max aus dem Bett, schlurft über den Gang ins Bad. Seine Gesichtshaut spannt, so viel kann er sagen. Dass sein Kopf puterrot ist, entnimmt er erst dessen Anblick im Spiegel. Dazu verklebte, blutunterlaufene Augen. Vor Schreck entkommt ihm ein »Woah«, und das, obwohl er mit sechzehn in einem Alter ist, in dem einem Selbstgespräche noch völlig verrückt vorkommen.

Max beugt sich über das Waschbecken und unter den Wasserhahn, um sich den Mund auszuspülen, wie er es jeden Morgen tut. Als das lauwarme Wasser seinen Mundraum flutet, schrickt er auf und spuckt wie wild aus. Nadelspitze Schmerzen durchzucken seine Schleimhäute, Zunge, Gaumen, Wange.

Den Kiefer weit aufgerissen, untersucht er seine Mundregion.

Eine einzige Entzündung! Doch nicht nur das. Gerötet und aberwitzig angeschwollen bedeckt das gesamte Zahnfleisch seine Zähne gut zur Hälfte. Wie eine Teigmasse aus Fleisch ist Max' Mundschleimhaut aufgequollen und bis auf halbe Höhe des Schmelzes emporgewuchert. Zwei Reihen fleischumhüllter Zahnstumpen.

Wenn Max vorsichtig mit der Zeigefingerspitze eine beliebige Stelle im Mund berührt, muss er unweigerlich stöhnen.

An Essen ist nicht zu denken, wie er wenig später an einem Bissen Brot feststellen muss. Als Mephisto in der Küche um seine Beine schleicht, entzieht er sich. Eine Abwehrreaktion, die er nicht unterdrücken kann. So gern Max mit ihm schmust, in der gegenwärtigen Verfassung fühlt er sich von Mephistos Fell und Präsenz regelrecht abgestoßen. Eindeutig lösen die Krankheitssymptome eine Übersensibilisierung aus.

Er flüstert Mephisto etwas Entschuldigendes zu und verschwindet wieder auf sein Zimmer. Aber nicht ohne ihm zuvor eine Dose zu öffnen, obwohl es noch zu früh ist. Wenn er schon bettelt. Mum steht erst in einer Stunde auf. Beim strengen Geruch des Katzenfutters muss Max zweimal würgen.

Als ob nichts wäre, geht er in die Schule, redet nicht viel, damit keiner sein ramponiertes Gebiss bemerkt, und kommt damit problemlos durch. Warum er überzeugt ist, eine Enthüllung seines Zustands besser zu unterlassen, könnte er nicht in Worte fassen. Reine Gefühlssache, basierend auf schwer zu erklärender Scham.

Zwei Tage später hat sich an den Indikatoren nicht das Geringste geändert. Sein Fieber ist moderat, jedoch ständig spürbar. Genau wie das Halsweh. Nur dieser hypersensible Mundraum ist grausam. Max kann immer noch fast nichts zu sich nehmen. Bereits zweieinhalb Kilo hat er abgenommen. Geht bei ihm sowieso ganz schnell.

Inzwischen weiß er längst, was er hat, die Anzeichen waren in ihrer Eindeutigkeit schnell zuzuordnen. Selbst die

Inkubationsphase von acht Tagen stimmt mustergültig mit den Angaben überein. Laut netdoktor.de hat Max sich mit einem Herpeserreger infiziert. Wahrscheinlich vom Typ 2. Also untenrum. Hundertpro hat Max sich beim Sex mit Anna angesteckt. Trotz Gummi.

So eine Scheiße. Der Ausbruch dauert rund zehn Tage, dann schwillt das Zahnfleisch wieder ab und der Körper fährt alles auf normal runter. Der Erreger verbleibt für den Rest des Lebens im Körper, in der Regel tauchen aber nie wieder bemerkbare Symptome auf. Das gilt zumindest für Männer. Ein Mensch mit Genitalherpes ist ein Leben lang ansteckend für andere, was Max auch erst mal verarbeiten muss. Falls der Partner allerdings bereits irgendeinen anderen Herpeserreger in sich trägt (was auf zwei Drittel der Menschheit zutrifft, die meisten wissen es gar nicht), so verläuft eine Infektion meist mild, wenn nicht völlig unauffällig.

Bedauerlich, dass die Wahrscheinlichkeitsrechnung auch bei mir kein Auge zugedrückt hat, findet Max. Das ist das eine. Sich den Mist aber gleich beim allerersten Intimkontakt mit jemandem zu holen, kommt ihm beinahe höhnisch vor.

Anna. Die Unheilbringerin. Wusste sie von ihrer Trägerschaft? Egal ob ja oder nein, Max ist extrem sauer auf sie. Er würde sie auch niemals fragen, allein schon weil er keiner Menschenseele von seiner peinlichen Infektion erzählen wird, bis an sein Lebensende. Er hat gut daran getan, sich nach dem Ausbruch bedeckt zu halten.

Überhaupt alles, was mit Anna zu tun hat, ist absonderlich. Auch wenn Max nach dem Sex mit ihr von jugendlich heroischen Gefühlen erfüllt war, fand er es zugleich abartig, dass Anna in ihren WhatsApps der darauffolgenden Tage so distanziert wie eh und je klang. Letztlich sogar stolz auf ihre Unfähigkeit, sensibel zu agieren. Eine ihrer Messages lautete ironiefrei: »Vielleicht sieht man sich ja mal wieder.« Jetzt wirklich?

Seitdem haben sie sich nicht mehr getroffen.

Plötzlich waren Max' Erinnerungen eine einzige Schutthalde.

An Tag vier, der mit zwanzig schmierigen Bläschen gleichzeitig den Höhepunkt seiner jaulenden Mundentzündung darstellt, muss er Ordnung in seinem Kopf schaffen. Er schreibt Anna ein paar wohlüberlegte Worte, begründet seinen Kontaktabbruch mit ihrer Unterschiedlichkeit und stellt sich gleichzeitig die Frage, ob man mit einem Menschen Schluss machen kann, mit dem einen nicht das Geringste verbunden hat. Und er kommt sich schon im Moment des Absendens der WhatsApp kümmerlich pathetisch vor. Und hat sofort eine Hitzewallung.

Anna schreibt nicht zurück.

Auch nach einer Woche schöpft in der Schule niemand Verdacht, obwohl Max mittlerweile wie ein Gerippe aussieht. Er ist gerade ausreichend fit, sich für die paar Stunden unter Leute zu begeben. Zu Hause fällt es auch nicht auf. Dad ist ewig auf Geschäftsreise, Mum meistens im Fitness oder bei irgendwelchen Anwendungen und Karmalehrgängen, und dass Max sich meistens in seinem Zimmer verbarrikadiert, ist ebenfalls nichts Ungewöhnliches.

Von der vielbeschworenen Helikopterelterngeneration bekommt er persönlich nicht viel mit. Eltern, die ihre Kinder zu intensiv umschwirren und umsorgen? Max' Mutter und Vater nutzen ihre Helikopter eher, um so oft als möglich Land zu gewinnen.

Überhaupt bekam Max nie einen Helm zum Fahrradfahren wie seine Freunde, spitze Möbelecken im Haushalt wurden nicht rundverklebt, er durfte Horrorfilme schauen und er wurde wegen seiner Stimmungsschwankungen vor ein paar Jahren nicht medikamentiert wie Laurin und Sophie wegen ihres ADHS. Auch wurde Max nie so gelobt wie seine Freunde, zum Beispiel für selbst gemalte Bilder oder so. Ist das Vernachlässigung? Manchmal überlegt er schon.

Als einen Nachmittag später sein Anwalt anruft, will Max erst gar nicht rangehen. Dass alte Menschen immer telefonieren wollen! Eine Textnachricht würde doch reichen. Vermutlich hat Dad Volker Steinberg gebeten, Max aus erster Hand zu informieren.

Steinberg teilt ihm sonor mit, dass es vorerst bei ihrer geplanten Verteidigungsstrategie bleibt, »Schuldeingeständnis der unterlassenen Hilfeleistung aufgrund altersbedingter Situationsüberforderung«, und dass sich seitens der Ermittler anscheinend noch eine weitere Spur ergeben hat, der gegenwärtig nachgegangen wird, was zu einer Verzögerung des Verhandlungsbeginns führt. Genaueres wisse Steinberg noch nicht. Er sagt: »Geduld, Geduld, all das spielt uns nur in die Karten, Max. Sieht gar nicht schlecht aus. Kopf hoch.«

Dass alte Menschen sich auch immer zu salbungsvollen Ermutigungen bemüßigt fühlen. Wie anstrengend, sich dafür bedanken zu müssen.

Zumindest gedanklich beendet Steinbergs Anruf Max' Krankheitsphase, die seine Prozessfurcht zeitweilig verdrängt hat. Nun, da die aufgeschobenen Sorgen mit voller Wucht wieder auf ihn einprasseln, kommen ihm die leidvollen Zahnfleischtage beinahe wie eine wohltuende Auszeit von der schrecklichen Realität vor.

Abgeschlafft liegt er auf seiner Couch und taucht ab in die ewig selbe Analyse von Tante Evis Todesnacht, die alles änderte.

Vielleicht gerade dank des gewonnenen Abstands bahnt sich etwas Undefinierbares seinen Weg in Max' Gedanken, scheint nicht aufzugehen, sprengt diffus ins Bild und lässt Max plötzlich auf etwas stoßen, das er ganz übersehen hat. Denn Folgendes: Unter vier Augen hat ihm sein Vater die Morde an Kilian und Kiara gestanden. Doch hatte Dad die beiden erst im Nachhinein umgebracht, als Blaupause von Tante Evis Ableben, um den Evi-Mordverdacht von Max abzuwenden. Womit diese zwei Tötungen also eigentlich nichts zur Erklärung des ursprünglichen Motivs seines Vaters beitragen.

Vor lauter Toden, Morden, Folgemorden und Suizidvorbehalten war Max vollkommen entfallen, dass Dad selbst bestätigt hatte, Tante Evi lediglich zu verletzen geplant zu haben. Was der Wahrheit zu entsprechen scheint, denn bis sich Evis Garagentor schloss, hatte Max ja mitbekommen, wie Dad auf ihre Beine einschlug. Und um sie zu töten, zerhackst du nicht zuerst ihre Knie! Zudem lebte Evi noch, als Max wenig später zu ihr in die Garage eilte. Dad, der Penible. Der Perfektionist. Der hätte nie und nimmer eine noch atmende Evi in der Garage zurückgelassen, wäre seine Absicht gewesen, sie umzubringen.

Wenn Evis Tod also wirklich ein Versehen war, ist sein Vater kein vorsätzlicher Mörder, sondern ein, wie könnte man sagen oder wie nennt man so jemanden? Jemanden, der einem nur eine Abreibung verpasst.

So was eben.

Da sieht die Sache gleich anders aus.

Wie von einem Blitzschlag getroffen fragt sich Max, wieso er erst jetzt draufkommt, warum er oft eine derart lange Leitung hat.

Nach neun Tagen ist das Schlimmste vorbei. Am ersten Morgen, an dem es ihm wieder einigermaßen geht, rafft Max sich auf und frühstückt erst mal ausgiebig. Sein Mundraum sieht zwar aus, als ob nichts gewesen wäre, aber sein Magen ist zwischenzeitlich geschrumpft, weshalb er gar nicht imstande ist, so viel zu essen, wie er gerne würde.

Zumindest Mephisto kann er wieder wie gewohnt durchmassieren. Bei dem dicken Brummer hat man wirklich was in Händen.

Gleich nach der Schule fährt Max mit seiner Vespa zu Clemens, dem Lieblingscousin seiner Mutter. Er muss etwas mit ihm abklären. Diese Ahnung lässt Max keine Ruhe.

Er betritt das Kulturreferat, das gar nicht weit von Dads Notariat entfernt liegt. Vorbei am Portier, der ihn durchwinkt. Anscheinend besteht dessen Funktion nur im Anwesend-und-halbwegs-wach-Sein. Max durchschreitet das überdimensionierte

Treppenhaus. Hohe Decken, kühle Mosaikbodenfliesen, neugotisches Gebäude. Wuchtig, aber bedrückend. Früher war alles schlechter.

»Gibt's ja nicht! Mein Gott, dass du mich mal hier besuchst!« Clemens Ainedter steht von seinem Schreibtischstuhl auf, als Max nach Anklopfen durch den Türspalt linst. Lächelnd tritt Max ein, sagt: »Hi, cool«, und sieht sich um. Das Büro ist ein enges, längliches Zimmer mit hohem Sprossenfenster, durch das man in einen Schacht aus Hinterhöfen blickt. Also nie Sonne.

»Sag mal, hast du abgenommen?«, fragt Clemens, gleich nachdem er Max aus der Umarmung entlassen hat. Obwohl die Temperaturen tagsüber bis auf vierunddreißig Grad steigen und nachts nicht unter zwanzig sinken, trägt Max extra was Langärmliges. Hilft offensichtlich nicht, sein Untergewicht zu verschleiern.

»Findest du?«, fragt er scheinheilig zurück, setzt sich auf die exzentrische Jugendstilbesucherzweierbank, die neben Clemens' Schreibtisch steht, und fährt mit der Handfläche über den glatten Lederbezug, wie es eigentlich nicht seine Art ist.

»Wie gehts dir? Wie läuft es mit deinem Verfahren?«, erkundigt sich Clemens, äußerlich wie immer etwas zu gepflegt, Frisur, Haut, Kleidung, schiebt sich die Brille mit den runden Gläsern über der Nasenwurzel zurecht und stellt Max ungefragt eine Plastikflasche Mineralwasser auf die Tischkante.

»Erst mal nix Neues, nee. Zieht sich irgendwie, hab ich vor ein paar Tagen von unserem Anwalt erfahren ...«

»Okay«, anwortet Clemens, als wüsste er jetzt mehr. »Blöd. Und belastets dich sehr?«

»Ja, schon, ehrlich gesagt.« Max schaut Clemens an und er kommt ihm ein paar Jahre älter vor, seitdem er ihn zuletzt auf der Beerdigung vor zwei Wochen gesehen hat. Lang bevor Max geboren wurde, war Clemens Ainedter Geiger bei den Münchner Philharmonikern. Jetzt ist Clemens neunundvierzig und arbeitet im Kulturreferat der Stadt, da er das Violinspiel aufgeben musste, nachdem ihm vor zwanzig Jahren, bei einem Überfall, der kleine Finger der linken Hand abgeschnitten wurde. Mit einem Mal war es vorbei mit der Musikerkarriere.

Auch wenn Clemens beteuert, seinen Beamtenjob gern auszuüben, und es sich nicht anmerken lässt, ahnt man, dass ihn dieser Verlust, nicht nur ein Stück weit, gebrochen hat. Eine lebenslange Bewältigungsaufgabe, bei der Clemens auch seine Frau und seine drei Kinder nicht helfen können.

Gut möglich, dass ihn zum Teil auch diese frühe Resignation zu einem der rar gesäten Erwachsenen in ihrer weitverzweigten Familie werden ließ, die Max aufgrund ihrer Ernsthaftigkeit und Interessiertheit wirklich gut leiden kann.

»Ich hoffe sehr, dass sich alles bald zu deinen Gunsten klärt, Max, echt. Aber jetzt erzähl, was führt dich zu mir? Du klangst am Telefon ziemlich bedrückt ... muss ich mir Sorgen machen?« Clemens' Stirn ist durch zahllose Falten aufgeworfen, die seine Beunruhigung entstehen lässt.

»Nein, nein«, sagt Max und überlegt sich eine Überleitung. »Ich muss dich nur mal was Ungewöhnliches fragen.« Sein Herantasten sollte ganz zwanglos klingen, aber es geriet ihm etwas plump.

»Alles!«, wirft Clemens ein, und dass er so gut drauf ist, beruhigt Max ein wenig. »Alles kannst du fragen.«

»Super. Ähm. Sag mal, wie war denn das eigentlich damals bei dir, als das mit deinem Finger passiert ist? ... Mir ist aufgefallen, dass ich so wenig darüber weiß, und es interessiert mich einfach.«

»Oh«, macht Clemens, und seine Augen verdunkeln sich kurzzeitig. »Natürlich. Kein Problem. Ist kein Geheimnis.«

Das findet Max schon. In ihrer Familie wurde dieses Thema, genau wie einige ähnlich gelagerte Vorkommnisse, immer abgeblockt. So konsequent, dass Max die Zusammenhänge erst jetzt auffallen. Er kann die augenscheinlichen Parallelen mehrerer Schicksalsschläge unter seinen Verwandten nicht mehr unbeachtet lassen. Diese Übereinstimmungen können kein Zufall sein.

Am Achten Achten neunzehnhundertneunundneunzig sei es passiert, das wisse er noch ganz genau, beginnt Clemens seine Schilderung. Ein herrlicher Sommertag. Junger, ambitionierter Mann, der er war, spielte er mit den Münchner Philharmonikern eine Sondervorstellung auf dem Königsplatz, im Rahmen eines internationalen Musikfestivals, und fuhr anschließend mit der S-Bahn nach Hause. Es war etwas ganz Besonderes, schon mit neunundzwanzig fester Teil des Orchesters zu sein, als erster Geiger, und es sei die beste Zeit seines Lebens gewesen, wirft Clemens ein. Und diese wehmütige Betonung sagt alles, findet Max. Nie wird es wieder, wie es einmal war ...

»Am S-Bahnhof stieg ich auf mein dort abgestelltes Rad und fuhr Richtung Nachhause, Geigenkoffer auf den Rücken geschnallt", sagt er und sieht Max an, als wollte er sichergehen, dass er ihm genau zuhört. »Als ich in den kleinen Park einbog, hinter dem schon die Straße gelegen hätte, in der ich wohnte, musste ich zuerst noch durch einen kleinen Fußgängertunnel radeln, der unter den Gleisen der Bahntrasse hindurchführte. Und dort passierte es dann!« Hatte Clemens bis hierher ziemlich sachlich, ja beinah angeregt geklungen, kommt er nun ins Stocken, und für einen Augenblick übermannt Max das Gefühl, Clemens' Instabilität kompensieren zu müssen. Er besinnt sich eines Besseren und schweigt.

Clemens fährt fort, in einem Ton, als ließe er seine eigenen Worte über sich ergehen: »Am gegenüberliegenden Ende des Fußgängertunnels stand ein großer Typ. Breitbeinig. Versperrte mir die Durchfahrt. Ich klingelte, er ging nicht zur Seite, bewegte sich keinen Millimeter. Ich musste bremsen, kam ein paar Zentimeter vor ihm zu stehen. Und da wurde aus diesem Schattenumriss ein wuchtig gekleideter Mann und ich bekam einen Riesenschreck, weil er ... er hatte eine schwarze Skimaske auf. Ich wusste sofort, das verheißt nichts Gutes.« Clemens atmet durch, die Geschichte zehrt an ihm. Er verzieht den Mund, wie man es als Vorbereitung tut, wenn man mit Bestimmtheit reden will: »Puh. Sorry, ist nicht so leicht für mich ... In meinen Erinnerungen ist manches glasklar und anderes völlig weg ... Auf jeden Fall schoss der Typ mich mit einem Elektroschocker bewusstlos. Als ich aufwachte, war alles vorbei. Ich lag rücklings auf dem Grashügel, der neben der Tunneleinfahrt hoch zu den Gleisen führte. Zuerst hab ichs gar nicht bemerkt, aber ... dann natürlich doch: der kleine Finger meiner linken Hand, siehst du?«, Clemens hebt den linken Arm, spreizt die Hand, die sonst in einem Automatismus zur Halbfaust gekrümmt ist, um den fehlenden Finger zu kaschieren. »Der hat gefehlt. Es hat nicht schlimm geblutet oder so. Nicht mal wehgetan hat es, nur gepulst. Mein Handy hat der Arsch auch noch geklaut, ebenso wie mein Rad. Das wurde später aber ein paar Straßen weiter gefunden. Ins Gesicht muss er mir auch noch geschlagen haben. Die linke Hälfte war heftig geschwollen.« Clemens senkt seinen präsentierten Arm wieder und sagt, als wolle er mit der ganzen Sache nicht in Verbindung gebracht werden: »Irgendwann kam dann ein Passant und der hat die Polizei und die Ambulanz gerufen und dann gings ins Krankenhaus. Ach ja: Den abgetrennten Finger hat der Irre ebenfalls mitgenommen. Man konnte da also nichts mehr retten, im Sinne von Wiederannähen. Tja, und damit hatte es sich. Der Typ wurde nie ausfindig gemacht.« Clemens setzt ab. Das war seine Story. Alles in Scherben.

Max bewundert seine Offenheit, er sagt: »Das ist ...«, wird aber unterbrochen, weil Clemens hinzufügt: »Ich habe ein paar Monate versucht, mit den vier Fingern der linken Hand eine Spieltechnik zu entwickeln. Aber ich musste mir bald eingestehen, dass es vorbei war als Geiger. Keine Chance. Natürlich nicht. Nur der naive Wunsch war Vater des Gedankens. Und jetzt ... sitz ich hier und verteile Kulturetats der Stadt, richte Kunstwettbewerbe aus, organisiere Veranstaltungen. Und der kranke Scheißkerl, der mir das angetan hat, läuft immer noch da draußen rum.«

Das ist genau der Punkt, auf den Max hinauswollte. Er muss

jetzt umsichtig taktieren, um an die Informationen zu gelangen, derentwegen er hier ist. Clemens lächelt Max maskenhaft an, um zu signalisieren, dass emotional alles im Lot ist und die Geschichte nun wirklich zu Ende.

Eine unsichtbare Gespanntheit zieht sich durch die Luft. Max sagt, ein wenig zu kühn: »Warum hat er das getan, glaubst du? Ich meine, das mit dem Finger war ja offenbar genau auf dich zugeschnitten ... entschuldige, *geschnitten*, oje.«

Clemens lächelt über das ungewollte Wortspiel. »Das war es wohl. Er hat ganz eindeutig konkret auf mich gewartet, um mir präzise das zu nehmen, was mir am meisten bedeutete!«

»Also muss er dich gekannt haben. Gut gekannt haben. Wieso haben denn die Ermittlungen zu nichts geführt?«

»Weiß der Teufel. Mir ist das aber natürlich vollkommen klar: Der Täter muss sich damals in meinem nahen Umfeld befunden haben. Und weißt du, das Gespenstischste ist, die ganzen zwanzig Jahre lang, die seitdem ins Land gezogen sind, die ganzen Jahre über ahne ich, dass er immer noch sehr nah an mir dran ist. So ein Gefühl. Ein Freund, ein Verwandter, ein Kollege aus dem Orchester oder ein verschmähter Mitmusiker, es könnte jeder sein. Da wirst du fast paranoid. Wer ist es? Ist es der, oder der, oder die etwa?« Jetzt wirkt Clemens kein bisschen erschüttert oder angerührt, eher aggressiv. »Ich habe keine Ahnung, was sein Motiv gewesen sein könnte, ich habe keine Ahnung von irgendwas ...«

»Aber Clemens«, kann sich Max jetzt nicht mehr zurückhalten, »da muss ich dich echt was fragen: Meine Mum wurde doch ein paar Jahre zuvor ... mit ihrem Gesicht, die Säure ... und Tante Lissy hat doch dann später das mit dem Arm abbekommen, wo ihr ein Typ die Schulter zertrümmert hat. Ich meine, da ... da ... besteht doch ein Zusammenhang, oder?«

Clemens schweigt, starrt ihn an und sagt nach einer Weile, ohne ihn aus den Augen zu lassen: »Das ist also der Grund, aus dem du hergekommen bist!« Seine Anspannung vergrößert die

Pausen zwischen den Worten. »Ach, Max!« Plötzlich strahlt etwas, dessen Beschaffenheit schwer zu bestimmen ist, von Clemens aus und senkt sich als Befangenheit auf Max ab, der sich mit einem Mal nicht mehr für den Richtigen hält, zu erfahren, wonach er gerade selbst gefragt hat.

»Na gut«, haucht Clemens, und es klingt nach der Angestrengtheit, mit der man sich innerlich gegen eine Preisgabe aufbäumt. »Vielleicht ist es endlich an der Zeit ... Hör zu: Was ich dir jetzt sage, muss unter uns bleiben. Ja?«

Auch nach Max' Nicken müssen erst noch einige weitere Momente verstreichen, bevor Clemens zu reden beginnt, und es hört sich an, als läse er aus einem Buch vor: »Ich habe mit deiner Mutter und Tante Lissy, mit allen Eltern und unserer ganzen Familie so was wie ein Schweigegelöbnis abgelegt. Wir haben ab einem bestimmten Zeitpunkt beschlossen, nicht darüber zu reden. In euer aller Sinne. Also in deinem und dem von Lissys Kindern und von meinen und denen von, ja ... von Evis beiden eben, Kilian und Kiara. Wir wollten euch ohne Ängste aufwachsen lassen. Ohne Verfolgungswahn. Ohne das belastende Wissen, dass da draußen jemand rumläuft, der unsere Familie ... peu à peu ... heimsucht.«

Max stutzt, verliert beinah die Fassung. Angesichts der Drastik. Auch weil die Offenlegung auf einmal so schnell ging. Die knüppelharte Bestätigung seiner Vermutung: Mum, Tante Lissy, Clemens selbst, alle waren Opfer ein und derselben Person.

Doch es wird noch schlimmer, als Clemens aufzuzählen beginnt, dass auch hinter den Behinderungen von Max' Oma und Opa, die beide an den Rollstuhl gefesselt sind, jeweils ein Verbrechen steckte, das die Familie Mehring seinerzeit jedoch offiziell als Unfall zu deklarieren beschloss. Gegenüber der Polizei als auch vor den Kindern.

Das wiederum ahnte Max noch nicht. Er dachte bis eben nur an die drei Fälle, Mum, Lissy und Clemens, in vermeintlicher Verbindung mit Evi.

Das komplette Ausmaß der Katastrophe wird Max erst bewusst, als er von Clemens hört, dass auch noch Lissys Mann sowie ihre beiden Söhne Pascal und Constantin als auch Clemens' Vater und auch der Opa von Max' Mutter ... die Liste scheint endlos. Alle durch Fremdeinwirkung körperlich stigmatisiert.

»Du siehst, Max, es ist ein komplexes Mysterium, das wir da durchleben. Max?«

Max blickt verdutzt auf, als ob er geschlafen hätte, derart konzentriert hört er in sich hinein. Gleich einer Offenbarung begreift er, dass er gerade der einzige Mensch auf Erden ist, der ganz sicher weiß, dass sein Vater für diese Gewaltorgie verantwortlich ist. Niemand außer Max kann den Rückschluss zu seinem Vater so sicher ziehen wie er. Denn niemand außer Max hat seinen Vater dabei beobachtet, wie er Evi die Beine zu Matsch geschlagen hat. Was perfekt ins Muster passt.

Max fragt sich, was er mit dem Rest seines Lebens anstellen soll, nachdem sich nun bestätigt hat, wer sein Dad wirklich ist. Bislang hatte Max gedacht, das Geständnis seines Vaters, Evi, Kili und Kiara umgebracht zu haben, sei bereits der Negativhöhepunkt seines Lebens gewesen. Von wegen! Dad setzt immer noch einen drauf.

Einen Moment lang herrscht vollkommene Regungslosigkeit im Raum. Max muss hier raus.

Etwas zu hastig verabschiedet er sich von Clemens, murmelt wirr eine Entschuldigung und steht auf, doch Clemens holt ihn mit zwei großen Schritten knapp vor der Bürotür ein, greift ihn von hinten an den Schultern und drückt ihn viel zu fest mit dem Rücken an die Wand.

»Max, hör zu, ich bin nicht blöd«, raunt er ihn an, ihre Gesichter keine zwanzig Zentimeter voneinander entfernt. »Mir ist klar, dass du gelogen hast, als du der Polizei gesagt hast, du hättest Rolf dabei beobachtet, wie er Evi in der Garage angegriffen hat. Rolf! Rolfi! Ich bitte dich! Ein Softie, der seiner Ex in tausend Jahren kein Haar krümmen würde! Max! *Max!*

Hör zu: Wir beide wissen doch, dass du jemand anderen in der Garage beobachtet hast und diese Person deckst. Wer war es, der Evi überfallen hat? *Wer war es?* « Er schnaubt boshaft, sagt mit leuchtenden Augen: »Derjenige ist auch für alle anderen Vergehen verantwortlich, das ist eindeutig! Also, ich frage dich jetzt ein letztes Mal: Wen hast du in Evis Garage gesehen?«

Max bewegt sich nicht, klemmt steif in Clemens' Griff. Clemens riecht nach nichts, denkt er sich. Der nette Clemens war ein Leben lang im Ungewissen, denkt er sich. Wie furchtbar. Er starrt Clemens mit offenem Mund an. Clemens' rechter Ellbogen verharrt bombenfest auf Max' Schlüsselbein, als hätte er sich losgelöst von jeglichen Hirnbefehlen und erfüllte nun selbstständig die Aufgabe, den Gefangenen unentrinnbar zu fixieren.

Max' Gedanken rasen. Dad sucht seit vielen Jahren seine Familie heim!

Nur Max weiß von seiner Schuld, niemand sonst!

Warum hat Dad die letzten Wochen über so intensiv seine Freundschaft gesucht? Beinahe, als ob er von ihm geschnappt werden möchte. Oder nein. Max verwirft diese Erwägung.

Shit, was macht man mit einem Perversen, der zufällig auch noch dein eigener Vater ist? Was tun, wenn du weißt, dass du es mit einem Ungeheuer zu tun hast – aber dieses Ungeheuer dir vertraut?

* * *

Ab jetzt ist alles Glücksspiel. Und das ist noch eine Untertreibung. Habe ich bislang meine Racheakte bis aufs Kleinste vorbereitet, kann ich nur hoffen, dass der Zufall die Nachlässigkeiten, die mir von nun an garantiert unterlaufen werden, ausreichend kaschiert.

Ich bin unter Zeitdruck geraten, und ohne die Möglichkeit, alles im Vorfeld bis zum Abwinken zu durchdenken, sind Fehler unausweichlich.

Ich brettere mit 242 km/h über die Autobahn, bin gerade auf die A3 gebogen. Tropisches Wetter, Verkehr mitteldicht. Jedes Mal wenn ich die anderen Wagen vor und hinter und neben mir bewusst wahrnehme, kommt es mir vor, als wären sie Bestandteil der Autobahn und stellten nicht bloß einen Durchlaufposten dar, der sich von A nach B bewegt, so wie ich auch. Als ob sie alle zusammengehörten und ich wäre ein Eindringling. Dabei ist jeder für jeden der andere.

Wie von allen guten Geistern verlassen rase ich weiter. Bei Geschwindigkeitsbeschränkungen bremse ich dennoch runter, auch wenn ich aufgrund meiner Immunität keine Verkehrsstrafen zu erwarten habe.

Clemens Ainedter, mein Opfer Nummer drei und Cousin meiner Frau, hat mich vor einer Stunde völlig überraschend angerufen und unterrichtet, dass mein Sohn bei ihm im Büro gewesen sei und dass Max ganz offensichtlich wisse, um wen es sich bei Evis Mörder und somit auch beim Verstümmeler (unser interner Spitzname für das Schwein) wirklich handele. Nämlich garantiert nicht um den von Max belasteten und immer noch in Untersuchungshaft sitzenden Rolf Junckers. Clemens meint, das hätte er meinem Sohn angemerkt, auch wenn der partout nicht mit der Wahrheit rausrücken wollte. Max habe zudem inzwischen von selbst den Rückschluss gezogen, dass unserer Familie seit Jahren regelmäßig nachgestellt wird, ja und der ganze Scheiß eben, von dem ich sowieso dachte, Max würde das früher oder später kombinieren.

Jetzt ist es also passiert. Max weiß, wer ich *außerdem* bin: eben nicht bloß dreifacher Mörder, sondern so viel mehr.

Wie soll das mit ihm und mir nun weitergehen? Wir wissen beide zu viel über mich.

Clemens war am Telefon außer sich. Er macht sich Hoffnungen, dass er mit Max' Hilfe den bösen Unbekannten nach all den Jahrzehnten vielleicht doch noch schnappen könnte. Max sei »der Schlüssel«. Ich solle sofort mit ihm sprechen und ihm die

Information entlocken, wen er da nachts in Evis Garage *wirklich* an ihr herumfuhrwerken gesehen hat. Ich solle Max dazu bringen, sich mir anzuvertrauen. Ich, sein Vater.

Aber eben auch ich, der Mörder. Und eben auch ich, der seit Ewigkeiten wütende Zerstörer. Das ahnt Clemens nicht.

Oh Heimtücke!

Clemens hat keinen Schimmer.

Er mag mich wirklich gern, hält mich, treuherzig wie eh und je, für seinen Komplizen auf der Suche nach dem Irren. Was habe ich nicht an Unsummen für Privatdetekteien ausgegeben, um dem Monstrum auf die Schliche zu kommen. Leider, leider ergebnislos. Er-Ich war offensichtlich zu sorgfältig in seiner Spurenvermeidung. Gut gemacht.

Aber bei dem, was ich heute anstellen werde, kann ich von solcher Genauigkeit nur träumen. Ich werde zwangsläufig Dinge übersehen, schlampen. Die Zeit sitzt mir im Nacken.

Während ich unvermindert Gas gebe, denke ich zurück an den Tag, an dem ich Clemens vom Geiger zum Exgeiger machte. Übernächsten Monat feiert die Amputation seines Fingers im vorabendlichen Stadtpark zwanzigjähriges Jubiläum. Schnippschnapp. Da waren wir beide noch jung. Und keinen Deut glücklicher, ich zumindest. Dafür unendlich dümmer, weil ausgestattet mit dieser gehörigen Portion Zuversicht, die die erste Lebenshälfte prägt und die einzig und allein dafür verantwortlich ist, dass rückwirkend alles so viel unbeschwerter erscheint, als es in Wirklichkeit war. Träume, Illusionen, Ideale! Was für eine Energievergeudung. Die Jugend müsste einfach etwas später einsetzen ... Verdammte Kacke, schert der Typ mit seinem A6 einfach ganz knapp vor mir ein, bei diesem Höllentempo. Ohne zu blinken, ohne die geringste Andeutung. Audi, typisch. Konservativer Lutscher lässts auf der Autobahn mal so richtig krachen. Trägt im Winter bestimmt Anoraks mit Pelzkragen und im Sommer T-Shirts mit Aufdruck. Das ganze optische Elend, das das innere Elend abzeichnet. Volksstandard.

Und jetzt eben unkontrollierbare Raserei zur Kompensation seines trostlosen Daseins. (Wie bei mir.) Ich bremse mit voller Kraft, betätige die Lichthupe wie wahnsinnig, auch wenn viel hier nicht unbedingt viel bringt, durch seine Heckscheibe hindurch sehe ich, wie der Arsch doch tatsächlich die Hand hebt und eine wegwerfende Bewegung macht, kommt der mir frech!, ich überlege, wie mein ideales Ich wohl reagieren würde, klar, immer alles im Nachhinein, beruhige mich, drücke ein Auge zu, gewinne Abstand und bin ganz ergriffen, weil ich ausnahmsweise nicht in die blinde Rage verfalle, in die mich nur Straßenverkehr zu versetzen fertigbringt. Trotzdem wünsche ich diesem Audipenner alles Schlechte, keine Ahnung ...

Doch meine Konzentrationsspanne für so eine Bagatelle ist kurz, und schlagartig nehme ich ihn nicht einmal mehr wahr. Meine Wangen glühen von einer narkotischen Angstattacke.

Mein Leben besteht nur noch daraus, müde vom Vorangegangenen zu sein und angsterfüllt das Bevorstehende zu erwarten. Eine unausschlafbare Erschöpftheit.

Nicht genug, dass ich kurz davor bin aufzufliegen. Fatalerweise auch noch ausgerechnet durch meinen Sohn! Es ist nur eine Last, einen Menschen zu haben, der einem was bedeutet. Nicht genug, dass ich auf dem Weg zu meinem vielleicht alles entscheidenden Verbrechen bin.

Gerade komme ich aus Frankfurt, wo die Bilderberg-Konferenz abgehalten wurde. Dabei handelt es sich um ein jährliches Treffen von Spitzenpolitikern, Militärs, Geheimdienstlern, Bänkern und Wirtschaftslenkern, Medienmanagern und Journalisten, während dessen hinter verschlossenen Türen weltpolitische Strategien von durchaus gewichtigem Einfluss erörtert und angestoßen werden. Als Teil eines mehrköpfigen Beraterteams begleite ich diese Treffen seit Jahren als rechtlicher Beistand, prüfe die besprochenen Entscheidungen auf ihre juristische Unterfütterung und gieße die ersten Ergebnisse sogleich vor Ort in die richtige Textform –

vereinfacht gesagt. Diese Tätigkeit unterliegt freilich höchster Geheimhaltungsstufe.

Was die gesamte Konferenz betrifft, ist keine Presse zugelassen und es soll nur so wenig als unbedingt nötig berichtet werden, allein schon um die Wahrnehmung ihres Stattfindens zu minimieren. Ein Sperrvermerkdeal mit den Medien, deren Vertreter intern selbst teilnehmen. Auf dieser hegemonialen Übereinkunft fußend, bietet die Bilderberg-Konferenz seit ihrem Bestehen Anlass zu heftigen Verschwörungstheorien. Ausnahmslos jedes einzelne Mal finden vor der hermetisch abgeriegelten Location, die jährlich wechselt, Proteste alternativer Organisationen und Interessenverbände statt, mit der Forderung nach mehr Transparenz. Verständlich, aber vergebene Liebesmüh naiver Romantiker. So funktioniert die Geschichte nicht.

Die Konferenz ist genau das, was man sich aus dem Dreiklang Macht, Versammlung und Geheimhaltung zusammenreimen kann. Nicht mehr und nicht weniger.

Jedweder Aufdeckungsaktionismus ist kaum zu empfehlen.

Angenommen, ein Unerschrockener würde nach bestem Wissen und Gewissen signifikante Zwielichtigkeiten zutage fördern, er würde entweder umgehend öffentlich diskreditiert oder zu Tode ignoriert. Wenn du weißt, wem du besser nicht ans Bein pinkelst, weißt du auch, wer dich in der Hand hat. Man darf das Kind einfach nicht beim Namen nennen. Bringt alles nichts.

Dieser jemand sollte sich außerdem im Klaren sein, dass es die ganzen Waschlappen und Mitmacher da draußen schlicht und einfach nicht interessiert, was für aufdeckerische Heldentaten er auch vollbringen mag. Durch Sprachhygiene und Framing längst stummer geschaltet, als es ein nuklearer Angriff je könnte, haben wir es beim Durchschnittsbürger mit einem trägen, geistig unselbstständigen Wesen zu tun, das gern an die Hand genommen und gelenkt wird. Bleibt die Frage: Ist es Bevormundung, wenn der Bevormundete sein Dasein liebt?

Nonplusultra.

Und seien wir ehrlich, ob entmündigt oder nicht: Wer glaubt, zum Weltgeschehen eine fundierte Meinung zu haben oder auch nur irgendwas zu überblicken, der ist naiv.

Parteienunabhängiger Geldgeber für meine Bilderberg-Konferenz-Teilnahme ist die Bundesrepublik Deutschland. Der meiner Juristenkollegen aus dem Ausland deren jeweiliger Staatsapparat. Das zu betonen ist nicht unwichtig. Man muss wissen: Unabhängig von den gerade amtierenden Parteien, die für die mediale Außenwirkung zuständig sind, also den Showbusinessaspekt, besitzt jede Nation ein unveränderbares Administrationssystem, das das eigentliche Rückgrat des Regierungskonstrukts darstellt. Dem ich durch diese mir anvertraute Aufgabe zeitweise ebenfalls angehöre.

Der Job ist anstrengend und wunderbar anspruchsvoll, und zudem großartig bezahlt, wobei ich einen Teil meiner Kostennote als Schmerzensgeld für den Umgang mit dem anwesenden Haufen Profilneurotiker betrachte. Staatsoberhäupter, Medienmogule, Industriekapitäne. Männlein wie Weiblein, narzisstisch gestört ist noch mild ausgedrückt.

Zur Abrundung genieße ich jene erwähnte spezielle Form von Immunität und verliere nicht mal meiner Familie gegenüber ein Wort über die behandelten Angelegenheiten. Erst recht nicht gegenüber irgendjemandem sonst. Ich werde den Teufel tun.

Zum Glück kam Clemens' Anruf, genau als ich sowieso in Frankfurt abreisebereit in der Hotelloby stand. Mir war unmittelbar klar, jetzt muss jemand sterben, damit ich aus der Sache ein für alle Mal rauskomme. Max und seine Kenntnis der Gesamtlage ist einfach zu gefährlich für mich. Alles liegt in seiner Hand. Es sei denn, ich handle sofort. *Sofort.*

Jetzt schön eins nach dem anderen.

Es ist genau 14 Uhr 13. Ich trete noch mal richtig aufs Gas und parke um fünf in Steffens Straße. Ich steige aus. Heiß ist es. Durchgehend. Hitze macht mürbe.

Ich denke mir, wenn ich Steffen jetzt gleich töte, kann ich

dann besser schlafen? Und ich finde, ich werde auf jeden Fall nicht schlechter schlafen. Da bin ich mir ziemlich sicher.

Ich drücke auf den Autoschlüssel und der Kofferraum öffnet sich. Ich entnehme ihm das Täschchen mit der Pistole, die ich noch nie benutzt und die ich vor zweiundzwanzig Jahren auf dem Schwarzmarkt gekauft habe. Damals, für alle Fälle und Eventualitäten. Zweiundzwanzig Jahre! Die einzig erfolgversprechende Taktik zur Erlangung von Unverfolgbarkeit. Zeit! Distanz! Und natürlich: konsequentes Verharren im analogen Universum, vor allem wenn es um Illegales geht. Ich googele nicht mal entfernt verwandte Begriffe, die mit meinen Plänen zu tun haben, auf irgendeinem meiner Geräte. Anonymität ist der Luxus unserer Zeit. Die meisten Menschen, engstirnig wie sie sind, halten Digitalität für unausweichlich und alternativlos, so bequem sind sie geworden. So eingesperrt sind sie in ihren technologiehörigen Denkmustern. Die ziehen es gar nicht mehr in Betracht, ihr Smartphone *nicht* überallhin mitzunehmen, trotz Nachverfolgbarkeit. Denen kommt gar nicht mehr in den Sinn, bestimmte fragwürdige Angelegenheiten *nicht* übers Netz abzuhandeln, trotz möglicher Aufdeckung. Manche schaffen es sogar, eine Straftat prahlerisch auf einem Netzwerk zu kolportieren, in der Annahme, es bliebe irgendwie unter Freunden. Oder sich kuschelig Arm in Arm mit einem Seitensprung abzulichten. Es muss raus.

Der Mensch ist einfach groß darin zu glauben, was er gerne glauben möchte. Das Zurechtbiegen von Wahrheiten wird dieser Spezies früher oder später das Genick brechen. Der Mensch, die Sackgasse der Schöpfung.

Ich nehme also das braun vergilbte Pistolentäschchen völlig ungehemmt, als wäre es eine Flasche Mineralwasser, in die Hand und knalle beherzt den Kofferraumdeckel zu. Ich bin gewillt, mich durch meine konsequente Natürlichkeit unsichtbar zu machen und von nichts aus der Ruhe bringen zu lassen.

Als ich erneut auf den Schlüssel drücke und sich die

Wagentüren mit einem Klackgeräusch verriegeln, klopft mir jemand auf die Schulter, und jetzt erschrecke ich doch.

»Sorry, you«, fistelt ein italienisch aussehender Mann mittleren Alters oder viel jünger. Unmöglich zu sagen. Schon seit längerer Zeit werfe ich fast alle Menschen, die über zwanzig und unter vierzig sind, in einen Topf.

Was willste denn? Höflich lächle ich ihn an, als wäre ich total entgegenkommend. Er salbadert in arrhythmisch betontem Englisch vor sich hin und ich beginne zu erahnen, dass er gern eine Auskunft hätte, aber mehr kapiere ich nicht, und kurz bevor ich schon fast aufgebe, begreife ich, dass er sein Auto sucht. »Ah«, sage ich, »you can't find your car?« Sein rehäugiges Nicken kann alles bedeuten, doch als er sein Handy rausholt und meint: »Made a foto of the street« (gesprochen: Meedach fado a schtrietz), regt sich in mir Hoffnung, gleich eine Lösung zu finden und das Trauerspiel beenden zu können. Wieso googelt er denn die Straße nicht gleich selbst?, frage ich ihn nicht, sondern starre auf das Foto, das auf seinem Display erscheint: Ein Schild mit weißem Pfeil auf blauem Grund und dem Schriftzug »Einbahnstraße«. Da fehlts zu weit. Gefallsüchtig und harmoniebedürftig schicke ich ihn vier willkürliche Straßen nach dort und dann noch zweimal rechts, oder andersrum, »and there it is, good luck«. Wirste brauchen. Hier geht es nicht um richtig oder unrichtig, nur um aufrichtig.

Überschwänglich bedankt er sich. Seine haarige Frau, die ich erst jetzt so richtig wahrnehme, eine Italienerin, wie sie im Buche steht, inklusive Hakennase und Flaum auf den Wangen, salutiert mir auch. Sie laufen hurtig los und winken mir im Gehen noch einmal dankbar zu.

Das tut gut.

Mit der Energie desjenigen, der etwas unbedingt hinter sich bringen will, eile ich in Richtung des hoch aufragenden, pyramidenförmigen Betonklotzes. Ein Irrwitz von einem Bauwerk. Siebzigerjahrehässlichkeit in verwitterten Grautönen. Völlig aus der Zeit gefallen, kündet der massige Monolith schon aus der Ferne sichtbar von der Beschaffenheit seiner Bewohner, einer bildungsfernen, abgehängten Parallelgesellschaft, die schon bald die Mehrheit darstellen wird. Gut dreihundert Sozialwohnungen, dreihundert Klingelschilder, wegen der hohen Fluktuation nur mit Nummern versehen. Muss man bei Neueinzügen nix auswechseln. Ohne einen Moment des Zögerns drücke ich die 138 und noch etwa zehn weitere wahllose Nummern (nur nicht die 927) und wünsche so sehr, es wäre schon danach.

Immer geht es um Gelingen oder Verdammnis.

An so etwas gewöhnt man sich nicht.

Der Stimme, die mir als Erstes durch den Lautsprecher entgegengurgelt, antworte ich: »Briefsendung für Harlander«, ein Name, den ich aus dem Stand erfinde, und ich höre den Türöffner surren.

»Danke.«

Der röhrenförmige Gang ist düster und miefig, der Linoleumboden wellig, die Wände verschmiert. Man hat das Gefühl, nach einer Minute hier seinen Lebenswillen zu verlieren.

Einer der zwei superengen Lifte befindet sich im Erdgeschoss, ich steige ein, drücke die 9, und gerade als die klapprige Kabinentür sich ganz zuschiebt, knallt ein verwahrloster Verlierer sein Bein dazwischen, die zerkratzte Tür ruckelt wieder auf und er steigt zu mir ein. Auch das noch.

Er drückt die 7. Na super. Ich mustere sein runtergekommenes Dutzendgesicht, die halblangen blondierten Strubbelhaare, die grobporige, talgige Haut. In dem grellen Aufzuglicht, das völlig andere Menschen aus den Leuten macht, erkennt man die Spuren seiner Lebensführung noch deutlicher. Alkohol, Drogen, Nikotin, gähn. Als ob es so schwierig wäre, wenigstens keine Drecksubstanzen in seinen Körper einzuführen, wenn man schon keinen Antrieb, keine Kohle, keinen Grips und keine Begabung in sich hat außer der Fähigkeit, schöne Gesichtstattoomotive auszuwählen, so selten als möglich zu duschen und eine umfassende

Lebensuntüchtigkeit an den Tag zu legen. Aber klar, man muss Verständnis haben. Die Vergangenheit, die Umstände, nicht jeder hat das Glück, auf der Sonnenseite des Lebens ... und so weiter. Wer nicht für *alles* Verständnis aufbringt, ist böse. Stimmt bei mir. Das eine wie das andere. Kann ihm aber egal sein, wie ich bin und was ich denke. (Jeder denkt hierarchisch. Ich gestehs mir nur zu.) Er und seinesgleichen sind die Zukunft. Ich das Auslaufmodell.

Außerdem sieht es momentan so aus, dass ich sehr viel wahrscheinlicher bald im Knast lande als er. Also was solls. Er hat gewonnen, so oder so.

Sein Mund steht etwas offen, weil er mich mustert wie einen Außerirdischen, was ihn aussehen lässt, als wollte er gleich nach mir schnappen. Ich umgreife mein Ledertäschchen etwas fester und nicke ihm ganz leicht zu. Ich erschieße ihn nicht, immerhin. Nach dem italienischen Ehepaar ist er ein weiterer potenzieller Zeuge. Schöne Scheiße. Es wird immer heikler.

Aber gleichzeitig passiert etwas vollkommen Unerwartetes mit mir. Meine innere Spannung läuft mit einem Mal ab wie schmutziges Badewasser. Als gäbe ich mich, nach einem Leben geprägt von pedantischer Vorbereitung, nun, da das aus Zeitgründen nicht mehr möglich ist, nicht nur mit einer abgespeckten Version meiner Sicherheitsvorkehrungen notgedrungen zufrieden, sondern suhlte mich vielmehr im genauen Gegenteil, nämlich totaler Nachlässigkeit. Als sehnte ich mich danach, ohne die ewige Allesbedenkerei und den Perfektionismus endlich wie entfesselt um mich zu schlagen, ohne Rücksicht auf Konsequenzen.

Die Polaritäten eines sich am Ende seiner Schuldigkeit befindlichen Menschen.

Aber noch bin ich hier im Lift mit Struwwelpeter. Der Geruch, der seinem leicht geöffneten Mund entströmt, ist nicht nur heavy, sondern von ganz eigener Intensität. Marke Jauchegrube. Nur mit zusammengeklemmten Zähnen erträglich. Als steckte eine zersetzende Krankheit dahinter. Vielleicht stirbt er ja heute noch, dann wäre das eine Sorge weniger. Denn an den für dieses Haus ungewöhnlich gut gekleideten Typen im Aufzug wird er sich garantiert erinnern, wenn ihn die Polizei nach irgendwelchen Auffälligkeiten am Tag des Selbstmordes im neunten Stock befragt.

Total unerwartet sagt er ziemlich freundlich »Tschau«, als er im Siebten aussteigt, und ich bemühe mich redlich, meine Einschätzung wettzumachen, indem ich gleichermaßen wohlgesinnt, wenn nicht noch zutraulicher »Tschau-uuh« erwidere.

Eigentlich ganz netter Kerl. Nächstes Mal kauf ich ihm ein paar Drogen ab. Oder knalle ihn über den Haufen. Auf jeden Fall irgendwas, das sein Leben verbessert.

* * *

Die Designatmosphäre des Grünwalder Cafés »Italia Centro« wird bestimmt von rustikalen Holztischen, die auf grob verputzte Wände treffen, von dunkel gebeiztem Parkett, das eine raue Betondecke kontrastiert. Durch und durch abgestimmte Optik, die jede Kleinigkeit berücksichtigt, inklusive der brettharten Stühle. Die Klimaanlage pumpt trocken-eisige Luftsäulen in den Raum, obwohl die Terrassentüren sperrangelweit offen stehen. Italienische Wirte können gar nicht anders, als alles aufzureißen, wenn es nicht gerade schneit.

Milena und Jörg sind bereits da und haben sich einen Vierertisch neben einem der bodentiefen Fenster ausgesucht. Lotte Staiger lässt noch auf sich warten. Sie sind fast allein, die meisten Gäste sitzen draußen, aber innen ist es kühler und somit eine willkommene Erholung vom Büroofen. Milena ist von jeher ein Drinnenmensch, auch wegen ihrer empfindlichen Haut.

Jeder der eng aneinanderstehenden Tische im Außenbereich ist voll besetzt von standesgemäß gekleidetem Publikum in legerem Dresscode. Schatten spenden zwei riesige rechteckige Sonnenschirme in Cremefarben.

Von ihrem Platz im Café aus beobachtet Milena, wie zwei ungefähr siebzehnjährige Mädchen, die eine blond, die andere nicht, die Terrasse betreten und ungelenk zwischen den Gästen umherstolzieren, auf der Suche nach einem freien Platz und ungerichteter Aufmerksamkeit. Sie wirken unbeholfen wie Escortgirls beim ersten Einsatz, während sie in ihrer eigenen Vorstellung wohl zwei aufgeblasene Beverly-Hills-Ladys verkörpern, die schon alles gesehen haben. Das zu spielen, muss anstrengend sein. Milena kann sich nichts Unschöneres vorstellen, als noch mal so alt zu sein.

Eine abgehetzt wirkende Lotte Staiger betritt die Szene, sucht mit ihrem Blick die dicht besetzten Reihen nach Milena und Jörg ab, und Milena registriert, wie ein Teil der Gäste Frau Staigers säuregezeichnetes Gesicht erschrocken anstarrt. Frau Staigers affektierte Körperhaltung verrät einen stumpfen Verdruss, der das voyeuristische Glotzen der Leute längst einberechnet.

Es besteht keine Chance, dass die Staiger auf die Idee kommt, im Innenbereich nach ihnen zu schauen, also zückt Milena ihr Handy und ruft sie an. Obwohl es klingeln müsste, scheint sie kein Läuten oder Vibrieren wahrzunehmen, und Milena und Jörg kosten es eine Weile aus, wie die Staiger tippelnd die Terrasse auf und ab läuft, bis sie doch ihren Kopf neigt, in ihre Handtasche horcht und mit fahrigen Bewegungen das Smartphone rauszieht.

»Ja, hallo Frau Staiger, wir sitzen schon drinnen«, instruiert Milena sie so heiter, dass es fast ihre Belustigung verrät. Mit zusammengekniffenen Augen entdeckt Lotte Staiger die beiden. Dann winken sie alle drei.

Als sie einander die Hand geben, hat Milena den Eindruck, Frau Dr. Staiger empfinde ihr grimassenhaftes Lächeln einem Emoji nach. Sie ist verrückt, ganz klar. Noch als sie sich hinsetzt, erscheint die gesichtsgepiercte Bedienung: »Darfs für Sie auch etwas sein?«

Lotte Staiger eruiert, was Milena und Jörg vor sich stehen haben, ordert harsch ein Ingwerbiowasser, überlegt einen Moment und bestellt noch eine angeblich hausgemachte Zitronentorte. »Nicht so ein großes Stück!« Ihre Stimme ist dabei ganz anders, als wenn sie mit Milena und Jörg redet. Milena hatte schon mit einer Menge schwieriger Frauen zu tun, die ähnlich klangen.

»Wegen dem Ingwerbiowasser muss ich noch fragen, ob wir das heute haben«, sagt die Bedienung flott und Lotte Staiger entgegnet: »Werden Sie schon dahaben!«, ohne Blickkontakt oder Folgerichtigkeit. Du liebes bisschen, sie scheint sich ihres unverhohlenen Erniedrigungsbedürfnisses gar nicht bewusst zu sein. Wer zu befehlen weiß, der weiß auch zu gehorchen, denkt sich Milena wie zur Beruhigung und sucht, um ihren Schreck zu überspielen, hastig nach einem Gesprächseinstieg, fragt Lotte Staiger, ob sie einen Parkplatz gefunden hat, erfährt, dass sie gerade vom Entspannungscoach kommt, Milena schaut verwundert, Frau Staiger erklärt, was es damit auf sich hat, und empfiehlt ein Buch zu dem Thema, Milena nimmt sich vor, es auf keinen Fall zu lesen, Lotte Staiger betont ferner, dass sie dieses Jahr mit dem heißen Wetter so ihre ganz besondere Mühe hat, und so Geplänkel ... und das halten sie etwa zwei Minuten durch, ehe Milena die Einleitung mit einer weiteren Einleitung beendet: »Wie geht es Ihnen und Ihrer Familie, Frau Staiger, was den Fall betrifft?«

»Ah, es ist belastend«, antwortet Lotte Staier in einem durchgängigen Seufzer. »Wir wissen ja vor allem noch nicht, wie es mit Max weitergeht. Wenn die Lage so bleibt und mein Schwager für die Morde an meiner Schwester und ihren Kindern verurteilt wird, kommt auf Max immer noch eine Anklage wegen untersuchter, ähm, unterlassener Hilfeleistung zu. Es ist nervenaufreibend.«

»Das können wir uns vorstellen«, schaltet sich Jörg ein, eher pro forma als Daseinsberechtigungsbeitrag.

»Frau Staiger, darf ich auf die Sache zu sprechen kommen, die wir telefonisch umrissen haben?«, übernimmt Milena wieder. »Die Serie der ... Vorkommnisse in Ihrer Familie?«

»Natürlich. Bitte sehr!«

»Ich hatte ja angedeutet, dass mir da etwas aufgefallen ist und dazu würde ich gerne erst mal chronologisch vorgehen und am Anfang anfangen ... also, es war der 2. Dezember 94, als Ihnen das Attentat widerfahren ... ist ...« Milena spricht das Wort *Schwefelsäure* nicht aus. Erst möchte sie ertasten, wie empfänglich Lotte Staiger sich für die Thematik zeigt.

Unbewegt nimmt diese den Faden auf: »So ist es. Ich war einundzwanzig, hatte gerade zu studieren begonnen ...«

»Gerade zu studieren begonnen«, wiederholt Milena und nimmt sich damit zurück.

»Ja ... und es ist nicht nur lange her, es fühlt sich auch an, wie aus einem anderen Leben ... ich sah wirklich gut aus damals ... das klingt jetzt natürlich blöd, auch weil man es sich ... ich kanns mir selber nicht mehr vorstellen«, sagt Lotte Staiger, jetzt mit dieser eigentümlichen Wärme gewisser Esoterikerinnen. »Und plötzlich ... war ich ein Monster. Sie müssen wissen: Nicht nur war mein Gesicht von der Substanz zerfressen, es war noch dazu *grau*. Monatelang. Strahlend grau, was meine Auffälligkeit steigerte, als hätte jemand einen Scheinwerfer auf mich gerichtet ... Die Farbe hat allmählich ins Gelbliche gewechselt und dann gingen sowieso die Nachbehandlungen los und so, aber damals dachte ich, ich bring mich um.« Ein Lächeln plötzlich, das sie völlig verändert: »Aber wissen Sie, irgendwann wird man auch dafür zu alt. Haha.«

Ein Wechsel von Wehmut zu Selbstironie. Milena ist überrascht und beobachtet Lotte Staiger, wie sie sich vom eben servierten Biowasser mit Ingwerstücken einschenkt. Alles an ihr scheint ruhig, nur der Karaffenhals klickt etwas zu oft hintereinander gegen den Glasrand.

»Ich war von meiner Entstellung jahrelang derart absorbiert«, sie zeigt mit zwei Fingern auf ihre Nasenspitze, »dass ich, als ich schwanger war, sogar befürchtete, mein Kind würde mit derselben Fratze auf die Welt kommen.« Lotte Staiger rümpft die

Nase, als hätte sie einen strengen Geruch wahrgenommen, was Milena nicht ausschließen kann.

»Wissen Sie, wie viele Operationen ich hatte im Laufe der Jahre?«

Milena schüttelt den Kopf, die beiden Frauen sehen einander an. Sie schluckt schwer. Milena, nicht Lotte.

»Was schätzen Sie?«, fragt Lotte Staiger. Milena Novak zögert, hat nicht das Gefühl, als würde Frau Staiger mit ihrer Frage provozieren wollen. Ihre Ausführungen ähneln eher einer Grundierung, die sie auftragen muss, um danach das Wesentliche skizzieren zu können.

»Wenn Sie schon so fragen! Mmh, fünf?«, pokert Milena bewusst hoch. Es ist, wie wenn man aufgefordert wird, jemandes Alter zu schätzen, nur umgekehrt.

»Elf! Elf Operationen. Und *das* ist das Ergebnis. Immer noch Gruselkabinett.« Lotte Staiger schmunzelt verächtlich. »Können Sie sich vorstellen, wie es ist, so zu leben? Kann niemand. Es gibt da ja diesen wundervollen Spruch, den man viel zu selten hört: Wer gesund ist, hat tausend Wünsche, wer krank ist, nur einen. Und glauben Sie mir, so wie ich aussehen muss, das *ist* eine Krankheit.«

Schlagartig wird Milena bewusst, mit was für einer Person sie es hier zu tun haben. Die wohlkalkulierte, fein ziselierte Offenheit – es ist verwirrend, unter dieser Schicht gut situierter Weltfremdheit einen derart nüchternen Kern zu entdecken.

Den Erhalt des Zitronenkuchens quittiert Lotte Staiger mit nichts weiter als dem Greifen nach der Gabel. »Meditation, Spiritualität, darüber hätte ich früher nur gelacht. Genau wie Sie gerade eben über mich wegen des Entspannungscoaches, Frau Novak.«

Milena erschrickt, fühlt sich ertappt, tut, als wüsste sie nicht, wovon Lotte Staiger spricht. Die redet nahtlos weiter: »Aber dein Nervenkostüm dünnt über die Zeit derart aus, dass du dich in einem Zustand höchster Verletzlichkeit befindest. Dem musst du etwas entgegensetzen, sonst krepierst du. Aber entschuldigen Sie, ich schweife ab, ich will Sie nicht langweilen.«

»Nein, Sie langweilen uns nicht. Im Gegenteil. Ähm«, Milena spickt auf den Zettel, der vor ihr liegt, »noch mal zurück zum ... also, Ihre jüngere Schwester Lissy wurde zwei Jahre nach dem Attentat auf Sie am Arm verletzt, was zu einer dauerhaften Lähmung führte ...«

»Ja. Dann war Clemens dran, mit seinem Finger. Was ihn besonders hart traf, weil er Geiger war. 1999 dürfte das gewesen sein.« Milena nickt zustimmend. »Aber damit hörte es nicht auf.«

»Weiß Gott nicht!« Lotte Staiger zählt weiter auf: »Meine Mutter kam zweieinhalb Jahre später in den Rollstuhl, dann mein Großvater, was weiß ich, so 2004 ...«

»2005«, korrigiert Milena, bereut es aber gleich.

»Meinetwegen 2005, dann das mit dem Rückgrat von Lissys Mann, danach mein Vater, Rollstuhl, dann mein Onkel, dann Lissys Sohn Pascal, dann mein anderer Neffe Constantin, ja ja ja. Und schließlich Evi und ihre beiden Kinder. Bloß, dass die drei Letzteren getötet wurden und nicht bloß verstümmelt wie wir anderen«, sagt Frau Staiger und hält inne. Ihr Schweigen ist so plötzlich wie roh. Dann fährt sie etwas leiser fort und verdeutlicht damit die Zäsur: »Nachdem Sie bei Ihrer Recherche nun auf diese Serie aus Vorfällen gestoßen sind, fragen Sie sich, weshalb meine Familie und ich ab dem Unfall meiner Mutter nie mehr bei der Polizei waren! Habe ich das bei Ihrem Anruf richtig verstanden?«

»Ja«, mischt sich Jörg knapp ein. »Warum ist das so?«

Ein Vorpreschen, für das er einen abschätzigen Blick von Lotte Staiger kassiert. Einen Sekundenbruchteil scheint es, als kämpfte sie gegen den Drang an, etwas Tadelndes zu erwidern.

»Die Sache ist die«, fängt sie sich wieder, extraruhig. »Am Tag des Anschlags auf meine Mutter, Anfang 2002, erhielten ich und, ich glaube, fünf weitere Familienmitglieder ein anonymes Schreiben, in dem stand, dass einer von uns sterben würde,

wenn wir den Vorfall mit meiner Mutter polizeilich melden. Uns falle schon was ein, damit nichts von einer Fremdeinwirkung, *Fremdeinwirkung*, an das Wort erinnere ich mich noch, bekannt werde. Wir waren uns einig, dass mit diesem Jemand nicht zu spaßen war, und haben uns, nach unendlichem Hin und Her, entschieden, zu tun, was er forderte. Er hatte zudem angekündigt, ein Exempel zu statuieren, um seine Entschlossenheit zu demonstrieren. Tja. Drei Tage später erschien der älteste Sohn meiner Schwester Lissy nach der Schule daheim, mit Benzin übergossen und Feuerzeug in der Hand. Uns allen war klar, entweder wir machen, was der Unbekannte fordert, oder wir sind fällig.«
»Sie haben entschieden zu schweigen, auch nachdem er alle zwei, drei Jahre mit seinen Übergriffen weitermachte?«, Jörg bläst die Backen auf.

»Wir haben immer gespürt, wozu er in der Lage ist, falls wir nicht gehorchen. Sie haben keine Ahnung, wie sich das anfühlt, ausgeliefert zu sein. Wir haben lediglich den weniger grausamen Weg gewählt. Wenn ich das so erzähle nach all der Zeit ständiger Furcht davor, wen es als Nächsten trifft, klingt es vielleicht zu abgeklärt, aber glauben Sie mir, wir haben ständig abgewogen und nach Lösungen gesucht. Wir haben Privatdetekteien beauftragt, all so was ... wir hatten keine Wahl. Und die haben wir eigentlich noch immer nicht.«

»Aber Sie hätten doch die Polizei mit der Anweisung zur absoluten Diskretion einweihen können!«

»Sie wissen so gut wie ich, wie das mit der Geheimhaltung ist. Man vertraut jemandem etwas unter dem Siegel der Verschwiegenheit an und diese Person vertraut es unter demselben Siegel gleich verschiedenen anderen an. Es gibt immer lecke Stellen, überall. Besonders in einer Behörde!«, schwenkt Lotte Staigers Tonfall ins Humorvolle, irgendwas in der Art. »Auf Diskretion ist kein Verlass ... deshalb hat ja aller Wahrscheinlichkeit nach auch die erste Mondlandung tatsächlich stattgefunden.«

Milena schrickt auf. Dann kapiert sie, ein Scherz. Einer, den Lotte Staiger offenkundig nicht zum ersten Mal macht.

»Wenn sie nicht stattgefunden hätte, hätte längst einer der unzähligen Geheimnisträger ausgepackt. Die meisten davon arbeiteten ja auch in einer Behörde ...«

Ihr zuliebe lächelt Milena, sagt: »Dasselbe bei *nine eleven.*« Man lächelt einhellig.

»Sie sind unglaublich, Sie und Ihre Familie«, entgleitet es Milena. »Ich meine, es handelt sich seit 2002 immerhin um siebzehn Jahre, in denen Sie niemandem von dem Ungeheuer erzählt haben, um vermeintlich zu verhindern, dass er auch noch jemanden *umbringt*, statt ihm nur, in Anführungszeichen, eine Behinderung zuzufügen.«

»So kann man das sagen«, bestätigt Lotte Staiger, als ginge es plötzlich wieder nur sie etwas an.

»Und jetzt werden plötzlich Ihre Schwester Evelin und deren beiden Kinder getötet ... wie lässt sich das erklären?« Milena beobachtet, welche Wirkung diese Frage auf Lotte Staiger hat, aber ihre unveränderte Miene könnte für sich schon eine Reaktion sein. »Frau Staiger, entschuldigen Sie. Ist Ihnen die Frage zu persönlich?«, fragt Milena irritiert.

»Wie soll ich das erklären?«, sagt Lotte Staiger, überhaupt nicht betroffen, nur konzentriert. »Hier mit Ihnen zu sprechen ist heikel für mich, ich will meinen Sohn nicht aus Versehen belasten. Er mag als Beobachter des ersten Mordes beteiligt gewesen sein, und ich bin mir sicher, er wird nicht erneut als Hauptverdächtiger eingestuft werden – was *Sie* ja zunächst getan haben! Trotzdem muss ich aufpassen, wie ich das Folgende formuliere ... lassen Sie es mich so sagen: Ich habe Interesse daran, dass mein Schwager Rolf Junckers für die drei Morde verurteilt wird, allein schon weil es meinen Sohn entlastet. Aber, und das sage ich unter größtem Vorbehalt: Ich persönlich glaube nicht, dass Rolf Junckers der Mörder ist.«

»Obwohl Ihr Sohn ihn in seiner Aussage belastet hat?«

»Hören Sie sich nur an, was ich mir vorstellen könnte. *Könnte!* Konjunktiv! Ich sage es so: Eventuell ist Rolf nicht der Mörder, weil er auch nicht der ist, der uns fünfundzwanzig Jahre verfolgt hat.«

»Der große Unbekannte ist also deckungsgleich mit dem Mörder der letzten drei Personen, wollen Sie damit sagen? ... Das glaube ich auch«, sagt Milena, weil es wahr ist und weil sie weiß, dass man am ehesten Informationen erhält, wenn man tut, als wüsste man bereits Bescheid. »Aber was genau lässt Sie das vermuten?«

»Ich baue auf Ihr Verständnis, dass ich es dabei belassen möchte. Der Typ hat noch eine Schippe draufgelegt, und nun, da sein Tun eine neue Qualität erreicht hat und er vielleicht jedes Mal einen von uns tötet, ist unser Schweigegelübde hinfällig. Wir haben nichts mehr zu verlieren. Das ist der Grund, weshalb ich zu diesem Gespräch bereit war, auch wenn meine Familie das anders sieht. Alle haben Angst, dass er uns nach einem Outing noch extremer büßen lassen wird.«

»Ihre Familie ist nach wie vor dafür, weiterhin zu schweigen?« Milena runzelt die Stirn.

»So ist das bei uns, Frau Novak. Wir haben die Verdrängung längst verinnerlicht, sonst wären wir handlungsunfähig. Wissen Sie, über all die Jahre haben wir auch unseren Kindern nichts von den Vorgängen erzählt. Wir wollten sie unbehelligt von der Angst vor einer unausweichlichen Gefahr aufwachsen lassen ...«

Von der Terrasse dröhnen unvermittelt laute Beats herein. Ein DJ in erstaunlich hohem Alter hat aufzulegen begonnen. Frau Staiger hält kurz inne und sieht raus, und Milena ertappt sich dabei, wie sie die Gelegenheit nutzt, Lotte Staigers Gesichtshaut zu analysieren, was sie nicht zum ersten Mal macht, was aber jedes Mal Überwindung kostet. Es tut beim Hinsehen weh, die weichen, wächsernen Krater, die erkennbaren operativen Straffungen, die runzlige Konsistenz.

»Ich breche unser Familienschweigen«, hebt Lotte Staiger etwas lauter an, um die Musik zu übertönen, »jetzt, wo alles eskaliert. Auch weil ich finde, ein Recht dazu zu haben, da ich die erste war, die dran glauben musste. Vor allem aber, weil ich der Grund für alles war, was danach folgte. Da bin ich mir sicher, auch wenn ich diesen Grund bis heute nicht kenne. Es muss jetzt ein Ende haben, es ist nicht mehr auszuhalten.«

»Haben Sie einen Verdacht? Hat Ihre Familie einen Verdacht? Hat sich über die Jahre vielleicht eine Mutmaßung ergeben, wenn auch nur entfernt, um wen es sich bei dem Täter handeln könnte?«

»Wir haben nicht die geringste Idee.« Sprach Frau Staiger eben noch mit bewegter Mimik, betrachtet sie Milena jetzt mit dem klinischen Blick eines Arztes, der einen Patienten mustert.

»Frau Staiger, darf ich offen sein?« Blöde Frage, findet Milena im Moment des Aussprechens.

»Bitte.«

»Ein wenig dubios erscheint von Anfang an Ihr Mann in dem ganzen Geschehen.«

»Meinen Mann habe ich erst nach dem Säureangriff auf mich kennengelernt, wenn Sie darauf anspielen.«

»Verstehe.«

»Und wenn Sie das mit seiner Affäre meinen, oder wie ich das nennen soll«, sagt Lotte Staiger, »dieses Treffen mit dieser Frau im Hotel in der Nacht, als Evi umgebracht wurde – nun, ich war erst geschockt, als ich es erfuhr. Aber ... ich kann damit leben. Unsere Beziehung ist eben ... na egal, das wird jetzt zu persönlich. Was ich sagen will: Nicht zuletzt durch die Aussage meines Sohnes hat mein Mann für die Tatnacht ein Alibi, egal wie sonderbar das für uns alle sein mag. Und diese Eindeutigkeit ist wichtig für mich. In paradoxem Sinne ist sein Hoteldate beruhigend ... Mein Mann wäre der Letzte, den ich an Ihrer Stelle verdächtigen würde. Er unterstützt mich und meine ganze Familie von Anfang an mit Rat und Tat. Er hat seinerzeit zum Beipiel eine große Detektei bezahlt, um unseren Peiniger ausfindig zu machen. Sie brauchen sich gar nicht damit aufzuhalten, Marc ins Visier zu nehmen.«

»Das tun wir auch nicht umfangreicher als unbedingt nötig. Nichts für ungut, das war nur eine ... reine Pflichtfrage«, meint Milena wegwerfend und hat gleichzeitig das Gefühl, dass Lotte Staiger das so betonte, weil sie sich selbst noch einiges zurechtrücken muss.

Während der Pause, die zwischen ihnen dreien entsteht, isst Lotte Staiger ihr erstes und letztes Stück Torte und versucht, dem Bissen etwas abzugewinnen, während Milena nachdenklich zur Bar schaut, einen Kellner am Besteckkasten mit dem Zeigefinger über ein Messer streichen sieht, wie man nie über ein Messer streichen sollte, und daraufhin ihren Blick direkt neben sich gleiten lässt zu Jörg, der dreinguckt, als hätte das ganze Gespräch eine betrübliche Wendung genommen. Milena weiß ja, er wäre mit dem bisherigen Verdächtigen Rolf Junckers mehr als zufrieden gewesen. Der schwelenden Spannung, die zwischen ihr und Jörg herrscht, gibt jede noch so kleine gegenläufige Regung nur weiter Nahrung. Unmöglich, in seiner Gegenwart nicht dauernd in das ewiggleiche Loch stummen Unbehagens zu fallen. Mit Ende dreißig eine Affäre mit einem verheirateten Kauz aus derselben Abteilung zu haben, mit dem man sich kaum etwas zu sagen hat? Dass man sich doch immer in das verwandelt, was man verabscheut.

Überlegt hat Milena schon oft, ob ihre ewigen Beziehungsprobleme an Yannik liegen, weil sie unbewusst jeden mit ihm vergleicht und niemand an ihn heranreichen kann, was natürlich Quatsch ist. Aber behält nicht jeder das Ideal der einen Beziehung im Hinterkopf, die für immer das Maß aller Dinge sein wird? Auch wenn sie unrühmlich endete und man ahnt, dass nur nostalgische Rücklichter die Enttäuschung und Schattenseiten überblenden? Yannik. Wehmut nach einer Nähe, die es nie gegeben hat? Ausschließen kann sie es nicht.

Milena, die sich nicht nur untersagt, sich von dieser Welle mitreißen zu lassen, sondern auch das Gefühl hat, die Aircondition greift gerade ihre Bronchien an, durchzuckt es, als Jörg in die entstandene

Stille hinein sagt: »Ich hätte da noch eine Frage, Frau Staiger.«
»Bitte.« Lotte Staiger macht einen enttäuschten Eindruck.

»Ist denn da nicht schon früher einer drauf gekommen, dass da was nicht stimmt? Ich meine, wurden Sie von Fall zu Fall nicht mal näher von der Kripo befragt?«

»Oh doch. Das kam vor. Also nicht immer. Manche Sachen konnten wir sofort als Unfälle deklarieren. Einmal, als mein Neffe Pascal beim Joggen in eine Nylonschnur auf Halshöhe lief, mussten wir ein paar Fragen über uns ergehen lassen. Aber sobald sich die Staatsanwaltschaft eingeschaltet hat, hat uns mein Mann mit seinen Verbindungen da immer rausgeholt und sichergestellt, dass die Dinge nur so weit als unbedingt nötig aktenkundig wurden«, erläutert Lotte Staiger. Erst nickt Jörg mehrfach, dann Milena. Frau Staiger nur einmal, abschließend.

»So viel Offenheit habe ich mir ja seit Jahrzehnten nicht mehr gegönnt«, ist ihr letzter Satz, als sie wenig später aufsteht, Milena und Jörg ihre kalte Hand reicht und geht.

Während sie ihr nachsehen, hebt Jörg die Hand und ruft der viel zu weit entfernten Bedienung »Zahlen, bitte« zu, nur um sogleich Milena zuzuraunen: »Mist, jetzt müssen wir wirklich noch mal ran.«

Milena stößt bestätigend Luft durch die Nase. Statt bloß seinen Unmut über den Haufen neuer Arbeit auszudrücken, hätte er auch »Du hattest also recht« sagen können. Doch dann wird Milena abgelenkt, als sie sieht, wie ihnen Lotte Staiger, bevor sie die Türschwelle übertritt, ein unsicheres Lächeln zuwirft, das sie sich wohl bis zum Ende aufgespart hat. Sie bleibt stehen, überlegt, ihr Gesichtsausdruck wirkt hin- und hergerissen im Bemühen, zugleich vernünftig und mutig zu sein. Sie kehrt um.

Vor dem Stuhl, auf dem sie die letzte halbe Stunde gesessen hat, kommt sie zum Stehen und verkündet: »Es *gibt* jemanden, den ich von Anfang an unter Verdacht hatte. Die Polizei hat ihn seinerzeit durchleuchtet, damals, aber es kam nicht einmal zu einer größeren Untersuchung. Die Beweislage hat nie ausgereicht. Trotzdem habe ich immer gefühlt, dass er es war. Wissen Sie, in meiner Situation sind Gefühle die einzigen Fakten.«

Und während Milena denkt: *Lotte Staiger, das ist ein ganz anderes Kaliber*, sagt Jörg zu der sich dem Tisch nähernden und mit einer Rechnung wedelnden Bedienung: »Einen Moment noch, bitte.«

* * *

Im Inneren des raumschiffförmigen Hochhauses. Neunter Stock! Ich steige aus der schmalen, verrauchten Aufzugkabine und orientiere mich, schaue den schlecht beleuchteten Gang erst links, dann rechts entlang. Übertrieben anheimelnd ist es hier nicht. Zwei endlose Schächte erstrecken sich zu beiden Seiten, beengend, Aberdutzende Wohnungstüren aneinandergereiht, dicht an dicht, mattschwarzer Bodenbelag, ähnlich einem Zellentrakt. Am Ende der Korridore, zu beiden Seiten, weit entfernt, befindet sich jeweils ein hohes, schmales Fenster, das nur wenig Licht durchlässt.

Gebaut, als Helligkeit und Geräumigkeit architektonisch noch keine Rolle spielten, scheint diesem düsteren Riesengebäude seine sozial schwache Einwohnerschaft beinah inhärent. Wie spezialangefertigt. Der Geruchsmix aus vollgeschissenen Windeln, ungesundem Essen und porenverstopfter Vulgarität bekräftigt diesen Eindruck.

Ich entnehme die Pistole ihrem Ledertäschchen, schraube den Schalldämpfer auf und stopfe sie mir hinter dem Rücken, über meinem Hemd, zwischen Hosenbund und Poritze. Sodass ich mir in den Arsch und meine Oberschenkel schießen würde, betätigte ich dabei versehentlich den Abzug.

Was durchaus passieren könnte, derart durch bin ich.

Ich bin nicht mehr robust genug für so was. Keine Lust mehr, aggressiv zu sein. Keine Lust mehr, ich zu sein. Wenn man versucht, dieselbe Person zu bleiben, die man immer war, erschlafft man irgendwann über ein ertragbares Maß hinaus.

Die Autobahnraserei von der Bilderberg-Konferenz in Frankfurt hierher steckt mir genauso in den Knochen wie der Anruf von Clemens, der der festen Überzeugung ist, dass Max herausbekommen hat, wer der Wichser ist, der die ganzen Krüppel in seiner Familie auf dem Gewissen hat.

Wenn das stimmt, dann weiß Max somit, dass ich nicht nur für die drei aktuellen Morde verantwortlich bin (die ich ihm ja gestanden habe), sondern dass es auch eine mehrere Jahrzehnte lange Vorgeschichte gibt.

Ein Fiasko. Denn ich habe keine Idee, wie mein Sohn mit dieser neuen Information umgehen wird, mit diesem enormen Zuwachs an Verbrechen, die ebenfalls auf mein Konto gehen. Max' nächste Schritte einzuschätzen ist ein Ding der Unmöglichkeit. Er ist so abgeschaltet und nicht zu greifen, dauernd in Schonhaltung und Vermeidungsstrategien erstarrt, genau wie alle seine aalglatten, pubertierenden Freunde. Eine Gattung neuartiger Wesen, die in idealisierten Traumwelten aufwachsen, von den Unbillen des Lebens abgeschirmt, großgezogen von Eltern, die irgendwann begannen, ihre Kinder nicht mehr nur zu lieben. Sie begannen, sie zu verehren. Bestärkten sie im Irrglauben, etwas ganz Besonderes zu sein.

Wer hätte gedacht, dass das nicht besonders klug ist?

Es war nur eine Frage der Zeit, bis eine Generation überliebter, überempfindlicher Sprechpuppen die Erde bevölkern würde. Und siehe da, sie sind überall. Unglücklich verwöhnt und bis zur Handlungsunfähigkeit verzärtelt von Mami und Papi, die ihrerseits massiv netzsüchtig und mitteilungsgeil sind und sich zu allem Überfluß auch noch ihren eigenen Kindern anbiedern, um von ihnen bitte, bitte in den Club ewiger Jugend aufgenommen zu werden.

Keine Frage, die Welt dreht kollektiv durch, der ungebremste Individualismus führt längst in den Wahnsinn.

Mit Max sollte mir das nicht passieren. Kein Lob zu viel, kein Tadel zu wenig, alles in Maßen. Aber natürlich korrumpierte ihn die gesellschaftliche Peripherie unausweichlich und mein Einfluss war begrenzt. Mehr konnte ich nicht tun.

Letztlich ist er einer von ihnen geworden.

Wie soll er unter diesen Voraussetzungen also auf eine Erkenntnis wie die jetzige reagieren? Dass sein Vater ist, was er ist. So viel drastische *Realität* auf einen Schlag für einen jungen, fehlgeprägten Menschen!

Für mich ist es sowieso ein Wunder, dass er bislang durchgehalten hat, mich zu decken. Ob er mich, aufgrund seiner neuen Erkenntnisse, nun doch noch bei der Polizei hinhängt oder gar etwas ganz anderes unternimmt, kann ich unmöglich prognostizieren. Daher muss ich erst mal vom Schlimmsten ausgehen und entsprechend handeln.

Grimmig setze ich mich in Bewegung, nach nichts Ausschau haltend, außer Wohnung Nummer 927. Ich passiere zahllose Türen, aus denen unterschiedlichste Geräusche dringen.

Da: neun zwo sieben. Ich wende den Spezialschraubenzieher an. Ob jemand den Korridor entlangkommt, ist mir restlos egal, als ich Steffen Seewalds Wohnungstür in null Kommma nichts aufbreche und mir Einlaß verschaffe. Bezeichnend für meine Verfassung. Vorsichtsmaßnahmen? Furcht vor Entdeckung? Fehlanzeige. Völlige Gleichgültigkeit. Von einem Extrem ins andere.

Latexhandschuhe habe ich gerade noch übergezogen. Maske ist nicht nötig, Steffen wird keine Beschreibung meines Gesichts mehr abgeben können. Ich stoße die sperrholzene, schlecht justierte Tür mit dem Fuß auf und mir eröffnet sich der Blick auf eine mickrige, schäbige Einzimmerwohnung. Zugemüllte, müffelnde Unbehaglichkeit. Zerwühltes Schmuddelbett zu meiner Linken, laufender Fernseher gegenüber, und in der Mitte des Raums, vor dem mit Kleinkram überfrachteten Computertischchen, auf einem ranzigen Sessel, sitzt Steffen wie angeschweißt. Starrt mich völlig überrumpelt an. Hallo, tut mir leid, dass ich unangemeldet deine Tür aufbreche. Ich richte gleich mal die Pistole auf seine Nasenwurzel, keine drei Meter von ihm entfernt, so klein ist dieses armselige Kämmerlein, und schlage die Tür mit dem Fußballen hinter mir zu.

Steffen hat jetzt anderes Haar. Licht und verwuselt über der Stirn, wie frisch aufgestanden, an den Seiten kurz, grau meliert. Oops, und einen kleinen Edelstein haben wir im linken Nasenflügel auch. Toll, macht ganz schön was her. Wenn man jeglichen Anschluss verpasst hat. Für Steffen ist in letzter Zeit einfach nicht mehr viel gelaufen.

Das Leben ist nicht dazu da, es einem leicht zu machen.

Steffen weiß überhaupt nicht, was los ist, kriegt keinen Ton raus, hebt nicht mal die Arme. Nein, wir sind uns nie zuvor begegnet, du täuschst dich nicht. Aus deiner Perspektive.

»Bitte entschuldigen Sie«, versichere ich ihn eines gewissen Niveaus, das wir die nächsten Minuten doch bitte beiderseitig aufrechtzuerhalten versuchen möchten. »Ich wollte Sie nicht erschrecken. Aber ich brauche Ihre Hilfe.« Das sollte ich vielleicht noch dazusagen: »Keine Sorge, Ihnen passiert nichts.« Die Wahrheit würde mir gerade nicht weiterhelfen.

»Äh«, tönt er und klingt nicht unbedingt überzeugt. Eher aufgekratzt.

Wir beide, einer ungeduldiger als der andere.

»Ihr Computer läuft ja schon, sehr schön«, schwärme ich, um eine persönliche Bindung aufzubauen. Er schaut mich an, dreht seinen Kopf um neunzig Grad, betrachtet den bunt blinkenden Bildschirm und gleich wieder mich.

»Den werden wir jetzt brauchen«, lächle ich milde. »Spielen Sie gerade ein Spiel?« Er und ich sind fast gleich alt. Aber logo, für mich sieht er aus wie ein stark alternder Erwachsener, was bedeutet, dass ich ihn für deutlich älter als mich halte. Ich muss mir stets bewusst machen, dass ich genauso alt wirke wie er. Hilft nichts. Daher bleibts beim Sie.

»Ja, ich ... spiele ... gerade ... ein Spiel«, stammelt Steffen.

Mein Sohn ist sechzehn, Steffen gut dreißig Jahre älter. Beide zocken, um den Tag rumzukriegen. Was ist bloß los mit denen?

Ich werde Steffen jetzt nicht fragen, wie das Spiel heißt, mit dem er da seine Lebenszeit verjubelt. Das wäre übertrieben.

Ich fuchtle mit dem Pistolenlauf, zeige damit auf den Computer.

»Gehen Sie bitte ins E-Mail-Programm.« *E-Mail-Programm*, keine Ahnung, wie sich das auf einem PC korrekt nennt. Ich habe Apple.

Steffen tut, wie ihm geheißen. Ich komme näher, stelle mich neben ihn, mustere ihn in seiner gekrümmten Sitzhaltung von oben herab, die rötlichen Hautsäcke unter seinen Augen. Die Haarbüschel, die aus seinen Ohren wachsen. Das Hängekinn. Das dünschissfarbene Labber-T-Shirt überm Schmerbauch. Verwahrlosung. Kann man nichts machen.

Steffen war früher ein ausgesprochen attraktiver Kerl, Schönlingsfresse. Er war Lottes Freund, damals, als ich 1992 nach München zum Studieren zurückkehrte und an der Uni wieder auf sie traf. Ein Jahr später machte Lotte mit Steffen Schluss. Ein weiteres Jahr später übergoss ich Lotte mit Säure. (All das, *bevor* ich persönlichen Kontakt mit ihr aufnahm und dafür sorgte, dass sie sich in mich verliebte, oder so was Ähnliches.) Der Verdacht fiel auf Steffen. Nicht ohne Grund. Ich legte entsprechende Fährten für die damaligen Ermittler. Sorgsam dosiert, dass man Steffen gerade so *nicht* nachweisen konnte, dass er etwas gemacht hatte, das er nicht gemacht hatte.

Steffen ist also seit einem Vierteljahrhundert meine zweite Sicherheitsebene. Ohne es zu wissen, war er die ganze Zeit über mein Rettungsschirm, dem ich alles in die Schuhe schieben würde, für den Fall, dass es eng wird. Und es ist inzwischen megaeng. Ich ziehe die Reißleine.

»Jetzt öffne eine neue E-Mail. Adresse geben wir später ein. Ich diktiere dir erst mal den Text.« Meine Stimme sinkt zu einem

Flüstern. Bin unwillkürlich zum Du geschlittert, stelle ich gerade fest.

Steffen drückt auf »Neue E-Mail erstellen« und sieht mich verstört und von Zuckungen geschüttelt an, was meine Laune etwas hebt.

»Hören Sie, wollen Sie Geld?« Er guckt einfältig von seinem speckigen Sessel zu mir hoch, als könne er dadurch die Situation zu seinen Gunsten wenden.

Ich schüttle den Kopf, das ist ja lächerlich. »Jetzt schreib!« Aber er bekommt fast sowas wie einen epileptischen Anfall. Ganz ehrlich, sogar wenn mir jemand ein Messer an die Kehle halten würde: Ich verhielte mich neutral. Selbst für das Nachaußenkehren von Todesangst wäre ich zu schamhaft und auf das Wahren meiner Würde bedacht. Eigentlich bewundere ich eierlose Leute wie ihn, die in Extremsituationen total selbstvergessen agieren und ihrem Inneren freien Lauf lassen.

Steffen hebt endlich die Finger über die Tastatur. Sein Fiepen soll wahrscheinlich »Bin so weit« bedeuten.

»Lass dich nicht verrückt machen«, füge ich zu seiner Beruhigung hinzu, letztlich doch eine Seele aus Gold. Dr. Marc Staiger, der Herzensnotar.

»Okay. Legen wir los. Also: *Liebe Lotte*, Komma«, gebe ich zu Protokoll, und Steffen gerät schlagartig in helle Aufregung, springt auf und rennt auf den kleinen, vollgestellten Balkon, zwischen die drei unter einem versifften Teppich begrabenen Korbmöbel, kommt aber gleich wieder zurück, hat nicht mal um Hilfe geschrien, die Balkontür steht sowieso die ganze Zeit offen (was an der abgestandenen Luft nichts ändert), er stellt sich mir gegenüber, der Sessel zwischen uns, ich richte unverändert die ganze Zeit die Pistole auf seinen Kopf, er zupft an seinem Zwölftagebart, stammelt »Oh Gott, oh Gott. Sind Sie Lottes Mann oder so?«, und rückt mit der anderen Hand seine Eier zurecht. Was soll das werden, wenns fertig ist? Erst rennt er auf den Balkon, hastet gleich wieder zurück, stellt dann diese dämliche

Frage und fummelt auch noch an sich herum. Ist das hier eine Slapstickkomödie?

»Pass auf, wir machen jetzt ganz genau, was ich sage. Gut?«, spreche ich wie zu einem widerborstigen Kleinkind. »Setz dich – und schreib!«

Er setzt sich. Aber immer noch mit diesem Hab-ich-verstanden-mach-ich-aber-nicht-Blick, wie ein bockiger Rotzlöffel. Aber eben mit Todesangst.

Ich beginne erneut: »*Liebe Lotte*, Komma, Freizeile, neue Zeile: *erinnerst Du Dich noch an mich?* Du, Dich und Dir großschreiben, Steffen. Okay, weiter: *Lang, lang ists her, seit wir miteinander gesprochen haben. Ich erlaube mir nun, aus gegebenem Anlass, Dich zu kontaktieren, da ich Dir etwas gestehen und Dich um Vergebung bitten muss für etwas, das nicht zu verzeihen ist. Ich werde im Folgenden die richtigen Worte zu finden versuchen, doch lass mich Dir vorweg versichern, wie sehr mir alles, was passiert ist, alles was ich Dir und Deiner Familie angetan habe, leidtut.* Leidtut kleingeschrieben und zusammen, bitte. Ach egal.« Ich überlege mir, soll Steffen orthografisch genau so inkompetent schreiben, wie er meint. Er hat bisher schon zwei Rechtschreibfehler reingehauen und drei Kauderwelschwörter wieder gelöscht und neu angesetzt, wie ein Idiot. Nicht dass die Mail zu sehr nach mir klingt und aussieht. Nämlich makellos formuliert und formal perfekt.

Wirklich wahr: Ich bin nur deshalb ein Intellektueller, weil das Niveau um mich herum ständig sinkt. Was trostloserweise nicht mich aufwertet, sondern lediglich die anderen abwertet.

Das dürfte eine absolut objektive Betrachtung sein.

Wer die Zusammenhänge des Lebens kapiert hat, kann nicht mal mehr in eigener Selbstherrlichkeit baden.

Steffen tippt noch, langsam wie ein Betäubter, jedes Mal scheint es eine Minute zu dauern, bis er einen Satz zu Ende gebracht hat, und ich lese leicht vorgebeugt mit. Die Worte stanzen sich auf den Bildschirm wie Nadelstiche, die einem ins

Gesicht piksen ... *alles, was ich Dir und Deiner Familie angetan habe* ... und abrupt bricht Steffen ab und begehrt, überraschend kaltschnäuzig, erneut auf: »Ich kann das nicht schreiben«, vermutet aber gleich, dass seine sauertöpfische Verweigerung seiner Sache einmal mehr nicht eben zuträglich ist, schwächt also ab: »Ich flehe Sie an: Tun Sie mir das nicht an. Ich weiß doch, dass Sie mir die drei Geschichten anhängen wollen. Sie wollen, dass ich mich selbst belaste, oder? Das wollte doch schon die Polizei damals, dass ich die Säuresache auf mich nehme! Und das mit Lissys Arm, und das mit Clemens und seinem, was wars, ... seinem Finger, stimmts?«

Stimmt. Ihm ist sofort klar, dass er für etwas geradestehen soll, das mit ihm rein gar nichts zu tun hat. Rund achtzehn Jahre hatte er Ruhe, jetzt kehrt das Grauen zurück. Sein aufgedunsenes rotes Gesicht glüht.

Er zählt nur die ersten drei Ereignisse auf, weil er von den zahllosen folgenden nichts wissen kann, da sie nie offiziell angezeigt wurden. Die schiebe ich ihm aber auch noch unter.

Mit erhobenem Zeigefinger gebiete ich ihm zu schweigen und weiterzutippen.

»Ich schreibe das und anschließend werden Sie mich töten, richtig?«, sagt er etwas vorschnell. Mir ist klar, dass das ein berechtigter Einwand ist. Aber es wird ein wenig anders laufen.

»Werde ich natürlich nicht. Dir passiert nichts. Wir sollten jetzt weitermachen«, rufe ich ihm in Erinnerung. »Du kannst im Anschluss alles widerrufen und der Polizei sagen, ich hätte dich gezwungen, das zu verfassen.« Lahme Ansage, ich weiß, aber wir müssen hier vorankommen.

»Sie *werden* mich töten. Ist doch so!?«, lässt er nicht locker, und ich bin mir gar nicht sicher, ob er mir zugehört hat.

»Nein, verdammt noch mal.« Aber so was Ähnliches, verdammt noch mal. »Wenn du nicht gleich schreibst, zertrümmere ich dir beide Kniescheiben. Verstehst du das nicht?«, lächle ich ihn an, was ihn debil erscheinen lassen soll. Ich überlege, ob ich ihm bereits zeigen soll, wer ich noch sein kann. Ich finde, ich bin nett gewesen, nett genug für unser ganzes Zusammentreffen. Jetzt hat es sich ausgenettet.

»Ich sitze am längeren Hebel, Steffen. Deine Vorannahmen sind unerheblich.« Mit eisigem Zorn trete ich ihm aus dem Stand meinen Fuß ins Gesicht. Er rollt in seinem Sessel nach hinten weg. Mein Lächeln verblasst dabei überhaupt nicht.

Zehn Sekunden lang tatscht er fassungslos an seiner blutenden Nase herum. Plusminus ein paar Sekunden. Wir sagen beide eine Weile nichts, wodurch mir der Straßenlärm von draußen viel lauter als vorher vorkommt.

Ich spüre, dass er überlegt.

»Jetzt vielleicht weitermachen?«, schlage ich irgendwann vor, sehe Steffen Seewald unausgesetzt an und er kommt mir äußerst vertraut vor. Er weiß so gar nichts über mich und ich weiß so viel über ihn. Immerhin mehr als fünfundzwanzig Jahre habe ich sein Leben verfolgt. Bei jedem meiner elf Anschläge (exklusive Kilian und Kiara) achtete ich darauf, dass er sich zeitgleich ebenfalls in München befand und kein stichfestes Alibi vorweisen könnte. Bei jedem Anschlag sorgte ich für das Hinterlassen eines subtilen Hinweises, der zu *ihm* geführt hätte, wenn *ich* überführt worden und zur Eigenentlastung gezwungen gewesen wäre.

Ich kenne Steffens Biografie auswendig. Zum Beispiel brach er damals, in den Neunzigern, nach fünf Semestern sein BWL-Studium ab und wurde für die nächsten Jahre zu einem Mann, der sich mit ein paar sympathischen Worten und einem albernen Grinsen durchs Leben zu schlawinern wusste. Er war eben eher ein Genießer als ein Arbeiter. Er war einer von denen mit unendlich vielen Freunden, einer, der Gott und die Welt kannte, egal wo er auftauchte. Und dieses soziale Talent verschaffte ihm schließlich den Job als persönlicher Assistent von Liam Neeson. Steffen begegnete dem Schauspieler im Rahmen einer Pressekonferenz für einen Star-Wars-Film 1999 im Schickimickiclub P1. (Star Wars, Harry Potter, Herr der Ringe, mir fehlt jeglicher Bezug.)

Mit seinem unnachahmlichen Charme bandelte Steffen irgendwie mit Neeson an und spielte die kommenden Jahre Mädchen für alles für ihn. Klar kam er dabei ganz schön rum, lernte viele interessante Menschen (Exzentriker und Speichellecker) kennen und erlebte außergewöhnliche Situationen (mitten im Blitzlichtgewitter und doch unendlich weit entfernt). Aber letztlich bedeutet so ein Job doch nur, Sir Liam von hier nach da zu begleiten und ihm den richtigen Lindenblütentee mit der richtigen Temperatur zum richtigen Zeitpunkt zu servieren und ihm alle Wünsche von den Augen abzulesen. Sich ihm zu verschreiben in Selbstverleugnung und Selbstauslöschung. Weltstarkosmos und Glamour? Eher Popo ausputzen, buckeln, Drecksarbeit verrichten. Und darüber hinaus mit den Eifersüchteleien der anderen Arschkriecher aus der Entourage des Stars konfrontiert sein, die alle um die Gunst des Meisters buhlen und untereinander intrigieren, bis alles zu spät ist.

Man macht sich immer übertriebene Vorstellungen von dem, was man nicht kennt.

Nachdem seine Anstellung bei Liam Neeson von einem Moment auf den anderen beendet war – keine Ahnung, was vorgefallen sein mag –, begann Steffens Niedergang. Der dauert jetzt schon über zwölf Jahre an, das ist also nichts Neues. Vom Hipster zum Hartzer, keine unübliche Karriere. Aber dass sein Leben hier und heute auf diese Weise enden würde, hatten wir *beide* nicht gedacht. Ich selbst bis zu Clemens' Anruf vorhin nämlich auch nicht.

Meine Wut wandelt sich für einen Moment zu Mitleid. Aber nicht schlimm, nichts Weltbewegendes. Emotionen haben mir noch nie weitergeholfen.

Wir schreiben diese Scheiß-E-Mail an Lotte fertig. Steffen nimmt darin sämtliche Verbrechen an Familie Mehring auf sich, und wenn ichs nicht besser wüsste, wäre ich ganz schön schockiert darüber, wie skrupellos Steffen ist. Beziehungsweise war. Ist ja jetzt Vergangenheit.

Und Max wird Augen machen, wie unschuldig sein Vater ist.

Über Steffens Schulter gebeugt fliegen meine Augen über den Bildschirm. Ich gehe die Mail noch einmal durch, das Flehen um Vergebung, Steffens Untröstlichkeit, die Bezugnahmen auf einzelne Fakten, die nur der wahre Täter kennen kann. So viel pathetisch formulierten Müll habe ich vermutlich noch nie gelesen.

Darauf gefasst, jederzeit von hinten in den Kopf geschossen zu werden und abzukratzen, knetet sich Steffen währenddessen das Ohrläppchen. Offensichtlich hat er sich das so angewöhnt.

Alles okay, so können wir die Mail abschicken. Und trotzdem bin ich nicht sehr zufrieden mit mir. Ich sage: »Jetzt gib die Adresse ein, bitte.« Lottes E-Mail-Adresse. Die diktiere ich ihm, er tippt, noch lahmer als bisher, und ich sehe, dass ihm Tränen die Augen verschleiern. Tränenfluss wie eine Inkontinenz. Heularie in Moll. Ein zu seiner abgerissenen Erscheinung gar nicht passendes Geschehnis.

»Absenden«, befehle ich Steffen, unverändert hinter ihm stehend, und nicke nachdrücklich, als hätte jemand anderes das gesagt.

Mein Gott, wie Steffen zittert.

Lotte meint immer, ich sei gefühllos, nicht nur anderen, sondern auch mir selbst gegenüber. Ich sag dann immer: Hast du eine bessere Lösung?

Ich werde Steffen jetzt bitten, vom Balkon zu springen. Das wird was werden. Wie zur Auslagerung meines Problems betrachte ich die Pistole in meiner Hand, das alte Ding. Die Form, das Design – zeitlos. Wieso altern Pistolen optisch nicht? Genau wie Badehosen. Sie unterliegen keinem Modetrend.

E-Mail gesendet. »Danke, Steffen. Computer ausschalten!«, sage ich, ganz undramatisch übrigens. Er tut es, dreht sich mit dem Sessel zu mir um und ich mache, damit er mir die Waffe nicht aus der Hand kicken kann, einen Schritt rückwärts. Etwas, das auf keinen Fall verkehrt ist.

Wir sehen uns an, aber ich glaube, dass ich ihn intensiver

anschaue. Und auf einmal ist meine Gereiztheit verschwunden, was für die zweite Irritation an diesem Tag sorgt. Erst das Einsetzen genussvoller Schludrigkeit auf dem Weg hierher. Und jetzt das Schwinden jeglicher Erregung. Es ist ganz offensichtlich, ich habe das Interesse an mir verloren. Restlos. Ich bin mir total egal.

Das ist also das finale Finale. Hier endet mein Rachefeldzug. Ich gebe die Staffel der Schuld an Steffen ab. Der ist gleich tot und ich komme endlich zur Ruhe. Oder ich beraube mich dadurch meines einzig sinnstiftenden Antriebs. Ist es nicht so? Entledigt man sich seiner Probleme, bleibt nichts von einem übrig ... es gibt legendäre Beispiele dafür.

Der Hass ist ein Teil meines Lebensgefühls geworden und vielleicht hat meine Rachsucht meine Jugend verlängert, aber auch wenn das so ist, liegt der Grund dafür eine Ewigkeit zurück und geht nicht mehr mich an, sondern längst niemanden mehr. Und jetzt, da das Konstrukt meines Daseins ins Schwanken geraten ist, hilft auch kein Sichzureden. Ich habe nicht mehr die Kraft, mich gegen die ewige Angst, enttarnt zu werden, zu stemmen. Es würde mich zerreißen.

Ich werde mich auf nichts mehr einlassen, denn nichts wird jemals wieder so intensiv sein wie diese Phase meines Lebens.

Irgendwann passiert alles zum letzten Mal.

»Steh auf!«, herrsche ich Steffen an, und kaum dass er meiner Aufforderung Folge leistet, spüre ich auf einmal Zugluft im Rücken.

Ich drehe mich um. Da stehen ein Mann und eine Frau im Rahmen der geöffneten Tür. Ich schüttele den Kopf, denn ich bin verwundert. Habe ich das Schloss beim Aufbruch derart demoliert, dass man die Tür einfach aufdrücken konnte?

Ich kann es mir nicht anders erklären.

Mit der freien Hand stoße ich Steffen zurück in den Sessel, mache einen Schritt weg von ihm und ziele auf die beiden Neuankömmlinge. Aber es sind keine Unterschichtenassis aus dem Haus, wie ich entsetzt feststelle. Sie nennen mich beim Namen, versuchen mich zu beschwichtigen, ich höre sie wie unter Wasser. Dumpf und undeutlich. Es interessiert mich auch einen Scheißdreck, was sie zu sagen haben.

Jetzt erkenne ich sie! Hat Max mich schon verpfiffen? Aber wie können sie von Steffen wissen und dass ich hier bei ihm bin? Irgendwie läuft alles aus dem Ruder.

Ich muss handeln. Pfeilschnell wende ich mich dem sitzenden Steffen zu und schieße ihm aus zwei Metern mitten ins Gesicht. Roter Hautfetzenhagel und Steffen ist Geschichte.

Genauso schnell ziele ich nahtlos auf die beiden Polizisten und es stellen sich mir nur zwei Fragen.

Die erste Frage lautet: Erschießen oder nicht?

Die zweite Frage lautet: Die beiden oder mich?

* * *

Milena rennt um ihr Leben den halbdunklen Gang entlang zum Treppenhaus, in dessen Richtung sie instinktiv eingebogen ist. Glück gehabt. Sie reißt die Doppeltür auf und rast die Stufen hinab. Keine überspringen, Vorsicht, eine nach der anderen, nur nicht stolpern. Dr. Staiger folgt ihr derart nah auf den Fersen, dass seine klackernden Sohlengeräusche keine zwei Schrittlängen hinter ihr zu hören sind, bevor sie zeitverzögert unheilvoll im Treppenhaus widerhallen. Er ist so dicht an ihr dran, fast ein Grund, sofort zu kapitulieren. Jeden Moment rechnet sie damit, in den Rücken geschossen oder zumindest getreten zu werden. Vielleicht deshalb schert sie bereits ein Stockwerk tiefer wieder aus und wirft sich gegen die beiden Schwingtüren, die in den Flur des Achten führen. Eine dumme Entscheidung. Aber auch nicht dümmer, als weiter die Treppen hinabzustürzen.

Jörg ist tot. Staiger hat ihn einfach abgeknallt, ohne Vorwarnung. Chancenlos. Nur wenige Sekunden davor hat Staiger diesen Steffen Seewald in dessen winziger Wohnung in den Schädel geschossen. Direkt vor ihren Augen. Wie getimt. Was ist bloß passiert? Milena und Jörg wollten Seewald spontan aufsuchen, um sich ein Bild von ihm zu machen, nachdem Lotte Staiger ihnen in dem ungemütlichen Grünwalder Café anvertraut hatte, Seewald von Anfang an in Verdacht gehabt zu haben, für die Anschlagsserie auf ihre Familie verantwortlich zu sein.

Und dann trafen sie in Seewalds Wohnung unerwartet auf Lotte Staigers Ehemann, den Notar, den Psychotypen, wie Jörg ihn immer genannt hat. Und der stand da, mit auf Seewald gerichteter Waffe. Die Wohnungstür war nur angelehnt gewesen, das hätte ihnen verdächtig sein müssen. Aber wer rechnet denn mit so was?

Nach dem Schuss auf Jörg, der direkt neben ihr stand, reagierte Milena sofort, drehte sich wie selbst getroffen um und sprintete durch den Türrahmen hinaus. Staiger ist ein eins neunzig großer Fitnessfreak, Milena war bis vor drei Jahren zwanzig Jahre eingefleischte Kettenraucherin. Das Höllentempo lässt sie keuchen, ihre Bronchien rasseln. Macht fliehen überhaupt Sinn? Jetzt besser nicht nachdenken.

Sie hetzt voran in die Sackgasse des Tunnels im achten Stockwerk dieses trostlos klaustrophobischen Riesengebäudes. Noch etwa fünfzehn Meter, dann ist Schluss. Streckenende. Was dann? Scheiße.

Sie rennt noch etwas weiter, bis ganz zuletzt, hört, wie Staiger seine Schritte verlangsamt, wohl wissend, dass sie gleich unumgänglich am Ende des Korridors gefangen sein wird, wie ein in den Hinterhalt getriebenes Reh. Wehrlos. Aussichtslos. Waffe hat sie keine dabei. Handy traut sie sich nicht zu zücken, weil sie fürchtet, Staiger würde dann sofort auf sie schießen. Wird er vermutlich auch so. Warum sollte er lange fackeln!

Keiner weiß, dass Milena hier ist. Kein Kollege, die Zentrale auch nicht. Jörg und sie haben sich gleich nach dem Treffen mit Lotte Staiger auf den Weg hierher gemacht, auf gut Glück.

Wumms. Am Ende des Flurs bremst Milena ihren Körper mit beiden Händen abrupt ab, prallt gegen die stirnseitige Wand mit dem hohen, schmalen Fenster. Weiter gehts nicht. Vor ihr die Mauer, hinter ihr der tiefe Gang, auf dem Staiger gemessenen Schrittes näherkommt. Sie dreht sich ihm zu. Keiner gibt einen Laut von sich, schon die ganze Zeit. Er bleibt etwa vier Meter vor ihr stehen.

Jetzt auch keine Schritte und kein Schnaufen mehr.

Die schlagartig eintretende Stille ist absolut. Sie hört nicht mal das Brummen des Verkehrs durch das gekippte, schmutzstarrende Fenster über ihr.

In seinem eng geschnittenen, dunkelblauen Anzug, dazu den schwarzen Einmalhandschuhen und mit dem undurchsichtigen, beinah frivolen Blick sieht er aus wie ein Abgesandter des Teufels. Es dürfte eine Walther PPK sein, die er in der Hand hält. Nicht auf sie, sondern noch auf den Boden gerichtet.

Regungslos verharrt Milena in ihrer angsterfüllten Angespanntheit, sich an die Mauer in ihrem Rücken pressend, während Staiger sie anstarrt, als wäre das, was er jetzt gleich tun wird, der natürliche Lauf der Dinge.

Trotz der kurzen Distanz ist Milena restlos verausgabt. Sie zermartert sich den Kopf, versucht, die Fakten einzuordnen. Was geht hier vor? Nur drei Minuten früher war ihr Leben ein ganz anderes. Der Mann ihr gegenüber, der lauernde Tod! Durch die völlige Unvermitteltheit scheint ihr alles komplett unverhältnismäßig. Sie lehnt es fast ab, sich vorzustellen, dass diese Szene gerade tatsächlich stattfindet.

Sie spürt ihren Kiefer, so fest beißt sie die Zähne zusammen.

»Frau Novak, guten Tag«, hört sie Dr. Staiger in so einem Harmlossingsang sprechen. Sie nickt nur.

»Was führt Sie hierher?«

»Wie meinen Sie das?«, fragt Milena hechelnd, halb Zeitgewinn, halb Ratlosigkeit.

»Meinetwegen sind Sie doch vermutlich nicht hier, oder?«

Fieberhaft überlegt Milena, wie die klügste Antwort klingen müsste.

»Natürlich sind wir Ihretwegen hier, Herr Doktor Staiger«, behauptet sie, was ein Fehler ist, weil sie ja gar nicht überblickt, ob sie von Staigers Anwesenheit bei Steffen Seewald überhaupt wissen konnte. Keine Vorwegnahmen, keine Suggestionen!

»Hmm …«, macht Staiger und setzt gefährlich sanft hinzu: »Hören Sie, ich möchte Ihnen nichts vormachen und Sie ahnen es sicher selbst: Ich werde Sie jetzt gleich erschießen. Bitte lassen Sie uns Ihre letzten Sekunden nicht mit Unwahrheiten vergeuden. Wieso haben Sie Steffen Seewald aufgesucht?«

Milena schaut über Staigers Schulter, den ewig langen Schlauch von Korridor hinunter. Die tristen Mausoleen von Wohnungen, gleichermaßen Gefängnis wie Lebensraum. Ist es denn die Möglichkeit, dass niemand aus einer dieser sicherlich fünfzig Wohnungen kommt? Wenn schon nicht wegen des Lauflärms gerade eben, so was ist hier wahrscheinlich normal, dann wenigstens aus Zufall? Keiner, der mal eben die Tür öffnet, in den Gang späht oder zum Einkaufen aufbricht? Wenigstens *eine* Person könnte doch jetzt eines der Rattenlöcher verlassen.

Hallo! Ich sterbe hier!

Milena sollte um Hilfe schreien, alles versuchen. Aber das bringt nichts. Ihr ist klar, sogar wenn sie jemanden auf sich aufmerksam macht, ihr Todesurteil ist gefällt. Es ginge nur noch darum, Staiger das Leben zu erschweren. Nämlich wenigstens einen Zeugen hinzuzuziehen, der ihn später belasten könnte. Und *später* bedeutet post mortem. Nach *ihrem* Tod.

Aber was juckt sie, was danach kommt? Gerechtigkeit? Eine gerechte Strafe für ihren Mörder? Gerecht, wie die Justiz es definiert? Eine Erkenntnis: Es ist ihr vollkommen egal, was aus Staiger wird. Was aus ihrem Mörder wird. Genau so, wie es dir scheißegal ist, ob ein Atomkrieg kurz bevorsteht, wenn dein Arzt dir gerade mitgeteilt hat, dass ein tödlicher Tumor in dir wuchert.

Es ist das dritte Mal, dass Milena im Dienst in Lebensgefahr gerät. Die ersten beiden Male kam sie gerade noch davon, völlig ungeschoren. Die dialektische Linie zwischen »Vollkatastrophe!« und »Nichts passiert!«. Aber genau das dürfte hier und jetzt nicht der Fall sein. Es ist aus. Diesmal endgültig.

»Wieso haben Sie Steffen Seewald aufgesucht, Frau Novak?«, redet Dr. Staiger monoton auf sie ein und lässt ein künstlich flehentliches »Bitte!« folgen.

Was würde Milena bewirken, wenn sie ihm mitteilt, dass seine Frau ihnen, ihr und Jörg, die jahrzehntelang geheimgehaltenen Anschläge offengelegt hat und dass sie, Lotte Staiger, diesen Steffen Seewald von Anfang an für den Verantwortlichen hielt?

Eventuell ist dieser Informationsvorsprung Milenas einzige Hoffnung auf Verschonung.

»Erst erzählen *Sie* mir etwas, Herr Staiger«, sagt sie forsch und weiß gar nicht, woher sie ihre Nüchternheit nimmt. Das Adrenalin maskiert die Angst. »Haben Sie Seewald erschossen, um das jahrelange Martyrium der Familie Ihrer Frau zu beenden und zu sühnen, weil Sie sich plötzlich sicher waren, dass er der Täter war? Oder haben Sie ihn erschossen, weil er für Sie nicht mehr nützlich ist? Beziehungsweise weil er inzwischen tot von größerem Nutzen für Sie ist als lebendig?« Und erst in dem Moment, in dem sie diesen Gedanken zu Ende formuliert, fällt bei ihr der Groschen. »Oh mein Gott ...« Die Explosion einer unterdrückten Gewissheit: »Sie jagen mich mit einer Waffe durch die Gegend, haben gerade eben zwei Männer vor meinen Augen erschossen und mir wird erst jetzt klar, dass *Sie* tatsächlich der Mörder sind. Der Mörder von allen. Von allen drei Junckers, Evelin, Kilian, Kiara ... weil *Sie* auch der Mann hinter den ganzen Vergehen an den Mehrings sind ... Das ist ja ... vollkommen ... abartig.«

Milena ist baff. War sie wirklich so begriffsstutzig gewesen, einer derartigen Fehlleistung ihrer Kombinationsfähigkeit zu erliegen? Sie und Jörg hatten Staiger aufgrund der Falschaussage seines Sohnes sowie des Alibis durch die Frau, die Staiger an dem Abend des ersten Junckers-Mordes im Hotel gevögelt hatte,

Marion Liebl, und seiner Handybewegungsdaten als Täter viel zu früh ausgeschlossen.

Dieser Wichser. Mehr Glück als Verstand.

Milena fährt sich mit der Hand über ihre schwitzende Stirn. »Fünfundzwanzig Jahre ... machen Sie das schon ... oder?«

Staiger starrt sie an, hebt die Augenbrauen nebenbei. Mit einem bizarren Mangel an Anteilnahme wackelt er zweimal mit der Pistole und zischt: »Hinknien, bitte!«

Wahnsinn hat verschiedene Abstufungen, aber das hier ist was anderes. Staiger einen Wahnsinnigen zu nennen wäre in etwa so, wie Michelangelo als Deckenanstreicher zu bezeichnen.

Staiger sieht ihr direkt ins Gesicht und Milena in seins. Sie nimmt den Faden wieder auf: »Ihre Frau hat gesagt, sie hätte alle paar Jahre anonyme Mails erhalten mit Andeutungen, von denen sie glaubte, dass sie nur von Seewald stammen konnten. Diese Mails waren fingiert, richtig? Die kamen von Ihnen!«

In onkelhaft nachsichtigem Ton sagt er erneut: »Bitte hinknien, Frau Novak«, und unterstreicht die gewünschte Position mit galanter Geste.

Vor plötzlicher Lebhaftigkeit sprudelnd, als weihte sie ihn in ein soeben gelüftetes Geheimnis ein, fährt Milena stattdessen fort: »Sie haben von Anfang an Steffen Seewald als Sündenbock für einen eventuellen Notfall installiert ... Sie waren uns allen mehrere Züge voraus, während wir immer noch versuchten, die Regeln zu verstehen ... Ist doch so, Herr Staiger, oder?«

Alles ergibt endlich einen Sinn. Staigers Schweigen bekräftigt das nur.

»Und dann erscheinen Herr Simon und ich gerade in dem Moment, als Sie Steffen Seewald erledigen wollen, um seine Rolle als Verantwortlicher, als Bestie vom Dienst, zu ... aktivieren«, orakelt sie mit immer weiter aufkeimendem Ansporn. Das ist die Kehrseite. Die Umschwünge.

Ihr Leben lang litt Milena unter Depressionsschüben. Ab einem gewissen Alter gewöhnte sie sich daran, erlangte eine gewisse Übung im Umgang damit. Und irgendwann waren ihre Phasen der Niedergeschlagenheit nur noch eines: anstrengend langweilig. Sie hatte es über, ödete sich selbst an, den grauen Wolken partout nicht ausweichen zu können und stets aufs Neue demselben Störfeuer existenzialistischer Erschöpfung ausgesetzt zu sein. Augenrollend und doch empfindungslos.

Sie wollte nie Tabletten nehmen, machen matt und fett, sich keinen Psychotherapien unterziehen, wären bloß ein Wettkampf mit den Therapeuten um die intellektuelle Oberhand geworden, für Milena gab es immer nur eine Strategie: die Misere aussitzen, Warten als einziges Regulativ.

Und in fortgeschrittenen Momenten, immer kurz vor der nächsten emotionalen Wende, bedeutete Schwermut für Milena auch so etwas wie Klarsicht. In einem hinterhältigen Anflug von Überlegenheit hatte sie momentweise das Gefühl, die wahre Beschaffenheit des Lebens ausschließlich in diesen dunklen Abschnitten klar erkennen zu können, immer genau dann am intensivsten zu spüren, am Leben zu sein. Bereinigt von der Schönfärberei, an der die Nichtdepressiven litten, um die kalten Realitäten ertragbar zu machen.

Im Rutsch dieser Gedanken drohte Milenas Euphorie oft in Arroganz zu kippen und ihr einen Energieschub zu verpassen, der sie, unausgeglichen wie sonst noch was, in Hochform versetzte. Genau wie jetzt. Einfacher wird es dadurch nicht.

Da steht sie, im Gang eines siffigen Wohnblocks, und fühlt, wie sie in Anbetracht der Unausweichlichkeit aufblüht. Kein Lebensschnelldurchlauf knapp vor dem wahrscheinlichen Ende, pathetisch, klischeebeladen. Kein Mimimi. Sie ist beinah heiter, wie selbstvergessen, als machte sie das Alternativlose sorglos, so sorglos, wie es nichts sonst vollbringen kann.

Staiger kommt näher und sie hört ihn sagen: »Zum dritten, *aber* letzten Mal: Hinknien. Bitte. Tut mir leid.« Eine glatte Lüge.

Er steht jetzt einen Meter vor ihr. Anzug und Auftreten machen ihn älter, als er ist. Fällt mir noch was ein? Milena bemisst erneut ihre Optionen und setzt etwas in Gang, doch dann bröckelt ihre Fassade und sie wird sich ihrer Verwundbarkeit bewusst. Auf einmal hat sie Staigers Entschlossenheit nichts mehr entgegenzusetzen. Sie gibt klein bei. Kniet sich hin. Ihr linkes Knie knirscht. Das tut es bei bestimmten Bewegungen seit vier Jahren etwa. Ergebnis einer Beckenfehlstellung von frühester Jugend an. Die Besserung versprechenden Schuheinlagen werden von der Krankenkasse nicht übernommen. Über so was hat Milena sich mal aufgeregt. Unvorstellbar.

»Handflächen auf den Boden, als machten Sie Liegestütze«, flüstert Staiger, jetzt direkt neben und über ihr stehend. Aus dem Augenwinkel heraus sieht sie seine Streichhölzer von Beinen und begibt sich auf alle viere, wie wenn sie mit ihrer Nichte im Wohnzimmer ihres jüngeren Bruders spielt. Das mit dem Hände-auf-den-Boden-Pressen verlangt Staiger anscheinend, damit sie ihm nicht einen unvorhergesehenen Schlag in die Knie versetzen kann.

Um ein Restchen Würde bemüht, senkt Milena die Stimme, ahmt Staiger beinah nach: »Mich würde nur noch eins interessieren, Herr Staiger: Warum machen Sie das alles? Über einen solch immens langen Zeitraum?«

Sie weiß, sie wird keine Antwort erhalten. Die Antwort interessiert sie auch nicht mehr, nur die Frage musste sein. Ein letztes Konfrontationsbedürfnis. Typisch für sie.

Staiger reagiert nicht, regt stattdessen an: »So, bitte den Kopf etwas heben.« Seine Höflichkeit, der blanke Wahnwitz.

Er setzt den Lauf des Schalldämpfers an ihre Schläfe. »Wieso haben Sie Steffen Seewald aufgesucht, Frau Novak?«

Milena zuckt abweisend und ohne Zeitversatz. Staiger schnauft tief aus, genervt, enttäuscht, fatalistisch. »Eine Verkettung unwahrscheinlicher Zufälle vermutlich«, beantwortet er sich die Frage selbst. Leider korrekt.

Aus irgendeiner der Wohnungen dröhnt Kirmestechno. Ist das das Letzte, was Milena in ihrem Leben hört? Jetzt ist also alles zu spät? Jedes Wort, jede Geste? Ihre Jahre sind vorbeigezogen und können nie mehr zurückgebracht werden, keine Beziehung, die sich wiederherstellen ließe, keine Fehler, die in Ordnung gebracht werden könnten. Und dann das mit Jörg. Dass sie Schluss mit ihm machen wollte. Wie sehr sie sich gewünscht hatte, Jörg hätte auch die Schnauze voll von ihr, wenn möglich aus denselben Gründen wie sie von ihm. Allein schon, um die eigenen Schuldgefühle auszugleichen. Diese Scheißschuldgefühle immer, die mit dem Schlussmachen einhergehen.

Wie sehr sie das alles belastet hatte. Wie läppisch ihr das nun vorkommt. Und jetzt ist Jörg tot. Genau wie sie für Yannik.

Nicht mal das Sentimentale an dieser Vorstellung stößt sie ab.

Weit, weit weg nimmt sie Staigers Worte wahr: »Wiedersehen, Frau Novak«, und ihr Entsetzen blockiert jedes weitere Reflektieren, sie hört das Blut in ihrem Kopf rauschen.

Als sie den Schalldämpferlauf der PPK sich fester an ihre Schläfe drücken fühlt, denkt Milena ungläubig: *Jetzt kommt es*, und dann denkt sie: *Nein, das wird er nicht tun*. Und dann tut er es.

* * *

Wenn man einen Ort öfter als dreimal aufgesucht hat, verschwimmt das Gefühl dafür, wie häufig man vorher schon dagewesen ist. Spätestens ab dem fünften Besuch ist es nur noch eine diffuse Ahnung. Dr. Steinbergs Anwaltskanzlei kommt Max längst vertraut vor. Der formelle Eindruck, wenn man reinkommt, die vertäfelten Wände, die Bronzestatue, die Retromöbel, Brauntöne in sämtlichen Abstufungen. Seine Eltern im Schlepptau stiefelt Max zielstrebig zur Empfangstheke, hinter der sich nur die oberen Kopfhälften der beiden sitzenden Sekretärinnen ausmachen lassen. Eine rot getönt, eine gelbblond gefärbt.

Beide nicken asynchron zur Begrüßung, bevor die Rotgetönte

das Dreiergespann durchwinkt. Mit der jugendlichen Souveränität dessen, der sich auskennt, hetzt Max voraus, weil er endlich hören muss, was es Neues gibt. Er ist der Einzige, der weiß, dass seine Handflächen schweißnass sind. Einschlafen ist für ihn inzwischen schon schwer genug, aber durchschlafen so gut wie unmöglich. Mitten in der Nacht wacht er mehrmals auf, genießt eine Sekunde der Schonung, in der er sich an nichts erinnert, doch dann schwappt alles hoch. Und mit noch immer drei Kilo zu wenig auf den Rippen ist sein Körperhaushalt nach wie vor durcheinander, was die Nerven zusätzlich nicht besser macht.

Wenigstens ist sein geschwollenes Zahnfleisch mittlerweile nur noch ferne Erinnerung.

Die Tür zu Dr. Steinbergs Büro steht weit offen. Das Türblatt verdeckt die Sicht auf ihn, nicht aber auf die mit künstlich gealtertem Holz aufgepeppte Front seines Schreibtisches.

Max bleibt vor dem Eingang stehen, lässt seiner Mutter den Vortritt, die mit ihren Einkaufstüten übergangslos an ihm vorbeizieht, dann seinem Vater, der nachträglich leise anklopft, ehe Max selbst aufschließt und aus einem unbestimmbaren Diskretionsbedürfnis heraus die Tür dezent zuzieht.

Da sitzen sie nun, Steinberg hinter seinem Tisch und ihm gegenüber Mum, Dad sowie Max. Unter ihren Schuhsohlen das weiche Gefühl eines hochflorigen Läufers.

»Es gibt Neuigkeiten, meine Lieben, und die Aspekte, die sich für uns daraus ergeben, möchte ich gerne mit euch besprechen«, verkündet Steinberg, während er sein Gewicht so verlagert, dass er mit seinem Sessel nach vorn kippt, um sich mit beiden Ellbogen auf der Schreibtischplatte abzustützen. Endlich geht es los, Land in Sicht? Max späht verstohlen nach rechts, über seine Mutter hinweg, und betrachtet seinen Vater, der ganz komisch dasitzt und seltsam derangiert wirkt. Absent und zerstreut zugleich hat er die Hände vor der Brust ineinandergefaltet, als befände er sich in der Kirche. So war er noch nie. Max weiß nicht, wie er diese Verfassung einordnen soll, wo doch jetzt gerade alles relativ gut für sie aussieht. Seit Kurzem.

Vor Erleichterung fast ohnmächtig ließ Max sich gestern Abend auf einen Barhocker vor der Kücheninsel fallen, nachdem Mum ihm schockstarr die E-Mail eines ehemaligen Freundes vorgelesen hatte, der darin ein Geständnis ablegte, für die Anschläge auf ihre Familie verantwortlich zu sein. Dieser Steffen Seewald, ein Name, den Max noch nie gehört hatte, bekannte sich nicht nur zu allen Vorkommnissen, er flehte dabei auch schwülstig um Vergebung, was das Ganze beinah wie ein Abschiedsschreiben klingen ließ.

War der böse Dämon damit also demaskiert?

Erst Stunden zuvor hatte Max noch Clemens in dessen Büro im Kulturreferat aufgesucht und ihm jene Bestätigungen entlockt, die Max' Verdacht bekräftigten, dass es sich bei der Verstümmelungsmaschine um Dad handelt. Und dann das, diese E-Mail, die haute Max um, denn damit war klar: Zumindest was die Vorfälle *vor* Evi, Kili und Kiara betraf, war sein Vater unschuldig, seine Straftatenhistorie kein Mehrteiler.

Bis zu dieser Erkenntnis hatte Max sich im Zwiespalt befunden, Dad endlich anzuzeigen oder zu schweigen. Ein moralischer Abgrund hatte sich vor seinen Füßen aufgetan.

Nur mal angenommen, es stellt sich heraus, einer deiner engen Kumpel ist ein Vergewaltiger oder Mörder oder Rassist! Soll man ihm die Freundschaft aufkündigen, weil er sich in einem bestimmten Aspekt als ethisch verwerflich erweist, dir persönlich aber gleichzeitig stets ein integrer Verbündeter war?

Natürlich distanziert man sich von seinen Untaten oder seiner betreffenden Gesinnung, aber gleich vom ganzen Menschen? Ist das Innenverhältnis ihm gegenüber nicht gewichtiger als jeder Abgrenzungsdruck zugunsten einer abstrakten Gesellschaft?

Während diese Abwägung durch Max' Gehirn zirkulierte, rief seine Mutter vom Erdgeschoss aus, er solle sofort runterkommen, in die Küche, wo sie ihm Steffen Seewalds Offenbarung vortrug.

Eine rettende Überschneidung, ein einziges Durcheinander. Denn indem Mum Max die Mail vorlas, offenbarte sie ihm zum ersten Mal die ganze grausame Familienwahrheit, ohne zu wissen, dass er sie sich bereits selbst erschlossen hatte.

Wann genau hatte sich Max' Leben in ein Katastrophengebiet verwandelt?

Und wo war Dad in dem Moment, als die E-Mail kam? Unterwegs, auf der Rückfahrt von dieser Konferenz in Frankfurt.

Restlos irre wurde dann alles etwa zwei Stunden später, als die Polizei bei ihnen zu Hause aufkreuzte und sie verhörte. Alle drei, Dad war inzwischen heimgekommen. Völlig fremde Beamte teilten ihnen mit, man habe Steffen Seewalds Computer ausgewertet und sei durch seine zuletzt gesandte Mail (vor zwei Stunden!) auf Frau Lotte Staiger gestoßen. Auf Mum.

So weit, so merkwürdig. Als aber die Beamten ihnen im selben Atemzug mitteilten, dass genau dieser Seewald erschossen in seiner Wohnung im Münchner Norden aufgefunden worden war, und nicht nur er, sondern auch die Ermittler Jörg Simon und Milena Novak vor Ort hingerichtet worden seien, ergab plötzlich überhaupt nichts mehr Sinn. Wer hatte *die* denn nun ermordet?

Tags darauf, heute morgen also, waren die Medien voll von dem Massakertriplett. Laut Berichten musste es ein wahres Blutbad gegeben haben. *Rätselhafter Mehrfachmord in Münchner Problem-Wohnbunker.*

Rituelle Hinrichtung zweier Kriminalbeamter und eines Verdächtigen.

Seewalds E-Mail an Mum lag sämtlichen Nachrichtenagenturen vor. Polizeiliche Diskretion? Persönlichkeitsrechte? Datenschutz? Reine Folklore. Diesmal blieben die Namen von Max' Familie nicht mehr außen vor, so wie nach Tante Evis Drama. Für die Journalisten war das Ausmaß des Falles ein gefundenes Fressen.

Der Fluch der Mehrings, 25 Jahre Heimsuchung durch unbekannten Gewalttäter, lautete eine Schlagzeile, *Jahrzehntelange mysteriöse Anschlagsserie nach bizarrem Dreifachmord aufgedeckt. Großfahndung eröffnet. Exklusive Details zu den Betroffenen*, eine andere.

So weit die Schlagzeilen des Morgens. Das Netz bordet über und auf dem Weg in Dr. Steinbergs Kanzlei schrien ihnen die Meldungen von den Zeitungskästen aus ins Gesicht. Absolut surreal.

Obwohl es draußen hochofenheiß ist, wirkt das Raumklima in Steinbergs Büro perfekt reguliert, auch wenn Max keine Klimaanlagenschlitze in einer der Wände sieht.

»Bislang tappen die Ermittler noch im Dunkeln, wer die drei erschossen hat. Und vor allem *warum!*«, erklärt Steinberg. »Es sieht so aus, dass dieser Steffen Seewald als Erster dran glauben musste ... Kurz nachdem er die Mail an dich geschickt hat, Lotte, traf ihn der erste Schuss.«

Mum, ganz abgekapselter Eisblock, reagiert nicht. Mit dem Fuß rückt sie eine der überdimensionierten Einkaufstüten zurecht, die weiße aus Hochglanzpapier, mit der dicken schwarzen Kordel als Trageschlaufe, von Hermès. War sie heute Vormittag noch bei Hermès?

»Wirklich Lotte, ich kann gar nicht genug betonen, wie schockiert ich bin, nachdem ich erfahren habe, was du und deine Familie all die Jahre über durchgemacht habt.« Steinberg bemüht sich, mitfühlend dreinzuschauen. »Dass euer Peiniger jetzt tot ist, muss eine Befreiung sondergleichen für dich und euch sein ... auch wenn seine Ermordung neue Fragen aufwirft und möglicherweise in Zusammenhang mit eurer Familienhistorie steht.« Milde klappt er die Augen zu und wieder auf, gewohnt an das Elend der anderen.

»Danke, Volker, ich weiß gar nicht, was ich fühlen soll. Es ist erschütternd und erleichternd zugleich. Ich meine ... ich bin ja auch die Letzte, die Frau Novak und Herrn Simon gesehen hat, bevor ihnen das passiert ist. Ich habe sie praktisch zu Steffen Seewald geschickt, in ihr Verderben ... und wer ihr Mörder gewesen sein könnte – es ist einfach zu viel«, sagt Max' Mutter gequält, sich gerade so über Wasser haltend. Sogar in Anbetracht der Lage ist ihre Art kapriziös, und Max beobachtet peinlich berührt, wie Steinberg ein bemüht nachdenkliches Zuhörergesicht aufsetzt, von Mum genötigt, über sich hinauszuwachsen. Max gesteht es sich nicht ein, aber seit er denken kann, schämt er sich für ihre Effekthascherei, auch wenn man sich nie für andere schämen soll. Natürlich begreift er trotzdem, wie sehr sie leidet.

Dr. Steinberg nickt noch einmal verständig und wendet sich dann Max zu: »Ich habe vorhin mit der Staatsanwaltschaft telefoniert und bekam zugesichert, dass gegen dich nicht mehr wegen Mordverdachts ermittelt werden wird. Zum einen reichen die Beweise, die deinen Onkel belasten, aus, um ihn anzuklagen, und – ich sage dir – jetzt wo die beiden Zuständigen in dem Fall nicht mehr unter uns weilen, Gott hab sie selig, die Frau Novak und den Herrn Dings, werden die da oben schlicht und ergreifend die Sache nicht mehr umkrempeln. Das dürfte es gewesen sein. Daher warten wir jetzt einfach ab, ändern an unserer Strategie nichts, und schlimmstenfalls kommt eine Bewährungsstrafe nach Jugendstrafrecht auf dich zu ... aber wenn du mich fragst, wirds das gewesen sein. Kurzum, das gestrige Ereignis gereicht uns allemal zum Vorteil.« Steinberg schaut in die Runde, klopft sich mit einem Kuli gegen den Zeigefinger. Eine Woge der Erleichterung durchflutet Max, hat er mit einer erlösenden Wende doch längst nicht mehr zu rechnen gewagt. Seine Erwartungen an dieses Treffen lagen im Ungefähren, wie letztens sein ganzes Denken ins Ungenaue gekippt war, verursacht von dieser Inflation der Erlebnisse. Doch schon merkt er, wie sich die Euphorie legt, noch ehe sie sich entfalten kann, und jetzt, da ein Ende absehbar wird, ist er nur noch müde und kann sich die Beklommenheit, die sich seiner bemächtigt, kaum erklären.

Seine Schulter tätschelnd, freut sich Mum für ihn. Er lächelt zurück und tut, als wäre er ganz er selbst, lässt seinen Blick vorsichtig zu Dad wandern und sieht, wie der mit schlaff verschränkten Armen unbequem in seinem Sessel sitzt, ein Blick wie ein schwarzes Loch. Sogar sein Anzug sieht erschöpft aus. Dad zeigt überhaupt kein Zeichen der Ermutigung, was Max umgehend an das erinnert, was immer zwischen ihnen stehen wird.

»Habt ihr sonst noch Fragen?«, sagt Steinberg in die Runde.

»Du hast wirklich keine näheren Informationen darüber, was man über den Mörder von Seewald und den beiden Kripobeamten bereits weiß?«, schaltet sich Max' Vater endlich ein, mit dem, was man bestenfalls eine Grabesstimme nennt, und Volker Steinberg antwortet: »Die Polizei lässt sich noch nicht in die Karten schauen, aber in der Wohnung und bei dem Verfolgungsrennen durchs Treppenhaus, bevor der Täter die Novak in die Schläfe geschossen hat, wird DNA-mäßig schon was hängen geblieben sein. Und ein paar Zeugen soll es auch geben. Mehr Infos hab ich momentan leider keine.«

»Danke«, sagt Dad und steht auf, das Gesicht ausdruckslos. Er ginge vielleicht einfach so aus dem Raum, ohne Abschiedsgruß an Steinberg, ohne Max und ohne Mum, würde Mum nicht rufen: »Hey, warte. Willst du schon wieder ins Notariat? Ich hab noch was mit euch zu besprechen! Volker, magst du mitkommen? Ins Mandarin Oriental? In die Bar auf der Dachterrasse? Die haben eine tolle Mittagskarte und die besten Cocktails.«

Dr. Steinberg kennt die Dachterrasse des Mandarin Oriental. Ist gleich um die Ecke seiner Kanzlei. Jedoch kann er nicht mitkommen, hat angeblich einen Anschlusstermin.

Dad will auch fernbleiben, doch Max' Mutter duldet keinen Widerspruch. Unter normalen Umständen würde sie bei ihm auf Granit beißen, aber er steht da, als würde er wie eine Marionette an Fäden aufrechtgehalten.

Max trottet freiwillig mit, zu überlastet, um überhaupt noch eine Meinung zu haben.

* * *

Im schrulligen Entenmarsch betreten die Staigers die verwinkelte Dachfläche des Mandarin Oriental, auf der kein Quadratzentimeter ungenutzt bleibt. Geschmackvoll dekorierte Tische mit schneeweißen Decken und französischem Porzellan, orientalische Skulpturen, geschwungener Cocktailbarbereich und ein aufsehenerregender Blick über die flirrende Stadt.

Liza Minnelli, Michael Jackson und Bill Clinton haben in dem Fünfsternehotel unter ihnen schon genächtigt, weiß Max von seiner Mum. Gähn. Er kennt sowieso nur einen der drei Namen.

Kein einziger der geschniegelten Gäste auf der Terrasse nimmt von den Staigers und ihrem mürben Aufmarsch Notiz, die meisten hängen geschmeidig in den Flechtstühlen und sind mit ihrem Smartphone beschäftigt, wie er erleichtert feststellt. Je weniger ihn und seine Familie wahrnehmen, desto besser.

Wenn man in den Medien vorkommt, sieht die Welt ein bisschen anders aus.

Zwei bauchige Riesenblumenvasen rahmen den runden Sechsertisch in einer der erhöhten Ecken des Loungebereiches ein, den Max und seine Eltern besetzen. Auf zwei der freien Stühle thronen Mums Einkaufstüten. Hermès, Bulgari, Gucci. Eine von Zara. Mums Zugeständnis an ihre Bodenständigkeit.

Über der Lehne des anderen freien Stuhls hängt Dads Jackett. Burberry. Eins von fünf identischen. Dads Tribut an seine Festgefahrenheit.

»Reserviert für *Staiger*, ist richtig, oder?«, möchte sich der grotesk exotisch verkleidete Kellner bestätigen lassen. Statt einer Antwort bestellt Max' Mutter »eine Flasche stilles Wasser schon mal«.

»Null sieben?«, rückversichert sich der Ober und demonstriert mit horizontal gehaltenen Händen die Flaschenhöhe. Wieder erhält er keine Bestätigung. Max ist schweißnass. Der über ihnen gespannte Jumbosonnenschirm hilft weder gegen die Hitze noch gegen die Blendung. Sowohl Max als auch seine Mutter haben Sonnenbrillen aufgesetzt, wohingegen Max'

Vater die Augen zusammenkneift, was seine Ermattung etwas kaschiert. Dennoch nicht zu übersehen, dass er völlig fertig ist.

»Wieso sind wir hier?«, fragt er, rührt die vor ihm liegende Karte nicht an, sieht mit geröteten Augen an seiner Frau vorbei. Er wirkt gequält, als würde er Stimmen hören.

Anstatt Dad zu antworten, schnautzt Mum: »Leg das Ding weg«, und wendet sich dabei Max zu. Der schmeißt sein Handy genervt auf die vor ihm liegende Stoffserviette. Sie ist doch die Allerschlimmste mit dem Smartphone.

»Was mache ich hier, Lotte?«, will Dad erneut wissen.

Der Ober serviert bereits das Wasser, schenkt reihum ein. »Schon gewählt?«, fragt er hibbelig, aber mit einem gewissen Format. Er soll für Dad eine Cola light, für Mum einen Thirtyseven bringen, was immer das sein mag, und Max ordert ein Red Bull. Ungezwungenheit demonstrierend, bestellt Mum, ohne Rücksprache, für sie alle jeweils Menü 1. Irgendwas mit Hühnchen. »Wird euch schon munden!«, erklärt sie gleichgültig, reicht dem Kellner alle drei Karten und verschränkt dann ihre Hände vor ihrem übers andere Bein geschlagenen Knie.

»Wir machen ganz schön was durch, oder?«, gluckst sie breit lächelnd, womit sie den dritten Tonartwechsel innerhalb einer Minute einläutet, und schaut die beiden abwechselnd an.

Max wird zunehmend verunsicherter, Dad beharrt in einem Ton, als wäre ihr Einwurf nicht seltsam: »Lotte, ich hätte wirklich im Büro was zu tun, also wenn ...«

»Wisst ihr, was ich mir gut vorstellen kann?«, würgt Mum ihn ab, macht eine bedeutungsschwere Pause. »Von allen acht Milliarden Menschen auf Erden sind wir drei, wir hier am Tisch, die perversesten.«

Was? Das ist schräg, schießt es Max durch den Kopf. Ihre Sonnenbrillengläserblicke kreuzen sich. Seine Mutter ist nicht betrunken, sie artikuliert ganz klar. Es gibt Tage, da kennt sie einfach kein Maß. Sie sieht Dad in dessen brillenlose Augen und fragt ungerührt: »Ist lang her, aber weißt du noch, Marc, wie du mal zu mir gesagt hast: Die Messlatte für jede Tätigkeit ist die totale Erschöpfung. Ob für die Arbeit, die Leidenschaft oder Sex! Alles andere ist indiskutabel.«

Max stockt der Atem, eindeutig kippt hier gerade etwas, Mums triumphierendes Mitleidslächeln wirkt so fremd. Konsterniert schaut Max von ihr zu seinem Vater, mustert dessen eingefrorenes Gesicht: zwei aufgerissene Augen, ein offener Mund, ein einziges O. Gar nicht gut! Dad gewinnt seine Fassung wieder, presst die Lippen aufeinander, hebt das Kinn und sagt in scharfem Ton: »Bist du jetzt endgültig durchgedreht?«

»*End-gül-tig* durchgedreht? Soll das heißen, ich war schon immer nah dran am Durchdrehen? Interessant! Meinst du vielleicht, weil ich aussehe wie eine Horrorfigur? Meinst du das damit?«, keift Mum und gibt sich gerade noch ausreichend Mühe, nicht zu brüllen. Dad schüttelt verständnislos den Kopf, hebt resignierend die Schultern, fixiert sie. Einer verachtet den anderen.

»Meinst du das damit?«, fährt sie ihn an, diesmal nachdrücklicher. Max hört ihnen zu, versucht, sich nicht einzumischen. Er wird sich hüten.

»Wieso sollte ich durchdrehen?«, beantwortet sie ihre eigene Frage. »Ich bin der ausgeglichenste Mensch auf Erden. Ich habe viele Freunde und Bekannte, ein großartiges Sozialleben. Die Leute sind gern mit mir befreundet, weil es doch beschwingend ist, wenn jemand so ein abscheulicher Pechvogel ist und man sich vormachen kann, etwas Karitatives zu leisten, wenn man sich mit dem armen Tropf abgibt. Gut fürs Ego, gut fürs Image. Ich dreh doch nicht durch!«

Dad macht ein Gesicht, als würde er auf was Saures beißen. Max überlegt, ob er gleich ausflippt. Aber dazu neigt er nicht. Sein Vater ist noch nicht mal laut geworden, als Max vor zwei Jahren zusammen mit Jonas eine lebensgroße, aufblasbare Gummipuppe aus einem Versteck heraus auf die Windschutzscheibe vorbeifahrender Autos geworfen hat, um zu sehen, was passiert. Der dritte Fahrer, den sie erschreckt hatten, war sofort stehen geblieben und ihnen nachgelaufen. Sie waren zu langsam und es gab mächtig Ärger daheim. Klar, Mum motzte rum, brauste auf. Aber Dad nahm sich der Sache im Flüsterton an. Er regelt so was mit bissigen Worten von besonderer Nachwirkung.

Und plötzlich wird Max klar, was er sich da gerade vor Augen führt: Dass sein Vater *nicht zum Ausflippen neigt* ... gerade Dad, der mehrere Menschen auf dem Gewissen hat. Max muss auflachen, so ein ernüchtertes Gackern, mehr für sich selbst, aber laut genug und zu spät, es noch zurückzuhalten, weshalb ihn seine Mutter barsch anmotzt: »Findest du das lustig, Max? Ja? Das findest du lustig?« Ihr Blick trifft Max in die Eingeweide, es tut ihm schmerzhaft leid. Das war doch so nicht gemeint. Sie ist schlau genug ...

»Ihr beide seid mir schon ein tolles Team«, Mum sieht Max und Dad der Reihe nach an. »Ihr! ... haltet phänomenal zusammen, oder?« Er meidet Blickkontakt zu seinem Vater, nicht dass noch der Eindruck eines Schulterschlusses entsteht.

Mum zieht die Ray-Ban runter, ihr Blick kommt von Dad zu Max zurück und senkt sich in den seinen, dann raunt sie ihm kopfschüttelnd zu: »Erst erzählst du mir, dein Vater wäre in der Nacht von Evelins Tod im Büro gewesen. Du lügst mich an, dass du vor dem Notariat Wache gehalten hättest. Mein Gott, Max! War dir nicht klar, dass ich spüre, wenn du schwindelst? Und dass Frau Rütting spätestens am nächsten Tag deine Geschichte widerlegt hätte, wenn nicht sowieso die Polizei aufgetaucht wäre?«

Die Trostlosigkeit, mit der Max diese Bloßstellung erfüllt!

Die Vorstellung, dass Mum sich von ihm hintergangen fühlt!

Max glaubte, sie hätte seine Beweggründe begriffen und abgehakt, doch diese Konfrontation macht seine Lüge real.

»Aber dein Vater war ja auch beschützenswert, an diesem Abend. Hat irgendeine Schlampe in irgendeinem Hotel gefickt. Wie schön! Hat ein Alibi gebraucht. Und sein Sohn verschafft es ihm. Logisch!« Max' Mutter wendet sich von ihm ab, erlöst ihn, fokussiert jetzt Dad. »Weißt du, Marc, das mit deiner Bumserei ... ist okay für mich. Und ich kann dich auch verstehen. Einen Albtraum wie mich – keine Frage. Ist so. Muss ich mit leben.« Mum setzt ab. Max, Dad, beide hängen an ihren Lippen, warten auf ihr »Aber«. Max ahnt, gerade ändert sich alles. Die Atmosphäre von Ausnahmezustand und Apokalypse. Auch Dad merkt das. Selbst seine Versuche, den Entspannten zu spielen, den das nur amüsiert, sind gescheitert. Sein Sarkasmus ist ihm vergangen. Das liegt hinter ihm. Dad ist am Ende, nicht mehr er selbst. Ein Fremder.

Mit erstaunlicher Gelassenheit fragt Mum ihn: »Erinnerst du dich an Thomas Herbertshof?«

Dad nickt nicht, sagt reglos: »Der Privatdetektiv, den ich zweimal beauftragt habe, Nachforschungen über die Attentate anzustellen. Der hat jahrelang von uns gelebt. Ziemlich gut sogar.«

»Von *dir* hat er gelebt. Du hast ihn ja bezahlt. Du Ehrenmann. Du Wohltäter! Du hast meine Familie ganz schön unterstützt bei der Suche nach dem Ungeheuer.«

In Erwartung, was kommt, kneift Dad die Augen zusammen. Ein Anzeichen unbestimmbarer Ohnmacht.

»Hat leider nichts gebracht, die ganze Nachforscherei. *Deine* Zehntausende von Euro«, sagt Mum schulterzuckend. »Der Täter war zu gewieft, hinterließ keine Spuren. Pech für uns! Glück für dich!«

Max verfolgt den Monolog wie emotional abgekoppelt. So etwas hat er zwischen seinen Eltern noch nie erlebt. Unaufrichtigkeit war immer das Hauptmerkmal ihrer Familie, man mied das Aufeinanderprallen, das Aussprechen, die Direktheit. Man verdrängte Themen geradezu so, als wüsste man um die Zerstörungskraft der Wahrheit. So kannte Max das bisher. Das Erschütternde aber ist die Leichtigkeit, mit der gerade alles zusammenzubrechen droht. Max erlebt die unmittelbar bevorstehende Auslöschung von allem, was bislang funktionierte und sie zusammenhielt.

»Na ja, egal«, hört er Mum. »Zurück zu Thomas Herbertshof. Ich kann nicht mal genau sagen weshalb, aber ich habe etwas sehr Sonderbares gemacht, und manchmal entpuppen sich ja gerade die abseitigsten Entschlüsse als die vernünftigsten von allen. Ich habe Herbertshof beauftragt, ein bisschen in deiner Vergangenheit zu stochern, Marc. Es war eher so eine Eingebung. Weil du keine Verwandten hast, weil du nie viel erzählt hast von früher. Das fand ich nicht verdächtig, versteh mich nicht falsch – ist es mir nie gewesen. *Viele* Paare wissen nicht unbedingt viel von der Vergangenheit ihres Partners. Du bist auch nicht der Typ, der in der Vergangenheit lebt, völlig klar. Und wenn man wirklich alle Brücken zu damals abgebrochen hat, so wie du das getan hast ... ist es auch plausibel. Nur, sagen wir, ich wollte einfach ein bisschen was erfahren, nachdem in letzter Zeit alles so völlig aus dem Ruder gelaufen ist.

Um mir einen Reim darauf zu machen, gab es keinen Stein mehr umzudrehen, den ich nicht schon tausendmal umgedreht hatte, außer dir und deiner Biografie. Ich wollte etwas erfahren, von deiner Jugend in Frankfurt, deinen Eltern und so weiter.«

Max beobachtet, wie seine Mutter seinen Vater ansieht, wie sie ihn noch nie angesehen hat. Verächtlich, geringschätzig. Sein Gesicht, eine starre Maske. Um zehn Jahre älter, um zwanzig Jahre kaputter.

Mum doziert weiter: »Herbertshof war schnell und gründlich. Hat keine zwölfhundert Euro gekostet. Nur eintausendzweihundert Euro, stell dir vor, und eine ganze Lebenslüge ist enthüllt. Hätt ich das nur schon früher gemacht.« Sie lacht verächtlich, mehr über sich selbst.

»Es war so easy. Fast so, als *wolltest* du überführt werden«, sagt sie.

»Wolltest du das?«, sagt Mum.

»Kommt es vielleicht sogar ein bisschen zu spät?«, sagt Lotte Staiger.

»Deine Lebensgeschichte war ein bisschen *sehr* anders, als du sie mir immer geschildert hast«, sagt die Ehefrau seines Vaters. »Findest du nicht?«

Dads Stirnrunzeln und Handflächendrehen heißt: Nämlich wie?

»Als ich dich an der Uni in München kennengelernt habe, hattest du diesen leicht hessischen Dialekt und diesen Bart und die Nazifrisur mit den rasierten Schläfen, warst spindeldürr ... ziemlich merkwürdig für damals. Wenn ich es recht bedenke, sahst du aus wie die Hipster heute. Weißt du noch? Eigentlich warst du ein ungewollter Trendsetter. Wer weiß, vielleicht sehen die Hipster in zehn Jahren ja so aus wie du heute. Übrigens siehst du gerade richtig beschissen aus. Was ist denn los?«

Max hört zu, schwankend zwischen dem Bedürfnis nach Aufklärung und sofortigem Gesprächsabbruch. Der Kellner bringt das Essen. Max ist dankbar für die wenigen Sekunden Auszeit. Seine Mutter lehnt sich zurück, als der Ober vor ihr den Teller auftischt. Kurzzeitiges, ohrenbetäubendes Schweigen. Was tut Mum ihnen hier an? Jeder scheint am Rande eines Kollapses.

Der Ober hat sich entfernt. Beinahe wehmütig nuschelt seine Mutter zu Dad: »Ich wäre nie von allein drauf gekommen, dass du Ben bist, Marc. Dass *du* das warst, das Pummelchen, unser kleiner süßer Nachbarsjunge Ben Hartwig. Nie!«

Zwischen seinen Eltern hin- und herschauend, sieht Max seinen Vater in sich zusammensacken, als stülpte sich eine zentnerschwere Last über seine Schultern und fiele gleichzeitig von ihm ab. Was einen scharfen Kontrast zu seiner Mutter bildet, die nur darauf wartet weiterzudonnern. Max hat einfach keine Ahnung, wovon die Rede ist. Vielleicht deshalb hofft er, dass es sich letztlich auch um etwas Gutes handeln könnte.

»Mir werden die Zusammenhänge wirklich erst nach und nach klar, derart jenseitig ist das alles. Ich werde noch ein Weilchen brauchen, bis ich sie restlos überblicke, unsere ganzen gemeinsamen Jahre. Aber das sind nur Feinheiten. Das große Ganze habe ich begriffen. Ich kann gar nicht fassen, was du da getan hast.

Du weißt es ja selbst am besten. Du bist krank. Schwer krank ... Ich will dir nur eines sagen: Der Unfall mit eurem Kater damals: Du täuschst dich. Du hast dich getäuscht. Du hast da etwas ganz falsch interpretiert. Es war nicht so, wie du es zu sehen geglaubt hast. Du warst ein Kind! Und Kinder sehen Dinge manchmal verschoben. Ich *habe* Thommy nicht die Brüstung runtergestoßen. Und ich sage das, weil ich davon ausgehe, dass das mit Thommy der Auslöser für alles war, was dann folgte. Hab ich recht? Ich erinnere mich, du und deine Familie, ihr seid kurz nach dem Vorfall weggezogen. Ob nach Frankfurt oder sonst wohin, das wusste ich nicht mehr. Aber wie ich es drehe und wende, es kann nur dieser Unfall gewesen sein, auf den du dich eingeschossen hast. Diese Sache muss dich motiviert haben, so viele Jahre später wieder nach mir zu suchen ... sonst fiele mir kein Grund ein. Nicht ein einziger. War es so? *War es so?*«, faucht Mum, doch ihr Gesicht zeigt eine gewisse Gefasstheit. Max schwant Fürchterliches.

Sie, weiter: »Thomas Herbertshof hat noch viele andere Dinge herausgefunden. Ich weiß jetzt eine Menge über dich, Marc. Eine Menge. Aber sag, war es tatsächlich dieser Sturz eures Katers, der den ganzen Wahnsinn nach sich gezogen hat? Ist das möglich? Kann es so was geben? Bitte antworte mir!« Sie sieht Dad mit geneigtem Kopf an. Weniger wie in einem Verhör, mehr wie in einer Therapiesitzung. Nur dass nicht klar wird, wer Therapeut, wer Patient ist.

Max' Orientierungslosigkeit droht ihn zu verschlingen. Er sieht etwas in den Augen seines Vaters, wobei sich kein einziger Muskel in seinem Gesicht rührt. Zorn? Wehmut? Mum, still, reibt aufgewühlt zwei Finger aneinander, was Max einen Begriff von dem gibt, was ihnen noch alles bevorsteht.

Nichts ist trauriger, als seine Eltern entrückt und verzweifelt zu sehen. Man fühlt sich hilflos, zu hilflos zu helfen, und unfähig, sich selbst zu retten. Bestürzt blickt er zu Boden, aber er hört seine Mutter sehr wohl zu seinem Vater sagen: »Echt, wegen dem Kater? Das ist nicht dein Ernst ... Du sagst ja gar nichts. Fällt dir nichts mehr ein? ... Mmh, warte, ich zeig dir was.«

Mum steht ruckartig auf, greift nach den Schlaufen der größten der vier Tüten auf dem Stuhl neben ihr, der Hermès-XXL-Kartonage, hebt sie an und macht einen Schritt weg vom Tisch. »Wenn du schuldig gesprochen und bestraft wirst für etwas, das du nicht getan hast, Marc ... so wie ich von dir ... dann tritt ein ganz bestimmtes Phänomen ein! Und davon kann ich ein Lied singen. Dann wird nämlich deine Verzweiflung so groß, dass du wünschst, du *hättest* getan, wofür man dich für schuldig befunden hat. Verstehst du das?«

Mum klingt nun ganz cool. »Keine Angst, ich werde jetzt nicht andächtig, glaube mir, beileibe nicht. Aber du solltest wissen: Ich habe dich ohne jede Zurückhaltung geliebt. Ich habe dich sogar bewundert, für deine Großmut und deine Souveränität. Aber das war in einem früheren Leben. Jetzt interessiert mich nur noch, wieso du das alles gemacht hast? Irgendwann wäre doch gut gewesen. Oder? Spätestens nachdem du mein Gesicht verätzt hast. Musstest du mich dann auch noch heiraten? Und meine Familie mit reinziehen? Besessen von welchem Ziel? Nur so aus Spaß? Aus Leidenschaft fürs Ruinieren? Weil du völlig gestört bist? So gestört, dass mir sogar meine eigenen Worte, dich zu beschreiben zu versuchen, abwegig und unwahrscheinlich vorkommen?«

Die wuchtige Tüte in der Hand setzt Max' Mutter sich in Bewegung und geht gemessenen Schrittes zum Geländer der Dachterrasse, keine drei Meter.

»Ich wünschte, ich hätte getan, was du mir anlastest. Ich wünsche es *so* sehr!« Und dann zieht Mum etwas aus der schweren Tüte ... Max erkennt die rot-weiße Fellmaserung sofort. Eine grässliche Wendung.

Mit ihrer rechten Hand hält Mum einen sedierten Mephisto am Nacken hoch. Sein üppiger Körper baumelt bewusstlos an ihrem Arm, den sie jetzt verblüffend kraftvoll über die Brüstung streckt. Mephisto hängt wie am Galgen an Mums Faust, die sie in sein Genick krallt. Unter ihm mindestens zwanzig Meter Luftraum, freier Fall, bis zum Asphalt der Straße.

Max und Dad springen von ihren Stühlen, setzen an loszusprinten, kommen aber sofort zum Stillstand, als Mums freier Zeigefinger ihnen gebietet, sich nicht weiter zu bewegen, mit einer unverrückbaren Entschlossenheit, die ihr aus jeder Pore quillt. Wie eingefroren bleiben Max und sein Vater stehen, vor ihnen das Unvorstellbare. Ihre Stühle jeweils im Knie, dürften sie jetzt wirklich wie eine Front gegen Mum wirken, wie sie ihnen unterstellt hat. Max starrt auf Mephisto, den leblosen Katzenkörper. Er muss narkotisiert sein, er atmet, das sieht man.

»Mum, nein!«, fleht Max in der Hoffnung, dass sie für einen Moment Vernunft annimmt.

»Halt den Mund, Max, bitte«, ihre Stimme klingt maßregelnd, um dann vollkommen wesenlos zu werden. »Das hat nichts mit dir ... es tut mir leid. Ich möchte, dass du weißt, was dein Vater ...«

Dad läuft auf einmal los. Ihm ist genauso klar wie Max, dass es bei Mum kein Soll-ich-oder-soll-ich-nicht gibt, dass sie das hier durchzieht. Deshalb wird Dad wenigstens den Versuch unternehmen, seine Frau daran zu hindern.

In dem Bruchteil einer Sekunde, bevor Dads Körper den von Mum rammt, heftig gegen den Handlauf der verglasten Brüstung stößt und seine Hand gleichzeitig nach ihrem ausgestreckten Arm greift, hat Mum Mephisto schon losgelassen, ihn mit einer ruckartigen Bewegung förmlich von sich geschleudert.

Entlang dem Blickfeld der gläsernen Brüstung sieht Max Mephisto wie einen nassen Sack nach unten stürzen. Mephisto! Max kann sich gar nicht an ein Leben ohne ihn erinnern. Seit Max denken kann, war er immer da. Mephisto ist zwölf, Max sechzehn. Er weiß noch so halb, wie schmächtig und neurotisch Mephi lange war, nachdem Dad ihn aus dem Tierheim geholt hatte. Es kann doch nicht sein, dass er jetzt nicht mehr existiert, dass Mum ihn umgebracht hat.

Entsetzt stürmt Max zu den Treppen, fliegt die sechs Altbaustockwerke förmlich hinunter. Erreicht das Erdgeschoss. Er rennt durch die Lobby, streift Hotelgäste, stolpert durch die gläsernen Eingangstüren und bremst, draußen angekommen, mit schweren Schritten seinen Lauf, orientiert sich hektisch. Und da liegt er.

Zehn Meter rechts vom Eingang, auf dem Gehsteig, direkt neben dem Sockel der Kante. Das Fell an der einen Schulter aufgerissen, den Kopf verdreht am Torso hängend. Eine Frau geht mitleidig an Mephistos schlaffem Körper vorbei, stöckelt ungedrosselt weiter. Max kniet sich direkt neben ihn. Kommt denn niemand zu Hilfe? Was soll ich tun? Das Erstarren des Überforderten, das schlechte Gewissen des Unversehrten.

Max stützt sich mit beiden Händen auf den Bodenplatten auf, beugt sich über Mephisto, hört ihn sabbern. Er ist immer noch bewusstlos – Gnade der Narkose –, aber wacher als vorhin. Wegen des Adrenalins?

Seine rosa Zungenspitze ragt heraus. Er hechelt auch ein bisschen, als könne er dadurch ein Problem beheben.

Katzen haben doch sieben Leben! Katzen können aus höchsten Höhen fallen und landen doch immer auf ihren Pfoten! Oder?

Sind sechs Stockwerke zu viel für seinen Körper? Kann der Stellreflex das ausgleichen? Aber er stürzte ja bewusstlos!

Ist seine Wirbelsäule gebrochen? Die Beine und Pfoten sind nicht mehr so, wie sie sein sollten. Der Kiefer zerfetzt. Nur seine Schwanzspitze zittert noch hin und her.

In der nächsten Sekunde begreift Max mit erneutem Entsetzen, dass das das Ende sein könnte. Max' Augen kreisen wirr umher. Wie als würde er an sich selbst irrewerden. Was immer er Mephi Aufmunterndes zuflüstert, er glaubt kaum mehr daran.

Soll er Mephisto etwa … erlösen?

Nein. Vielleicht gibt es eine Überlebenschance. Er wird ihm beistehen. Es wird einen Weg geben. Muss Mephi halt eingegipst werden. Notfalls komplett, ein paar Wochen. Sieht bestimmt süß aus. Und dann wird wieder alles gut. Max wird hier weiter neben ihm kniend warten, bis Mum und Dad kommen. Und dann werden sie die Sache klären. Mit Mephi in die Notaufnahme der Veterinärklinik fahren. Schwabing. Ist nicht weit. Max hat sein Handy oben liegen lassen. Verflucht. Aber die kommen gleich, Mum, Dad, von allein. Was sollen sie oben, ohne ihn. Max wird hier einfach warten, bis seine Eltern ihm nachgefolgt sind und auf dem Trottoir vor dem Mandarin Oriental erscheinen, um die Situation gemeinsam mit ihm – Max hört einen dumpfen Knall, keine vier Meter entfernt, in Blicklinie. Doch als er von Mephisto aufschaut, in Richtung des Lärms, sieht er nur noch einen Körper vom Dach einer am Straßenrand geparkten schwarzen Limousine rollen, über die Kühlerhaube, ans andere Ende des Wagens, außerhalb seiner Sicht. Er konnte in der Kürze unmöglich erkennen, wer es war.

Noch jemand ist vom Hoteldach gefallen.

* * *

Im Frühjahr 1985 klang meine biografische Bilanz ernüchternd. Keine fünf Jahre war es her, dass mir eine Leukämieerkrankung durch eine strapaziöse Chemotherapie exorziert werden konnte. Danach veränderte das Wissen um eine jederzeit mögliche Rückkehr lauernder Krebszellen mein Lebensgefühl nachhaltiger als die ursprüngliche Diagnose.

Vergangenen Sommer hatte die mittlere Tocher unserer Nachbarn entschieden, unseren Kater Thommy vom Balkon im zwölften Stock zu stoßen, was er nicht überlebte. Auch weil ich ihn mit einem scharfkantigen Stein erschlug, um ihm verlängertes Leid zu ersparen. Wenig später waren meine Familie und ich von München ins trübe Frankfurt gezogen.

Im grenzdebilen Überschwang präpubertärer Vitalität hatte ich mir ein paar Monate darauf, bei einem Frontalaufprall meines Rads mit einem Kleinwagen, den Arm kompliziert gebrochen. Und am Tag danach verunglückten meine Eltern samt meinem Bruder bei einem Zugunglück, auf ihrer Reise in einen Freizeitpark, tödlich. Eine Aneinanderreihung desaströser Erlebnisse.

Normal ist das nicht.

Und nun saß ich verwaist in einem Frankfurter Frauenhaus für Gewaltopfer fest, weil die Behörden kein Konzept hatten, was man mit einem Fall wie meinem anfangen sollte. Mich in ein Kinderheim zu stecken wurde aufgeschoben, da mein Status noch nicht eindeutig klassifizierbar war. Nach Verwandten, die sich meiner annehmen könnten, wurde gefahndet, was sich jetzt schon Wochen hinzog. Vielleicht gab es gar keine mehr.

Noch immer hauste ich in einem winzigen Zimmer mit einem etwas älteren Rotschopf, der im Grunde genommen kein schlechter Kerl war, wäre er nicht so ein Arschloch gewesen. Seine Mutter war selbstmordgefährdet, sein Vater wollte nichts von ihm wissen und er selbst hatte angewachsene Ohrläppchen, einen asymmetrischen Haarwirbel und ein klassisches Sanguinikerprofil. Kein Wunder, er tickte nicht richtig. Er war destruktiv, gestört und richtungslos. Attribute von Menschen, mit denen du in Kontakt kommst, sobald du den dir vorgezeichneten Pfad verlässt und dein Leben ins Wanken gerät. Das geht ganz schnell. Und von den verrückten Frauen im Haus fang ich gar nicht erst an. Gegen die war mein Zimmergenosse ein Fliegenschiss.

Wenig wollte ich dringender als endlich weg von hier, was nicht nur mir so ging. Wieder einmal war mir kürzlich von der zuständigen Sachbearbeiterin Frau Prohaska mitgeteilt worden, dass man immer noch nicht fündig geworden sei auf der Suche nach »mit mir irgendwie in Verwandtschaft stehenden Personen« (die mich auch erst mal aufnehmen wollen mussten). Betonung auf *irgendwie*. Sie schüttelte den Kopf, als täte ich ihr leid, doch in Wahrheit wurde ich ihr und der Einrichtung langsam lästig. Konnte ich auch verstehen.

Die Schule war für mich vorerst ausgesetzt worden. Dafür hatte ich jeden zweiten Tag einen Termin bei einem Psychologen, der mir beim Verarbeiten der Todesfälle helfen sollte. Letztlich vertieften seine Ansätze meine Verzagtheit nur. Melancholie wich blanker Panik.

Wie lange musste ich noch hierbleiben? Oder würde ich mir schon bald wünschen, ich hätte noch länger hierbleiben dürfen?

Eine Woche später kam unerwartet Bewegung in die Sache. Ich hatte die Hoffnung bereits fast aufgegeben, saß gerade auf der Toilette im zweiten Stock des Frauenhauses und hielt dabei die Kabinentür mit ausgestrecktem Fuß zu, weil kein Schlüssel im Schloss steckte. Obwohl der ganze Klobereich einem bedrückenden Bunker ähnelte, zog ich mich öfter hierher zurück, um meine Ruhe zu haben. In einem Frauenhaus wird die Herrentoilette kaum frequentiert. Lediglich von den wenigen Söhnen der hier Untergebrachten sowie von ein paar rebellischen Individualistinnen. Der Spiegel hatte Risse und die gekachelten Wände waren über und über mit Filzstiftzeichnungen und Sprüchen vollgekritzelt. Das Geschmier wirkte wie eine Entsprechung zu prähistorischen Höhlenmalereien, nur geistig weniger weit entwickelt.

Von draußen hörte ich jemanden meinen Namen rufen. Also machte ich schnell.

Im Flur sagte die Betreuerin: »Da bist du ja«, als ein ohrenbetäubendes Krachen ertönte. Wir drehten uns beide in Richtung des Lärms und wurden Zeugen, wie am anderen Ende des Korridors eine zerzauste Zwanzigjährige, mit der geübten Ungelenkheit einer chronischen Crackkonsumentin, über einen Stapel von Stühlen fiel und alles mit sich riss. Man hatte das Gefühl, einem Naturschauspiel beizuwohnen. Allerdings einem, das sich in dieser Art hier täglich ereignete.

Die Betreuerin rollte mit den Augen, sah mich wieder an und seufzte: »Es gibt Neuigkeiten, lauf mal gleich ins Büro«, während sich im Hintergrund, ermuntert von dem vorangegangenen Radau, zwei andere Frauen anzukreischen begannen. Ganz normale Aufplusterei.

Längst hatte ich in den Wochen, die ich inzwischen in diesem Affenkäfig hauste, gelernt, die verschiedenen Arten von Tobsuchtsausbrüchen zu kategorisieren. Niemand, der die Zustände in einem Frauenhaus erlebt hat, wird sein Mitleid mit den Bewohnerinnen unrevidiert aufrechterhalten können, da viele es dermaßen faustdick hinter den Ohren haben, dass einem klar wird, wie sehr Ursache und Wirkung im Menschen begründet liegen. Sich vorbehaltlos von weinerlichen Leidensmienen einwickeln zu lassen ist zu leicht. Ein menschlich guter Kern ist keine Grundausstattung der Natur.

Das würde ich so nie offen sagen, weil jeder weiß, rationale Standpunkte wirken viel zu subversiv.

Ich sollte ins Büro kommen! Es gab vielleicht Positives! Im Laufschritt hastete ich los. Hoffnung und Angst und Gleichmut wechselten sich in schneller Reihenfolge ab. Ich wusste ja nicht mal, *was* ich mir überhaupt wünschen sollte. Eine verschollene Tante? Eine achtköpfige Pflegefamilie?

Vor ziellosem Hypothetisieren, was mich erwarten könnte, war ich die letzten Wochen über bereits mehrmals an die hauchdünne Grenze zum Verrücktwerden gelangt. Ein von den Fügungen des Zufalls Abhängiger, der sich zum ersten Mal dessen bewusst wurde. Ich fühlte mich wie das Inbild von Geworfenheit, als ich in Frau Prohaskas Büro ankam.

Ich stand noch in der Tür und sie streckte mir bereits beide Hände entgegen, kam auf mich zu und versuchte sich an einer innigen Umarmung, unserem Verhältnis überhaupt nicht angemessen. Ihrem Wesen noch weniger. Als zöge sie hier gerade eine Show ab.

Eilfertig lotste sie mich wie einen Blinden am Arm ins Zimmer, als ich rechts von mir einen hochgewachsenen Mann auf mich zukommen bemerkte, der mich genauso ansah, wie ich glaubte, dass ich ihn ansah. Er wirkte schon ziemlich reif auf mich, ein bisschen faltig und mit seiner grauen Beethoven-Mähne und dem dunklen T-Shirt mit Billy-Idol-Logo, der engen Jeans und den zerschlissenen Converse-Sneakers entschieden zu lässig für einen Mann seines Alters in den 1980ern. Zumal in dieser Örtlichkeit. Ein Erscheinungsbild, das einen althippiehaften Möchtegernkünstler und Hungerleidereindruck hätte vermitteln können, wären da nicht seine makellose Goldbräune, die weißen Zähne und die smarte Selbstgewissheit gewesen, die ihn umgab. So eine kultivierte Weltläufigkeit, die nur Erfolg und Wohlstand mit sich bringen. Man merkt jemandem letztlich ja immer an, was Sache ist.

Nach einem analytischen Schockmoment nahm ich jetzt auch die schlanke Frau wahr, die sich von der Couch erhob und neben den Mann stöckelte. Sie sah aus wie ein Pin-up-Girl. Braun gebrannt wie der Mann (zu jung für ihn), toupierte hellbraune Haare, in der Taille zusammengebundene Bluse, die ihre Brüste betonte, enge Leinenhose, die ihren Hintern zur Geltung brachte, ziemlich viele Armreifen und knallrot lackierte Fingernägel. Alles an ihr war auf sexy getrimmt, aber man ahnte, dass das noch die dezentere Version ihres gewohnten Outfits war.

Ihre Figur war durchtrainiert und kurvig zugleich, eben wie aus einer Zeitschrift. Es wirkte unwirklich, so etwas leibhaftig vor sich zu sehen. Noch dazu im kargen Büro eines Frankfurter Frauenhauses. Da bekam man keinen Steifen, da bekam man einen Vogel.

Sie sagte drollig: »Hi.«

Ich schaute wieder zu dem Mann. Er lächelte. Ich nur so mittel. Ging gar nicht anders. Das waren ja zwei schrille Gestalten, wie aus dem Kontext gefallen.

»Nun ... schön!«, stammelte Frau Prohaska nach diversen Blickwechseln huldvoll, als rührte es sie, und stellte uns drei einander vor. Und das war der Tag, an dem ich Michael Effort und Debbie Reed kennenlernte.

»Sag ruhig Michael zu mir«, sprach er mich mit weicher Stimme zum ersten Mal an. »Kennst du mich denn noch?«

Tat ich nicht. Mit aufgerissenen Augen forschte ich nach.

»Ich war oft bei euch zu Besuch, da warst du noch klein«, behauptete er von oben herab. Er war wirklich riesengroß.

Grübelnd blickte ich ins Leere, und da fiel es mir wieder ein. Ich erinnerte mich nebulös, er war ab und an bei uns gewesen, sein Gesicht sagte mir tatsächlich was.

»Nein«, antwortete ich und schüttelte den Kopf. Ich wusste selbst nicht, warum ich log.

Mehr als kleine Zwischenentspannung fragte er: »Wie alt bist du denn inzwischen?«

»Ich bin zwölf.«

»Wow, so jung.«

»Nein, zwölf.«

Ein Explosionslachen ertönte, wie Michael überhaupt sehr aufgedreht schien. Fiebrig blinzelnde Augen, immer wieder zappelige Bewegungen der Schultern. Frau Prohaska lachte mit und klemmte sich eine Haarsträhne hinters Ohr. Etwas, das ich noch nie bei ihr gesehen hatte. Michaels Modelfreundin guckte irritert, da sie kein Wort verstand. Dass sie Amerikanerin ohne Deutschkenntnisse war, hatte ihre Begrüßung bereits erahnen lassen.

»Und du hast dir den Arm gebrochen?«, fragte Michael, und ich antwortete, kein Witz: »Ja. Deshalb sind meine Eltern gestorben.«

Die beiden, die mich verstanden, erstarrten kurz. Debbie registrierte daran, dass ich etwas Merkwürdiges gesagt haben musste.

»Das glaub ich aber nicht. Das musst du mir später noch genauer erklären, wie du das meinst«, wiegelte Michael ab und ich ärgerte mich, weil meine vorpreschende Bemerkung mich kindlicher dastehen ließ, als ich beabsichtigt hatte.

»Ohne meinen Armbruch wäre ich mit meinen Eltern und meinem Bruder mitgefahren«, lieferte ich hastig nach und versuchte, den Fehleindruck zu korrigieren. Bloß nicht Sensibelchen spielen.

»Und dann wäre alles anders gekommen, meinst du?«

Ich nickte. Etwa zweimal.

»Hm. Mach dir da bloß keine Gedanken. *Hätte, wäre, könnte* … das existiert nicht. Ich weiß, wovon ich rede«, kommentierte er irgendwie tiefgründig, projizierte mit beiden Händen einen Schriftzug in die Luft, skandierte dessen imaginäre Worte: »Es ist, wie es ist«, um dann in ursprünglichem Tonfall zu scherzen: »So lautet die Weltformel! Hab übrigens *ich* entdeckt«, obwohl ihm innerlich gar nicht danach zumute war, das merkte ich. Er überkompensierte. Und wie! Diese Wortflut war eindeutig zu viel. Vielleicht war ja mein Gerede zu dramatisch gewesen.

Auch wenn ich das, was er gesagt hatte, enorm veschwurbelt fand und ich eine Persönlichkeit wie ihn bis dato noch nicht getroffen hatte, fasste ich bereits in diesen anfänglichen Momenten Vertrauen. Immerhin hatte er keine nichtssagende Taktgefühlschmonzette abgerufen. Er schien ein integrer Mensch zu sein.

Frau Prohaska wirkte nach seinem aufgekratzten Resümee eher schockiert, schlug aber gleich vor, dass wir doch erst mal Platz nehmen. Es dauerte etwas, dann waren die zwei Sessel vor der Sofakombination und wir selbst zurechtgerückt. Wir saßen zueinander im Quadrat, vier heftig sprudelnde Wassergläser standen auf dem Glastisch, und ich erfuhr, dass Michael Effort über absurd viele Ecken väterlicherseits wahrhaftig mit mir verwandt war. Um den Überblick über die Verästelungen des Stammbaums zu behalten, müsste ich es aufzeichnen.

Ich kann von Glück reden, dass es 1985 noch den Eisernen Vorhang, den Kalten Krieg, den Ostblock gab. Ich muss auf Knien robben, dass die Welt noch analog war und die russischen Behörden die Anfrage ihrer deutschen Kollegen einfach ignoriert oder verschlampt haben mussten, da ich sonst höchstwahrscheinlich in die Obhut von deutlich näheren Verwandten meiner Mutter gelangt wäre, die russische Exilantin war, Ende der Sechziger nach München geflohen. Nicht auszudenken, wenn ich mit zwölfeinhalb in die verdammte UdSSR hätte ziehen müssen.

(Nicht umsonst hatte meine Mutter jeglichen Kontakt zu ihrer materialistischen Opportunistenfamilie abgebrochen.)

Stattdessen passierte mir in gewisser Weise das denkbar größtmögliche Gegenteil.

Frau Prohaska moderierte die ersten Minuten unserer Gesprächsrunde im Alleingang und erzählte mir mehr von Michael und Debbie als ihnen von mir, was mich annehmen ließ, dass sie im Vorfeld bereits ausgiebig mit den beiden telefoniert haben musste. Ich war so mit dem Verarbeiten meiner Eindrücke beschäftigt, dass ich nur nebenbei mitbekam, wie Frau Prohaska zügig begann, ausführlich über die juristischen Voraussetzungen für ein Obhutsrecht zu schwadronieren, auf eine Weise, als hätte sie erst kürzlich ein Lehrbuch zu dem Thema gelesen. Sie klang die ganze Zeit, als fiele ihr ein Stein vom Herzen. Vielleicht wäre sie mich ja bald los.

Michael Efforts und Debbie Reeds fremdartige Parfümgerüche hingen im Raum, sodass der Eindruck entstand, der Raum gehöre jetzt voll und ganz ihnen. Genau wie meine Aufmerksamkeit.

Die zwei konnten meine Rettung sein. Ich benahm mich, so gut ich es fertigbrachte.

Es musste einen Riesenschritt für sie darstellen, etwas wie mich auf sich zu nehmen.

Seelisch war ich kaum mehr imstande, länger in dem Zirkus von Frauenhaus zu wohnen. Ich brauchte eine Perspektive, einen Ansatz wenigstens. Für den Augenblick gaben sie mir den. Das war schon etwas.

Nach Frau Prohaskas Zusammenfassung der Erfordernisse, die zur Erziehungsberechtigung noch ermittelt werden müssten, griffen wir alle vier zu unserem Wasser und tranken so simultan, wie man es einstudiert nie hinbekäme.

Und nun? Solange das Prüfverfahren laufe, sollten wir uns erstmal kennenlernen, schlug sie vor und schloss sich dabei nicht mit ein. Vielleicht jetzt gleich damit anfangen? Etwas essen gehen zum Beispiel? Wir drei?

Michael, dessen ruhelose Beine permanent wippten, fand das eine gute Idee und sprang wie erlöst auf. Bald sollte ich herausfinden, dass er auch bei dieser ersten Begegnung auf Koks war. Dicht bis unter die Hutschnur. Debbie ebenfalls. Doch Profikonsumentin bis ins Kleinste, hatte sie die Wirkung zuvor mit ein paar Valium abgefedert, um dem offiziellen Anlass Genüge zu tun.

Frau Prohaska, ganz vom Schlag »Chorleiterin im evangelischen Jungmädchenbund«, nahm das zum Glück nicht wahr. Etwas wie chemische Stimulanzien existierten in ihrer Welt nicht, daran hatten auch das Frauenhaus und seine Bewohnerinnen nichts geändert. Das ist das Wunder frommer Samariter mit Festgehaltstatus und Rentenanspruch im Staatsdienst: Die Realität kann ihnen nichts anhaben.

Für die Prohaska waren die beiden Exoten in ihrem Büro charmant, allerhöchstens animiert und nach bestem Willen motiviert.

Für mich waren sie meine entscheidende Chance.

* * *

Zwei hohe Palmen, geschwungen wie Torbögen, rahmten das Eingangsportal des legendären Tonstudios in Los Angeles ein, in das Michael mich zum ersten Mal mitnahm, um ihm bei der Arbeit zuzusehen und dabei eventuell gleich noch Billy Idol persönlich kennenzulernen. Niemand in der Crew wusste sicher, ob er überhaupt auftauchen würde. Idol hatte sich nach dem Megaerfolg seines zweiten Albums »Rebel Yell« 1984 im Party-, Sex- und Drogensumpf verlaufen und war unberechenbar geworden.

Michael koproduzierte das geplante Nachfolgealbum und hatte sich auf die Extravaganzen des Künstlers inzwischen eingestellt. An besagtem Tag nahmen Michael und zwei Sessionmusiker Schlagzeug und Bass zu einem der wenigen neuen Songs auf, die bereits fertig geschrieben waren. Cool.

Schon das Studio selbst war beeindruckend und strahlte etwas Bedeutsames aus. Auch wegen der ellenlangen Liste berühmter Acts, die hier in der Vergangenheit ihr Material produziert hatten. Tausendsiebenhundert Dollar betrug die Tagesmiete, für Billy Idols kommendes Werk wurden fünf Monate am Stück durchgebucht.

Ein kathedralenhafter Aufnahmeraum mit holzvertäfelten Wänden, schallabsorbierenden Perserteppichen und unzähligen verstreut aufgebauten Mikros, Instrumenten und Verstärkern. Die Prä-Laptop-Ära.

Jenseits der Glasscheibe, in der Regie, hinter einem Riesenmischpult, saßen ein Toningenieur, ein Assistent und Michael, der die beiden Musiker im Aufnahmeraum über das Talkback instruierte. Ich hockte ehrfurchtsvoll auf der weichen Ledercouch hinter ihnen und sah zu.

Michael sprühte vor Energie, genau wie sämtliche Anwesenden, bis hin zum Teaboy. Hackedicht vom weißen Pulver. Die Atmosphäre war vordergründig entspannt, aber jeder gab hochkonzentriert Vollgas. Fun allowed, but no bullshit.

Nichts Geringeres als ein garantierter Chartstürmer, der Idols Welthits wie »Hot in the City«, »Eyes Without a Face« oder »Flesh for Fantasy« in nichts nachstand, musste erschaffen werden.

Zu beobachten, wie Michael das Arrangement zusammenführte und mit den Sessioncracks sprach und wie alles auf ihn hörte, war eindrucksvoll. Und das Ergebnis klang geil, dröhnte wuchtig aus den überdimensionierten Boxen über dem Pult.

Michael stammte aus München und hatte sich dort, in der ungemein florierenden Popszene der Siebzigerjahre, als der Terminus *Munich Music City* weltweiter Inbegriff für hochqualitative Aufnahmetechnik und Spitzenstudios war und reihenweise internationale Acts wie die Stones, ELO, Queen, Donna Summer und Stevie Wonder in die Stadt zog, die Gelegenheit genutzt und sich zunächst als Studiokeyboarder und bald auch als Songschreiber und Produzent einen Namen gemacht – bis ihm 1978 mit dem von ihm ins Leben gerufenen Retortenprojekt Tough Balance, einer Discokombo bestehend aus vier schwarzen Musikern, die als Markenzeichen bunte Zylinder auf ihren Afros trugen, ein Welthit gelungen war. Die Tantiemen und Lizenzen (und vor allem die Referenz) von »Flow up« ermöglichten ihm, in die USA zu ziehen und dort seine Karriere weiter voranzutreiben.

Und das tat er von Anfang an mit großem Erfolg. Kenny Loggins, Hall & Oates, Survivor, Heart, Billy Ocean, The Hooters, sogar ein paar Hair-Metal-Bands. Er produzierte, arrangierte, spielte, komponierte. Gold- und Platinalben hingen an den meisten Wänden seiner Villa in Bel Air. Er fuhr Ferrari (gelb), Debbie Maserati (schwarz).

Die Achtziger waren Michael bislang ziemlich gewogen gewesen. Mir war das damals nicht so klar, aber sein Werdegang war höchst bemerkenswert. Und jetzt arbeitete er an Billy Idols nächster Platte, die nach Veröffentlichung allein in den USA Mehrfachplatin einfahren würde.

An jenem Tag, an dem ich zum ersten Mal in die Ocean-Way-Studios mitkommen durfte, erschien Mister Idol nicht, aber ich lernte ihn kurze Zeit später kennen. Sein medial mannigfach verbreitetes Superstargesicht dann in echt vor mir zu sehen war abgedreht. Die wasserstoffblonde Stoppelmähne, die gekräuselte Oberlippe, die charakteristischen Wangenknochen, bis hin zur eng geschnittenen Lederjacke, genau wie auf den Fotos und in den Videos. Charismatischer, hübscher Mann. Nur ein paar Make-up-Pickel. Er begrüßte mich zuvorkommend, was ich wirklich zu schätzen wusste. Dann hielt ich still und sah bei den Gesangsaufnahmen zu seinem künftigen Hit »To Be a Lover« zu. Sie nahmen jeden Satz einzeln auf, zigfach. Faszinierend, entzaubernd und lehrreich. Und aus den vielen weiteren Malen, die ich in Michaels Gefolge auf Billy Idol traf, lernte ich: Auch einfach gestrickte Vollchaoten können sehr erfolgreich werden.

Seit einem Jahr lebte ich bereits in Michaels Haus, in einer ruhigen Gegend in den Hügeln von L. A., zusammen mit ihm und Debbie. Von meinem Zimmer (samt Schrankzimmer) im ersten Stock aus blickte ich auf die feudalen Nachbarhäuser mit ihren großen, gepflegten Gärten, die hinter hohen Hecken lagen. Makellose Fassaden, teure Autos, viele Bäume. Selten war jemand zu sehen. Wie ausgestorben, kulissenhaft. Auch wegen der ewigen Sonne.

Mir setzte die feine Gegend ziemlich zu, beinahe fühlte ich mich von ihr gedemütigt. Ich kam mir völlig fehl am Platz vor.

Die ersten Wochen bei Michael und Debbie bedeuteten in allen Belangen eine enorme Umstellung.

Michael war zu dem Zeitpunkt zweiundvierzig. Wenn ich so überlege, vier Jahre jünger als ich heute, ich kann's kaum glauben. Menschen altern mittlerweile einfach sanfter.

Seine Debbie war ein sechsundzwanzigjähriges Playmate, das er auf einer dieser typisch dekadenten und zugleich aseptisch cleanen Hollywood-Poolpartys kennengelernt hatte. Oder vielleicht sogar auf einer Grammy-Aftershowparty. Irgendsowas Verstandvernebelndes jedenfalls. Es hatte sofort gefunkt zwischen den beiden. Klassische Fixierung: Aktuelles Musikbusinessgeld trifft auf jungen heißen Körper, beide bilden sich ein, dass wahre Gefühle und nicht der Reiz wechselseitiger Bedürfnisbefriedigung niedriger Statusgelüste sie verbinden, plus die Leidenschaft für Glamour und Exzess. Rumms: Hochzeit.

Debbie war nett, bemüht, liebevoll, das alles. Doch sogar mit meinem ultranaiven Sensorium eines jungen Spätpubertierenden merkte ich, dass sie sich jedem männlichen Wesen gegenüber auffällig kokett benahm, auch in Michaels Gegenwart. Als müsste sie zwanghaft jedermanns Verführbarkeit prüfen, um ihr Selbstwertgefühl vor einem beständigen Abwärtsstrudel zu bewahren. Sie schäkerte nicht aus Vorsatz, sondern aus Angewohnheit. Nicht aus Anrüchigkeit, sondern aus Bedürftigkeit. Ein oberflächliches Südstaatenmädchen, das sich nur über seinen fleischlichen Marktwert definierte. Mehr war nicht in ihr. All-American Girl, minus jeglicher Selbstachtung. Sie trug ein Muttergottesbild in ihrem Portemonnaie! Man konnte ihr gar nicht böse sein.

Sogar mich grub sie mit kessen Blicken und Bewegungen mitunter an. Ihr selbst schien nicht mal das bewusst. Ich mied sie bald trotzdem. Sie war mir einfach zu blöd. Ihr morgens in der Küche zu begegnen (nicht dass sie oft vor zwölf aufgestanden wäre) oder mit ihr abzuhängen oder zum Einkaufen zu fahren, wurde langsam anstrengend, da ich mich dabei immer auf ihr Gesprächsniveau runterleveln musste.

Seafooddiät vor dem nächsten Fotoshooting, picobello epilierte Bikinizone, »Oh my God, you didn't like Miami Vice yesterday, are you kidding me?«.

Der Intelligentere muss sich immer dem weniger Beschlagenen anpassen, nie umgekehrt. Liegt in der Natur der Sache.

Und wenn noch dazu gleich als erste Tat des Tages ein Glas Schampus verkostet wird – Mutter des Jahres wurde sie nicht mehr.

Ich ging auf eine internationale Schule in Brentwood. Die Sprachumstellung, der neue Lehrstoff, kein Problem. Die Schnösel und Bonzenarschlöcher in meiner Klasse jedoch waren schwer auszuhalten. Ihre Eltern aus Geldadel, Filmindustrie und Medienbranche verhätschelten sie ohne Maß und hatten sie dadurch zu ständig unbefriedigten Ungeheuern werden lassen. Als hätte man ihnen ins Hirn geschissen. Ich hasste diese Honks, ich hasste sie sehr, aber ich kam letztlich klar, ohne mich allzu heftig ranwanzen zu müssen. Bisschen lächeln, bisschen so tun, als stünde man drüber, auch mal Kopf einziehen. Sich am Riemen reißen.

Natürlich hatte ich auch hier, wie im Frauenheim zuvor, das Gefühl, ich würde nur geduldet. Nicht bloß die überspannten Klassenkameraden und der Kulturschock, auch ein inneres Frühwarnsystem hielten mich davon ab, mich auf meine neue

Umgebung vollständig einzulassen, gewisse Gepflogenheiten zu adaptieren und mich heimisch fühlen zu wollen.

Ich hatte begriffen, dass der Blick aufs Leben ein anderer wird, wenn man erst einmal dahinterkommt, was alles mies laufen kann. Es war, als wäre ich mit einem Schlag erwachsen geworden, und ich wollte mich auf nichts tiefer einlassen, um nur ja nicht Gefahr zu laufen, dass es mir wieder entrissen würde. So wie Thommy, meine Mutter, mein Vater, mein Bruder, mein gewohntes Umfeld daheim.

Der großartige Michael Effort, die bemühte Debbie, ganz L. A.: Bei aller Demut und Dankbarkeit betrachtete ich diese Phase als Durchlaufstation, die ich durch stoisches Aussitzen zu absolvieren hatte. Intuitiv startete ich einen Countdown: noch fünf Jahre bis zur Volljährigkeit, noch vier, noch drei ... ich erschuf mir einen psychologischen Kokon. Was danach passieren sollte, wusste ich freilich nicht so genau, aber ich würde schnellstmöglich zurück nach Deutschland gehen. Niemandem mehr verpflichtet sein!

Ich hatte für mich beschlossen, dass man allein am stärksten ist.

Gegenüber Michael benahm ich mich so mustergültig wie nur möglich. Ich wusste zu schätzen, was er da für mich schulterte. Als glücklicher Umstand kam hinzu, dass wir durch die Musik etwas hatten, das eine übergeordnete Verbindung zwischen uns herstellte. Popmusik war für mich von früh an identitätstiftend gewesen und hatte in mir einen fanatischen Bildungsdrang entfacht. Ich hörte alles, las alles, schaute alles. Alben, Magazine, MTV. So war ich an jeder Kleinigkeit aus Michaels Insider-Erfahrungsschatz interessiert und saugte seine Geschichten regelrecht auf. Und er fand in mir einen Fan vom Fach, an den kein Wort verschwendet war.

Wenn wir allein waren, redeten wir immer deutsch.

Michael versuchte erst gar nicht, den Vaterersatz zu spielen. Er arbeitete sowieso einen Großteil der Zeit, und wenn nicht, übten er und Debbie sich hauptsächlich darin, die Dysfunktionalität ihrer Beziehung durch Konsumorgien und Mammutunternehmungen im L.-A.-Prominentenbiotop zu überspielen.

Lang konnte das ohnehin nicht mehr gut gehen.

Meine Sorge bestand darin, dass sich die beiden womöglich noch vor meinem achtzehnten Geburtstag (dem Tag meiner Flucht in die Heimat und Unabhängigkeit) trennen könnten. Was vorzeitige Konsequenzen auf unser Adoptionsverhältnis nach sich gezogen hätte.

Dass Michael ein sogenanntes vorübergehendes Sorgerecht überhaupt zugesprochen worden war, glich sowieso einem Wunder. Michaels und mein entferntes Verwandschaftsverhältnis reichte bei Weitem nicht aus, um zu rechtfertigen, wie reibungslos seinem Antrag auf meine Jugendvormundschaft stattgegeben worden war, nach lediglich ein paar schlampigen behördlichen Befragungen.

Die Probezeit von sechs Monaten in Kalifornien wurde mit wehenden Fahnen verlängert, und zwar nach zwei halbstündigen Jugendamtbesuchen, durchgeführt von Mitarbeitern des US-Pendants CPS, die bloß ein wenig im Haus rumschnüffelten.

Ziemlich lange noch fürchtete ich, wir würden eines Tages aufwachen und feststellen, dass unser Bluff aufgeflogen und alles vorbei war. Annulierung, Rückabwicklung, Rückführung. Ab ins deutsche Waisenhaus oder nach Russland.

Heute, mit meinem juristischen Wissen, ist mir zweifelsfrei klar, dass irgendjemand in der Behörde beide Augen zugunsten Michaels zugedrückt haben musste, damit man mich bloß loswurde. Gefahr möglicher Pädophilie, potenziellen Missbrauchs, Versklavung eines Schutzbefohlenen, sonstige unlautere Absichten durch den neuen Erziehungsberechtigten: egal, lass den Zwölfjährigen mit dem gebrochenen Arm ziehen. Gleich dazu noch auf einen anderen Kontinent!

Wer immer der gewissenlose Schlamper von Vormundschaftsrichter gewesen sein mag, der meine fahrlässige Deportation bewilligt hatte, ich schulde ihm Dank.

Nach und nach ging mir auf, dass Michael und Debbie sich meiner nicht nur aus reiner Nächstenliebe angenommen hatten, sondern auch, weil sie darauf spekulierten, ein Kind könne ihre holprige Oberflächenehe erden, vielleicht den Weg in ein konservativeres Lebensmodell ebnen.

Debbie war noch zu jung und karrieregeil für ein eigenes Kind, das ihr einziges Kapital, ihren Körper, durch Schwangerschaft eventuell verunstaltet hätte. Ich sollte Debbies und Michaels Anker ohne unerwünschte Nebenwirkungen sein, der sie zurückhalten würde, zu hoch zu fliegen. Ich, als schützendes Gegengewicht zu ihrer zerstörerischen Tendenz zur Dekadenz.

Das haute nur mäßig hin. Egal wie viel Mike damals im Studio ackerte oder auch mit mir unternahm: Er und Debbie waren und blieben Partyanimals, die härtesten von allen. Auch wenn sie sich redlich bemühten, dass ich davon nicht zu sehr in Mitleidenschaft gezogen wurde (vieles geschah bewusst extern, sie informierten mich immer über ihre Pläne und ihren Verbleib), ging es mir bald ziemlich auf den Sack. Es beeinträchtigte mein Leben nicht *direkt* negativ, aber der bloße regelmäßige Anblick völlig abgewrackter, durchgefeierter Heimkehrer war demoralisierend und durchaus beängstigend. Eine Gruppe torkelnder, wenn auch sich höflich dafür entschuldigender Erwachsener um halb fünf in der Früh? Lallende Hangover-Leichen? Darunter auch mal eine Horde berühmter Schauspieler oder ein Regisseur mit Escortbegleitung oder eine Ex von einem Baseballprofi, die gerade einen Enthüllungsbestseller über ihre Ehe geschrieben hatte? Blutunterlaufene Augen, malmende Kiefer, Wackelkopf, Stolperdipolter. Ich fühlte mich allein.

Trotz meines toxischen Umfelds und ungleich vieler meiner voll im Saft stehenden Teeniemitschüler war ich selbst, auch als ich älter wurde, für den Drogen-, Alkohol- und Absturzlifestyle null empfänglich und fürchtete Kontrollverlust mindestens so, wie ich ihn verachtete.

Meine Unsicherheit schürte mein Verlangen nach Souveränität, mein Selbstschutzsensorium war unerschütterlich.

Nach zweieinhalb Jahren USA stand ich mit Schlaf immer noch auf Kriegsfuß. Mehr als ein paar Stunden seichten Schlummerns gelangen mir nicht. Und wenn, fuhr ich mittendrin oft schreiend hoch. In allen Winkeln rumorte es in meinem Kopf. Stand ich nachts zum Pinkeln auf, konnte ich danach überhaupt nicht mehr einschlafen. Offensichtlich versuchte mein Unterbewusstsein, den Verlust meiner Familie zu verarbeiten, während eine andere Seite in mir auf Verdrängung setzte.

Eine geistige Unordnung.

Meine beschädigten Erinnerungen machten mich halb verrückt.

Bis ich merkte, dass etwas an meinen Denkvorgängen nicht stimmte.

Meine Trauer und mein Schuldempfinden waren nichts anderes als eine Gefühlsklammer, die ich um meine Ichbezogenheit setzte. Es ging mir gar nicht um die Betrauerten, es ging mir nur um *meinen* Verlust, *meinen* Verbleib und *meine* Selbstgefälligkeit. Worum soll es einem bei nicht mehr existenten Wesen auch sonst gehen? Meine Gefühle waren nichts als umgepolter Narzissmus! Meine Niedergeschlagenheit war das Ergebnis einer sozialen Prägung, derentwegen die Menschen wirken, als belegten sie alle dieselben Seminare, um einander so ähnlich wie möglich zu werden. Logik, die sich der Vereinheitlichung unterordnet.

Hätte man uns gelehrt, den Tod ohne Wenn und Aber fröhlich zu feiern, uns fiele womöglich gar nicht auf, dass man auch trauern könnte. Oder es fiele nur dem dafür disponierten Teil der Menschen auf.

Siehe auch Liebe: Würde der schwammige Begriff Liebe in unserer Gesellschaft nicht geradezu künstlich durch Literatur, Film und Tradierung kultiviert, bestünde für mindestens die Hälfte der Menschheit gar kein Bedürfnis, sich romantisch zu verlieben.

In einer meiner schlaflosen Nächte wurde mir klar, dass ich meine Verlorenen nur deshalb vermisste, weil sie nicht mehr länger für mich existierten. Alles endet immer wieder bei einem selbst.

Das half mir. Denken hilft mir immer. Gnadenlos muss es sein, sonst bringt es nichts.

Basierend auf meinen Erkenntnissen hangelte ich mich voran, räumte in meinem Kopf weiter auf und gelangte zu dem Schluss, dass ich den Tod meiner Eltern und den meines Bruders abhaken konnte. Ihre Tode waren der Willkür unterworfen. Ich war ihrem trauernden Gedenken nicht weiter verpflichtet.

Wie dumm ich doch gewesen war. Ich war so wütend auf mich, dass mir übel werden konnte.

Ich ließ also die Trauer hinter mir, doch *einer* Sache musste ich mich stellen, denn die hatte direkt mit mir zu tun.

Ich hatte meinen Kater Thommy mit einem Stein erschlagen.

Selbstverständlich konnte ich mir jede Form moralischer Legitimation zurechtbiegen: Er war aus dem zwölften Stock gestürzt und unrettbar verletzt, ich hatte ihn erlöst, Leid verkürzt und so weiter. Aber so leicht war es nicht.

Sowas hätte schließlich nicht jeder getan.

Ich hatte Schicksal gespielt und aktiv in sein Leben eingegriffen. Das musste ich verorten, in Kontext stellen. Mich ausschließlich selbst dafür zu verantworten wäre nicht plausibel gewesen, da ich einem Handlungszwang ausgesetzt worden war. Von unserer Nachbarstochter Charlotte Mehring.

Sie war der Auslöser, sie war die Attentäterin – wenn man so will, an uns beiden. Thommy wurde Opfer und ich, in Folge, sein Mörder, egal wie todgeweiht er auch bereits gewesen sein mochte. Wer also hatte letztlich Thommys Tod verschuldet? Die Initiatorin oder der Sterbehelfer?

Wie sollte ich mit dieser Frage umgehen?

Alle Rückschlüsse landeten bei Charlotte! Pech für mich. Leute zu hassen ist keine besonders angenehme Lebenseinstellung. Angefangen bei sich selbst.

Aber ich musste dem nachgehen, sonst würde ich verrückt.

Nichts fördert die Formung deines Charakters derart, als wenn du dich vor eine Aufgabe gestellt siehst, die du ausschließlich aus eigener Initiative und Kraft bewältigen kannst.

Charlotte also.

Zweifellos hatte mit ihr alles angefangen. Die ganze Serie an Niederschlägen, die dann folgten.

Charly.

Womit ich meine Nische gefunden hatte. Befand ich mich doch gerade sowieso auf ernsthafter Suche, wenn bislang auch nach einer Nische ganz anderer Art.

Ich war inzwischen fünfzehn und hatte mich stark verändert.

Zum einen hatte mich Debbie von Anfang an in Beschlag genommen und einem rigiden Sport- und Ernährungsprogramm unterzogen. Nach fast drei Jahren Los Angeles war ich von einem seit der Chemo etwas wabbeligen Bubi zu einem hageren, austrainierten jungen Mann mutiert.

Ich war nicht wiederzuerkennen. Mein Metabolismus hatte einen regelrechten Haken geschlagen und mich von einem Extrem ins andere verkehrt. Das Fitnesscenter war das Einzige, was mich und Debbie verband. War für mich okay, wenigstens etwas Gemeinsames. Also blieb ich dabei. Zuerst ihr zuliebe und später dann zum Erhalt meiner Form. Wenn du erstmal Bauchmuskeln entwickelt hast, kannst du nicht mehr zurück. Eine ganz schöne Bürde, eine ewige Schufterei. Es ist etwas anderes, wenn du nie welche hattest. Das bereits Erworbene aber wieder zu verlieren würde zu einem kläglichen Defizitgefühl führen. Und von Defiziten hatte ich die Schnauze voll.

Wenn auch regelmäßig, lief das Gym dennoch nebenbei und wurde zu einem täglichen Ritual wie essen und duschen. Natürlich bot es mir nicht die Erfüllung, nach der ich suchte.

An Michaels Seite hatte ich mittlerweile viele Spitzenmusiker und Sänger kennengelernt und ein Gefühl dafür entwickelt, was sie verband und weshalb ich ihnen gegenüber so voller

Bewunderung war. Sie hatten sich mit Haut und Haar einer Sache verschrieben. Ihrem Instrument oder ihrer Stimme oder ihren Songs. Diese totale Hingabe, die bei den meisten der ganz Großen von neurotischer, beinah autistischer Ausprägung war, ließ mich ehrfürchtig und sehnsuchtsvoll werden.

Ich wollte auch etwas finden, dem ich mich derart leidenschaftlich widmen konnte. Es kam mir vor wie der alleinige Sinn des Lebens.

Im Haus standen mir alle gängigen Instrumente zur Verfügung, also fing ich mit Klavier an, ein bisschen Gitarre, Drums. Mit Verve und Nachdruck übte ich täglich stundenlang, leidenschaftlich, begeistert. Versuchte zu komponieren, eignete mir Techniken an. Ich war Feuer und Flamme. Doch es war eine Neigung ohne Begabung. Ich konnte üben, so viel ich wollte, das wurde nichts, egal wie sehr ich mich bemühte und danach sehnte.

Überhaupt war die Diskrepanz zwischen meinem Interesse für die verschiedensten Sparten von Kunst und meiner eigenen schöpferischen Unfähigkeit gigantisch. Malerei, Literatur, Musik – ich bewunderte Caravaggio, Oscar Wilde, Freddie Mercury. Alles Genies. Und alle schwul!

Und ich, ich war nicht mal schwul.

Das mit dem Künstlerischen musste ich mir abschminken.

Schließlich sah ich es ein, gab auf und ... begann wieder zu denken.

Mein analytischer Verstand hatte schon mehrfach einen Weg gefunden, Probleme einzuordnen und damit umzugehen.

Vielleicht würde ich noch eine Lösung finden, wie sich mir so etwas wie eine Berufung erschließt.

Ich dachte zu viel über mich nach. Ich studierte mich. Das fand ich zum Speien. Aber mehr war an mir nicht dran. Es ging mir immer nur um mich. Ich wunderte mich selbst, dass ich mich für nichts anderes interessierte. Und da ich aus der Ecke der Selbstzweifel und Unzulänglichkeitsgefühle stamme, war dieser Zustand von keinerlei Komfort geprägt.

Unausgesetzt um die negativen Aspekte meines Wesens, meines Verhaltens und meiner Vergangenheit zu kreisen bekam schon bald eine sinistere Eigendynamik.

Mit der Bewältigung von Thommys Tod vor zehn Jahren (*ich* hatte ihn abgeschlachtet, *ich ich ich*) kam ich keinen Schritt weiter. Der Druck wurde eher schlimmer. Es ging lange schon nicht mehr um den Kater, sondern um meine Rolle und deren Einordnung. Und Einfluss auf die Zukunft. *Meine* Zukunft.

Ich war denksüchtig, ganz klar.

Ich war moralisierend, ganz klar.

Ich wurde manisch, schön langsam.

* * *

Michaels und Debbies Ehe ging in die Brüche, wie es vorherzusehen war. Zum Glück erst 1991, als ich längst wieder in München wohnte.

Debbies erhoffte Wandlung vom Fotomodel zur Schauspielerin hatte sich nicht materialisiert. Zu wenig Talent, zu ländliche Gesichtszüge, zu stoned. Und langsam wurde sie auch zu alt für einen Karriereumstieg. Am Ende hatte sie dann einem Filmproduzenten einen geblasen und war Hals über Kopf zu ihm gezogen. Bezeichnend, dass sie trotzdem keine Rollen bekam.

Der Scheidungskrieg wurde amerikanisch ultraheavy geführt und Michael, der ziemlich betroffen war (auch die Liste seiner eigenen Fremdgänge bewahrte ihn nicht davor), durfte blechen, dass ihm kurzzeitig finanziell der Boden unter den Füßen weggezogen wurde. Waren die ganz großen Erfolge in den vorangegangenen Jahren auch ausgeblieben (eine natürliche Kurve, Michael war jetzt bereits Ende vierzig, spielte aber noch immer in einer ansehnlichen Produzentenliga), rappelte er sich dennoch bald wieder auf und pegelte seinen Lebensstandard etwas niedriger ein. Die Drogen- und Feierscheiße hatte ganz schön Geld gefressen. Aufgrund seiner Megahits Ende der Siebziger bis Mitte der Achtziger hatte ich Michael aber trotzdem deutlich reicher eingeschätzt, als er war.

Er musste nach wie vor arbeiten. Das fand ich irgendwie schwach.

Lange blieb Michael nicht allein und schloss ein paar Jahre später seine zweite Ehe aus besseren Gründen als die erste.

Um mich musste er sich nicht mehr kümmern. Ich hatte ein Sonderstipendium des Staates Bayern erhalten und wohnte in einer Studenten-Einzimmerwohnung in München-Freimann, worüber ich sehr froh war. Sie war eng, klein, dunkel, blöde Lage. Perfekt. Die Einschränkung, die Askese, das Sich-selbst-Konditionieren und –Bescheiden entsprach meinem Naturell mehr als alle kalifornischen Villenviertel zusammen. In der Bedürfnislosigkeit finde ich seit je meinen größten Genuss. Die Erfüllung eines Gelüstes war noch nie befriedigend.

Wenn schon dein Geist vergiftet ist, muss wenigstens dein Körper sauber und dein Umfeld kontrollierbar sein.

Finanziell waren meine Lebenshaltungskosten durch das Stipendium für Rechtswissenschaften komplett gedeckt, da ich an der International School in L. A. mein deutsches Abitur mit Bestnote und (bereits wieder in Deutschland) die Vorprüfung für die juristische Fakultät am Maximilianeum als Jahrgangsbester abgelegt hatte. Deshalb die Begabtenförderung.

Ich würde gern großkotzig jammern, was man denn letztlich von seiner ganzen Geisteskraft hat und wie unterfordert man sich in einer Welt gewöhnlicher Menschen gemeinhin fühlt und so weiter. Aber ich war definitiv nicht hochbegabt wie so viele meiner Kommilitonen mit IQ 130 plus. Ich konnte mir einfach nur gut Sachen merken, so ziemlich jede Kleinigkeit, die ich mir in den Kopf sendete. Und ich konnte mich gut konzentrieren. Das war alles.

Nun war ich bereits seit drei Jahren wieder zurück daheim (München, nicht Frankfurt), war der Jüngste in meinem Jahrgang, ein Einzelgänger (weil dir nichts Schlimmes passieren kann, wenn du allein bist), dachte kaum mehr an meine Amerika-Epoche (ich bin gut darin, von Zeit zu Zeit alle Verbindungen hinter mir abzuschneiden), und Michael Effort begleitete mich gedanklich mehr, als dass er mir fehlte. Wir telefonierten regelmäßig und immer seltener.

Längst hatte ich meine Nische gefunden, etwas, das mein Vakuum ausfüllen konnte. Die Leidenschaft, der man sein Leben widmet. Das Sinnstiftende an sich.

Rache.

Hätte ich gewusst, was sie aus mir macht, hätte ich sie dann gewählt?

Noch damals in den USA hatte ich meinen Namen geändert. Ein Akt der Selbstbestimmung. Es gab einen Kniff, der das relativ einfach machte. Man musste zunächst die Registrierung eines Künstlernamens beantragen, was Michael mir ermöglichte. Die Behörde wollte hierfür einen Beleg sehen, der den Bedarf dieses Künstlernamens rechtfertigt. Also verzeichnete Michael mich einfach in den LP-Credits eines Albums von Belinda Carlisle, das er gerade produzierte, als Chorsänger, obwohl ich natürlich keinen Ton gesungen hatte. Dort stand dann: *Backing Vocals by XY, YZ and Marc Staiger*. Ich legte der Behörde das Plattencover vor und der Name wurde im Pass unter »Religious name or pseudonym: ...« vermerkt. Nach Ablauf eines Jahres konnte man den Antrag stellen, dass dieser Künstlername als offiziell bürgerlicher Name übernommen wird, sofern man einen Nachweis zwischenzeitlich fortgeführter Verwendung erbrachte. Zu diesem Zweck legte ich noch zwei weitere Alben vor, auf denen mich Michael ebenfalls als Chorsänger vermerkt hatte. So einfach war das. Übliches Prozedere, man muss nur wissen, wie es geht, und da saß ich direkt an der Quelle. (Daher kommt es, dass ich auf drei der bestverkauften US-Alben der Achtziger als Background-Sänger aufgeführt stehe.)

So viel zu meinem neuen Namen.

Optisch glich ich inzwischen einem ausgemergelten Marathonläuferlulatsch mit etwas mehr Muskelmasse eher als dem kleinen, pummeligen Benny aus dem zwölften Stock von damals. Hellblond war ich auch nicht mehr. Meine einstige Identität ließ ich von mir abgleiten wie eine alte Jacke und hatte mir ganz eigenmächtig eine glaubwürdige Biografie zurechtgeformt, die mir einen Neubeginn ermöglichte.

Das war die Voraussetzung, um mich Charlotte Mehring zu nähern.

Charlotte studierte Kommunikationswissenschaften (also Schwafeln und Kontakten), als ich in der Uni im Gang auf sie traf und zufälligen Blickkontakt suchte. In ihren Augen entdeckte ich kein Wiedererkennen. Sie schaute auch eher durch mich hindurch.

Ein Jahr lang stalkte ich sie. Ist es Stalking, wenn jemand nicht weiß und nie erfährt, dass er beobachtet und verfolgt wird? Nein. Ich beobachtete Lottes Entwicklung aus sicherer Entfernung. Ich wollte sie ja nicht vögeln.

Auf jeden Fall fand ich alles über sie heraus, was man nur herausfinden konnte. Und das war wirklich öde. Sie interessierte mich inhaltlich einen Dreck. Eine Standardperson mit den üblichen Interessen, Ansichten und Tagesabläufen. Längst wohnte sie nicht mehr in der elterlichen Wohnung, in der sie Thommy der Schwerkraft ausgesetzt hatte. Von ihrer Oma war sie mit einem schicken Single-Appartement versorgt worden.

Ihr Freund Steffen Seewald sah brutal gut aus, studierte BWL (also Addieren, Subtrahieren und ansonsten halt vernünftig haushalten) und trug zu Charlys sozialer Windschnittigkeit bei. Schönes Paar, tolle Zukunft, Stolz der Eltern, szeniger Freundeskreis, allen Grund, besoffen von sich selbst zu sein.

Charly sah erfreulicherweise auch wirklich sehr gut aus, was ihre Fallhöhe noch tragischer machen würde.

Charlotte, die ich später nur Lotte nennen sollte, trennte sich irgendwann 1993 von Steffen oder er sich von ihr. Ich gebe nichts auf Lottes Version, da sie eine dieser stolzen Personen ist, die es juckt, dass die Welt nur ja denkt, *sie* hätte mit allen ihren Verflossenen Schluss gemacht.

Sie war schon immer zwanghaft.

»The Sign« von Ace of Base war einer der größten Radiokracher des Jahres 1994, dem Jahr, in dem ich Lotte nachts vor ihrer Wohnung auflauerte und ihr Schwefelsäure ins Gesicht schüttete. Ich weiß nicht mehr, der wievielte Versuch es war, meinen Plan auszuführen, aber es war sicher im zweistelligen Bereich, als endlich alles passte und nichts unser Aufeinandertreffen störte.

Der 2. Dezember war ein Freitag und Lotte kam gegen 10 Uhr abends aus einem Café, hatte sich gerade noch mit einem Mitstudenten getroffen. Auch ein hübscher Kerl, studierte Grafikdesign (also Malen nach Zahlen). Wer weiß, was aus den beiden geworden wäre, hätte Lottes Haut kurz nach diesem Date nicht ausgesehen wie zischendes Gulasch.

Vermummt schüttete ich ihr die Flüssigkeit zwischen die Augen. Sie hatte keine Chance, es ging zu schnell.

Mein Gott, hat die geschrien'n. Ein Gekreische. Heulsuse ist noch untertrieben. Ich musste ganz schön schauen, dass ich Land gewinne.

Sie mit einer lockeren Handbewegung zu zerstören war derart befreiend, dass ich mit einem Schlag mein ganzes Leben nur als Aufschub bis zu jener Tat zu empfinden begann. Die Strecke bis dahin war im Grunde nichts anderes gewesen als ein Einschwingen auf diese ultimative Erledigung.

Endlich Sühne.

Mit der ich auch mich auslöschte.

Woher sollte ich wissen, was auf mich zukommt?

Wenn du jemandem Leid zufügst, bist du immer auch selbst dran. Ich fand zwar, dass wir jetzt quitt waren, aber gleichzeitig war eine neue Zeitrechnung angebrochen, nach der ich Lotte nur noch mehr in mein Leben eingebunden sah. Ihre Vernichtung als geplanter Schlusspunkt war unerwartet zu einem Startschuss geworden.

Das Aufhören ist immer das Schwierigste.

Vielleicht hatte ich mich an meinen Hass auf Lotte auch nur schon so gewöhnt, dass ich einfach Angst vor einer neuen Lebensphase ohne sie hatte. Da klafft die Leere vor einem auf, die sich immer auftut, wenn man an der Schwelle zu etwas Neuem steht. Je näher man dem Tor kommt, das man sich zu durchqueren vorgenommen hat, desto verklärter blickt man zurück und bekommt eine Heidenangst vor der eigenen Courage.

Mir war nicht klar, dass nur die Wut mich am Laufen gehalten hatte (der Krebs, Thommys Tod, früh Vollwaise, USA überleben, sogar das mir völlig fremdartige Maximilianeum mit all seinen gehirnamputierten Professoren und ich als versehentlicher Elitestudent ohne Leidenschaft, aber mit blindem Ehrgeiz, der auch nur stark ausgeprägter Starrsinn ist), bis zu dem Punkt, an dem ich Lotte Mehring verschandelte.

Und da dämmerte es mir unwissendem Idioten, dass die Erfüllung eines Plans nur die erste Hälfte des Plans darstellt.

Ich war mit Charlotte noch nicht fertig.

Die Zerstörung begann.

Und ich fühlte, ich hatte ein Recht auf meine Brutalität.

Ein Jahr nach meiner chemischen Korrektur ihres Gesichts sprach ich Lotte in der Unimensa einfach an, nachdem ich sie an einem der Tische entdeckt hatte.

Meine Vorlesungen fanden in der Regel in einem ganz anderen Trakt statt, aber ich kam zum Mittagessen, so oft es ging, hierher, um die Wahrscheinlichkeit zu erhöhen, auf sie zu treffen. An jenem Tag war nicht viel los und ich fand, es war eine günstige Gelegenheit, Kontakt aufzunehmen. Zum ersten Mal seit zehn Jahren. Ich war auch ausreichend dazu aufgelegt. Man muss für so was schon in Stimmung sein.

Es war bereits Winter, ein extrem nasser Winter, die Bäume waren komplett kahl. Das nachmittägliche Licht, das durch die hohen Seitenfenster fiel, wirkte etwas weihnachtlich, was wohl auch an den aufgestellten Kerzen lag, die irgendein Fuzzi des Gastroteams der Gemütlichkeit wegen aufgestellt haben musste.

»Entschuldigung, darf ich mich hierhersetzen?«, fragte ich wohlerzogen, mit vorgerecktem Kopf Lotte zugewandt, das Tablett mit Nudelerbrochenem und Fantapisse in der Hand.

Sie schaute mich kurz an, erkannte mich auch jetzt nicht als den Nachbarsjungen von früher und würde es die nächsten fünfundzwanzig Jahre nicht tun.

Sie erkannte mich auch nicht als den Typen, der ihr letztens immer wieder mal im Gang über den Weg gelaufen war.

Sie erkannte mich auch nicht als den Verantwortlichen für ihr neues Äußeres. Natürlich nicht.

Sie nickte, ich sagte: »Danke, sehr nett.« Mit einem Lächeln tarnte ich den Scherz als Höflichkeit. Natürlich setzte ich mich, mit gebührendem Abstand, neben sie und nicht ihr gegenüber, weil das zu aufdringlich gewesen wäre.

Charlottes Matschgesicht sah erbarmungswürdig, unappetitlich, einfach widerlich und irrwitzig zugleich aus. Vom Härtegrad her begegnete man so was nicht mal im TV-Nachtprogramm allzu oft. Ihre Haut war derart verquollen, dass es unecht aussah.

Ihrer aufgesetzten Körpersprache nach gab sie sich unbeugsam und unbesiegt, damals noch etwas zu forsch. Sie hatte das Maß angebrachter Außenwirkung noch lange nicht gefunden, manchmal zog sie eine Miene wie permanent eingeschnappt. Man drehte sich nach ihr um. Ihre auf dem Tisch bereitliegende Sonnenbrille wirkte wie eine Requisite, es war Dezember.

Dass sie sich wieder unter Leute wagte, nötigte mir Respekt ab. Nach langer Rekonvaleszenz und Absenz hatte sie sich wieder aufgerappelt. Aber ich erkannte sogar jetzt, wie sie so dasaß und aß, an ihrem verletzten, waidwunden Augenausdruck, was Sache war. Kurzum, ich hatte meinen Spaß. Nichts, was mich aufwertet.

Nach ein paar Bissen fing ich ein unverfängliches Gespräch mit ihr an, drehte mich dabei immer nur beiläufig ihr zu, stocherte weiter in meinen Nudeln rum und fragte mich, ob ich sympathisch wirkte oder eher wie ein Bekloppter.

Zuerst entgegnete sie etwas, das neutral genug war, dass ich mich unbehaglich fühlte. Und dann dachte ich, mal sehen, wie sie damit klarkommt, wenn ich ein bisschen mit ihr flirte.

Ich flirtete! Gerade ich verkorkster Kerl. Aber das kann wirklich jeder, wenn das Selbstwertgefühl seines Gegenübers weit unter der Grasnarbe liegt. Ich fand sogar meine Wortwahl ziemlich gelungen. Ich gab knappe, aber dezidierte Signale von mir, und sie verstand zuerst nicht, worauf ich hinauswollte.

Unvorstellbar, dass ich sie anmachte.

Ich übertrieb es nicht und vertagte weiterführende Schritte auf ein nächstes Mal.

Immer wieder lauerte ich ihr in gesunden Zeitabständen auf. In der Mensa, auf dem Gang, mal bei den Fahrradständern. »Ach, hi, so sieht man sich wieder«, die Schiene.

Ich war mit meinem Jurastudium längst fertig und bereits Notarassessor, gab aber vor, für spezielle Vorlesungen oder Treffen mit Dozenten noch in der Uni vorbeischauen zu müssen. Was nur halb gelogen war.

Irgendwann lud ich sie auf einen Kaffee ein, irgendwie Telefonnummerntausch, irgendwo noch mal was trinken gehen, irgendwas zusammen unternehmen, bis sie sich wohl in meiner Gesellschaft fühlte.

Mir ging es da anders. Meine Empfindungen verhedderten sich ineinander. Nichts konnte Lottes Selbstwertgefühl wiederherstellen. Nichts konnte sie aufheitern, auch nicht mein Bemühen, sie mit meinen schlechten Witzen aus der Reserve zu locken. Sie war derart abgekapselt, dass ich mich förmlich in ihrer Gegenwart allein fühlte. (Was mir wiederum vertraut vorkam.)

Die ehemalige Schönheit Lotte war seelisch zersetzt und geläutert, was sie mir, wie ich zu meinem Bedauern gestehen musste, ein bisschen sympathisch machte.

Sie war doch ganz nett, und mit der Zeit fragte ich mich, was sie mit elf wohl dazu verleitet haben mochte, Thommy vom Hochhaussims zu stoßen.

Um Lottes Gunst musste ich lange und hartnäckig werben. Sie hielt mich kurz. Ein endloser Test, ein Sicherheitsbedürfnis, Argwohn hoch tausend. Ich blieb dran, ich zählte mich zu den Leuten, die auf die Reihe kriegen, was sie sich vornehmen. Na ja.

Immer öfter gingen wir abends essen, ein gutes Zeichen. Wir sprachen über Sachen wie die Fähigkeit, Glück zu erkennen. Lotte war frühzeitig esoterisch geworden. Die dafür anfälligen Frauen fangen mit dieser Scheiße ja in der Regel erst ab Mitte vierzig an, aber da mische ich mich nicht ein. Nicken und verständnisvoll schauen, was anderes hilft nicht bei Menschen, die unbedingt glauben wollen, dass man das Unerforschliche mit einem willkürlich ausgedachten Platzhalter erklären kann. Wenn du dem Wahn begegnest, gibt es nur Kapitulation – und die heißt in diesem Fall Zustimmung heucheln.

Bei Lotte konnte ich die Suche nach dem Heil in Spiritualität und Dogmen sogar verstehen. Alle Kurse im Yogacenter rauf und runter. Im Spiegelbild das eigene Universum erkennen. Selbsthilfebücher. Om-Rituale. Gurus. Immer auf dem Weg der Besserung. Immer gerade jetzt den Stein der Weisen entdeckt haben, die momentane Eingebung, die ist die wirklich gültige. Ruheräume nur in intensivem Grün ...

Und trotzdem schluckte sie zusätzlich Tabletten *for pure survival*, Psychopharmaka der härtesten Sorte.

Irgendwann stellte mir Lotte die sinnlose Allerweltsfrage: »Wie kommt es eigentlich, dass du keine Freundin hast?«, und erst da wusste ich, dass sie mich in Betracht zog. Dass sie wieder offen war, sich auch auf etwas Körperliches einzulassen und nicht nur platonisch mit mir, oder wem auch immer, rumzudaten.

Ich zog einen Mundwinkel hoch und schwieg. Und wenn es so etwas gibt, dann war es ein ehrliches Mundwinkelhochziehen.

In derselben Nacht war es so weit, nach fast *zwei* Jahren

schliefen wir miteinander. Um zu verstehen, was das wirklich heißt, muss man selbst mit einer Vierundzwanzigjährigen mit verstümmeltem Gesicht intim werden. Nur aus dem tatsächlichen Erleben lernst du das Wesentliche über deine Gefühle dabei.

Sie hielt die ganze Zeit die Augen geschlossen.

Ihr Körper war vom beständigen Work-out und Poweryoga, das ihr geistig zu heilen helfen sollte, makellos. Sie hatte schöne Hände. Sie rührte sich kaum. Was ich bevorzuge.

Alles verlangsamte sich.

Ich fickte sie stundenlang. Weil mit jeder Frau das erste Mal ein Statement ist, weil ich mich sogar bei ihr in sexueller Bringschuld fühlte, so wie ich in jedem Zusammenhang glaube, ich schulde der Welt etwas, nicht die Welt mir. Weil ich nie die Kontrolle über mich verliere, ich nur der gebende Part sein kann, ich nicht mal einen geblasen bekommen möchte, mich die Orgasmen der Frau abtörnen. Weil es mir beim Ficken ums Machen und nicht ums Kommen geht, weil mir nur Selbstausbeutung Befriedigung sein kann und weil ich zu dominant bin wie jeder, der zu schwach ist, sich unterzuordnen oder gehen zu lassen, weil ich eine arme Sau bin, aber wer ist das nicht – und weil ich Lotte endlich an der Angel hatte.

Ihr Leben sollte mir gehören.

Und blindlings missdeutete sie meine sexuelle Energie, die vollkommen anderen Ursprungs war, als Hingabe an sie und als Bemühen um uns.

Eine glatte Fehlinterpretation. Mein Vorteil. Lotte Charlotte, sie war mein.

* * *

Fünfundzwanzig Jahre später habe ich Lottes ganze Sippschaft auf dem Gewissen, aber wir nehmen bei strahlendem Sonnenschein auf der Dachterrasse des Mandarin-Oriental-Hotels Platz, als ob wir eine ganz normale Familie wären. Lotte, Max und ich. Vorhin saßen wir noch in der Kanzlei des Strafverteidigers unseres Vertrauens, Volker Steinberg, der mit uns die Folgen dessen besprochen hat, was heute in allen Medien zu bestaunen ist, nämlich dass Oberkommissarin Milena Novak und ihr Kollege Jörg Simon sowie ein Typ namens Steffen Seewald, der sämtliche Attentate auf die Mehrings kurz zuvor per E-Mail an Lotte gestanden haben soll, gestern »kaltblütig erschossen« wurden (Zitat Spiegel Online. Die Opfer wurden also nicht »warmherzig erschossen«. Danke für die Klarstellung.) Drei Leute auf einen Schlag.

Ich schätze, die Polizei braucht noch ein paar Stunden, bis sie herausgefunden hat, dass ich der Täter war. Wundert mich sowieso, dass sie mich nicht schon längst aufgesucht haben.

Das Bild einer vor mir knienden Milena Novak zieht in meinen Gedanken auf. Wie ich ihr den Pistolenlauf an die Schläfe halte, zögere, Narr meines Mitleids, und schließlich abdrücke.

So viel zu gestern.

Meine kleine Familie und ich sitzen jetzt über den Dächern Münchens, unter einem Sonnenschirm, an einem Tisch mit reinweißer Tischdecke und dicken Stoffservietten. Zwei bauchige Riesenblumenvasen rahmen unsere Nische ein. Ein paar Tausend Euro das Stück. Wie viele Espressi muss man verkaufen, um das zu amortisieren?

Um uns herum, verteilt über die Terrasse, sitzt das übliche Gesindel aus Reichen und Schönen. Blenderei, hohe Schulden und Vergänglichkeit ist das, was ich in ihnen sehe. Poser sind immer Loser. Der Ausblick über die Stadt interessiert mich nicht. Ich will wissen, weshalb Lotte uns hierherauf geschleppt hat. Auf zwei der freien Stühle an unserem Tisch stehen Lottes Einkaufstüten. Hermès, Bulgari, Gucci. Eine von Zara. Bei denen kauft sie nur Unterwäsche, dazu lässt sie sich gerade so herab. Was wäre sie ohne wohlhabenden Mann?

Volker hat mir gerade in seinem Büro seine erste Rechnung für

Max' Verteidigung mitgegeben. Zwölftausend Euro. Putzig! Der größte Feind des Menschen ist sein eigener Anwalt. Beruhigend, dass die ganze Gilde sich ihre Staatsexamen bald sonst wohin schmieren kann, da eine Software ihre Arbeit in Kürze sehr viel besser erledigen wird.

Ich habe das Jackett ausgezogen und über den letzten freien Stuhl geworfen. Meine Brut hat Sonnenbrillen aufgesetzt, Lotte und unser Sohn. Ich bin völlig fertig. Gestern habe ich drei Menschen umgebracht, da muss ich nicht zum Analytiker rennen, um zu begreifen, weshalb ich am Arsch bin.

Es ist der Zukunftsverlust, der schwer wiegt, nun, da mein Feldzug beendet ist. Dass ich mich voll und ganz einer bedeutsamen Mission verschrieben hatte, verlieh mir einen inneren Kompass. Aber Rache ist nichts für immer. Nichts ist für immer. Die Phase ist vorbei, während der ich glaubte, der werden zu wollen, von dem ich dachte, es sein zu müssen. Ich interessier mich nicht mehr für mich.

»Wieso sind wir hier?«, frage ich Lotte.

»Leg das Ding weg«, schnauzt sie, statt mir zu antworten, Max an. Mein Sohn, der Einzige, den ich verschont habe und verschonen werde, dieser bald siebzehnjährige Volltrottel, dessen Rechtschreibung auf Erstklässlerniveau stagnierte, weil seine Lehrer ihre Schüler nicht mit Korrekturen belasten wollten, starrt unausgesetzt auf sein Handy. Ich möchte ihn schütteln, wirklich, wach auf. Wenn er was Sinnvolles damit machen würde, okay. Doch der Dumbo chattet oder spielt oder guckt scrollend ein Bild nach dem anderen an. Der größte Witz aber ist, dass er oft nur irgendwelchen YouTube-Gamern beim Spielen *zusieht* ... sogar im Endstadium meines Lebens registriere ich diesen Mist. Die ganze versammelte Bande auf dieser Terrasse stiert ins Smartphone. Buchstäblich alle. Locker zwanzig Leute. Wirklich jeder. Wie auf einem dieser lustigen dystopischen Gruppenschnappschüsse, die auf die Totalvereinnahmung hinweisen. Was muss ich durch sein (mir fällt kein besseres Wort ein), aber ich habe bei jedem Menschenkontakt das Gefühl, ich sehe der Welt beim Verrotten zu. Ich fühle mich so fremd in unserer Zeit, wie aus der Zeit gefallen, dass ich mich frage, ob das normal ist, schon mit Mitte vierzig? Zumal das bereits seit Jahren so geht.

Davon, wie unerholbar erledigt ich nach dem Sport bin, von der lästigen Abstandssucherei beim weitsichtigen Lesen (hat vor ein paar Monaten begonnen) oder davon, dass ich vollkommen lustlos nur noch aus pflichtschuldigen Reinigungsgründen wichse, fang' ich gar nicht erst an.

Es bedeutet zwei Fliegen mit einer Klappe schlagen, wenn ich mich aus dem Staub mache, bevor ich von der Polizei geschnappt und für alles zur Rechenschaft gezogen werde – und, viel mehr noch, bevor das *echte* Alter einsetzt. Beides brauch ich kein bisschen. Und auch wenn sich dieses Vorhaben gar nicht schlecht anfühlt, sagt mir mein Instinkt, dass ich meinem Befinden misstrauen sollte.

»Was mache ich hier, Lotte?«, will ich erneut von ihr wissen.

Der manirierte Ober serviert Wasser, null sieben, schenkt reihum ein. Kalt schmeckt immer nur nach kalt. »Schon gewählt?«, fragt er mit einem giftigen Lächeln, das ihn auch menschlicher macht. Was ich mich schon immer frage: Finden die Menschen, die ich für unsympathisch halte, sich untereinander eigentlich sympathisch? Mit Unschuld-vom-Lande-Stimme bestelle ich eine Cola light, ich möchte nur weg hier.

Lotte ordert für uns alle Menü 1, oder 3, ich höre nicht genau hin, selektives Wahrnehmen. Aber irgendwas mit Hühnchen, obwohl ich fast nur noch vegetarisch esse. Wundert mich, weil auch Lotte kaum mehr Fleisch zu sich nimmt. Sogar Metzger sind derzeit vegan.

»Wir machen ganz schön was durch, oder?«, gluckst Lotte breit lächelnd und schaut erst Max, dann mich an. Jetzt reichts, ich sage ungehalten: »Lotte, ich hätte wirklich im Büro was zu tun, also wenn ...«

»Wisst ihr, was ich mir gut vorstellen kann?«, würgt sie mich ab, macht eine Pause. »Von allen acht Milliarden Menschen auf Erden sind wir drei, wir hier am Tisch, die perversesten!«

Augenblicklich fällt mir die Kinnlade runter. Ich schließe sie sofort wieder. Ist Lotte betrunken? Sie hatte schon lange keine Aussetzer mehr, aber sie ist von Natur aus verrückt und Verrückte brauchen kein Auffrischungstraining.

Ich lehne mich zurück. Es soll entspannt wirken, tut es aber nicht. Sie fragt mich: »Ist lang her, aber weißt du noch, Marc, wie du mal zu mir gesagt hast: Die Messlatte für jede Tätigkeit ist die totale Erschöpfung. Ob für die Arbeit, die Leidenschaft oder Sex! Alles andere ist indiskutabel.«

Entgeistert starre ich sie an. Außerstande weiter zuzuhören, aber auch außerstande, einfach zu gehen, denke ich als erstes an Max, der Zeuge dieses total bizarren Schwenks seiner Mutter werden muss. Mein Blick bleibt dabei wie festgenietet auf Lottes triumphierendem Mitleidslächeln haften, es erinnert an die Fratze einer Schizophrenikerin. Blödsinn, es *ist* die Fratze einer Schizophrenikerin.

Als wüsste ich die Antwort auf die verdammte Frage nicht schon längst, fauche ich in scharfem Ton: »Bist du jetzt endgültig durchgedreht?« Krieg dich wieder ein. Sage ich nicht.

»*End-gül-tig* durchgedreht?«, fistelt sie unverstellt empört. »Soll das heißen, ich war schon immer nah dran am Durchdrehen? Meinst du vielleicht, weil ich aussehe wie eine Horrorfigur? Meinst du das damit?«

Ihr Zorn ist der Spiegel meiner in den Augen lodernden Verachtung. Ich sehe diese Härte in ihrem Gesicht, die man bekommt, wenn man zu oft allein in seinem Kopf verweilt. Gilt für uns beide gleichermaßen.

Wir haben einander verdient.

Was ist hier im Gange?

»Meinst du das damit?«, fährt sie mich noch mal an.

Entschlossen, mich nicht provozieren zu lassen, schweige ich.

Aus irgendeinem Grund entkommt Max ein Stoßlacher. Sind denn jetzt alle verrückt geworden?

Lotte motzt ihn an: »Findest du das lustig, Max? Ja? Das findest du lustig?«

Max fängt unverzüglich fast an zu weinen, Lotte macht eine wegwerfende Geste. Alles geschieht ohne mein Eingreifen. Ich checke überhaupt nichts mehr. Ungewollt abgelenkt beobachte ich, wie Max sich mit den Fingern etwas aus dem Auge wischt. So oft habe ich ihm gesagt, nicht mit ungewaschenen Händen im Gesicht rummachen!

»Ihr beide seid mir schon ein tolles Team«, schäumt Lotte weiter. »Ihr! ... haltet phänomenal zusammen, oder?«

Wovon zur Hölle redet sie? Sie zieht die Ray-Ban runter, rüffelt Max: »Erst erzählst du mir, dein Vater wäre in der Nacht von Evelins Tod im Büro gewesen. Du lügst mich an, dass du vor dem Notariat Wache gehalten hättest. Mein Gott, Max! ... Aber dein Vater war ja auch beschützenswert an diesem Abend. Hat irgendeine Schlampe in irgendeinem Hotel gefickt. Wie schön! Hat ein Alibi gebraucht. Und sein Sohn verschafft es ihm. Logisch!«

Lotte wendet sich von Max ab, jetzt bin vermutlich ich dran, aber bei ihr weiß man nie.

»Weißt du, Marc, das mit deiner Bumserei ... ist okay für mich. Und ich kann dich auch verstehen. Einen Albtraum wie mich – keine Frage. Ist so. Muss ich mit leben.«

Mir schießt durch den Kopf, was Max sich wohl gerade denkt. Er weiß, dass seine Mutter nicht ganz richtig tickt, er kennt das zur Genüge, aber wenn man jung ist, ahnt man nicht, was einem mit einem Menschen eventuell *noch* so alles blühen kann.

Lotte hört einfach nicht auf: »Erinnerst du dich an Thomas Herbertshof?« Die Frage geht an mich. Bitte sehr. Ich hechle zwischenrein: »Der Privatdetektiv, den ich zweimal beauftragt habe, Nachforschungen über die Attentate anzustellen. Der hat jahrelang von uns gelebt. Ziemlich gut sogar.«

»Von *dir* hat er gelebt«, sagt Lotte. »Du hast ihn ja bezahlt … hast meine Familie ganz schön unterstützt bei der Suche nach dem Ungeheuer. Hat leider nichts gebracht, die ganze Nachforscherei …« Sie zuckt mit den Schultern. »Der Täter war zu gewieft, hinterließ keine Spuren. Pech für uns! Glück für dich!«

Fuck.

Sie weiß es. Sie weiß alles. Und ich glaubte, die Polizei würde mein nächstes Problem werden.

»Na ja, egal«, spöttelt sie und lässt mich wissen, dass sie Thomas Herbertshof selbst konsultiert hat, ihn in meiner Vergangenheit nachforschen ließ, in der Epoche, bevor Lotte und ich uns kennengelernt haben (zum *zweiten Mal* kennengelernt haben).

Sie setzt eine bedauernde Miene auf. »Herbertshof war schnell und gründlich. Hat keine zwölfhundert Euro gekostet … stell dir vor, und eine ganze Lebenslüge ist enthüllt …« Ihr totes Lachen beinhaltet eine ganze Menge. »Es war so easy. Fast so, als *wolltest* du überführt werden«, sagt sie.

»Wolltest du das?«, sagt meine Frau.

»Deine Lebensgeschichte war ein bisschen *sehr* anders, als du sie mir immer geschildert hast«, sagt Charly. »Findest du nicht?«

Mir dreht sich alles. Ich versuche erneut, unbeeindruckt zu tun. Ich vereinbare mit mir, das hier durchzuziehen, aber alles, was ich denken kann, ist: Das Ende lag schon im Anfang beschlossen. Wortlos halte ich Lottes ekligem Blick stand. Sie quasselt: »Ich wäre nie von allein drauf gekommen, dass du Ben bist, Marc. Dass *du* das warst, das Pummelchen, unser kleiner süßer Nachbarsjunge Ben Hartwig. Nie! …«, Lottes Worte verschwimmen, ich nehme nur Schlüsselbegriffe wahr, die Metaebene, den Subtext, höre wieder konkreter: »Du bist krank. Schwer krank … Ich will dir nur eines sagen: Der Unfall mit eurem Kater damals: Du täuschst dich … Es war nicht so, wie du es zu sehen geglaubt hast. Du warst ein Kind! Und Kinder sehen Dinge manchmal verschoben. Ich *habe* Thommy nicht die Brüstung runtergestoßen.

Und ich sage das, weil ich davon ausgehe, dass das mit Thommy der Auslöser für alles war, was dann folgte. Hab ich recht?«

Sie lügt. Je ausführlicher die Erläuterung, desto größer die Lüge. Sie *hat* Thommy gestoßen. Ich bin doch nicht verrückt. Ein Verdächtiger, zwei Aussagen. Drei Doktoren, vier Diagnosen. Jeder baut sich seine Version der Wahrheit. Wie viel Wahrheiten kann man ertragen?

Ich schlucke hörbar, doch ich schweige. Schweigen ist Teil meines Wesens. Ich behalte alles für mich, egal worum es geht.

Schweig, soviel du kannst.

»Warum das alles? Echt, wegen dem Kater? Das ist nicht dein Ernst ... Du sagst ja gar nichts. Fällt dir nichts mehr ein?«, fertigt sie mich ab. Was glaubst du, Lotte? Denkst du, wenn du das erlebt hättest, was du mir angetan hast, hätte es nicht deine ganze Perspektive verändert? Woher willst du wissen, wie das ist? Du weißt gar nichts.

»Mmh, warte, ich zeig dir was.« Lotte steht ruckartig auf, greift nach den Schlaufen der größten der vier Tüten auf dem Stuhl neben ihr, hebt sie an und macht einen Schritt weg vom Tisch. »Wenn du schuldig gesprochen und bestraft wirst für etwas, das du nicht getan hast, Marc ... so wie ich von dir ... dann tritt ein ganz bestimmtes Phänomen ein! ... Dann wird nämlich deine Verzweiflung so groß, dass du wünschst, du *hättest* getan, wofür man dich für schuldig befunden hat. Verstehst du das?«

Sie lässt die Frage klingen, als wäre ich ein schlechter Scherz, den irgendjemand auf ihre Kosten gemacht hat. Soll ich gehen? Ist es möglich, ein Problem abzuwenden, wenn man sich einfach keine Zeit dafür nimmt?

Ein unbestimmter Ausdruck liegt auf ihrem Gesicht. Tüte in der Hand, setzt sie sich in Bewegung, geht gemessenen Schrittes an mir vorbei, hin zum Geländer der Dachterrasse, keine drei Meter.

»Ich wünschte, ich hätte getan, was du mir anlastest. Ich wünsche es *so* sehr!«, haucht sie und zieht dann etwas aus der schweren Tüte und ich erkenne die rot-weiße Fellmaserung sofort.

Ich hätte Lotte umbringen müssen, als noch Zeit dafür war.

Sie hält mit ihrer rechten Hand einen sedierten Mephisto am Nacken hoch. Sein Körper baumelt bewusstlos an ihrem Arm, den sie jetzt verblüffend kraftvoll über die Brüstung streckt. Mephisto hängt wie am Galgen an ihrer Faust, die sie in sein Genick krallt. Unter ihm mindestens zwanzig Meter freier Fall bis zum Asphalt der Straße.

Ich springe von meinem Stuhl, setze an loszusprinten, komme aber sofort zum Stillstand, die gekippte Sitzleiste in den Knien, als Lottes freier Zeigefinger mir mit unverrückbarer Entschlossenheit gebietet, stehen zu bleiben. Ich friere ein. Vor mir das Unvorstellbare. Ich starre auf Mephisto, den leblosen Körper. Er muss narkotisiert sein, er atmet, das sieht man.

»Mum, nein!«, höre ich Max flehen, in der Hoffnung, dass seine Mutter für einen Moment Vernunft annimmt. Das Grauen des direkten Erlebens, es ist mehr, als er ertragen kann, der Junge, der Influencern beim Leben zusieht und meistens »lol« sagt, statt zu lachen.

»Halt den Mund, Max, bitte«, Lottes Stimme klingt elterlich maßregelnd, um dann vollkommen wesenlos zu werden. »Das hat nichts mit dir ...«

Ohne weitere Abwägung laufe ich los. Lotte wird keine Hemmung zeigen, die zieht das durch. Es ist beschlossen. Deshalb werde ich wenigstens den Versuch unternehmen, sie daran zu hindern. Tatendrang ist oft nichts anderes als umgedrehte Schwäche.

Mein Körper rammt den ihren und stößt ihn heftig gegen den Handlauf der verglasten Brüstung, ich greife gleichzeitig nach ihrem ausgestreckten Arm – den Bruchteil einer Sekunde zu spät. Lotte hat Mephisto schon losgelassen, ihn mit einer ruckartigen Bewegung förmlich von sich geschleudert.

Ich sehe Mephisto wie einen nassen Sack nach unten stürzen,

registriere ein Aufprallgeräusch, das ich mir aber auch nur einbilden kann.

Ich lasse Lotte los, stabilisiere mich intuitiv, presse die Handflächen auf meine Augen, als könnte ich dadurch das Geschehene rückgängig machen.

Sie hat es schon wieder getan. Darf das wahr sein! Das ist wie ein Albtraum im Albtraum.

Als ich meine Augen öffne und mich zwei Schritte von Lotte entferne, schaue ich zuerst zu Max' Stuhl, leer, und sehe ihn gerade noch ins Treppenhaus hetzen, er rennt nach unten, kümmert sich um Mephisto. Gut so.

Lotte und ich blicken uns an. Nie werde ich herausfinden, ob Bereuen oder Häme sie sagen ließen: »Dich anzuzeigen, das wäre doch zu einfach gewesen, findest du nicht? Jetzt hast du dir so viel Mühe gegeben, mich zu quälen. Dem wollte ich in nichts nachstehen.«

Was Rache mit einem macht.

Sie steht mit der Hüfte an die Brüstung gelehnt, der Handlauf nur taillenhoch. Ich nicke einmal, starre zu Boden. Ich lasse sie leben.

Wieso sollte ich gerade jetzt mein Konzept ändern?

Wir wissen doch, Leben ist die größere Strafe.

Bedächtig drehe ich mich zu meinem Platz, greife nach meinem Jackett, lege es mir über den Arm. Ziehe mein Handy und die entfernte SIM-Karte aus der Hosentasche und deponiere beides direkt neben dem zurückgelassenen Smartphone von Max, das auf seiner Serviette liegt.

So kann er mich jederzeit anrufen und es geht immer jemand ran.

Als ich mich zwischen unserem Tisch und einer der klobigen Vasen vorbeizwänge, um das Restaurant zu verlassen, bemerke ich, dass das ganze Lokal nicht nur große Ohren bekommen hat und glotzt, sondern zu einer riesigen Paparazzicrew geworden ist. Ein Dutzend Handys filmt unsere Sitzecke, und die dicht an dicht stehenden Arschlöcher hören auch nicht auf, als ich sie dabei ertappe, ihnen entgegentrete und mich durch ihre Mitte zur Treppe begebe. Sie teilen sich wie das Meer in der Bibel, ohne ihre Tätigkeit zu unterbrechen. Eine Hälfte der Flachwichser hält auf mich, die andere unverändert auf Lotte.

Ich frage mich, ob ein Fernsehsender das Material kauft und heute Abend ausstrahlen wird.

Kurz bevor ich am letzten Real-Life-Doku-Kameramann vorbeilaufe, einem mittelalten Yuppie mit buntem Poloshirt, schnappe ich mir im Gehen ein Glas von dem Tisch, neben dem er steht, und schmettere es ihm mit voller Wucht ins Gesicht, worauf er sofort zusammenbricht. Das Handy hat sein rechtes Auge und seine Nase wie ein Schild geschützt, der Rest seiner blutigen Fresse ist von Glassplittern durchspickt. Lippen, Kieferpartie, linkes Auge. Leider auch meine Hand, aber die spüre ich nicht.

Ein paar Gäste rufen tatsächlich entrüstet »Hey!«, sind aber zu beschäftigt damit, weiterzufilmen.

Autos überschwemmen die Straße, als ich aus der Schwenktür des Hotels und auf den Gehsteig trete. Ich orientiere mich und sehe ein paar Meter rechts von mir, an der Bordsteinkante, Max über Mephisto gebeugt. Max' Rücken bebt. Er wimmert zum Steinerweichen. Von Mephisto sehe ich nur die Schwanzspitze, da mein Sohn den Blick auf ihn verdeckt.

Ein optischer Impuls lässt mich zusammenzucken. Genau in dem Moment rummst ein paar Meter dahinter ein Körper auf das Dach einer am Straßenrand geparkten Limousine. Ein dumpfes Aufschlagen, der Körper kullert steif nach vorn weg. Mir ist klar, das ist Lotte.

Dass bei uns aber immer auch alles gleich so ausarten muss. Eine einzige Überdramatisierung.

Sie hat sich allen Ernstes runtergestürzt ... ich schüttle nur den Kopf.

Super Idee. Aus dem sechsten Stock stirbst du nicht mit Garantie. Das wird eher eine Querschnittlähmung oder so was. Na, das wird toll aussehen: eine Frau mit wächsernem Zombiegesicht und dann auch noch im Rollstuhl. Krüppel mit Fratze sozusagen. So viel Yoga kann Lotte gar nicht machen, dass sie das mental geordnet kriegt.

Ich muss lachen. Ich muss wirklich herzlich lachen.

Doch dann zieht es mich weg, ich werfe einen letzten Blick auf Max' Rücken, sehe, dass er aufsteht und sich forschend der Person nähert, die vor den Kühlergrill des Wagens gerollt ist, auf dem sie landete. Seine erbärmliche Mutter.

Ich klopfe meine Hose zurecht und winke dann dem leblos wirkenden Mephisto zu, der lädiert auf dem Pflaster hingestreckt liegt. Unser Findelkind. Wenigstens hat Charlotte ihn narkotisiert. Ich hol niemanden mehr aus dem Tierheim. Hat keinem von uns Glück gebracht. Tschau Mephi.

Das ist jetzt alles nicht mehr meine Angelegenheit, darum sollen sich andere kümmern. Zu viel Leid und Elend.

Ich kann nicht mehr. Schon rein nervlich. Soll erfüllt.

Ein Kehrfahrzeug mit zuckendem Warnlicht fährt direkt an mir vorbei. Hinter mir höre ich Aufruhr, das Hotelpersonal, die Handyarschlöcher von oben, sie alle werden mir gleich Ärger bereiten. Trubel, nein danke.

Hier auf dem Gehsteig bleiben auch schon Passanten stehen, flankieren die beiden Unfallstellen, die Aufprallbereiche, die Landeflächen ... einige schauen sensationsgierig, einige rührselig.

Ich setze mich in Bewegung, gehe in die entgegengesetzte Richtung, weg von Max, Mephi und Suizidversuchslotte, nehme dadurch einen kleinen Umweg in Kauf, marschiere zu meinem Tiefgaragenstellplatz, an sich kaum fünf, mit Schlenker sieben Minuten entfernt. Zum Auto also. Ein Drang, keine Entscheidung.

Lotte hat ihren Schubser an Thommy geleugnet. Wie erbärmlich. Sogar auf den letzten Metern, vor ihrem theatralischen Hüpfer von der Dachterrasse, kredenzt sie mir eine Lüge. Und liefert als krönenden Beleg ihrer Integrität Mephisto ans Messer!

Lotte und unschuldig. Dass ich nicht lache.

Natürlich hat sie Thommy gestoßen. Ich bin doch nicht gestört.

Die besten Lügner reden sich ihr Denken ein.

Ich laufe entspannt vorbei an den ganzen Normalmenschen, denen du alles andrehen kannst, vorbei an den Gebäuden der Innenstadt. Überall hängen Überwachungskameras. Gesichtserkennung, Kennzeichenerkennung. Meine Güte, ich habe mich noch nie so leicht gefühlt.

Ich stelle mir die Wegstrecke vor, die ich zurückgelegt habe, seit ich bewusst denken kann. Im Laufe meines Lebens habe ich nie einen Sprung bemerkt von Kind zu Junge, von Junge zu Mann, von Mann zu genau jetzt. Ich war nie bewusst das eine oder das andere. Es war ein einziger Rutsch, ich fühle mich identisch, von Anfang an.

Aber so leicht, so selbstverständlich war er noch nie, der Zustand des Seins. Es ist wie eine Superkraft, die unzerstörbar macht, wenn einem alles egal ist.

Ich begutachte meine blutige Hand, aber auch nur, weil ich vereinzelte Blicke entgegenkommender Fußgänger bemerke. Ich lege das Jackett darüber, muss mir keine Sorgen um dessen Reinigung machen. Geht Blut aus Stoff? Bestimmt.

Gegenüber der Pforte meiner Tiefgarageneinfahrt unweit des Notariats angekommen (Stellplatzmonatsmiete: dreihundert Euro, ein Drittel von Volkers Stundensatz), fällt mir ein uniformierter Polizist auf, der sich mit einem zivilen Schussel Zeichen gibt, bestimmt auch ein Bulle. Fahndung! Augenblicklich alarmiert, lasse ich meine Augen die Gegend analysieren. An den beiden Enden der Straße entdecke ich je einen Streifenwagen, schräg geparkt, einsatzbereit. Großfahndung sogar. Ein bisschen spät, würd ich sagen. Und zu blöd, unsichtbar zu agieren, diese Bagage. Ich stelle mir vor, wie ein Kinnbartträger von Einsatzleiter heute morgen, gegenüber seiner Mannschaft, die Devise ausgab: »Leute, wir ziehen die Schlinge zu. Wir kriegen diesen Staiger.«

Süß.

Unfähig, mich der Behaglichkeit der Situation zu entziehen, drehe ich ab und winke mir an der nächsten Ecke ein Taxi. Ein dampfender Vollbayer mit rosa Gesicht, Spezialist für nüchterne Feststellungen, steuert mich ins Motel One nach Giesing. Es ist das größte der fünf Motel Ones in der Stadt (und nicht identisch mit dem von meinem letzten Date mit Marion) und verfügt über vierzehn Stockwerke. Ganz oben wohnt der Besitzer der Kette privat, aber bis zum dreizehnten kann man Zimmer buchen. Wenn du von dort aus springst, wird das was. Nicht vom sechsten, wie meine Frau, die ich geheiratet habe, obwohl wir alle wissen, dass Menschen mit klarem Verstand so etwas nicht tun.

Blöde Aktion, sich ausgerechnet vom Mandarin Oriental zu stürzen! Einmal mehr Wichtigmacherei von meiner prätentiösen Lotte, der Leibhaftigen, Hauptsache im Mittelpunkt stehen. Kommt sicher in die Zeitung. All over the internet, ganz nach ihrem Geschmack. Ich bin *sicher*, sie ist jetzt nur behindert und nicht tot.

Armer Max, aber der macht das schon.

Kohle erbt er genug. In Immobilien, in Cash. Alles geregelt.

Und wenn er Probleme oder Fragen hat, kann er ja googeln.

Motel One, da wären wir.

Ich checke ein beim Kompetenzteam hinter der Rezeptionstheke, bestehend aus einer etwas älteren Starkstromcholerikerin, die wohl eine leitende Position innehat, und ihrem Kollegen, einem schmalzhaarigen Anfangzwanziger, der aussieht, als hätte er eine Geschlechtskrankheit im Gesicht.

»Guten Tag, was kann ich für Sie tun?« Mr. Syphilis ist bereit, sein Bestes zu geben. Er hat riesige Pupillen.

Ganz oben ist was frei, nach innen raus, nicht zur Straßenseite, super, nehm ich, danke.

Tippend säuselt er: »Toller Ausblick!« Ich nicke. Wenn *er* das sagt!

Zahle bar, ja.

Ach, ich habe oben im Mandarin Oriental vorhin gar nicht bezahlt. Aber hey, man muss sich auch mal locker machen. Mit der Zeit werde ich sowieso besser darin. Was zum Beispiel meine Lockerheit beim Versehentlich-in-einen-Scheißhaufen-Treten betrifft, da schmeiß ich den betroffenen Schuh mittlerweile einfach weg. Gekrümmt über der Badewanne mit Würgereiz den Kot aus den Ritzen kratzen? Also bitte, das ist lange vorbei! Knopf am Hemd abgerissen? Weg damit in den Abfall. Der ultimative Reifetest in Sachen Lockerheit aber besteht in der Frage: Würdest du dir am Tag deines Todes morgens noch die Zähne putzen? Ich fürchte, da hört bei mir die Lockerheit auf. Ich würde!

»Danke sehr«, antworte ich dem affigen Rezeptionisten und trabe zu den Aufzügen, die langsamer sind als jeder Seilzug im Mittelalterdorf. Ich weiß das, weil ich in dem Laden hier schon mit mehr Internetbekanntschaften geschlafen habe, als dass ich mir auch nur ein Viertel davon ohne massive Anstrengung ins Gedächtnis rufen könnte. (Bilanz eines promiskuitiven Lebens: Dumm fickt schlecht.)

Am Aufzugterminal drücke ich den Pfeil nach oben und warte versonnen. Wahnsinn, bin ich entspannt.

Das Leben ist überstanden, wie geil.

Geil! Ich erinnere mich, mit elf verwendete ich meinem Vater gegenüber zum ersten Mal den gerade populär werdenden Ausdruck *geil*, als ich ihm euphorisch von irgendetwas berichtete. Damit gehöre ich zur ersten Generation, die die Worte *cool* und *geil* fest in ihren Wortschatz integrierte. Gleichzeitig gehöre ich zur ersten Generation, die ihren ureigenen Jugendslang auch nie mehr ablegte. Was bedeutet, dass mir diese spezifischen Begriffe noch heute als Erwachsener ganz natürlich und regelmäßig über die Lippen kommen, obwohl sie einst nur als pubertäre Abgrenzung gedacht waren. Das Schlimme daran ist, dass es demnach bald überhaupt keine echten Erwachsenen mehr geben wird, sondern nur noch gealterte Jugendliche wie mich. Das ist keine gute Nachricht.

Mit zwanzig war ich mir absolut sicher, dass meine Generation die degenerierteste aller Zeiten wäre und darin nicht mehr übertroffen werden könnte. DJs wurden zu Stars, Models zu Ikonen, Selbstdarsteller für ihre Unterdurchschnittlichkeit berühmt. Plattenaufleger, Schminkpuppen, Versager – plötzlich Leitfiguren. Für mich bestand damals kein Zweifel, diese Hohlheit kann man nicht mehr toppen.

Doch, das geht.

Exponentiell, Jahr für Jahr.

Aus Schwimmen-Lesen-Reiten wurde Zocken-Konsumieren-Abstürzen.

Mit den nachfolgenden Deppen wirst du alles machen können. Die fressen jedem Regime aus der Hand. Bargeldabschaffung, Totalüberwachung, Gesinnungskonformismus. Sämtliche Konsequenzen übersehen, aber sich für clever halten. Die Kultivierung von Dummheit. Diese technikgläubigen Schablonenwesen werden jede freiheitseinschränkende Neuerung bedenkenlos annehmen, solange man sie ihnen als Erleichterung ihres Lebens verkauft. Vor lauter zwanghaftem Streben nach *noch* mehr Bequemlichkeit und Glück werden sie exakt das nicht finden, sondern das genaue Gegenteil.

Was Sache ist und wie es ausgehen wird, steht alles geschrieben. Aber wer liest denn noch? Besser so. Würde sowieso nichts ändern.

Nicht mehr mein Problem.

Es macht bling, einer der Aufzüge ist da und ich steige ein. Im Lift steht eine ganz liebe Amerikanerin, vom Alter her mitten in der Menopause (wie ich), die mich fragt, ob ich wisse, mit welcher U-Bahn man da und dahin gelangt.

Ich kräusle meine Wangen, während ich ihrem breiten Texanisch lausche und sie von oben bis unten begutachte. Sie wirkt geradezu planetär. Eine Zumutung. Wobei. Unzumutbar ist hauptsächlich ihre sahnige Überfreundlichkeit, von der ich mir generell für dumm verkauft vorkomme.

Diese krankhaft fette Grinsetonne soll die letzte Person sein, mit der ich geredet haben werde? Das ist doch nicht dein Ernst, heilige Fügung des Zufalls, oder? Nee, nee, nee. Ich antworte ihr nicht.

Ich bin mir auch nie sicher, ob man ein schlichtes Gemüt mögen oder fürchten soll.

Irritiert steigt Molly Müllsack im zehnten Geschoss aus und der Mann im teuren dunkelblauen Anzug und mit dem Jackett überm Arm, der offenbar kein Englisch versteht, tritt ihr beherzt mit seinem Fuß in den breiigen Hintern, derart wuchtig, dass sie strauchelt und nach ein paar stolprigen Doppelschritten auf die Knie fällt, dann erst in sich zusammenklappt und vornüberkippt wie ein Walfisch nach einem Kopfschuss. Urkomisch.

Leider schieben sich die Lifttüren bereits wieder zu, als sie sich ungelenk umdreht, um zu eruieren, was zur Hölle da gerade passiert ist. Weil das, was es gewesen zu sein scheint, kann es doch wohl nicht gewesen sein!

Im dreizehnten Stock steige ich aus, schmeiße mein Jackett einfach auf den Boden des Flurs, ziehe meine Schlüsselkarte aus der Hosentasche und gehe, den Wegweisern nach, zu Zimmer 1321.

Ich bin mir absolut sicher, das Richtige zu tun. Ich weiß manchmal selber nicht, wie ich das mache.

* * *

Unsympath

Robin Felder

Roman | edel

Paranoia

Robin Felder

Roman | atb

The Godjob

Robin Felder

Roman | Trubel & Heller

Verzerrte Gesichter

Robin Felder

Roman | Trubel & Heller

Hörbuch | Gelesen vom Autor